OLHOS DE LOBO

DIRETOR EDITORIAL:	Raul Maia Junior
EDITORA:	Vivian Pennafiel
PREPARAÇÃO DE TEXTO:	Camila Lins
REVISÃO DE PROVAS:	Vivian Miwa Matsushita
	Nana Rodrigues
CONSULTORIA:	Maria Paula Valadares
DIAGRAMAÇÃO:	Senshō Editoração
CAPA:	Sérgio Frega
COLABORAÇÃO:	Helena Gomes

Texto em conformidade com as regras do
Novo Acordo Ortográfico da Língua Portuguesa.

Dados Internacionais de Catalogação na Publicação (CIP)
(Câmara Brasileira do Livro, SP, Brasil)

Rios, Rosana.
Olhos de lobo / Rosana Rios. – São Paulo: Farol Literário, 2016.

ISBN 978-85-8277-098-6

1. Ficção – Literatura infantojuvenil
I. Título.

16-02889 CDD – 028.5

Índices para catálogo sistemático:

1. Ficção:	Literatura infantojuvenil	028.5
2. Ficção:	Literatura juvenil	028.5

Esta é uma obra de ficção. Embora cite algumas figuras históricas, locais e instituições que existem e existiram em nosso mundo, quaisquer semelhanças entre as personagens ou situações do livro e acontecimentos reais terão sido apenas coincidências.

1ª edição • jullho • 2016

Farol Literário Ltda.
Uma empresa do Grupo DCL — Difusão Cultural do Livro
Av. Marquês de São Vicente, 446, Cj. 1808 — Barra Funda
CEP 01139-000 — São Paulo — SP
Tel.: (0xx11) 3932-5222
www.farolliterario.com.br

ROSANA RIOS

OLHOS DE LOBO

FAROL LITERÁRIO

PRÓLOGO

Bökendorf, Reino da Westphalia, verão de 1810

Um silêncio repentino se fez quando os jovens entraram no aposento.

Vinham dos jardins da propriedade, saturados de sol e risos, e a atmosfera lúgubre da sala despencou sobre eles como uma sombra agourenta.

Erich estremeceu ao ver a estranha mulher numa poltrona, bordando, como se não precisasse de luz. Ele tinha apenas quinze anos e já conhecera de perto a injustiça, a morte, a pobreza; porém nunca sentira tanto medo e aversão como ao dar com aquela senhora que, como ele, era hóspede ali.

O filho dela entrara junto com o grupo e foi falar com a mãe.

– Nosso anfitrião trouxe mais amigos para conhecer a senhora, *Muti*.

Ela pousou seus olhos escuros e miúdos em cada um dos recém-chegados. As duas irmãs de August, o dono da casa, encolheram-se atrás dele. Ao perceber o olhar da mulher sobre si, Erich teve ímpetos de sair correndo. No entanto, a educação recebida junto à família adotiva o fez refrear o impulso e cumprimentá-la, imitando seus dois primos, Wilhelm e Ferdinand.

– Boa tarde, *Frau* Hundmann – disse o jovem anfitrião, formal. – Se estiver disposta, gostaríamos de ouvir a história que a senhora mencionou ontem. Especialmente este meu amigo; ele e o irmão têm registrado muitos dos contos do nosso povo.

A mulher cravou os olhos em Wilhelm. Com vinte e quatro anos, ele era o mais velho dos hóspedes de August Von Haxthausen naquele fim de semana; apesar disso, parecia intimidado.

– Como se chama, *Jüngling*[1]? – perguntou ela, num sorriso sem alegria, ao baixar o bordado e ajeitar sobre a cabeça um estranho capuz de veludo vermelho.

– Wilhelm Grimm, *meine Frau*.

– Pois então, *Herr* Grimm, ouça minha história: é inteiramente verdadeira. *Es war einmal*, era uma vez – sua voz ecoou na sala silenciosa – uma senhora que vivia em uma casa junto à mata, sob três grandes carvalhos...

Apesar de ela aparentemente fitar seu primo, Erich teve a impressão de que seus olhos, que emitiam um brilho esquisito, não o largaram mais.

"Estou imaginando coisas", pensou o rapaz. Talvez aquilo fosse apenas um reflexo fugidio do sol que brilhava lá fora, intrometendo-se por alguma brecha da janela.

Ou não...

1. "Jovem" em alemão.

PARTE I
O CAÇADOR

"Um lobo da estepe, perdido em meio à gente, na cidade e na vida do rebanho – nenhum outro epíteto poderia definir com mais exatidão aquele ser, seu tímido isolamento, sua natureza selvagem, sua inquietude, seu doloroso anseio por um lar, sua falta absoluta de um lar."

Herman Hesse, *O Lobo da Estepe*

CAPÍTULO I

MUTAÇÃO

São Paulo, Brasil, dias atuais

Hector Wolfstein demorou a enxergar o que havia à sua frente. Piscou duas, três, várias vezes, procurando a nitidez que jamais teria sem as lentes de seus óculos. Automaticamente, buscou-os no bolso. Foi quando descobriu que estava nu.

Levantou-se, tateando ao redor. Acordara em um quintal tomado pelo mato, protegido pela sombra de um muro. Diante dele, a tênue claridade da aurora revelava um casarão antigo e abandonado, daqueles caindo aos pedaços que bravamente resistem à ação do tempo.

Conhecia o casarão. Localizava-se numa rua paralela à de seu prédio. Mas... como poderia estar em São Paulo se na noite anterior participara do lançamento de um livro seu em Curitiba?

"Eu não poderia ter chegado aqui tão depressa. A não ser..."

O desespero cresceu em seu peito, o raciocínio mostrou-lhe o óbvio e Hector relutou em acreditar. "Não sou mais um lobisomem... Não mesmo! Eu... *eu me curei!*"

Mas estava ali, sem roupas, óculos, carteira, celular. Exausto e abatido.

Forçou a memória e as lembranças vieram. Após o lançamento na livraria, desistira de jantar com o pessoal da editora por não se sentir muito bem, com frio, talvez febre alta. Alguém se oferecera para levá-lo ao pronto-socorro, mas ele preferira ir sozinho para o hotel, a duas quadras dali, imaginando que lidava com uma simples gripe. Tudo ficara confuso a partir daquele ponto.

A mutação tivera início, ele se escondera em algum lugar e depois... Recordava-se de correr muito, como um fugitivo. Devia ter vencido a distância entre Curitiba e São Paulo em poucas horas.

Um calafrio avisou-o de que a febre retornava. Hector engoliu a raiva e concentrou-se no imediato: precisava sair daquele quintal e ir para casa antes que a manhã avançasse.

Para sua sorte, nos fundos do casarão havia um velho e imundo cobertor junto a uma pilha de lixo. Bastava enrolá-lo no corpo e enfrentar os olhares curiosos pelo caminho.

»»»»»

– Em que fase da lua estamos mesmo? – Hector perguntou ao porteiro de seu prédio, só então percebendo que deixara escapar esse importante detalhe.

Inventara para o homem que fora assaltado e assim conseguira com ele a chave extra de seu apartamento, utilizada apenas pela faxineira. Faltava pouco para as oito horas da manhã, Ana Cristina devia estar dormindo e Hector não pretendia acordá-la com a pior notícia possível. Afinal, como se diz a uma esposa que tanto sofreu para libertar você de uma terrível maldição... Como se explica que foi tudo em vão, que ele voltara a se transformar em um lobisomem?

E isso após sete anos do que tinha se revelado o melhor período de paz na vida de Hector desde que fora contaminado, no começo do século XX. Claro que convivia com as sequelas do processo de cura; o Fator L, o responsável pela transformação lupina, ainda existia em seu sangue. Na lua cheia, o rapaz sentia-se mais disposto, e qualquer corte, por mais grave que fosse, curava-se com impressionante rapidez. Já na minguante, evitava sair de casa: passava horas sem vontade de se alimentar, jogado no sofá e fitando o vazio. Nas fases nova e crescente, não notava nenhuma diferença em seu organismo, com exceção da força e resistência acima do comum e do faro e da audição quase tão bons quanto os de um lobo.

– Estamos na lua nova, seu Daniel – respondeu o porteiro ao consultar um calendário pendurado na parede da guarita.

Daniel Wolfstein Lucas era o nome que utilizava havia anos e pelo qual a maioria das pessoas o conhecia, embora a família e os colegas o chamassem de Hector.

"Lua nova?", questionou-se, perplexo. "Não pode ser... A mutação só acontecia na lua cheia!"

Agradeceu a informação, pediu ao porteiro segredo sobre o assalto para não preocupar Ana Cristina. Chamou o elevador e, após alguns minutos, entrava no apartamento. Seus pensamentos revisitaram o passado, quando a conhecera em meio a uma série de misteriosos assassinatos em Passa Quatro, uma cidadezinha ao sul de Minas Gerais. Ajudara a polícia a desvendá-los ao mesmo tempo que enfrentara seu pior inimigo.

"Não", corrigiu-se. "Há um inimigo ainda pior. E esse eu ainda não consegui enfrentar."

Desde aquela época, passara a trabalhar sob o comando do sogro, Irineu Sanchez de Navarra, que fora elevado a chefe de uma força-tarefa na Polícia Federal. Hector auxiliava na solução de casos que sua amiga e colega de trabalho, a agente Natália, classificava como "bizarros e inacreditáveis".

No quarto, como previra, a esposa dormia soterrada por um imenso edredom. Sem fazer barulho, Hector pegou algumas roupas e foi para o banheiro, onde tomou uma ducha rápida. Depois de vestido, sorrateiramente rumou até a área de serviço, livrou-se do cobertor que achara no quintal do casarão, jogando-o na lixeira, e de lá se dirigiu ao escritório.

Ana Cristina e ele estavam casados havia mais de dois anos, desde que ela terminara a graduação em História. No momento, a jovem enrolava para finalizar sua dissertação de mestrado em Literatura Comparada, certa de que não daria tempo de defendê-la antes do nascimento do bebê.

Hector suspirou, tentando não pensar naquela gravidez programada pela esposa apesar de sua forte oposição. Ele não queria filhos. Na verdade, não *podia* tê-los. Havia o Fator L, sempre haveria, e transmiti-lo a descendentes poderia significar condená-los à mesma maldição do pai.

Sem o apoio do marido, Ana Cristina enfrentava sozinha o final da gestação. Eles pouco se falavam desde que ela lhe contara sobre a gravidez.

– Você sabia que não poderíamos ter filhos – ele lhe dissera, secamente. – Foi o que combinamos antes do casamento.

Um casamento que Hector não sabia se ainda existia. Ele não podia se afeiçoar à criança nem disfarçar a mágoa pela esposa, que traíra sua confiança. O ressentimento crescera entre eles.

No escritório, tirou de uma gaveta da escrivaninha alguns documentos pessoais; por sorte, não levara na viagem a carteira de motorista nem o passaporte; o RG e o crachá da PF, no entanto, haviam se perdido em Curitiba. Encontrou dois pares de óculos sobressalentes; colocou um no rosto e outro no bolso. Guardava aquilo desde os tempos em que, devido às transformações, vivia perdendo tudo... Só não previa que, após a cura, ainda haveria emergências *daquele* tipo.

De outra gaveta desencavou o equipamento para testes sanguíneos, que não utilizava fazia anos. Alguns minutos mais tarde, tinha o resultado: o Fator L em seu sangue estava mais ativo que nunca... Hector estremeceu, o desespero novamente rondando-o. "Preciso ser prático", decidiu.

Checou sua temperatura com o termômetro. Beirava os 40 graus. Após engolir um comprimido de antitérmico, sem água mesmo, foi procurar seu celular anterior, ainda com o chip e as informações de seu antigo número de telefone. Achou-o sobre a escrivaninha em meio a alguns livros, material de consulta para um texto sobre mitologia que escreveria como colaborador de uma revista de seu país de origem, a Inglaterra.

Enquanto a bateria do aparelho recarregava, o rapaz afundou na poltrona mais próxima. Permaneceu ali, encolhido de frio, até o remédio fazer efeito e ele começar a suar. Àquela altura, o celular já acumulara energia suficiente para ser usado. Com ele, Hector fotografou a lâmina com a amostra de seu sangue e, então, ligou para Lazlo Mólnar, o amigo médico que havia anos o ajudava a lidar com o Fator L. Único especialista em um assunto desconhecido pela comunidade médica, Lazlo morava em Budapeste, na Hungria, onde trabalhava como oftalmologista.

Se no Brasil já passava das nove horas, lá devia ser mais de meio-dia. Discara o número da linha particular de Lazlo, a que somente seus pacientes mais próximos tinham acesso.

Ele demorou a atender, o que levou Hector a imaginá-lo vindo de outro aposento para alcançar o telefone. Talvez fosse hora de o amigo comprar um celular. Mas Lazlo era assim mesmo; não tinha o mesmo fascínio que os outros pela tecnologia. Até mesmo os seus prontuários ainda eram em papel, arquivados em pastas nos vários armários do consultório.

– *Hallo* – disse Lazlo, em alemão, do outro lado da linha.

Hector ia falar, mas antes teve de engolir saliva para amenizar o gosto ruim do comprimido que ficara em sua garganta. Arrependeu-se de não ter buscado na cozinha um copo com água.

– William? – murmurou o amigo.

William?! Mas aquele não era o nome do...? Não, não podia ser. William era um nome ou sobrenome comum demais. No entanto, quantos Williams teriam acesso ao número particular do único médico especialista em Fator L do mundo?

– *It's me, Wolfstein* – Hector respondeu, em inglês.

– Ah, é você! – disse Lazlo, no mesmo idioma, ao reconhecer sua voz. Parecia desconcertado. – Eu...

– Você achou que era o William. – E acrescentou, com ódio e desprezo: – O lobisomem que infectou a minha mãe é seu amigo?

– Escute, Hector, eu nunca mentiria a você.

– Eu o procuro há mais de um século! – o rapaz quase gritou. – Por que nunca me contou que o conhece?

– Não podemos conversar agora, está bem?

– Onde encontro aquele monstro?

– Vou viajar e ficarei ausente por uns dias... Depois conversaremos.

O médico encerrou a ligação abruptamente. Furioso, Hector segurou a vontade de arremessar o celular para longe; era o único que lhe restava.

"Ele sabe onde William está", remoeu, a mente tramando conspirações. "E essa viagem... Teria alguma coisa a ver com *ele*?"

Talvez tivesse acreditado demais em Lazlo. E se ele não fosse tão confiável? E se tivesse encoberto as ações de William durante todos esses anos?

– Aquele maldito... – rosnou, baixinho.

Dali a pouco, Ana Cristina acordaria, e ele devia tomar uma decisão.

Com a palma das mãos, secou as gotas de suor em sua face. A febre cedera. Se voltasse, poderia mantê-la sob controle com a medicação, o que talvez obrigasse a mutação em lobo a dar-lhe uma trégua por várias horas... Sim, sabia o que devia ser feito.

Ligou para uma companhia aérea, reservou uma passagem. A seguir, avisou seu advogado sobre a viagem que faria e pediu que fechasse sua conta no hotel em Curitiba. Seus pertences e a mala deveriam ser enviados para a firma de advocacia, e seria preciso ainda cancelar o celular e os cartões do banco perdidos em um "assalto". Por fim, telefonou para a sogra, Ludmila, que adorou a sugestão de que Ana Cristina passasse uns dias em sua casa.

De uma terceira gaveta, o rapaz pegou um velho caderno com anotações, algum dinheiro europeu, libras e euros, e um novo cartão de crédito que recebera pelo correio e de que sempre se esquecia; bastava desbloqueá-lo no primeiro caixa eletrônico que encontrasse. Levou tudo para o quarto junto com os documentos, o celular, o termômetro e o frasco de antitérmico. Começou a encher uma mala com roupas suficientes para uma semana.

– Você já chegou? – disse a esposa, sonolenta. Acabava de despertar e, ainda deitada, olhava para o marido. – Para onde vai agora?

– Preciso resolver um assunto.

– Que assunto?

Estava se tornando um hábito para Hector não lhe dar resposta alguma.

– Nas suas condições, é melhor você não ficar sozinha – ele orientou. – Liguei para sua mãe e ela cuidará de você enquanto eu estiver fora.

– *Nas minhas condições?* Não estou doente. Não sei se você percebeu, mas estou grávida!

Hector fechou a mala, vestiu uma jaqueta e guardou o que podia carregar nos bolsos.

– Ontem eu fiz mais um ultrassom – contou Ana Cristina, desejando animá-lo. – Lembra que antes não conseguimos ver o sexo do bebê? Pois ontem conseguimos e...

– Vá para a casa da sua mãe depois do café da manhã. Ela quer almoçar com você.

A jovem mordeu os lábios e seus olhos encheram-se de lágrimas. Hector mascarou com indiferença a própria mágoa. Como ela pudera ser tão egoísta? Não pensara nele nem no futuro sombrio que o filho enfrentaria simplesmente por descender de um lobisomem. Se queria tanto ser mãe, poderiam ter adotado uma criança... Mas não, Ana Cristina Sanchez de Navarra Wolfstein sempre seria a menina mimada que faria sua vontade prevalecer a qualquer custo.

– Você está muito pálido – ela observou, detendo a vontade de chorar. – Está doente?

– Não se preocupe comigo. Voltarei em breve.

Levando a mala, Hector deixou o apartamento a passos rápidos. Parou diante do elevador, encostou a testa na porta metálica e ali permaneceu por alguns minutos antes de acionar o botão.

Doía-lhe muito agir daquela maneira com Ana Cristina, mas sabia que precisava se afastar da esposa por algum tempo, para segurança dela e da criança. Não podia se dar ao luxo, agora, de afligir-se ao pensar nos tormentos que aguardavam o bebê – e que ele próprio voltara a sofrer. "Parece que eles nunca mais me deixarão", pensou com tristeza. Essa possibilidade o apavorava.

Só conseguia enxergar um culpado por sua maldição: William.

Mas o que realmente sabia sobre esse monstro?

"Que por culpa dele minha mãe se tornou uma loba... Que ela me contaminou com o Fator L quando me atacou, há mais de cem anos. Que meu pai a matou para me defender."

A vida de seus pais, John e Leonor Wolfstein, e, por consequência, a vida de Hector, fora destruída pelo lobisomem que atacara sua mãe na Hungria, em 1895, e que o pai amaldiçoara após matá-la.

– Nunca se esqueça do nome daquele maldito! – ele exigira do filho.

E Hector nunca esqueceu. Pelo que havia apurado com os investigadores que contratara ao longo de décadas, William era um jovem inglês poliglota. Lutara na Guerra dos Bôeres e circulara por várias cidades europeias, ora trabalhando como mercenário, ora como tradutor ou professor de línguas. *Por acaso*, em ocasiões em que a imprensa relatara aparições de lobos ferozes.

A primeira vez em que Hector o viu, ou que julgou tê-lo visto em pessoa, foi durante a Primeira Guerra Mundial. E depois...

O rapaz meneou a cabeça para espantar aquelas lembranças, mas não conseguiu.

CAPÍTULO 2

A BUSCA

Londres, Inglaterra, inverno de 1916

A informação que Hector recebera tinha tudo para ser verdadeira. No entanto, ele começava a desanimar. Viajar da América do Sul para a Europa durante a guerra já era uma temeridade; ir a Londres, cidade submetida a um inverno inclemente e a raides aéreos alemães, era loucura. Depois de uma semana na cidade, estava prestes a desistir.

Anoitecia quando o rapaz parou numa praça em que, tantas vezes, quando criança, passeara com os pais antes da malfadada viagem à Hungria. A seu redor, apenas ruínas. Havia poucas semanas, casas e lojas tinham sido atingidas por bombas lançadas de um zepelim. Uma rala camada de neve cobria parte dos escombros, mas o frio que o rapaz sentia não vinha de fora.

"E eu fui chamado de monstro", suspirou, recordando a situação que vivera anos antes, no Brasil. "Nenhum assassino pode ser pior do que os que provocaram esta guerra!"

Não havia quase ninguém nas ruas londrinas. A possibilidade de um novo ataque aéreo levara muita gente, naquela noite, a procurar abrigo nas estações de metrô da cidade.

Conferiu o endereço que o detetive contratado lhe dera, e que não mais existia.

– Sou um idiota – disse a si mesmo, dando meia-volta e deixando as ruínas para trás.

Não era possível encontrar uma pessoa em especial, num bairro específico, num país destroçado pela guerra. Ignoraria a informação do investigador; no dia seguinte, pegaria um barco para a França, de lá tentaria chegar a Portugal e... Parou, assombrado.

Um uivo. Podia jurar que ouvira um uivo.

Foi seguindo o eco do som pelas ruas desertas até que viu dois olhos brilharem nos escombros de um *pub* destruído. Farejou o ar. Não possuía os sentidos aguçados de lobo na lua crescente, mas seus instintos estavam em alerta e ele tinha certeza de que não estava diante de um cão, muito menos de um lobo comum. Mas... poderia ser um lobisomem, sem o estímulo do luar?

Sim. O cheiro de um licantropo era inconfundível. Era seu próprio odor quando a lua o escravizava. Andou na direção do animal enquanto pegava a arma no bolso do casaco. E viu...

Viu a criatura erguer-se sobre dois pés, mal iluminada pelo reflexo do crescente nas nuvens.

– William? – conseguiu dizer, erguendo o revólver que carregara com balas de prata.

O animal, que agora era um homem, estava nu, andava sobre a neve e não parecia sentir frio. Voltou os olhos brilhantes para o recém-chegado e o fitou como se o reconhecesse.

– Hector – murmurou, com um sorriso que transmitia ferocidade.

O rapaz hesitou. A voz soava familiar. Como seria possível? Devia estar enganado. Odiava aquele lobo com todas as suas forças, mas era a primeira vez que o encontrava...

Uma escura nuvem encobriu a lua crescente, e no instante seguinte não havia ninguém no meio dos escombros. Hector correu para lá, tentando não escorregar na neve ou nos tijolos despedaçados.

Nada. Ninguém na rua. Teve a vaga impressão de ver um cachorro correndo ao longe, mas não podia ter certeza.

– Sim, eu sou um idiota – repetiu para si mesmo.

Ainda que fosse *ele*, precisava ter certeza. Não podia sair atirando no primeiro suspeito que encontrasse! Em épocas de guerra, era difícil ter certeza sobre as pessoas. Era difícil ter certeza sobre qualquer coisa...

Voltou para a estação de metrô mais próxima. Ali haveria gente, civis e soldados, e ele se abrigaria até a manhã. Em outra oportunidade procuraria por *ele* e obteria a vingança que desejava.

Naquele momento, só queria deixar a Inglaterra. Havia morte e destruição demais naquela parte do mundo.

»»»»»»»

São Paulo, Brasil, inverno de 1924

O trem ia partir. Hector recostou-se no banco e fechou os olhos. Estava exausto.

O investigador estivera certo. O sujeito usava diferentes nomes, mas acabava sendo encontrado: sumir no mundo não era mais tão fácil quanto fora nos tempos antigos. O século XX, após a Grande Guerra, trouxera novidades de comunicação e tecnologia. E prometia trazer mais.

Ajeitou-se de novo no banco duro. Os ferimentos recentes haviam cicatrizado com o poder da lua, mas ainda o incomodavam; e os trens brasileiros não eram tão confortáveis quanto os da Europa. Pelo menos a viagem para Minas Gerais seria curta.

Cumprira parte da missão que se impusera, isso era verdade. Seguira a pista do lobisomem até a capital paulista. A cidade estava traumatizada pelos bombardeios das tropas legalistas, após ter sido tomada pelos tenentes cujo líder era o famoso general Isidoro.

Encontrara o lobo branco na lua cheia. E percebera, da pior forma possível, que não tinha a força ou a experiência para enfrentá-lo. O *monstro* vencera o confronto com facilidade. Deixara-o ferido, escondido num quintal. Brincara com ele: nem sequer tentara matá-lo.

"Por que não acabou comigo?", angustiou-se. Havia muita coisa a entender, quando se tratava de William. Porém, não desistiria. Continuaria a investigá-lo. Todos têm um ponto fraco, e um lobisomem não seria exceção à regra.

Sorriu ao recordar o que acontecera após a luta. Fizera um amigo... Salvara um homem que vagava pela capital e que fatalmente seria morto pela fera.

Um escritor, talvez o único na cidade com imaginação bastante para acreditar ter estado diante de dois lobisomens. Ele ainda lhe fornecera roupas para vestir após a mutação. Era um bom sujeito, que esperava rever algum dia.

Não sabia que seu destino não lhe permitiria reencontrar aquele homem, nem tinha ideia de que um dia ele seria conhecido como um dos maiores autores e empreendedores do país.

Aquela aventura seria mais um segredo a ficar oculto nas entrelinhas da história[2]...

»»»»»

Buenos Aires, Argentina, primavera de 1950

Ele sempre gostara muito de Buenos Aires. Hector viajara para a Argentina várias vezes, quando jovem. Seu pai, John Wolfstein, tinha ali também uma filial de sua empresa de exportação. Mas ele mesmo nunca se interessara pelos negócios da família: passava a maior parte do tempo visitando livrarias. Fora naquela cidade que a ideia de ser escritor brincara em sua mente pela primeira vez... Nessa viagem, porém, não teria tempo para comprar livros, nem mesmo para andar sem rumo pelas ruas da cidade, coloridas de lilás pelos jacarandás floridos.

Não. Estava mais uma vez *caçando*, seguindo nova pista do lobo que desejava matar.

Décadas haviam transcorrido desde o confronto em São Paulo. Uma nova guerra manchara a face do planeta, deixando uma cicatriz difícil de ser removida: o nazismo. Hector não voltara à Europa, ocupado com sua nova identidade no Brasil e com a família que adotara. Porém, mantivera o salário de seus investigadores pelo mundo. E um deles enviara notícias interessantes.

A colônia britânica na Argentina era significativa. Naqueles anos de pós-guerra, vários ingleses residentes em Buenos Aires integravam um ramo pouco conhecido de certa organização europeia. Dedicavam-se à caça de criminosos de guerra foragidos da Alemanha.

Pelo que Hector descobrira, o jovem inglês, que às vezes ainda usava o nome William, tornara-se membro ativo dessa entidade. As descrições que recebera combinavam perfeitamente com o que sabia sobre ele. Havia até a informação, não confirmada, de que o rapaz

2. Esse confronto é narrado em "Lobos", conto disponibilizado gratuitamente para download pela Farol Literário.

colaborara com a Resistência Francesa e que chegara a ser prisioneiro num campo de concentração.

Agora, pelo que o detetive havia informado, dedicava-se a caçar nazistas.

Hector ainda possuía o apartamento comprado por seu pai no bairro da Recoleta; lá, mantinha um quarto seguro para as épocas de lua cheia... que, por sinal, chegaria em poucas horas. Na cidade havia uma semana, encontrara conhecidos e confirmara suas suspeitas: o rapaz em questão hospedava-se num albergue para estudantes próximo a Palermo, não muito longe da Plaza Serrano.

Era para lá que se dirigia naquela noite. Seus instintos lhe diziam que o *monstro* estava próximo. Dessa vez, Hector não era mais um lobo fraco e inexperiente; a história seria outra.

Não foi difícil encontrar a rua sem saída, que terminava num muro por trás do qual havia um jardim lotado de altos jacarandás. Foi esconder-se junto às sombras das árvores na parede, seus passos abafados pelo tapete de flores roxas na calçada.

Sentiu a urgência da transformação quando o luar se manifestou. Mas viera prevenido: tirara os óculos e trouxera uma valise com a necessária muda de roupa.

Reconheceu o cheiro do inimigo assim que ele assomou à rua, vindo da casa escura. Não havia se transformado, apesar do luar prateado que cobria Buenos Aires. Mas era ele.

William parou ao farejar o lobo escondido no final da rua. Virou-se, e seus olhos fitaram Hector. Brilharam tanto que as flores lilases no calçamento se tornaram rubras.

– O que você quer? – indagou, com uma expressão cínica.

A única resposta que recebeu foi um rosnado e um arreganhar de dentes.

– Está mais velho, mais forte. – Sorriu o inimigo, estranhamente sem ironia. – Muito bem, Hector Wolfstein. Mesmo assim, será vencido. Não percebeu, ainda, que não pode me derrotar?

Vendo que o outro caminhava em sua direção, preparando o bote, o rapaz se livrou do casaco e das botas. Em um segundo, acolheu a mutação, saltou para trás e esperou o ataque.

A luta foi mais longa dessa vez.

A fera mais nova parecia enlouquecida, buscando com os dentes os pontos frágeis do outro. O lobo branco, que era William, defendia-se, mas não era tão ágil e se cansava mais depressa.

Antes que o cansaço aumentasse, ele achou que era hora de acabar com aquilo. Pressentiu que seria atacado pela direita e fingiu mancar com a pata traseira, abrindo o flanco para o adversário. Este se lançou com tudo para aquele lado, porém foi surpreendido por um salto de banda e uma patada poderosa que destroncou sua mandíbula.

Hector bateu a cabeça contra o muro e despencou numa cama de flores roxas amassadas. Quando conseguiu se recuperar do baque, tinha outra vez a aparência humana. E via diante de si um jovem ocupado em vestir o casaco e espanar a poeira da gola.

Tentou erguer-se e caiu de novo. O maxilar doía terrivelmente; seus ouvidos zuniam.

– Espere alguns minutos pela autocura, jovem Wolfstein – disse William, tão calmo como se tivesse acabado de jogar uma partida de xadrez. – Aceite meu conselho: volte ao Brasil. Tentar vingar sua mãe é uma estupidez. Não vai conseguir me vencer.

Hector quis retrucar, mas não conseguiu falar por causa do inchaço no rosto. Levou a mão ao queixo dolorido. Seu ódio aumentava ao perceber que não havia nada que pudesse fazer.

O outro rapaz já seguia adiante, e voltou-se para ele antes de afastar-se.

– Não tenho tempo a perder com filhotes, prefiro matar lobos adultos. Mas se tornar a interferir em minha vida, eu o matarei. Agora, se me dá licença, tenho um carrasco nazista para caçar.

E tudo que Hector pôde fazer, enquanto buscava as roupas na valise junto ao muro, foi ouvir os passos da detestável criatura ao deixar a rua e sumir na noite portenha.

Depois daquele confronto, mais de sessenta anos se passariam até que Hector tivesse uma nova oportunidade de enfrentar o monstro, numa luta que também o faria enfrentar os próprios tormentos.

CAPÍTULO 3

LUA NOVA

Porto Alegre, Brasil, dias atuais
30 de abril, quarta-feira

Às dezessete horas em ponto, a agente especial Natália Sorrent desembarcou no Aeroporto Salgado Filho. Após os procedimentos de praxe, foi ao encontro de seu chefe, Damasceno, que a mandara vir de Minas Gerais especialmente para investigar um crime no Rio Grande do Sul.

– Trata-se de um caso delicado – ele foi logo explicando. – Vereador encontrado morto há um mês. Muita pressão da mídia, do prefeito, do governador, da opinião pública e sei lá mais de quem para que se prenda logo o assassino.

– Nada bizarro e sobrenatural, então? – A agente sorriu.

– Do jeito que você prefere? Não desta vez, Natália.

Damasceno costumava ser o mais sério e mal-humorado dos chefes. Mas, para ela, de vez em quando o homem esboçava um sorriso. Foi o que fez naquele momento, antes de acender um dos seus odiosos e fedorentos charutos. Saíam em direção ao estacionamento.

Sua aparência cansada preocupou a agente. O chefe parecia envelhecido, com mais cabelos brancos do que ela se lembrava.

– O senhor está doente? – Natália perguntou.

Uma baforada de charuto deixou a agente sem resposta. Atitude bem típica de Damasceno, que apenas reparou no tamanho da mala que Natália carregava.

– Você trouxe pouca bagagem – comentou ele.

– Eu deveria ter trazido roupas de frio?

– Não creio. Porto Alegre anda abafada como o inferno! A questão é que talvez você fique mais tempo do que eu mesmo esperava.

– Por que diz isso?

– Implicações políticas. Como está tudo emperrado, a Polícia Civil da cidade acionou a Polícia Federal, por isso viemos. Você vai trabalhar com o Rodrigo, o melhor investigador da Delegacia de Homicídios daqui. Ele a colocará a par de tudo.

No estacionamento, o tal Rodrigo aguardava-os em pé, ao lado de uma viatura. Conversava com alguém ao celular e, ao ver Natália, não disfarçou um olhar de desprezo que deixava bem claro para a agente que sua presença em Porto Alegre não era desejada.

"Homem alto, charmoso, arrogante... Cerca de quarenta anos de idade. E sem aliança na mão esquerda", avaliou a agente. Estava acostumada a lidar com tipos como aquele, que se consideravam autossuficientes e acima do nível dos pobres mortais."Afinal, sou noiva de um, não?"

Meneou a cabeça ao pensar no delegado Monteiro, o noivo que morava em Passa Quatro. Nem sempre conseguiam encontrar-se, devido às agendas lotadas de compromissos de ambos.

– A perícia demorou, mas a balística confirmou, finalmente – disse Rodrigo ao encerrar a ligação. – A morte do agricultor encontrado em Linha Nova, há dois meses, apresenta as mesmas características da morte do vereador. Foi usada a mesma arma.

Falava com Damasceno, como se Natália não existisse.

– O legista acha que estamos lidando com crimes seriais, o que ainda não me parece ser o caso e...

– Isso quem vai decidir é a agente Natália – cortou Damasceno, ríspido. Não lhe escapara a reação do investigador ao botar os olhos na policial. – É ela quem assume as investigações a partir de agora, e tem experiência com assassinatos em série. A Polícia Civil deve ajudá-la no que for necessário. E se por acaso tiver algum problema com isso, vá reclamar com a delegada Laura. Foi ela que escolheu você para trabalhar conosco.

Rodrigo engoliu alguma frase atravessada. Aquela não era a melhor maneira de conhecer uma colega de trabalho.

– Volto amanhã cedo para São Paulo – avisou Damasceno, desativando o alarme do carro que alugara, estacionado na vaga ao lado. – Não estou no mesmo hotel em que você ficará, então me ligue se houver novidades na investigação.

Natália assentiu. Respirou fundo, entrou na viatura e sentou-se ao lado do motorista. Com uma expressão sombria, Rodrigo assumiu o volante.

– Tu fica bem no centro da cidade – avisou, virando a chave na ignição.

Alguns minutos depois, no trajeto para o hotel, ele voltou a abrir a boca. Pôs-se a narrar os casos mais brutais e sangrentos que solucionara, caprichando na descrição dos cenários dos crimes.

– Não me tome por machista – disse, como se quisesse provocá-la apenas para se divertir com sua reação –, mas há situações que uma mulher não está preparada para encarar.

Sonolenta, Natália bocejou. Dormira muito mal na véspera.

– Eu gostaria que você me passasse os arquivos ainda hoje, com tudo a respeito dos dois casos, o do vereador e o do agricultor – pediu, ignorando o que ele dissera. – E faça um levantamento sobre mortes similares em outros estados. Quero explorar perspectivas diferentes.

Aprendera que novos ângulos sempre ajudavam a desvendar qualquer mistério. Quanto mais informações tivesse, melhor seria a triagem do que realmente importava.

– E tu quer tudo pra hoje, guria? – ele quis confirmar. – Sabe quanta gente deve ter morrido do mesmo jeito que esses dois infelizes?

Natália ainda não tinha nenhuma informação sobre o assunto, mas não deu o braço a torcer.

– Acredito que um *homem* possa perfeitamente executar uma pesquisa simples como essa – cutucou. – Ou estou enganada?

Ele abriu a boca, ia retrucar, olhou-a de esguelha e resolveu concentrar-se na direção que tomavam. A agente teve certeza de que ele abafava um sorriso.

»»»»»»

Embora a lua não estivesse visível na madrugada, ele a sentia com intensidade. Havia muito deixara de obedecer a seus caprichos, à mestra que antes controlara seu destino.

Era a consciência de tal poder sobre os elementos, e sobre os próprios atos, que o movia. Uma conquista que tanto lhe custara...

Transformado, continuou farejando o cheiro de sangue. Sabia que algo estava errado.

Foi quando a viu, caída numa rua próxima ao mercado. Abandonada à morte.

O lobo chegou mais perto. Seus olhares, então, cruzaram-se por segundos; e o dela brilhou pela última vez antes de se apagar para sempre.

Mais uma vítima.

O lobisomem uivou alto, um lamento que ecoou longe. Um instante depois, alguém gritou, com medo. Luzes foram acesas em algumas janelas e ele se pôs em fuga, retornando para o porto.

Lá, parou à margem do rio Jacuí e de suas águas escuras, que pareciam devorar a claridade urbana. "Elas correm como sangue negro", comparou o lobo, já pensando como humano.

»»»»»»

Liam nem reparou que amanhecia. Após mais uma de suas habituais noites insones, falava ao celular com o editor do jornal para quem, no momento, trabalhava como *freelancer*. Não pagavam muito, mas ao menos aquele era um jornal decente, que não se deixava levar pelo sensacionalismo tão comum na imprensa. Tempos difíceis para um jornalista investigativo como ele, que levava a sério seu trabalho.

– Recebeu o arquivo? – perguntou ao homem.

Estava sentado na cama, com o *notebook* no colo. Selecionara várias de suas reportagens sobre os bastidores do poder em Brasília, pensando se valeria a pena reuni-las e publicá-las em um livro. Na dúvida, fechou a pasta e abriu outra, com a série de matérias sobre o desmatamento da Amazônia, que publicara certa vez numa revista alemã. Poderia atualizar os dados, aprofundar a questão da sustentabilidade, traduzir para o português... Também daria um livro oportuno.

– Quê...? – respondeu o editor.

– O arquivo com a matéria sobre os assassinatos aqui em Porto.

– Jaeger, é você? Só podia ser! – Resmungou. – Eu estava dormindo! Sabe que horas são?

O rapaz espiou a janela, conferindo a luminosidade que a invadia.

– É cedo – respondeu. – Confere lá os seus e-mails e me diz.

– Depois vejo isso. Se eu não ligar, é porque o arquivo chegou.

– Tá. E não esquece de depositar meu pagamento.

– Eu sei, eu sei. Escute, quando você volta pro Rio? Tem uns recibos aqui para assinar.

– Não é mais fácil você me mandar por mensagem, eu assino, digitalizo tudo e te envio?

– Ah, sabe como o pessoal do Administrativo pega no pé. Não querem nada digitalizado.

– Sei lá quando volto. Eu ia embora hoje, mas teremos novidades sobre aqueles assassinatos.

– Que novidades?

– Depois te digo. Volta a dormir.

– Ainda estou dormindo! – O editor riu.

Multitarefa como muitos jornalistas, Liam já separara as matérias sobre meio ambiente, passara os olhos pelas manchetes em três portais de notícias e, antes de se despedir do editor e encerrar a ligação, rascunhara um lide para iniciar um novo texto.

– Argh, que fome... – resmungou, ouvindo o estômago roncar pela segunda vez.

Fechou o *notebook*, colocou-o numa mochila surrada já cheia sobre a cama, fechou-a e pendurou-a no ombro. Pegou o celular e, enquanto checava as novidades nas redes sociais, fechou a porta do quarto, saindo no corredor.

– Tomo café na rua. Hoje será um dia cheio – constatou, tão acostumado a pensar em voz alta quanto qualquer pessoa habituada a viver sozinha.

»»»»»

A alguns quartos de distância, no mesmo hotel, Natália fora acordada minutos antes por um telefonema de Damasceno. Lacônico como sempre, ele dissera:

– Acabam de me avisar que há uma nova vítima, aí em Porto Alegre. O Rodrigo já deve estar a caminho para te levar ao local onde o corpo foi encontrado.

Com pressa, ela se levantou e preparou-se para sair.

Novamente dormira pouco, pois o investigador, sentindo-se desafiado, enviara-lhe por e-mail tudo e mais um pouco sobre os dois casos e ainda sobre assassinatos com características semelhantes Brasil afora. Ou seja, inúmeras vítimas executadas com um tiro na nuca e desovadas em ruas desertas. Natália rira sozinha, calculando a trabalheira que o coitado tivera! Ela passara a maior parte da madrugada lendo e inteirando-se dos fatos mais importantes.

Quando saía para o corredor, seu celular voltou a tocar. O número do telefone do noivo surgiu na tela. Ele sempre madrugava... Atendeu impaciente, fechando a porta atrás de si.

– Oi, Monteiro.

– A viagem foi tranquila?

Ele não expressava uma preocupação verdadeira; aquela era uma maneira um tanto canhestra de conferir se a noiva estava sã e salva em mais uma das missões que ela assumia desde que entrara na força-tarefa federal, a convite do doutor Irineu. Monteiro também participara da equipe, mas acabara afastando-se, ocupado demais ao tornar-se delegado em sua cidade natal. E as missões nem tinham sido tão arriscadas assim; só que para ele, cujo caso mais emocionante fora desvendar os crimes seriais em Minas sete anos antes, qualquer missão longe de suas asas protetoras soava perigosa.

Natália, porém, sonhava com aventuras, com a emoção trazida pelo desconhecido. Um casamento monótono e uma rotina previsível não se encaixavam em seus planos.

– Foi tudo bem, Monteiro. Estou ótima. Nenhum arranhão, nenhum lobisomem, nada!

No mesmo instante, a agente trombou em um rapaz que vinha na direção contrária, distraído lendo mensagens no celular. Com o baque, os dois largaram seus aparelhos, que caíram a seus pés.

– Desculpe! – ela balbuciou, inclinando-se para recolher o seu.

A poucos passos de distância, a porta do elevador se abriu, e, na pressa de alcançá-lo, Natália capturou o aparelhinho mais próximo e correu.

O rapaz ficou para trás, franzindo o nariz para o aparelho que sobrara.

»»»»»

– Amor? O que houve? Você está bem?

Era melhor tranquilizar a voz masculina no outro lado da ligação, que não fora interrompida com o tombo do celular.

Liam agachou-se enquanto a verdadeira dona do aparelho entrava no elevador segundos antes de a porta se fechar. Uma mulher atraente e quase quarentona, embora aparentasse bem menos idade. Tinha olhos verdes, pelo que conseguira perceber.

– Olha, garanto que o seu amor está bem – disse, ao encostar o celular junto ao ouvido.

– Quem é você? – A voz, feroz, tinha um forte sotaque mineiro. – O que você fez com ela?

– Nada. Nós esbarramos no corredor, nossos celulares caíram e ela levou o meu por engano.

Silêncio do outro lado.

– Você não...? A Natália está mesmo bem? – a voz perguntou após alguns segundos. – Sou o noivo dela. Será que você poderia devolver o...?

– Vou tentar. É que a moça saiu correndo.

– Ela é assim mesmo. – O dono da voz parecia aliviado.

– Quer deixar algum recado para a sua noiva? – perguntou o rapaz.

– Peça a ela para não se esquecer de me ligar.

– Fica tranquilo.

Desligaram. Sem pressa alguma, Liam desistiu do elevador e resolveu descer pelas escadas os andares que o separavam do térreo. Ganharia alguns minutos a mais para fuçar o celular da tal Natália. Claro que não era uma atitude correta, mas o rapaz era assim mesmo, agia por impulso, sem se preocupar com códigos de ética.

Aquela mulher... Era muito atraente.

O rapaz leu suas mensagens mais recentes, descobriu o que ela fazia da vida, por que estava em Porto Alegre e, o mais intrigante, encontrou entre seus contatos o nome de um famoso escritor.

Daniel Lucas.

»»»»»

No elevador, Natália quis retomar a conversa com Monteiro, mas o celular desligara com a queda e não ligava de jeito nenhum. “Só falta ter quebrado...”, lamentou.

Ao sair, já no térreo, Natália viu que Rodrigo a esperava junto à recepção com um copo fechado de *cappuccino*. Sorriu consigo mesma; ele podia ser antipático, mas estava se esforçando para melhorar. Adivinhara que ela desceria sem tomar o café da manhã do hotel.

– Bom dia – saudou-o. – É para mim? Que delicadeza da sua parte.

Subitamente tímido, ele respondeu apenas:

– Não é nada de mais. Temos uns minutos, estamos bem perto e o Aluísio já está no local.

Ela abriu o copo e saboreou o café cremoso. Nem reparou no rapaz que aparecera no *lobby* procurando-a com o olhar.

Ao perceber que Natália estava acompanhada, ele foi entregar a chave à moça da recepção. Mas manteve-se atento ao diálogo dos dois policiais.

– O que sabemos sobre a vítima? – indagava ela. – Damasceno não me contou nada.

– Mulher, jovem. Tiro na nuca. Segundo me disseram, não deve ter sido morta naquela rua.

– Uma desova – suspirou ela. – Execução, como os outros dois crimes.

– Veremos! Se tu já terminou, podemos ir. Fica a alguns quarteirões daqui.

A aproximação de alguém o interrompeu. E ela reconheceu o rapaz com quem havia trombado no corredor. Alguns centímetros mais alto que Rodrigo, ele tinha a pele morena de sol e olhos escuros e profundos, daquele tipo sedutor que não deixa escapar nenhum detalhe. Os cabelos eram negros, ondulados e compridos, na altura dos ombros. Corpo esguio. Forte, com certeza. Devia ter uns vinte e cinco anos. Barba desleixada, camiseta amarrotada de banda de rock, calças jeans e um velho par de tênis, mochila nas costas. Havia ainda um quê de intelectual naquele rapaz que nem chegava a ser bonito; sua imagem o enquadrava como um aventureiro.

"Já vi esse rosto em algum lugar", concluiu. "Onde?"

Aquela costumeira análise que Natália fazia ao conhecer as pessoas durava segundos, e raramente alguém notava quando acontecia. O rapaz, no entanto, arregalou os olhos, consciente de que era analisado. Com uma expressão cínica, mostrou-lhe o celular que tinha em mãos.

– Desculpe te atrapalhar – disse ele, carregando no "s" como um bom carioca –, acho que nossos celulares foram trocados.

Uma olhada rápida para o aparelho que tirou do bolso deu a Natália a certeza de que ele estava certo. Os modelos eram idênticos, mas a tela da agente era a imagem-padrão da operadora.

– Perdão... – a agente murmurou enquanto trocavam de aparelho. – Não sei se o seu quebrou ou...

– O chip deve ter saído do lugar – disse o rapaz. – Eu vivo derrubando o infeliz e isso sempre acontece. O que preciso é comprar um novo.

– Ainda bem que você notou a troca antes de sairmos. Obrigada.

Liam cumprimentou-a com a cabeça. Rodrigo fitou-o com ar desconfiado e foi atrás de Natália, que jogara o copo vazio num cesto de lixo e já ia saindo do hotel.

– Seu *check-out* está pronto, senhor Jaeger – chamou a moça da recepção.

Ele foi até a porta de vidro do *hall* e acompanhou os dois com o olhar. Depois, voltou-se para a recepcionista, conferiu a fatura que ela lhe entregava, pegou no bolso um cartão de banco.

– Pode debitar, Anette. – Sorrindo para a moça, pediu: – Só que vou precisar de mais um favor. Houve uma mudança de última hora nos meus planos de trabalho, talvez eu tenha de ficar mais uma semana na cidade. Então, você me consegue outro quarto?

Ela correspondeu ao sorriso dele com um ar desolado.

– É que estamos lotados, hoje é 1º de maio e amanhã começa a convenção sindical...

– Pode ser qualquer quarto, não ligo para o barulho da rua. – Ele ampliou o sorriso.

Anette brincou com um cacho dos cabelos negros e olhou a tela do computador.

– Bom... agora não temos nada, mas se tu voltar pra fazer *check-in* depois das dezesseis horas acho que te consigo um *single* no mesmo andar.

– Ótimo. Posso deixar minha mochila no guarda-volumes? Pego quando voltar.

Tudo acertado, ele guardou o cartão no bolso e saiu.

Na rua, aspirou o ar da manhã como se farejasse algo. E seguiu pelo mesmo caminho que os policiais haviam tomado.

»»»»»

Iam pela rua dos Andradas, quase vazia àquela hora, seguindo rumo à Floriano Peixoto.

– O que está achando de Porto Alegre? – perguntou Rodrigo, olhando-a com o canto do olho.

– Lembra outras grandes capitais – foi a resposta de Natália. – Belo Horizonte, São Paulo. Só conheci o centro, mas estou gostando. Agora, quanto à vítima, temos ideia de quando foi morta?

– Não até o legista examinar o corpo. O Aluísio acha que foi recente.

– Certo. E hoje é dia 1º de maio...

Ela ligou o celular e abriu um aplicativo. O detetive espichou o olho e viu que a tela dizia: "1º de maio. Lua nova". Notou que ela marcara num caderninho que levava no bolso a data atual, um dia do mês anterior e outra data, de dois meses atrás. Concluiu que estava comparando a época provável das mortes. Aparentemente, os três corpos haviam sido encontrados na lua nova.

"Por que isso chamou a atenção dela?", perguntou-se.

Quando deixaram para trás o Mercado Público e dobraram a esquina da Floriano com a Voluntários da Pátria, Natália, sempre em silêncio, entreabriu o zíper da jaqueta e conferiu sua arma, oculta no coldre.

Rodrigo teve um vislumbre da pistola, uma Browning 9 mm. A despeito de ter, de início, decidido que a agente da Polícia Federal iria *sobrar* naquela investigação, estava impressionado.

»»»»»

Um dos poucos prazeres na vida daquele homem era acompanhar pelo noticiário a repercussão dos assassinatos que provocava. Sentia-se cada vez mais seguro para ir em frente, como se recebesse o apoio que nunca tivera de ninguém, nem mesmo da própria mãe. "Principalmente dela", pensou; o peso da mágoa sempre esmagando seu peito.

Rodeado de jornais e revistas, fez questão de ler todos à procura de alguma notícia sobre a morte do vereador. "Ainda é cedo para falarem da vítima mais recente", sorriu.

Frustrado, só encontrou um texto sobre o assunto em um jornal carioca. Uma reportagem completa, com ampla retrospectiva do caso e informações não divulgadas pela polícia, inclusive relacionando-o com outra morte em condições similares, a de um agricultor em Linha Nova. Era assinada por um certo L. Jaeger. "Esse sujeito é bom", resmungou, com uma ponta de preocupação.

Na internet, buscou notícias mais recentes sobre os dois assassinatos. Além de notas esparsas aqui e ali sem qualquer inspiração, havia a tal reportagem de L. Jaeger no site do mesmo jornal. Fora até replicada em outros periódicos eletrônicos.

– Que detalhe está me escapando? – disse, baixinho, com uma inflexão sinistra.

Então percebeu o óbvio: Jaeger... *Jäger* significava "caçador" em alemão.

"Achei você!" E começou a rir sozinho. Ele se achava tão esperto...

– *Jeder Hund hat seinen Tag* – murmurou, recordando um ditado em alemão. "Cada cão de caça tem o seu dia", traduziu. Ou, como se diz em português, "um dia é da caça, outro, do caçador".

»»»»»»»

O feriado de 1º de maio só era evidente porque a maioria das lojas do centro de Porto Alegre permaneceria fechada. Natália seguiu Rodrigo até as proximidades da avenida Júlio de Castilhos e entraram num trecho interditado da rua Dr. Flores.

Fitas de isolamento mantinham longe os curiosos que apareciam em torno da cena do crime, apesar de ser bem cedo. Dois soldados da Brigada Militar falavam com moradores do quarteirão.

O subdelegado Aluísio, superior de Rodrigo e braço direito da delegada Laura, viu Natália e o investigador se aproximando.

– Ah, aí estão. Bom dia, agente Sorrent, prazer em conhecê-la. Desculpe termos de te chamar a uma hora desta, mas o pessoal da Medicina Legal logo chega pra nos dar uma luz. Se houver relação com os outros crimes, o caso tem de ser acompanhado pela PF.

Ela o cumprimentou e foi conferir o corpo, enquanto o subdelegado se despedia.

A garota, caída junto à guia, tinha cabelos curtos; usava jeans e camiseta. Estava deitada de costas e com a cabeça de lado, os olhos abertos. Suas orelhas eram furadas porém não se viam brincos ou qualquer outra joia. Havia pequenas marcas nos lóbulos, abaixo dos furos, e o orifício do tiro na nuca era visível. Natália notou ainda escoriações nos braços, que não pareciam ser recentes.

Mordeu o lábio, lembrando como detestava a parte do trabalho que a colocava em contato com a morte. A vítima mal saíra da adolescência.

– O legista, doutor Tales, é quem vai confirmar. Mas, pelo orifício de entrada, eu diria que a arma tem o mesmo calibre da que alvejou os outros dois – comentou Rodrigo. – E aí vem o perito de local. Se não fosse feriado, ia demorar mais de duas horas para chegar aqui.

Uma viatura do Instituto Geral de Perícias – IGP – acabara de estacionar na área interditada; um homem alto saíra dela e se aproximava. Deu-lhes bom-dia e foi examinar a vítima. Um fotógrafo criminalístico o acompanhava.

– Tem a idade da minha filha – resmungou o perito, virando o corpo com as mãos enluvadas. – No Instituto teremos certeza, mas a rigidez indica que morreu há poucas horas, eu diria que no começo da madrugada. Não deve ter sido alvejada aqui, não há sangue no chão. E estas marcas no asfalto... eu diria que ela se mexeu antes de morrer. Ainda devia estar viva quando foi jogada aqui.

Natália se aproximou e o viu analisar as marcas de arranhões. Não pôde se conter:

– O senhor notou as orelhas da vítima? Parece que há cortes nos lóbulos.

Ele concordou com a cabeça.

– Sim, cortes finos, iguais aos que vemos nos braços. – Levantou a camiseta e indicou o abdômen da moça, com um suspiro de desgosto. – Aqui também. São indícios de tortura, apesar de estarem cicatrizados. Sabem se ela esteve muito tempo desaparecida?

Foi Rodrigo quem respondeu.

– Ainda não, acabamos de identificá-la. Tinha a carteirinha da faculdade no bolso da calça. Ela estudava na Federal. Aluísio seguiu pra delegacia, vai tentar encontrar a família.

O perito ergueu-se e fitou os dois.

– Rodrigo, tu sabe que eu trabalho com o doutor Tales, que é muito cuidadoso nessas situações. Ele vai esperar o exame completo, balística e toxicologia. Mas só pelo exame perinecroscópico, já se percebe semelhanças com os outros dois corpos. Minha opinião é de que a Polícia Federal tem de ficar no caso.

– Então temos mesmo um assassino serial na região – suspirou o investigador, resignado.

Intrigada, Natália voltara a examinar os lóbulos das orelhas da vítima. Sabia que um dos exames laboratoriais mais comuns para testar o índice de cicatrização de cada pessoa era fazer um pequeno corte no lóbulo e cronometrar a coagulação.

– Cortes cicatrizados – murmurou ela, repetindo o que o legista dissera. – E isso em geral leva tempo. A não ser que exista algum tipo de fator de cura em ação...

– Do que tu está falando? – perguntou Rodrigo, franzindo as sobrancelhas.

Ela ia dizer algo, mas naquele momento um dos soldados que conversava com os moradores os chamou. Uma senhora e dois garotos pareciam discutir acaloradamente.

– Eu juro que vi! – dizia um menino.

– Conta de novo, para os investigadores, o que você acha que viu – incentivou o soldado.

A mulher se meteu:

– Meu filho está dizendo bobagens, essas crianças têm imaginação demais.

– Não se preocupe, senhora, agradecemos qualquer informação – a agente tranquilizou-a. – Nunca se sabe o que pode ajudar numa investigação. Fale sem medo. O que você viu?

E a moça sentiu o coração gelar quando o garoto começou a falar.

– Um lobo. Eu juro, eu vi um lobo!

Rodrigo sorriu com desdém e a mãe bufou, mas Natália o encarou com seriedade.

– Certo. E onde estava esse lobo?

– Bem aqui, perto da guia. A gente mora naquele prédio. Eu levantei de madrugada pra beber água. Era mais de meia-noite e nem sei por que olhei pela janela da sala, mas olhei, e dava pra enxergar bem. O lobo veio andando debaixo da lâmpada da rua.

– De onde ele veio? – a investigadora indagou.

– De lá – o adolescente indicou a rua Mauá, que margeava o cais. – Nunca vi um bicho tão grande na minha vida! Aí ele parou perto da moça caída, ficou lá um tempo. Eu queria ir chamar a mãe... só que não tive coragem de parar de olhar. Então, ele uivou.

O outro garoto se intrometeu.

– Isso eu ouvi! Eu moro naquele outro prédio. Não vi o lobo, mas ouvi o uivo. Era igualzinho a um filme de lobisomem... Até chamei a minha tia, ela também ouviu.

– E aí, o que aconteceu? – Rodrigo interrompeu-o e voltou a interrogar o primeiro menino.

Ele respirou fundo e continuou:

– Alguém gritou, aí o lobo vazou. Apareceu gente nas janelas e minha mãe acordou.

A mulher abraçou-o e sorriu, nervosa.

– Filho, tu viu só um cachorro. Onde já se ouviu falar de um lobo aqui na cidade?

– Cachorro daquele tamanho não existe! Era lobo, sim – o menino teimava.

– Lobisomem – acrescentou o outro garoto, com ar de entendido. – Será que é lua cheia?

– Não, é lua nova... – Natália sorriu, apesar da careta de Rodrigo. – Obrigada por seu depoimento. Senhora, não se preocupe, seu filho nos ajudou bastante.

A mãe e os meninos se retiraram. O sol iluminou as ruas do centro histórico, e uma viatura do Departamento de Criminalística veio retirar o corpo. Os soldados dispersavam os curiosos, que começavam a surgir em maior número. O investigador, depois de resmungar sobre "crianças impressionáveis que veem filmes de vampiros e lobisomens", atendeu um telefonema da delegacia. Foi então que ela o viu. Entre as pessoas por trás da fita de isolamento, um rapaz parecia fotografar a cena com um celular. Ela foi até lá, porém não o encontrou. Os transeuntes se dispersavam e ela se dirigiu à moça, também soldado da brigada, que guardava o isolamento.

– Você reparou em um moço que estava fotografando a rua?

– Capaz! Tinha uma dúzia de pessoas tirando foto, antes de eu chegar perto e mandar circular. A essa altura já tem imagem rodando na internet.

A agente foi até a Voluntários e vasculhou a rua, mas não viu o rapaz em questão.

"Era ele", pensou, intrigada. "O sujeito que trombou comigo no hotel, que me devolveu o celular. Claro, poderia estar nesta rua por coincidência, mas... não acredito em coincidências. E agora temos um lobo na história. Ou *algo mais.*"

– Acho que terminamos aqui – declarou Rodrigo, vindo ao seu encontro. – Vamos para a delegacia? A doutora Laura está à nossa espera.

Seguiram em silêncio para o estacionamento em que ele deixara o carro. O investigador notou que ela teclava um número de sua lista de contatos no celular. E ouviu-a murmurar:

– Damasceno, você não vai acreditar. Acho que vamos precisar *dele*.

Ela conversou por poucos segundos com seu superior. E Rodrigo manteve-se discreto, enquanto entravam no carro e enveredavam pela rua Siqueira Campos.

Nenhum dos dois percebeu que, sob a sombra da marquise de um prédio bem ao lado, na esquina do estacionamento, alguém, que os seguira desde a cena do crime, os observava.

»»»»»»

Damasceno havia devolvido o carro à locadora e estava na fila do portão 3, no Aeroporto Salgado Filho, quando o telefonema o alcançou. Quase monossilábico, assegurou à agente que faria contato com *ele* assim que possível. Entretanto, ao seguir pela ponte de embarque, vacilou. Seu mal-estar estava aumentando, e ele teve ímpetos de retroceder, remarcar o voo e retornar à cidade.

"Tem algo inesperado acontecendo", pensou. "Eu devia verificar melhor..."

O caso, que a princípio parecia rotineiro – uma morte ligada a rivalidades políticas regionais –, de repente enveredava para uma investigação de crimes seriais. Agora... isso?!

Parou antes de entrar na aeronave. Sabia que, com sua credencial da Polícia Federal, poderia até atrasar a decolagem. Mas teria uma reunião ainda naquele dia e preferiu ater-se ao plano. Em duas horas, no máximo, estaria em casa. E decidiria o que fazer.

CAPÍTULO 4

UM CONTO DE FADAS

Bökendorf, Reino da Westphalia, verão de 1810

Fazia gerações que a propriedade de Bökendorf pertencia aos Von Haxthausen. Em 1810, o patriarca da família era um barão, tio de August e de seus muitos irmãos e irmãs. Os Grimm os conheciam havia algum tempo, mas Wilhelm só travara amizade com o sobrinho do barão no ano anterior, numa viagem que fizera para tratar da saúde.

O convite para o fim de semana incluíra todos os Grimm; porém o sério Jacob, responsável pela família, alegara estar ocupado com seus manuscritos. E então, na sexta-feira, a carruagem dos anfitriões viera de sua casa, em Kassel, trazendo apenas os irmãos Wilhelm e Ferdinand e o primo Erich.

Tinha sido uma noite de verão clara e agradável. Erich nunca estivera em uma casa tão grande e jamais vira tanta comida servida numa única refeição; sentia-se retraído diante de August e de suas irmãs. Uma delas, Ludowine, dirigiu-se a ele pouco antes de se porem à mesa.

– Pensamos que sua irmã Charlotte também viria, *Herr* Grimm.

Ele recordou o rosto amuado da prima ao ouvir o irmão mais velho decidir que ela não iria.

– Lotte queria vir – respondeu, tímido –, mas está se recuperando de um resfriado e Jacob achou melhor que ficasse em casa. E, na verdade, ela não é minha irmã, *Fraulein*. Sou apenas um primo: tia Dorothea me acolheu em sua casa após a morte de meus pais.

O pai de Erich fora vítima de um acidente de trabalho em Munique, quando o menino era pequeno. A mãe, sem apoio dos empregadores, também morrera logo depois, em extrema pobreza.

A garota sorriu, compreensiva. Todos sabiam que Dorothea Grimm, falecida havia dois anos, fora uma mulher de fibra. Seria típico dela acolher um parente órfão, apesar de todas as dificuldades por que a numerosa família passava. A outra irmã, Sophie, menos discreta, tagarelou:

– Que pena! Gostaria de conhecer Lotte. Mas o senhor se parece muito com seus primos! Pensamos até que fosse o artista da família.

O rapaz arregalou os olhos. Parecido com os primos? Justo ele, o único moreno do clã?

– Esse é Ludwig – explicou, ainda sem jeito. – Ele está estudando arte na Baviera. Meu outro primo, Karl, trabalha em Hamburgo.

Wilhelm, que ouvira o diálogo, veio em seu auxílio. Sabia bem como Erich se sentia ao ser considerado o "parente pobre". Em sua fase estudantil, ele e Jacob eram meramente tolerados pelos colegas ricos, que desprezavam os Grimm por sobreviverem graças à ajuda de uma tia.

– Nosso Erich tem outros talentos – disse. – Desde que veio para Kassel revelou grande aptidão para idiomas. É inteligente, aprende rápido e também escreve muito bem. Jacob está lhe ensinando francês, e o aluno promete superar o mestre.

As garotas aproveitaram a deixa para se dirigir ao rapaz na língua francesa. Seu tio, o barão, podia execrar a França, mas desejava que praticassem. E August, guiando-os para a mesa do jantar, aproveitou o assunto para perguntar a Wilhelm sobre a delicada situação política em Kassel.

A cidade em que a família Grimm residia fora a capital do estado de Hesse. Porém, desde que os exércitos de Napoleão invadiram os eleitorados, ducados e principados da região, o imperador francês criara ali o Reino da Westphalia e metera no trono seu irmão mais novo, Jérôme. Ele fora morar no antigo castelo de Kassel, rebatizado como Napoleonshöhe. Os antigos moradores, indignados, remoíam-se de raiva por terem um rei estrangeiro em terras germânicas.

Os Grimm também se ressentiam da supremacia dos Bonaparte, porém suas finanças só haviam melhorado depois que Jacob, graças a seu conhecimento de francês, fora nomeado bibliotecário na coleção particular de Jérôme. Wilhem obtivera também um cargo de auxiliar de biblioteca e ambos trabalhavam no Castelo Bellevue, que se erguia na chamada "parte francesa" da cidade. Contudo, a família estava sempre em dificuldades, amargando uma pobreza crônica.

Já era servida a sopa e os rapazes ainda discutiam a questão do extinto Eleitorado de Hesse-Kassel quando outro hóspede chegou ao salão, desculpando-se pelo atraso.

– Precisei cuidar de minha mãe, ela quis recolher-se mais cedo. Boa noite a todos.

O dono da casa dirigiu-se aos outros.

– Creio que todos conhecem nosso amigo Thomas “Maus” Hundmann, não?

Wilhelm cumprimentou formalmente o recém-chegado.

– Sim, eu e Jacob fomos seus colegas na universidade, em Marburg. Como está?

Erich conhecia o primo bem demais para deixar-se enganar por frases educadas: os olhos de Wilhelm denunciavam uma mágoa reprimida. Olhou para Ferdinand, a seu lado, que lhe segredou:

– Meus irmãos sofreram quando estudaram em Marburg. Eram espezinhados pelos colegas o tempo todo por serem pobres. Lembro de Jacob e Wilhelm mencionarem um aluno bem magro que era chamado “Maus”, camundongo. Diziam que sua mãe era muito influente na região.

O apelido combinava à perfeição com o rapaz franzino e de olhos escuros, vorazes, feito os de um roedor. Mostrou-se simpático ao jantar, mas a arrogância em seu rosto era evidente.

Foi durante a sobremesa que August mencionou as pesquisas de seus amigos.

– Ainda estão recolhendo contos populares?

– Sim, enviamos uma coletânea de histórias para nosso amigo *Herr* Brentano – confirmou Wilhelm – e continuamos em busca de novas narrativas. É um trabalho sem fim. Jacob não para de aperfeiçoar os textos que transcrevemos... Ele quer registrar a verdadeira voz do povo germânico.

Sophie entrou na conversa.

– A mãe de Maus, *Frau* Hundmann, começou a nos contar uma história tenebrosa esta tarde.

– É verdade! – animou-se o irmão dela. – Ela assustou as meninas falando sobre lobos e florestas escuras. Devemos pedir que ela nos conte a história inteira, meu caro Maus! Os Grimm precisam conhecer essa versão, é diferente das que já ouvi.

O rapaz magro não pareceu animado com a perspectiva. Argumentou que sua mãe tinha problemas de saúde e imaginava coisas; não deviam se impressionar com as fantasias que narrava.

Ignorando a observação, o entusiasmado Haxthausen engatou nova conversação, agora a respeito dos contos que todos tinham ouvido na infância, através de babás, cozinheiras e camponesas da região. Ferdinand e o primo entreolharam-se, entediados. Já lhes bastava ouvirem falar nas benditas histórias do folclore o tempo todo, em casa! Para eles, a insistência de Jacob em recolher tais narrativas era um desperdício de tempo, papel e tinta.

Porém, não haveria escapatória: na tarde seguinte, um sábado ensolarado que transcorreu entre canções e passeios na companhia dos jovens anfitriões, até Erich estava de bom humor e disposto a ouvir contos sobre magia e animais falantes.

Não poderia imaginar que aquela curta história, contada por uma mulher aparentemente maluca, projetaria sombras sinistras sobre sua família.

»»»»»»

No domingo, ao entrarem na carruagem dos Haxthausen para voltarem a Kassel, Wilhem levava anotações; Ferdinand portava boas lembranças das mesas fartas; e Erich carregava consigo um calafrio que não o abandonava, mesmo sob o sol: não conseguia fugir à sensação bizarra de que o conto que haviam escutado não era uma simples narrativa do folclore.

A mãe de Maus Hundmann contara o caso na primeira pessoa, como se ela o tivesse vivido. O sorriso maldoso, que evidenciava seus dentes, dera-lhe o aspecto de um animal faminto que havia escolhido sua vítima: o membro mais frágil do rebanho. E seus olhos... brilhavam.

“Olhos de lobo”, o adolescente concluiu.

Encolheu-se no banco da carruagem. Sentia-se gelado, apesar do calor do verão.

»»»»»»

Kassel, capital do Reino da Westphalia, final do verão de 1810

Jacob andava preocupado com o irmão. Fazia semanas que Wilhelm se mostrava arredio, quieto. No ano anterior, visitara a irmã de sua mãe, que se refugiara em outra cidade junto aos nobres expulsos por Napoleão. Depois, o rapaz fora a Halle para um tratamento de saúde e chegara até Berlim, na Prússia, onde se hospedara com amigos da família. Ao voltar, parecia ter se recuperado dos problemas cardíacos que tivera.

No entanto, agora dera de reler sem parar os manuscritos das *Märchen*, as histórias que eles haviam coletado. E não relia para refinar a escrita: cismava que alguns dos fatos ali narrados teriam acontecido de verdade, como uma versão que ouvira no fim de semana passado em Bökendorf.

Era sexta-feira, e o mais velho dos Grimm deixou a Real Biblioteca mais cedo para despachar papéis oficiais no serviço postal. Não dissera a Wilhelm, mas pretendia aproveitar o final de tarde para ir a uma hospedaria situada na parte elegante de Kassel. Recebera um recado do jovem Von Haxthausen dizendo que estaria ali por uns dias e convidava-o para uma visita.

"Veremos o que August tem a dizer sobre a tal história", decidiu.

Após despachar a correspondência, ia atravessar a praça quando ouviu chamarem seu nome.

– Está adiantado hoje, não, Jacob?

Era Erich. Vinha bem satisfeito, pois conseguira comprar alguma carne para Lotte com um comerciante nos confins da cidade. Desde a morte da mãe, a única moça da família Grimm tinha de cuidar da casa e da cozinha; o primo ajudava-a como podia. Com tantos impostos criados pelos franceses, o povo passava fome a maior parte do tempo. Naquele dia, porém, o rapaz havia obtido carne de ave a um preço que podiam pagar. A prima faria aquele luxo durar o máximo possível.

– Fui enviar cartas – explicou Jacob ao primo – e agora vou visitar um amigo. Agradeceria se viesse comigo: faz algum tempo que desejo conversar com você.

Jacob sempre consultava Erich sobre assuntos familiares. Quando fora morar com eles, era rebelde e agressivo, mas melhorara muito; agora mostrava-se até mais sensato que os irmãos, embora tivesse a mesma idade de Lotte, quinze anos. Ludwig tinha alma de artista, Ferdinand e Karl viviam com a cabeça nas nuvens, e Wilhelm... ultimamente ele parecia sofrer dos nervos.

– Algum problema? – indagou Erich, seguindo o primo mais velho pela rua.

– Wili não para de falar no conto que ouviram em Bökendorf. Está se tornando uma ideia fixa. O que você acha? Ele diz que o fato foi real. Que a tal senhora, na infância, atravessou uma floresta para visitar a avó e que ambas foram atacadas por um lobo!

O jovem não conseguiu evitar um estremecimento. Apesar de terem se passado semanas, ele não conseguia tirar a história da cabeça, tanto quanto o primo. Tampouco esquecia o olhar da mulher, que jurara ter sido ela própria a menina do capuz vermelho.

– É natural que Wilhelm tenha se entusiasmado – justificou. – *Frau* Hundmann contou tudo de uma forma bem real. E os olhos dela... eles brilhavam de um jeito que nunca vi.

– Meu irmão mencionou isso. Mas o conto me intriga: é *Rotkäpchen*, a *Menina do Capuz Vermelho*, uma das narrativas que já registramos. Na maioria das variantes, a menina e a avó são devoradas pelo lobo. E nesta...

– Nesta, a criança sobreviveu – completou o primo. – O filho dela disse que a mãe tem a cabeça confusa por causa da saúde frágil. Deve ser isso.

– Sim, pode ser. – Jacob cerrou as sobrancelhas ao ouvir o rapaz mencionar Maus.

"Ele também guarda mágoas antigas", refletiu Erich, percebendo a atitude do primo. Sua impressão do jovem com feições de rato só piorava. Mudou de assunto.

– Aonde vamos agora?

– Nosso amigo Von Haxthausen está em Kassel, devo visitá-lo – revelou Jacob.

Encontraram August com os donos da hospedaria encomendando um jantar especial.

– Juntem-se a mim – ele insistiu, feliz ao vê-los. – Meus amigos virão para a ceia, quero me despedir do verão com estilo. Amanhã vou partir para uma cidade de mineração. Imaginem o tédio que me aguarda! Meu tio, o barão, acha que me convém a seriedade de uma escola de Mineralogia...

Jacob ouviu o relato do outro por um tempo antes de abordar o assunto que o preocupava.

– Soube que os Hundmann foram seus hóspedes. Ainda estão em Bökendorf?

Com uma careta, o rapaz confidenciou:

– Ah, não! Maus esteve tratando de uns documentos legais para meu tio, e *Frau* Hundmann é muito considerada entre as famílias abastadas, mas são gente estranha demais. Ouvi dizer que voltariam a Marburg e depois visitariam parentes na Baviera.

Jacob ainda interrogou August por algum tempo, repisando a questão das histórias contadas pela tal senhora, mas sem obter novidades. Erich nada disse, desgostoso com o rumo da conversa.

Afinal, despediram-se, desculpando-se por não partilharem o jantar.

Nas elegantes quadras de inspiração francesa, novo encontro: os irmãos Ludwig e Marie, com quem os Grimm haviam feito amizade no ano anterior. A jovem também se tornara fonte de contos orais para as pesquisas dos irmãos.

– Como está Lotte? – perguntou a garota, após cumprimentá-los. – Recuperou-se bem do resfriado? Não nos vemos há semanas, deve levá-la para tomar chá conosco.

– Ela está bem, *Fraulein*, transmitirei seu convite – assegurou Jacob. E acrescentou: – Se não se importar, gostaria de lhe perguntar sobre um conto. Lembra-se da história da menina do capuz vermelho? Creio que mencionou que a ouviu de sua governanta, não foi?

– Como poderia esquecer? – Riu-se a moça. – Nossa babá adorava contar a triste sina da menina devorada pelo lobo. Morríamos de medo!

Erich estava impaciente. Finalmente, os irmãos se despediram e os Grimm seguiram para sua rua, a Wildermangasse. Então Jacob voltou ao assunto.

– Teremos de pesquisar mais – disse ele ao primo. – Tudo indica que as versões em que a menina e a avó são mortas pelo lobo não vieram da tradição oral, como pensávamos. Muitas crianças tiveram babás suíças e francesas, seu conhecimento das *Märchen* vem de fontes literárias.

– Então há outros contos com o mesmo final... em que a criança sobrevive – comentou Erich, sentindo o calafrio voltar a acometê-lo.

– Pedirei a Wilhelm que consulte a filha do nosso vizinho, o boticário. Uma das versões veio da empregada deles.

Seguiu para a sala enquanto o rapaz ia levar a carne para a prima na cozinha.

Ao ajudá-la com o jantar, Erich tentava esquecer os olhos assustadores da mulher na casa de August. Gostaria de nunca mais ouvir aquela história... o que, aparentemente, não aconteceria, pois a ideia fixa não era apenas de Wilhelm. Tinha certeza de que, com sua mania de vasculhar velhas histórias, Jacob Grimm acabaria por envolver a família em mais problemas.

»»»»»»

Kassel, Reino da Westphalia, outono de 1810

Dortchen Wild, filha do boticário de Kassel, tinha um pai autoritário, uma mãe doente e uma penca de irmãs. Trabalhava da manhã até a noite, apesar de haver uma empregada na casa onde também funcionava a botica de *Herr* Wild. A garota colhia as ervas destinadas à manufatura dos remédios da loja do pai. Também ajudava com a cozinha, a roupa e a cuidar da mãe e das irmãs.

Seus momentos de lazer eram passados com a vizinha, Lotte, a única menina na casa do sério Jacob Grimm e que cuidava quase sozinha do serviço doméstico. Eram raras as horas em que as garotas podiam passear pela cidade, e mais raras ainda as tardes em que alguns jovens se reuniam na modesta casa dos irmãos para contarem as histórias antigas que conheciam. Wilhelm e Jacob anotavam as narrativas com ansiedade – isso quando obtinham papel, um artigo bem caro à época.

Naquele outono tudo se complicara, e o frio que envolvia a cidade prometia um inverno rigoroso. Faltavam alimentos por causa da interminável guerra que Napoleão travava na Europa. E, com a quantidade de militares franceses lotados em Kassel, moças desacompanhadas corriam riscos que iam muito além dos perigos a que os contos da velha empregada dos Wild aludiam. Feras, bruxas antropófagas e feiticeiros não eram tão ameaçadores quanto soldados estrangeiros...

Mesmo assim, as garotas aproveitavam qualquer oportunidade para sair juntas e conversar. Apesar de morarem ao lado do *Marktgasse*, o mercado, muitas vezes Lotte percorria longas distâncias à procura de provisões pelas quais os Grimm pudessem pagar; e Dortchen ia sempre colher vegetais no *Garten*, o terreno dos arredores em que seu pai mantinha um jardim e pomar.

Naquela tarde, Lotte saíra sozinha, sem que ninguém percebesse. Erich, seu habitual acompanhante, ficara em casa com Wilhelm, que não estava bem e pedira ajuda ao primo para transcrever um manuscrito. Ela não aguentava mais ficar em casa lavando, esfregando, ouvindo o irmão tossir. Logo chegaria o inverno e só veria a amiga na igreja, onde não poderiam conversar.

Um dos pontos de encontro preferidos das duas era junto às ruínas de uma das *Tors*, as portas medievais agora semidestruídas. Mas, naquela tarde, Dortchen não apareceu; Lotte andou ao redor das ruínas por mais de uma hora, tentando aquecer os pés. Perto do *Garten* dos Wild havia algumas casas modestas, oficinas e manufaturas, todas abandonadas.

Até os bosques e jardins que cercavam os palácios, antes cuidados com primor, viam-se agora tão desolados quanto os estabelecimentos que haviam falido após a invasão dos franceses. Era mais um sintoma do pouco-caso com que os Bonaparte encaravam a Westphalia; apenas o castelo onde residia o rei Jérôme mantinha uma fachada digna da realeza. De resto, mato e arbustos cresciam e ocultavam os monumentos e as águas do rio Fulda.

"Pelo menos as cores do outono não mudaram", Lotte sorriu consigo mesma, conferindo os tons que iam do verde-escuro ao marrom, passando por uma variedade de dourados que fariam inveja às joias das damas da corte. Tapetes de folhas outonais cobriam o chão e, assim, as botinas gastas de Lotte não pisavam diretamente a terra gelada. Ela não queria se resfriar outra vez.

Afinal, percebendo que Dortchen não viria mesmo, resignou-se a voltar para casa e esperar que os irmãos não ralhassem com ela por sair sem avisar.

Pensou ainda em contornar o palácio Bellevue e ir para a cidade nova, onde ficava a casa da amiga Marie e seu irmão. Jacob dissera que a tinham convidado... Porém desistiu da ideia ao sentir o rubor tomar suas faces. Nos últimos tempos o irmão de Marie, o jovem *Herr* Ludwig, olhava-a de maneira diferente. Não ficaria bem visitá-los desacompanhada.

Além disso, uma neblina vinda das margens do Fulda começava a se espalhar. Lotte apertou mais o xale ao redor dos ombros e da cabeça. Não percebera a escuridão se aproximando, e agora precisaria correr se quisesse chegar em casa antes que Jacob saísse do trabalho.

Foi ao contornar uma árvore repleta de folhas alaranjadas que viu as luzes.

Algo brilhava em meio à neblina, e ela deu meia-volta na esperança de que fosse Dortchen, quem sabe retornando da *Garten* com uma lamparina.

A garota ficou paralisada. Não era uma luz, eram duas... e brilhavam em um tom avermelhado, sobrenatural. Sumiam e apareciam, como se piscassem.

Olhos!

Ouviu um grunhido, o som de folhas sendo pisadas. E uma respiração animal.

Lotte sentiu tontura; a neblina agora era espessa e ela não distinguia mais a cidade, apenas a névoa branca e mil folhas douradas ao seu redor. Olhou para o céu onde a lua já brilhava.

"Lua cheia", lembrou, com um estremecimento de terror.

Disparou a correr às cegas, na direção que esperava ser a da cidade velha.

"Posso cair no rio se for para o lado errado", pensou, parando em meio à massa de ar úmido.

Escutou passos sobre folhas secas atrás de si e tratou de retomar a corrida, com um soluço de medo. Alguém a seguia; se olhasse para trás, veria a criatura dos olhos brilhantes.

Ao sentir as pedras do calçamento sob os pés, diminuiu o ritmo: estava na cidade. Viu janelas fracamente iluminadas e beirais de telhados, porém não havia vivalma ali, nem mesmo os temidos soldados da guarda francesa: a neblina cobria tudo, fazendo seus olhos lacrimejarem.

E os passos atrás dela ainda soavam, também pisando as pedras irregulares do chão.

"O *Marktgasse*... é naquela direção", tentou orientar-se.

Um rosnado veio de muito perto. Ela imaginou que o animal feroz ia saltar sobre ela.

De súbito, alguém segurou seu braço.

– Não! – gritou, rouca, o pavor fazendo-a debater-se.

– Lotte! Sou eu!

A voz a fez parar: era Erich.

Ela deixou que o primo a levasse para a calçada mais próxima e apoiou-se na parede. Ali a neblina diminuía: podia enxergar o chão, as casas, algumas pessoas na rua...

– O que aconteceu? Onde esteve? Fiquei apavorado quando não a encontrei em casa. Pensei que tivesse ido à botica e passei por lá, mas Dortchen disse que não a tinha visto. Ela estava atarefada com a mãe, que hoje não passou bem.

– Eu... – Lotte recuperou a voz, ainda olhando para a neblina, do outro lado da rua, em busca dos olhos ameaçadores. – Wilhelm sabe que eu saí?

– Não – respondeu ele, tomando seu braço e conduzindo-a para casa. – E é bom nos apressarmos, Jacob logo vai chegar. Não quer me contar o que houve?

Ela respirou fundo. Se havia alguém em quem podia confiar, era o primo.

– Achei que Dortchen iria ao *Garten* hoje, por isso fui até as ruínas. Mas ela não apareceu, a neblina surgiu de repente... e eu vi uma coisa na mata. Dois olhos brilhantes. A *coisa* me seguiu. Eu juro, era um animal, rosnava como um animal.

Erich estreitou os olhos. Olhou para trás, querendo confortar a menina. Voltou-se para o alto, onde a lua se destacava entre nuvens rápidas. Estavam entrando em casa quando ele falou.

– *Liebchen*, você se impressionou com as histórias que seus irmãos andam pesquisando. Venha, vamos esquentar a água para o chá. Eu a ajudo, e ninguém precisa saber que você saiu.

Ouviram Wilhelm tossir no outro cômodo. Ela apertou a mão do primo com carinho e foi reavivar o fogo. Erich tinha razão, ela não aguentava mais ouvir comentarem a história da menina perseguida pelo lobo. Talvez isso a tivesse feito imaginar tudo aquilo, mesmo.

– Onde esteve? E Lotte? – Escutou o irmão perguntar ao primo na sala.

– Onde mais estaríamos? Na cozinha, fazendo chá. Sente-se melhor?

Ela não ouviu o resto da conversa, agora preocupada com a próxima refeição, que, como sempre, seria rala.

Não percebeu Erich conferindo o fechamento das janelas que davam para a rua, por onde começava a entrar o vento frio da noite. Também não ouviu o primo murmurar algo ao olhar para a cidade parcialmente coberta pela neblina e divisar brilhos amarelados em movimento.

O rapaz tentava convencer-se de que o que via talvez fosse a lamparina de um dos militares da patrulha. E ele jamais diria à prima que, naquele fim de tarde, saíra à procura dela justamente por sentir uma premonição estranha, um aperto no peito. Como um aviso.

Dois olhos brilhantes na mata, ela dissera.

Isso trazia de volta a recordação tenebrosa do olhar maligno que o encarara semanas atrás.

Não tinha imaginado aquilo, e Lotte não era dada a devaneios. Algo a seguira naquela tarde. Algo perigoso. Ele mesmo ouvira o rosnado, notara o brilho e sentira a ameaça em todos os ossos de seu corpo.

Intuía que era ele que a fera desejava, não a prima.

Havia uma criatura sinistra em Kassel. E, fosse o que fosse, o jovem Erich Wilhelm Grimm seria o primeiro a confrontá-la.

CAPÍTULO 5

FOTOGRAFIAS

Porto Alegre, Brasil, dias atuais

A delegada Laura, simpática, fez questão de apresentar Natália a todos na Delegacia de Homicídios. Não demorou para a agente da força-tarefa descobrir que, apesar de ser considerado o melhor investigador, Rodrigo fora preterido na escolha para o cargo de subdelegado, que ficara com Aluísio, quase dez anos mais jovem do que ele. Aliás, não devia ser nada fácil para um machista como Rodrigo obedecer às ordens de uma mulher. Isso talvez explicasse o ressentimento que ele parecia camuflar sob toneladas de arrogância.

"Talvez não seja tão difícil assim trabalhar com ele, no final das contas", pensou a agente.

Na mesa que a delegada reservara para ela, passou o restante do dia no computador analisando informações sobre os três casos. E, mais uma vez, as fases da lua ganharam importância: pelos seus cálculos, baseados em depoimentos e relatórios, o vereador fora raptado na lua crescente, mantido em cativeiro durante a lua cheia, morto na minguante e tivera o corpo descartado no início da nova. Se o mesmo se aplicasse à estudante e ao agricultor, haveria um padrão.

– Rodrigo – Natália chamou o investigador que trabalhava em um cubículo próximo –, como obtenho uma lista de pessoas da região que desapareceram nas últimas semanas?

– Imaginei quanto tempo tu levaria pra seguir o palpite do jornalista – ele retrucou, sem desviar os olhos da tela de seu computador.

– Ahn? Do que você está falando?

Ele a olhou de soslaio, conferindo se sua dúvida era mesmo genuína.

– Espera. Vou te passar o link.

Alguns segundos depois e Natália lia uma reportagem sobre os assassinatos no site de um jornal carioca. Entre dados precisos e informações consistentes, o autor da matéria sugeria que a polícia checasse a lista de pessoas desaparecidas da região, pois, suspeitava, poderia haver outras vítimas. Além disso, ele descrevia os crimes com detalhes que só a polícia poderia saber, enfatizando especialmente os cortes nos lóbulos das orelhas.

– Só se fala nessa reportagem, aqui na delegacia – desabafou Rodrigo.

– Eu ainda não tinha visto. O autor... Esse L. Jaeger. Quem é?

O investigador ameaçou rir. Mordendo os lábios, forçou uma expressão séria, como se estivesse escondendo alguma piada particular.

– Tu não conhece mesmo o sujeito? – perguntou.

– Não...

– Ele é daqueles jornalistas investigativos que ficam no nosso pé. Apareceu aqui um monte de vezes atrás de informações. Mas não somos a única fonte, dá a impressão de que ele está sempre um passo à nossa frente, divulgando dados que só conseguimos depois.

– Como ele consegue isso?

– Não sei. A delegada o mantém por perto, mas o sujeito é bem escorregadio.

– E onde posso encontrá-lo?

Rodrigo sorriu, irônico.

– Tenta lá no hotel – disse.

Natália sentiu-se como se estivesse sendo testada, mas não deu importância ao fato. Tinha muito trabalho pela frente e averiguaria tudo o que a imprensa andava veiculando sobre os casos.

Quando retornou ao hotel, tarde da noite, estava exausta e com tanto sono para colocar em dia que nem se lembrou de perguntar na recepção se alguém conhecia o tal jornalista.

»»»»»»

São Paulo, dias atuais

Ana Cristina, como seria de se esperar, resolvera não ir para a casa da mãe. Se Hector achava que estava lidando com alguém incapaz de se virar sozinha... teria provas do contrário!

Para a mãe, inventou uma desculpa qualquer. E dedicou-se a investigar o marido. Começou fuçando no quarto, onde não encontrou a mala nem as roupas que ele levara para Curitiba. Depois, no escritório, deu pela falta de um caderno de anotações, do celular antigo e do passaporte. Por fim, achou um cobertor imundo jogado na lixeira da área de serviço.

Pelo interfone, chamou o porteiro, que acabou revelando a história em que acreditava: Hector perdera tudo, até as roupas, durante um assalto.

– Ah, dona Ana, se o seu Daniel sabe que eu falei pra senhora! – o homem preocupou-se. – Ele não queria de jeito nenhum perturbar a senhora, ainda mais nas suas condições.

"Gravidez não é doença!", ela protestou em pensamento.

– Não se preocupe, eu não vou dizer nada para ele – tranquilizou-o.

Por outro lado, o que descobrira a deixara mais alarmada. "Não houve assalto nenhum!", berrava seu raciocínio. Mas ela não ousava pensar no que imaginava ter acontecido de verdade.

Nesse instante, o telefone tocou. Era o editor do mais recente livro lançado por Hector perguntando se ele estava melhor. Fazendo de conta que sabia do que se tratava, ela disse que sim e obteve mais peças para montar o quebra-cabeça. O marido passara mal durante a sessão de autógrafos e, aparentando ter febre, fora sozinho para o hotel.

O restante das peças, a esposa conseguiu encaixar após descobrir o nome do hotel e ligar para lá, fingindo desejar "acertar as pendências". O hóspede sumira, mas seu advogado já resolvera tudo por telefone. E o gerente que a atendeu ainda garantiu que a camareira juntara todos os pertences do senhor Daniel na mala e que esta fora enviada para o endereço fornecido: o conjunto comercial da empresa de advocacia.

– Uma última pergunta... – ela prosseguiu. – Meu marido devolveu a chave do quarto?

Não devolvera, mas era uma dessas chaves magnéticas, descartáveis.

A jovem agradeceu automaticamente as informações, sua mente completando o que faltava.

Hector voltara a se transformar em lobisomem, ela tinha certeza. Por isso saíra daquele jeito; talvez quisesse protegê-la.

Transtornada, sentou-se no sofá mais próximo. Para onde ele iria? Para quem pediria ajuda?

"Lazlo Mólnar", deduziu. O marido devia ter ido para Budapeste.

»»»»»»

Era quase meia-noite quando o celular de Ana Cristina tocou. O som não chegou a despertá-la, pois a jovem não conseguira dormir. Depois de investigar Hector o dia todo, estava esparramada no sofá da sala assistindo ao noticiário na tevê. Naquele momento, a voz em *off* de um repórter dava detalhes sobre um novo crime em Porto Alegre, enquanto imagens mostravam o local onde o corpo de uma estudante fora encontrado, uma ruazinha próxima ao porto. Segundo a reportagem, suspeitava-se da ação de um *serial killer*...

A moça sentiu um calafrio.

– Oi, Damasceno – disse, após ver o nome na tela do celular e pressionar a tecla verde.

– Ana, como vai? Desculpe por ligar tão tarde. Preciso falar urgentemente com seu marido.

"Você não é o único", ela pensou.

– Ele está viajando.

– Ele não atende ao celular nem retorna minhas ligações. Quando ligar para você...

– Sim, eu aviso que você quer falar com ele.

– Ele pode ligar para mim ou para a Natália.

A Natália?! Isso significava que a força-tarefa estava em ação. E eles, com certeza, lidavam com algum caso que podia ter muito bem uma pitada de sobrenatural.

– Tem a ver com as mortes no Rio Grande do Sul? – Ana perguntou, seguindo um palpite.

Como se fosse uma confirmação, na tela da tevê um dos moradores da cidade era entrevistado: sem medo de soar ridículo, ele dizia com toda a convicção que ouvira um uivo de lobo na madrugada daquele dia...

– Tem a ver com lobisomens, Damasceno? – ela acrescentou.

– Ainda não sabemos – disse o homem, por fim. – Ana, para onde o Daniel foi?

– Ele não disse.

– Nem para você?

– Você sabe como ele gosta de guardar segredos.

A voz da jovem soou cheia de mágoa. Mas Damasceno não pareceu notar, centrado em alguma desconfiança que lhe ocorrera.

– Você sabe se ele foi atrás do William? – quis saber.

Ora, ora... Se o agente sabia sobre o lobisomem que infectara Leonor, a mãe de Hector, era porque ele pedira a ajuda da Polícia Federal para achar o sujeito.

– Agora que você falou... Olha, uma das coisas que meu marido levou na viagem foi justamente o caderno cheio de anotações sobre esse tal lobisomem.

Dava para escutar a respiração de Damasceno no outro lado da ligação. Ele parecia tenso.

– Você acha que... ele corre perigo? – ela indagou. – Por favor, me diga. Tentar me poupar de aborrecimento só porque estou grávida não vai impedir que eu sofra do mesmo jeito!

– William é um caçador – revelou o policial, inspirando profundamente.

– Mas todo lobisomem já não é um caçador? Eles caçam para se alimentar e...

– Pelo que sabemos, ele é um lobisomem que caça lobisomens. E os executa.

A jovem começou a tremer. Lágrimas nublaram sua visão.

– Você acha que... o Hector... foi mesmo atrás dele?

– Diga-lhe para me ligar o mais depressa possível, está bem?

Ana Cristina assentiu e o telefonema foi encerrado pelo policial. Na tevê, o jornal prosseguia apresentando o roteiro cultural das estreias de final de semana.

De repente, a vontade de vomitar arrancou a jovem do sofá e a fez correr até o banheiro mais próximo. Em seu ventre, o bebê se remexia, como que em repulsa pelo que ela acabara de descobrir.

Se Hector sabia... Se a ideia fixa de vingar-se daquele lobo retornara... E se ele voltara a se transformar... corria *muito* perigo. Jamais venceria um caçador que executava lobisomens.

»»»»»»

Porto Alegre
2 de maio, sexta-feira

Na manhã seguinte, Natália deu-se ao luxo de dormir até mais tarde. Após um desjejum reforçado no próprio hotel, preparou-se para um longo dia de trabalho. Pedira a Rodrigo que a levasse para conversar com a família das três vítimas, em Porto Alegre, Novo Hamburgo e Linha Nova, cidadezinha próxima a Nova Petrópolis, no caminho para a Serra Gaúcha.

Antes de sair, viu que a mesma funcionária que a atendera na véspera, Anette, estava na recepção. Só então se lembrou do que Rodrigo lhe dissera no dia anterior.

– Por acaso o jornalista L. Jaeger é um dos seus hóspedes? – perguntou.

Anette mostrou-se animada até demais, o que intrigou a agente.

– Ah, é sim! E ele justamente me disse que quer marcar um café com a senhora.

– Comigo? – arregalou os olhos. – Ele deixou um número de contato?

– Não. O senhor Jaeger disse que vai marcar o café e aí eu aviso a senhora.

A agente achou esquisito complicar o que poderia ser simples. Bastaria um telefonema...

– Certo – ela concordou, distraída, imaginando como o jornalista sabia de sua existência e pensando em obter seu número com alguém na delegacia. – Você pode chamar um táxi para mim?

Minutos mais tarde, o carro cruzava algumas ruas excepcionalmente tranquilas graças ao feriado do dia anterior, que emendaria com o final de semana. Várias lojas estavam fechadas naquela sexta-feira; o movimento limitava-se a um ou outro ponto comercial.

Sob uma marquise e a alguma distância do hotel, alguém observava o táxi. Um vulto com olhos brilhantes que sorrira ao vê-la partir.

»»»»

Natália sabia que, na véspera, os pais da garota assassinada haviam ido ao Departamento de Medicina Legal para o reconhecimento do corpo. Eduarda Sideiras tinha dezenove anos e cursava o terceiro semestre da Escola de Enfermagem da Universidade Federal do Rio Grande do Sul. A mãe não entrara no necrotério, ficara com uma policial até o pai, desolado, reconhecer a filha e sair. Agora, ao chegar à casa modesta do bairro Bom Jesus, Natália se sentia culpada por pressionar a família.

O senhor Sideiras parecia não dormir havia dias; segurava uma bomba de chimarrão e não se separou dela em nenhum momento, de quando em quando tomando um gole de mate. Recebeu os policiais na sala, desculpando-se pelo ambiente conturbado. Havia familiares entrando e saindo, jovens murmurando na cozinha e mulheres no quarto tentando consolar a mãe da vítima.

– Minha esposa... ela falou com a polícia ontem – ele começou, desanimado, indicando o sofá às visitas. – Não precisam falar com ela de novo, não é?

– Só temos de confirmar algumas informações com o senhor – Rodrigo se adiantou. – Esta é a agente especial Sorrent, da Polícia Federal.

– Meus sentimentos, senhor Sideiras – disse a investigadora, sentando-se e verificando as anotações em seu caderninho. – Pedimos desculpas por incomodá-lo, mas queremos prender esse criminoso quanto antes. Segundo seu depoimento, Eduarda desapareceu há três semanas, certo?

– Isso. Dia 10 de abril. Ela foi para a aula à noite e não voltou. Ligamos para todos os amigos da faculdade, ninguém sabia da Duda. Então eu fui à polícia e veio um detetive aqui. Andou perguntando sobre os namorados dela, essas coisas, mas não deu em nada.

– A Escola de Enfermagem fica perto do Parque da Redenção, não é? Se ela ia e voltava de ônibus, imagino que tomava a condução para casa na avenida Protásio.

Seguiram-se informações detalhadas sobre os hábitos de Eduarda, seus horários, a vida esforçada que levava. Enquanto a agente anotava tudo, o pai da vítima parecia sempre a ponto de querer saber algo, mas hesitava; apenas no final da conversa ele fez a pergunta que remoía.

– Ontem disseram que ainda iam examinar melhor a Duda. Já... já dá pra saber alguma coisa? Quero dizer, se deram alguma droga para ela... ou se...

Natália teve pena do homem. Repassou as informações que recebera do doutor Tales.

– Ainda não sabemos se ela foi dopada, temos de esperar os resultados do laboratório. O que posso dizer ao senhor é o que o legista confirmou: sua filha *não* foi vítima de abuso sexual.

O homem suspirou.

– Pelo menos isso... – Depois de tomar mais um gole do chimarrão, levantou-se. – Tem mais alguma coisa que eu possa fazer pra ajudar vocês?

Rodrigo estivera andando pela sala e parara diante de um porta-retratos entre vários na parede. Parecia cismado. Natália seguiu seu olhar e notou uma foto antiga em preto e branco, tão amarelada que mal se viam os detalhes. Ficou curiosa, porém antes de ir conferir tinha outra dúvida.

– A inicial do nome do meio de sua filha, um "W", consta na carteirinha do colégio, mas não no documento de identidade. A inicial é do quê?

– Weber – ele esclareceu. – É a família da minha mulher. Quando registrei a menina, coloquei só o meu sobrenome. Mas, depois que cresceu, a Duda começou a se interessar pela história da família. Ficou feliz por saber que teve um antepassado que veio da Alemanha, numa das primeiras levas de imigrantes, e quis usar o Weber também.

Natália foi olhar o porta-retratos na parede. Por algum motivo, não conseguiu mais se afastar da tal fotografia que se destacava entre os retratos coloridos. Mostrava um grupo de pessoas em pé num cemitério, a julgar pelas lápides que cercavam o grupo. Embora estivesse bem esmaecida – ou talvez justamente por causa disso –, a foto transmitia uma atmosfera lúgubre. Uma inscrição manuscrita no rodapé estava ilegível.

– Então esta foto aqui deve ser dos parentes de sua esposa – concluiu ela.

– É, sim. Coisa das antigas. Do tempo dos avós dela ou antes disso, nem sei.

Naquele momento, uma senhora idosa apareceu com uma bandeja e lhes ofereceu café. Rodrigo ia recusar, mas o dono da casa insistiu e ele acabou se servindo. Natália aproveitou a movimentação para pegar o celular e discretamente fotografar o retrato antigo.

Não sabia por que fazia isso; seu instinto dizia que ali havia *algo*.

Guardou o celular e foi tomar café. Quando deixaram a casa da vítima, o trânsito na capital se intensificara e Rodrigo resmungou por todo o caminho; demoraram quase uma hora para chegar à delegacia. Natália estava perdida nos próprios pensamentos.

"Um vereador de Novo Hamburgo, um agricultor da zona rural, uma estudante da capital. O que há de comum entre eles?", perguntava-se. "Aparentemente, nada. Por que seriam vítimas do mesmo assassino? Tem de haver algo que os conecte, algum detalhe que não percebemos."

Tomou seu caderninho – mania que pegara de Monteiro – e escreveu o nome das vítimas.

Kleber Manuelino. Muriano Becker. Eduarda Sideiras.

– Eduarda *Weber* Sideiras – murmurou. – Como Becker, é um sobrenome alemão.

– O que tu disse? – perguntou Rodrigo, que acabava de escapar de uma rua lotada de carros para cair em outra.

– Nada, só uma ideia – ela respondeu, voltando sua atenção para o celular.

Finalmente chegaram à delegacia, e ela estava cada vez mais cismada, com os olhos irritados de tanto procurar pistas na fotografia amarelada do cemitério.

»»»»»»

Novo Hamburgo

A casa do vereador assassinado, Kleber Manuelino, ficava na Boa Vista, bairro residencial próximo ao centro de Novo Hamburgo. Rodrigo dissera que conhecia bem a cidade, porém mesmo com o GPS do carro custaram a encontrar o local, o que o deixou de péssimo humor.

Finalmente chegaram e, apesar de a Delegacia de Homicídios ter avisado a viúva sobre a visita, tiveram a desagradável surpresa de serem recepcionados pelo advogado da família.

– A senhora Manuelino não está recebendo ninguém – disse o homem, conduzindo-os a um escritório moderno, com as paredes cheias de fotografias emolduradas em aço. – Nestes últimos meses já deu depoimentos demais. Com todo o assédio da imprensa, teve um esgotamento nervoso.

Era verdade, a imprensa explorava o assunto ao máximo. A morte do vereador alimentara as mais mirabolantes teorias. A maioria dos novo-hamburguenses acreditava que a morte fora encomendada por um dos partidos de oposição; outros diziam que fora o próprio partido de Kleber que financiara a execução, pois ele se envolvera em denúncias de corrupção e lavagem de dinheiro de campanha... De outro lado, alguns fofoqueiros acusavam a viúva, dizendo que o crime fora passional: o falecido era famoso por suas aparições em restaurantes, boates e teatros acompanhado por belas mulheres. Antes que o corpo fosse encontrado, houve até quem jurasse que ele fora visto no aeroporto embarcando para a Argentina com uma amante. Ou duas.

O mau humor do investigador aumentou; Rodrigo havia assistido entrevistas da mulher em *talk shows* na televisão e ia desmentir a desculpa do esgotamento, porém Natália o deteve.

– É uma pena – disse a moça, com a voz suave e o sorriso doce, ao exibir graciosamente sua credencial da PF. – Como a evolução do caso sugere ter havido sequestro e tortura, e também há indícios de crime político, tudo está passando para a competência da Polícia Federal. Que eu saiba, a senhora Manuelino não efetuou depoimentos nessa alçada. Por isso, é de seu mais profundo interesse que ela deponha *aqui e agora*, antes que nossos relatórios sigam para Brasília.

O advogado nem retrucou. Ao ouvir "Brasília", engrolou uma desculpa e saiu da sala. Em um minuto e meio voltou, agora acompanhado da esposa do vereador.

Silvielena Manuelino era uma mulher de quarenta anos e até bonita, mas Natália considerou sua aparência um pouco vulgar. Rodrigo não a encontrara em pessoa ainda, só a vira na tevê; os depoimentos anteriores tinham sido conduzidos por Aluísio.

– O que posso fazer por vocês? – disse ela, sentando-se atrás da mesa do escritório e fingindo enxugar os olhos com um lenço de papel. – Espero que prendam logo o *ban-di-do* que matou o meu Kleber. Eu farei de *tu-do* para *a-ju-dar* a lei.

Após trocar um olhar com a agente, Rodrigo assumiu a conversa. Repetiu todas as perguntas que já haviam sido feitas, incluindo algumas a mais, que a parceira sugerira, a respeito do dia do desaparecimento e dos horários rotineiros do vereador. Natália se manteve discreta, apenas fazendo anotações no caderninho e analisando as expressões de óbvia má vontade dos outros.

A viúva respondeu a tudo de olho no advogado. O marido desaparecera no dia 8 de março, um sábado, após jantar com correligionários numa churrascaria em Porto Alegre. Como naquela semana ela estava visitando parentes fora da cidade, só descobriu o sumiço dele quando retornou para casa, no dia 11. Àquela altura, assessores e colegas da Câmara Municipal avisaram a polícia, porém o caso somente vazou para a imprensa mais de quinze dias depois.

– Foi horrível – fungou Silvielena. – Encontraram o Kleber no 1º de abril, e é claro que eu achei que era mentira quando me contaram.

Dramaticamente, escondeu o rosto nas mãos, e o advogado veio em seu auxílio com uma caixa de lenços. Enquanto ela fungava, o sujeito encarou Rodrigo.

– Já terminamos? A senhora Manuelino precisa repousar.

– Quase. – Natália sorriu, consultando algo no caderninho. – Consta que o corpo foi encontrado na BR–116, entre Novo Hamburgo e São Leopoldo. E que a esposa do vereador não está atualmente de posse de uma carteira de motorista. Isso é correto?

– Sim – o sujeito apressou-se a responder. – A habilitação da senhora Manuelino está vencida há um ano e ela não dirige há três, desde que começou a sofrer da coluna.

– Um horror! – ela exclamou. – Tenho dores *ab-so-lu-ta-men-te* insuportáveis na coluna. E eu *a-do-ra-va* dirigir... Contratamos um motorista, naturalmente.

– Naturalmente – concordou Rodrigo, segurando a vontade de rir da atuação da viúva.

– Só mais um detalhe – continuou a agente, guardando o caderno. – Gostaria de saber se o senhor vereador era descendente de imigrantes alemães.

O advogado ergueu uma sobrancelha. Rodrigo fez o mesmo, desagradavelmente surpreso.

– Isso é relevante?

– *Ex-tre-ma-men-te* relevante – respondeu Natália, séria, fazendo o colega disfarçar com uma tosse forçada a risada que brotou sem querer.

Silvielena levantou-se e foi até a parede do escritório onde havia mais fotos.

– Meu marido tinha muito orgulho de seus antepassados. O nome da família da mãe dele era Schmidt, mas ele foi registrado só com o sobrenome do pai. Kleber prestigiava todos os eventos da colônia alemã. Vejam, nesta foto ele está com os representantes das cooperativas. Aquelas foram tiradas na Feira do Calçado. Uma com a Miss Rio Grande do Sul, outra com o governador...

Rodrigo olhou para Natália com um ar de "podemos ir, pelo amor de Deus?", mas enquanto Silvielena discursava sobre cada uma das personalidades com quem o falecido fora fotografado, a agente paralisou diante de uma das molduras brilhantes.

– Esta foto aqui – indagou –, a senhora sabe me dizer onde foi tirada?

Todos os olhares convergiram para um retrato antigo, quase apagado, perdido entre dezenas de outros. Rodrigo arregalou os olhos ao ver que era quase igual ao que tinham encontrado pela manhã, em Porto Alegre. Na casa da garota assassinada.

– Não tenho ideia – suspirou a mulher. – Sei que são antepassados do Kleber num cemitério, no enterro de um parente. Coisa horrorosa, dá até azar olhar pra isso. Vou mandar tirar daí.

Evitando mais perguntas sobre a relevância da questão, a agente avisou:

– Bem, terminamos. Agradecemos muitíssimo por sua disponibilidade.

Enquanto o advogado e a dona da casa conduziam Rodrigo para a porta da casa, Natália se demorou um pouco arrumando a bolsa, pegou o celular e tirou fotos da cena em branco e preto. Aquela foto também possuía uma inscrição ilegível na parte de baixo.

"Três vítimas. Três sobrenomes alemães. E duas fotos sinistras, quase iguais, do que parecem ser imigrantes... Isso não pode ser simples coincidência. Ou pode?", ela pensou.

»»»»

Porto Alegre

Anoitecia. A tarde de sexta-feira fora quente, e Liam entrou no café com vontade de tomar uma bebida gelada; no entanto, o cansaço que forçava suas pálpebras a se fecharem o fez pedir uma boa dose de café expresso. Não fora para o hotel desde que fizera o novo *check-in*, na véspera.

Não estava nada satisfeito com o que investigara naquele dia. Vários pontos o intrigavam... e ele não conseguia parar de pensar na bela agente federal que encontrara no hotel.

A garçonete trouxe o café e ele tomou um gole, sem adoçar mesmo, antes de abrir o *notebook* que tirara da mochila. Acionou o wi-fi do estabelecimento e acessou o site de busca. Sorriu assim que a busca por "Natália Sorrent" revelou uma fotografia da moça.

Com a testa franzida, leu as matérias que foram aparecendo. O objeto de sua pesquisa morava em Minas Gerais, na cidade de Passa Quatro, mas trabalhava com a PF pelo Brasil afora. Um artigo mais longo revisitava a captura de assassinos seriais naquela cidade, caso em que um certo escritor estivera envolvido e acabara também trabalhando com os federais.

– Daniel Lucas – murmurou.

Clicou em outro link e foi parar numa página de cultura, que continha a fotografia do tal escritor em um lançamento de livro em São Paulo. Ao lado do rapaz, uma pilha de livros e a esposa sorridente – por sinal, visivelmente grávida.

"O mundo dá mesmo voltas", pensou, com uma expressão enigmática. "E o destino decidiu qual será meu próximo passo. Terei de ficar mais tempo em Porto Alegre para descobrir se essa agente federal tem informações que possam me interessar."

Começou a copiar os dados para guardá-los numa pasta virtual. E pediu outro café.

»»»»»»

Porto Alegre

Se à tarde a temperatura subira, naquela noite um friozinho de outono chegara. O segurança do hotel fechou a porta de vidro para barrar o vento que começara a soprar.

A recepcionista, Anette, conferiu o relógio. Naquele dia só sairia mais tarde. Com um bocejo, saiu de detrás do balcão e foi olhar a rua, que só podia ver em parte através das grandes vidraças. Estava vazia demais para uma sexta-feira, o que provavelmente se devia ao feriado. Alguns carros passavam e poucas pessoas iam a pé.

Notou um homem de casaco escuro parado do outro lado da rua. Parecia olhar diretamente para ela, como se pudesse vê-la, apesar do vidro fumê.

Sentiu um arrepio esquisito e foi chamar o segurança.

– Tu viu um sujeito parado lá perto da escadaria do teatro?

O colega veio e vasculhou atento a rua Riachuelo.

– Não tá mais lá, Anette. Só vi uma pessoa subindo pra General Câmara.

Ela olhou também e respirou aliviada.

– Obrigada. Acho que ando nervosa com essas notícias de crimes.

Voltou para seu posto no balcão e conferiu o relógio mais uma vez.

Não sabia que o homem que vira dobrara a esquina e parara junto à escadaria lateral do Theatro São Pedro. Ele sorria, antecipando a caçada. Não se afastaria muito do hotel; sempre se sentia ansioso quando marcava uma nova vítima.

»»»»»»

Nova Petrópolis
3 de maio, sábado

A viagem a Linha Nova, no sábado pela manhã, fora infrutífera. A casinha simples em que vivia seu Muriano encontrava-se vazia. Após baterem palmas por um tempo, pois não havia campainha, uma vizinha viera informar que o filho do falecido trabalhava em um restaurante em Nova Petrópolis e só apareceria pela cidade na segunda-feira, sua folga.

Rodrigo resmungou; irritava-o a insistência de Natália em falar com pessoas que já tinham deposto e em ficar mencionando a imigração Alemanha-Brasil. Pelo menos naquele dia tinham ido com uma viatura e ele não precisaria dirigir. O motorista era um rapaz falante e bem-humorado.

– Não tem jeito, vamos a Nova Petrópolis – decretou a agente, voltando ao veículo.

O rapaz deu a partida e ligou o rádio, sintonizando-o numa emissora gaúcha que tocava música regional, bem alegre. A localidade ficava a uns vinte quilômetros de lá. E a moça aproveitou o tempo para conferir algumas informações sobre a cidade, usando a internet do celular.

– Linha Nova foi fundada por imigrantes alemães por volta de 1840. É o município com menor índice de criminalidade do estado. E... uma das tradições locais é a prática de tiro ao alvo!

O detetive levantou uma sobrancelha.

– Será que alguém resolveu *praticar* alvejando o pobre do sujeito?

– É o que temos que descobrir – retrucou ela, passando a pesquisar a próxima cidade.

Nova Petrópolis, naquele sábado ensolarado, porém frio, parecia um paraíso. O centro, onde ficava o restaurante de que a vizinha do agricultor falara, era típico de cidades europeias: canteiros floridos, casas de arquitetura enxaimel com madeira aparente. Também fundada por imigrantes, ficava no caminho para Gramado e Canela, municípios famosos.

Como já era quase hora do almoço, o jeito foi almoçar lá mesmo e aproveitar para perguntar, no restaurante, sobre o rapaz. Muriano Filho trabalhava ali como ajudante de cozinha e teve uma brecha para conversar com eles logo após a refeição, que era servida *a la minuta,* conforme o pedido dos fregueses. O rapaz magro, alto e de olhos claros, que fitaram a agente da PF com curiosidade, levou-os para uma salinha contígua ao escritório do gerente.

Natália fez um resumo do andamento das investigações.

– Crime em série? – exclamou ele, com sotaque típico das colônias alemãs da região. – Isso é coisa que não acontece em Linha Nova, muito menos com um homem religioso como o pai. Depois que a mãe morreu ele criou sozinho os filhos: eu e mais cinco. Nunca se casou de novo, só vivia pra plantar, colher, jogar *canasta* na Associação. Nem cerveja ele bebia!

– Tu morava sozinho com ele? – indagou Rodrigo, já sabendo a resposta.

– Isso. Meus irmãos e irmãs casaram e vazaram. Tão espalhados aí por esses pagos. O mais velho vive em Curitiba. Nenhum de nós se apegou com a lida da terra que nem o pai... – suspirou. – Agora vou ter de vender a plantação.

Seguiram-se as perguntas de costume, e as suposições de Natália se confirmaram: Muriano Becker desaparecera no dia 7 de fevereiro, indo da lavoura para casa no final da tarde. O filho e os vizinhos acionaram a polícia no final de semana, mas não receberam muita atenção das autoridades. O corpo só seria encontrado na época do Carnaval, em março. E as primeiras hipóteses tinham sido de um latrocínio, talvez coisa de traficantes de drogas ou gangues.

– Imagina só se o pai ia se meter com bandido! – protestou ele, veemente. – Em Linha Nova não tem disso. Somos gente simples, de paz.

Quando já haviam esgotado as perguntas e Rodrigo olhava o relógio a cada cinco minutos, Natália mostrou ao rapaz as fotografias na tela do celular.

– Vimos estes retratos nas residências das outras vítimas. Será que na casa do senhor Becker não haveria uma foto parecida?

Os olhos arregalados de Muriano Filho revelaram o que ela já esperava.

– Mas bah! E não é que tem? Bem parecido com o retrato dos parentes do pai! Tá na parede do quarto, em cima do baú onde ele guarda a *pilcha*. Sempre achei mal-assombrado.

A moça sorriu para o parceiro, como a dizer que ele deveria confiar na intuição dela.

– Tu sabe quem são as pessoas da fotografia? – perguntou ele ao ajudante de cozinha.

– Capaz! – Riu-se o jovem. – Sei não. É gente dos começos da cooperativa, eu acho, coisa antiga. Pode ser que meu irmão de Curitiba se lembre de algum nome.

Ele prometeu entregar-lhes a foto. E, antes que deixassem o restaurante, acrescentou:

– Uma coisa eu posso dizer, porque vejo esse retrato desde que era piá. As gentes em roda do túmulo são diferentes, mas o homem magro de bigode, esse bem no meio, é o mesmo. Ele tá no retrato que tem lá em casa também.

»»»»»»

Porto Alegre

Chegaram à capital no final da tarde, pois Natália insistira para que voltassem a Linha Nova para buscar a foto da família Becker. Muriano Filho telefonara à vizinha pedindo que deixassem os policiais entrarem em sua casa, e eles ainda tiveram de aceitar o café oferecido pela boa mulher.

Agora, de volta à Delegacia de Homicídios, a agente analisava o que tinha diante de si: as impressões das fotos tiradas nas casas das outras vítimas, a jovem e o vereador, ao lado do retrato original que haviam trazido da casa do agricultor.

Pareciam ser três cemitérios distintos, embora com detalhes comuns. Apenas um ou outro túmulo ostentava cruzes; era impossível ler os nomes nas lápides. Nas três imagens, havia uma campa aberta em primeiro plano, onde provavelmente haviam sido depositados os caixões; e, em todas, um grupo de homens e mulheres vestidos de preto ladeavam o sujeito alto e magro, que usava terno claro, branco ou cinza. Em fotos monocromáticas não dava para adivinhar as cores.

Aquela figura a perturbava. Tinha certeza de que precisava descobrir quem era ele... mas como? As imagens pareciam ter cem anos, os que poderiam identificar o sujeito deviam ter morrido.

– Tu vai ficar remoendo essas velharias? – reclamou Rodrigo, ao passar por ela a caminho da saída. – Deixa pra semana que vem, Natália. Vai pro hotel. Se alguma novidade aparecer, o pessoal do plantão chama a gente.

Ela ignorou o conselho e perguntou:

–Você deu meu recado ao doutor Tales, o legista?

O investigador bufou.

– Depois de amanhã eu falo com ele. De que vai adiantar a gente ter fotos das orelhas das vítimas hoje? Tá todo mundo morto e nenhum deles vai fugir do necrotério. Segunda-feira eu te levo no IGP e tu mesma te diverte fotografando...

Natália ia insistir, porém achou que não valia a pena discutir com Rodrigo. Ele estava quase na porta, ansioso pelo dia de folga no domingo, e era tarde para telefonar para o pessoal da polícia científica. Havia outras coisas que ela podia descobrir, mesmo no fim de semana.

– Muito bem, até segunda, então – disse, voltando os olhos para as fotografias.

"Parece que eu atraio investigações sinistras", pensou, pouco depois, ao pôr as cópias numa pasta. "Bonecas de porcelana macabras, retratos de gente morta, caixões, cemitérios... e lobos."

Não tivera retorno de Damasceno, que lhe prometera contatar Daniel. Se havia alguma relação daqueles crimes com licantropia, como parecia indicar o animal visto pelo garoto e a coincidência das fases lunares, ele seria a melhor pessoa a consultar.

Naquela hora, porém, sua prioridade era outra. E o que precisava para retomá-la vinha ao seu encontro naquele momento: a delegada titular, doutora Laura. Era uma mulher de meia-idade, simpática e matronal; também parecia a ponto de ir embora quando parou junto dela.

– Boa noite, agente Natália. Veja se estas informações são suficientes. Como pediu, meu secretário reuniu os nomes de algumas entidades do estado que pesquisam a história de imigrantes.

A investigadora pegou uma folha repleta, na frente e no verso, de nomes e endereços.

– Obrigada, doutora. Isto vai ser muito útil.

– Acredita mesmo que o caso está ligado à questão da imigração? Rodrigo não concorda. No Brasil inteiro, a maioria das pessoas descende de imigrantes, inclusive eu e você.

A agente federal fez um gesto de desânimo com os ombros.

– Sinceramente, não sei. Por enquanto é só uma pista, algo que liga as três vítimas. Se descobrir alguma coisa efetiva, eu a aviso.

Com a saída da delegada, o distrito ficou silencioso; apenas os funcionários do plantão noturno permaneceram, enquanto Natália destrinchava a lista que acabara de receber, marcando endereços e telefones de organizações que pareciam promissoras. Porém, ao pesquisar no *notebook* as atividades de cada uma, viu que a maioria se dedicava apenas a promover festas de associações de imigrantes ou feiras de produtos coloniais. Por fim, um nome chamou sua atenção.

– *Cidesi* – disse em voz alta. – Centro Internacional de Estudos Sobre Imigração. Parece algo sério, podem ter registros históricos.

Nem adiantaria telefonar, era quase noite do sábado. Voltou à pesquisa sobre a entidade. Devia ser antiga, pelo visual do site, porém os registros datavam de apenas quatro anos; e não havia um endereço físico. Encontrou textos em português e numa língua que não identificou.

– Russo não é, nem alemão. Quem sabe...

Copiou uma frase e jogou num programa do computador. Não demorou muito e a frase apareceu traduzida, junto a alguns esclarecimentos sobre o idioma.

– Húngaro! – exclamou. – Estranho. Uma organização que estuda a imigração alemã no Brasil, com código de telefone da capital do Rio Grande do Sul e que tem ligações com a Hungria.

Havia, no fundo de sua memória, alguma lembrança ligada à Hungria. O que seria?...

"Estou cansada demais pra lembrar o que é", decidiu, fechando o *notebook*. "Vou embora."

O policial na entrada da delegacia chamou um táxi; logo mais a investigadora adentrava o hotel pela rua Riachuelo. Passou pela recepção e viu que Anette, a garota com quem conversara, não estava mais lá. Tinha pensado em perguntar algo a ela, mas agora nem lembrava mais o que era.

Ia pedir alguma coisa para jantar no serviço de quarto e desistiu; estava ficando tarde e ela mal conseguia manter os olhos abertos. Trocou de roupa e se jogou na cama.

Dormiu um sono pesado e longo. Sonhou que andava por um túnel escuro, à procura de um baú cheio de bonecas antigas. No entanto, na manhã seguinte não se recordava de ter sonhado.

»»»»»

Domingo era a folga de Rodrigo, e este era mais um bom motivo para Natália ir à Delegacia de Homicídios. Poderia colocar em ordem tudo que reunira sobre as investigações sem a interferência irritante dele.

Ao passar pela recepção, deu com Anette. A moça lhe estendeu um folheto impresso.

– O senhor Jaeger pediu pra te entregar isto – disse.

Era propaganda de um barzinho na cidade baixa; o texto, sublinhado, dizia que o bar abriria às dezoito horas.

– Ele resolveu não telefonar, então. E eu devo encontrá-lo neste lugar às seis da tarde? Mas nem sei como ele é...

A recepcionista sorriu.

– A senhora saberá quem é assim que olhar para ele!

»»»»»

Rodrigo estava tendo um domingo incomum. Poderia ter ido correr no Parque da Redenção ou jogar futebol com os amigos; em vez disso, deixara a hora do almoço passar e estava havia algum tempo mexendo em velharias num quarto escuro.

"Se bem me lembro", ele matutou, cercado por jornais velhos e caixas que deviam conter as coisas mais bizarras, "havia uma pasta vermelha trancada a chave na escrivaninha..."

Deslocando algumas cadeiras antigas, encontrou a tal escrivaninha. E, esgueirando-se entre um amontoado de caixas de papelão e um enorme abajur, deu com a gaveta de que se lembrava. Tinha fechadura. E ainda trancada.

Com um solavanco bem dado, deslocou a lingueta da fechadura e abriu a gaveta. Tossiu com a poeira levantada; mas a pasta vermelha continuava lá, embora tivesse desbotado e agora fosse cor-de-rosa. Ele não hesitou. A curiosidade atiçada, abriu-a.

Pouco depois deixou o cômodo. Teve o cuidado de tornar a trancar a gaveta e de ajeitar alguns papéis e fotografias no bolso interno do casaco, de forma que não se amarrotassem.

»»»»»

Ela já havia pedido três vezes que lhe entregassem os relatórios da balística, e nada. A demora podia apenas ser resultado do feriado prolongado, mas a verdade é que algo ali entravava a burocracia oficial e fazia com que Natália se sentisse cada vez mais desconfiada. E frustrada.

Aluísio estava na delegacia no domingo, no comando do pessoal de plantão, porém, com Laura e Rodrigo de folga, não parecia muito empenhado em tocar aquela investigação adiante...

Para piorar seu estado de ânimo, ela tentara de novo contatar Daniel e Damasceno, mas sem sucesso; todas as suas ligações caíam em caixas postais. Sabia que o amigo escritor, a quem quase nunca conseguia chamar de Hector, às vezes sumia em viagens de pesquisa para seus livros; no entanto, Damasceno costumava ser bem confiável, desde que assumira a coordenação da força-tarefa, tendo como superior apenas o doutor Irineu de Navarra.

"Ele não estava nada bem esta semana", concluiu ela, ao recordar o aspecto do chefe; provavelmente uma gripe forte, se não fosse pneumonia. Resolveu deixá-lo em paz. De qualquer forma, fora encarregada oficialmente do caso; se fosse necessário, recorreria a Irineu.

À tarde, cansada de requisitar papelada que não vinha, resolveu relaxar. E lembrou-se do encontro mais ou menos marcado no barzinho. Pegou na bolsa o folheto que a recepcionista do hotel lhe entregara. Uma rápida pesquisa na internet e sabia exatamente como chegar ao local.

Saiu pouco depois das seis da tarde e, embora demorasse para conseguir um táxi, chegou ao bar quinze minutos antes das sete. Era um lugarzinho intimista e agradável, situado em uma rua de calçamento antigo. Podia imaginar escritores e intelectuais gaúchos encontrando-se ali para beber, conversar e falar de política...

Também podia imaginá-los sendo perseguidos, pois, assim que ia atravessar a rua, teve a nítida sensação de que era seguida.

Parou. Olhou para os dois lados. As pessoas que passavam não pareciam nem um pouco suspeitas, mas seus instintos de policial tinham sido despertados e a sensação permanecia.

Atenta e pronta a sacar a arma a qualquer ameaça, ela entrou no bar. Foi sentar-se numa mesinha ao fundo, de onde podia enxergar a entrada, e pediu um suco de frutas.

Foi de súbito que alguém se sentou diante dela. Ergueu o olhar, surpresa; não vira ninguém entrar pela frente. O bar teria outra entrada?

Mas, assim que seus olhos verdes encontraram os olhos negros do rapaz à sua frente, não pensou mais nisso. Era o desconhecido em quem havia esbarrado e com quem trocara os celulares sem querer. Soltou uma exclamação abafada.

– Você?!

Ele sorriu, e ela foi imediatamente envolvida pelo magnetismo que o jornalista exalava.

– Que tal um vinho? – ele perguntou. – Eles têm boas safras da Serra Gaúcha aqui.

Natália sorriu de volta, cautelosa. Farejava perigo naquele olhar.

– Obrigada, não bebo em serviço. – E estendeu-lhe a mão, cordial. – Ainda não fomos apresentados. Sou a agente Natália Sorrent, da Polícia Federal.

Ele não demonstrou surpresa alguma. Correspondeu ao aperto de mão firme.

– Liam Jaeger, jornalista policial.

Sem esperar por quaisquer perguntas, falou com simplicidade. Após pedir uma taça de vinho e uns petiscos, contou que morava no Rio de Janeiro, o que ela já deduzira pelo sotaque. Trabalhava na área havia vários anos e, embora colaborasse regularmente com certo jornal carioca, era *freelancer.*

– Desde quando investiga estas mortes? – ela indagou, concluindo que o considerava familiar porque era bem parecido com o vocalista da banda Foo Fighters.

– Desde que li a primeira matéria sobre a morte do vereador. A forma como o corpo foi encontrado me lembrou de alguns crimes não solucionados... Segui meus instintos e vim para cá. Sei que meus artigos incomodam as polícias, mas acredito na importância da informação.

– Pelo que vi, seus artigos foram os primeiros a julgarem que o caso envolveria crimes seriais.

Ele a fitou com franqueza.

– Sim. Não me leve a mal, mas... jamais confiei nas autoridades. Sei que há policiais honestos, mas há também os que se envolvem em corrupção. E, neste caso, são tantas as implicações que pode facilmente haver interferência de instâncias superiores para se esconder fatos e culpados.

– Entendo – ela continuava lutando bravamente para não se deixar levar pelo charme do interlocutor. – Acredite, sei muito bem como gente poderosa pode interferir em uma investigação.

Apesar do contínuo ar desconfiado, agora havia respeito na forma como ele a analisava.

– Eu sei. Você foi uma das responsáveis pela resolução daqueles crimes seriais ocorridos em Minas Gerais, não foi? Li sobre o caso. Você foi ferida...

Natália tocou instintivamente o ombro esquerdo, em que fora atingida pela pistola Taurus da delegada corrupta. Pegou um dos petiscos que foram servidos, saboreou-o.

– Ossos do ofício. Escute, senhor Jaeger...

– Só Liam – pediu ele, sinalizando ao garçom para que trouxesse mais uma taça de vinho.

– Certo, Liam. Tenho três assassinatos para investigar e acredito que pode haver mais vítimas do mesmo assassino ou assassina. Posso garantir que quero solucionar o caso e efetuar a prisão o mais rapidamente possível, não importa quais sejam as pressões políticas. Que informações pode me dar para ajudar nessa tarefa?

A intimação, tão direta, pareceu desconcertá-lo.

– Depende. Se leu meus artigos, basicamente já sabe o que eu sei. Nunca me nego a colaborar com a polícia, desde que me tratem com o devido respeito. Não sou um *paparazzo* nem um oportunista... Foi o que disse à doutora Laura quando estive na Delegacia de Homicídios.

Ela tomou mais um pouco de seu suco. Como imaginava, o jornalista não soltaria informações sem alguma contrapartida. Que pista ela poderia fornecer a ele sem comprometer a investigação? Não queria mencionar as fotos dos cemitérios... então lembrou-se de algo.

– Quem sabe você possa me ajudar numa linha investigativa – propôs. – Um ponto que as três vítimas têm em comum é a origem: todas são descendentes de imigrantes alemães. Preciso de mais informações sobre suas raízes. Encontrei uma organização que estuda a imigração aqui no Sul, chamada *Cidesi*, mas ainda não consegui falar com os responsáveis.

Ele franziu as sobrancelhas. De alguma forma, ela o surpreendera.

– *Cidesi*? Nunca ouvi falar. E olha que eu mesmo sou imigrante.

Foi a vez de a agente se surpreender. Poderia jurar que ele era um carioca da gema.

– Bem, vai me ajudar com pesquisas sobre a imigração alemã no estado? Eu acho que...

Liam levantou-se bruscamente. Parecia farejar o ar.

– Se me dá licença por um minuto...

Ela nem teve tempo de retrucar e ele já sumia num corredorzinho com a sinalização para o banheiro masculino. Natália fechou a cara. O que estava acontecendo?

Decidiu pedir mais um suco. E, antes mesmo que o fizesse, o garçom trouxe o que desejava. Olhou para o copo com estranheza.

– Foi aquele senhor que mandou para a senhora... – explicou o rapazinho.

Ela olhou para a frente e viu Rodrigo vindo na sua direção.

– O que está fazendo aqui? – ela exigiu saber. – Anda me seguindo?

O detetive sentou-se na cadeira antes ocupada pelo jornalista. Estava bem sério.

– Você não conhece a cidade, não deveria andar sozinha pelos bairros.

– E isso é de sua conta por quê, posso saber? – perguntou furiosa.

Ele não respondeu, fitando com desconfiança a taça de vinho meio vazia.

Natália teve certeza de que Liam não voltaria. Justamente quando estava obtendo algum resultado, aquele intrometido tinha de aparecer!

Levantou-se, mais zangada ainda. Sem dizer nada, foi para o caixa, já pegando a carteira.

– Não tem despesa, senhora. O senhor Jaeger pagou por tudo antes de sair – disse o homem no caixa, com um sorriso. – Ele é um freguês muito bom.

A policial forçou um ar de naturalidade.

– Claro. E ele deve ter deixado algo para mim, não é?

– Sim, deixou isto aqui. – E o caixa entregou a ela um pacotinho de pastilhas de menta.

Natália colocou aquilo na bolsa e saiu, sem nem olhar para Rodrigo. Havia algo rabiscado na caixinha. Sob a luz da rua, ela leu: "Até qualquer hora".

"Não posso confiar em nenhum dos dois", decidiu. "E não vão me impedir de investigar do meu jeito. Quanto a esse Liam... A PF deve saber mais sobre ele. Vou mandar mensagem para o chefe."

Havia um ponto de táxi na esquina adiante. No caminho até lá, ela desviou de um canteiro maltratado na calçada. Não pôde deixar de notar que a grama ali morrera e a terra ostentava pegadas de algum animal. Possivelmente um cachorro grande.

"Ou um lobo", sorriu consigo mesma, começando a cantarolar uma velha canção. "*Pela estrada afora eu vou bem sozinha...*"

Já no táxi, Natália sentiu um calafrio.

– Isso não é hora de lembrar de contos de fadas – repreendeu a si mesma. – Especialmente daqueles que envolvem lobos.

CAPÍTULO 6

LUA CHEIA

Kassel, Reino da Westphalia, outono de 1810

O frio aumentava e Jacob sabia que não haveria agasalhos novos para ele e os irmãos no inverno que se aproximava. Já seria uma vitória se atravessassem a estação fazendo refeições regulares: o salário de bibliotecário mal cobria o aluguel. Se ao menos Brentano, seu amigo poeta, publicasse os textos folclóricos que ele e Wili haviam enviado...

– Não se inquiete com as publicações – ouviu o irmão murmurar atrás de si. – Daremos um jeito. *Tute si recte vixeri.*

Estavam deixando a biblioteca após o trabalho. Wilhelm melhorara da tosse e insistira em retomar sua atividade de assistente; não podia correr o risco de perder o emprego.

– O lema em latim de nosso pai – o irmão mais velho sorriu para o mais novo: – *"Vive bem quem faz o que é correto"*. Ele tinha razão. Como sabe que estou preocupado com nossos textos?

Foi a vez de o irmão mais novo sorrir.

– Quando é que não se preocupa com os manuscritos? Ou comigo, Lotte e os meninos?

– Falando neles...

Haviam entrado numa rua principal e deram com Erich, que vinha ao seu encontro.

– Boa noite! Vou para casa com vocês, se não se importarem.

– Sua companhia é sempre bem-vinda, primo – respondeu Wilhelm, olhando ao redor.

Jacob, contudo, parou na calçada e cruzou os braços.

– É a terceira vez que vem nos encontrar nesta semana, Erich. O que está acontecendo?

– Nada, ora – ele tentou desconversar. – Lotte pediu... Ela achou... Não é nada de mais.

O mais velho dos Grimm franziu as sobrancelhas.

– Não tente me enganar. Conheço bem a minha família. Faz dias que Charlotte está nervosa, com medo de alguma coisa. Quero saber o que é. Qual dos dois vai me contar?

Erich olhou para Wilhelm, que olhou para a parede mais próxima. Jacob seguiu seu olhar.

– Wili, o que há? Se nossa irmã tem problemas, é minha responsabilidade lidar com isso.

Para surpresa de Erich, o primo sabia da história e acabou revelando.

– Foi há alguns dias, quando houve aquela neblina, lembra-se? Eu estava doente e fiquei em casa. Lotte não sabe que eu sei, mas ela contou a Dortchen, que me disse tudo. Nossa irmã saiu para encontrar a amiga perto do *Garten* dos Wild. Voltou para casa ao anoitecer.

– Sozinha? – Jacob arregalou os olhos. – Com tantos soldados na cidade? Como deixaram?

Erich baixou o olhar.

– Ela saiu sem que notássemos. Eu estava ajudando Wili com os manuscritos, só percebi quando fui à cozinha e não a encontrei. Então fui à sua procura. Dei com ela correndo pelas ruas, assustada no meio da neblina. Disse que encontrou... algo estranho.

– De acordo com Dortchen – Wilhelm respirou fundo antes de continuar –, Lotte viu olhos brilhantes na mata e correu para a cidade. Acredita que foi seguida por um lobo.

O irmão mais velho cravou os olhos no primo.

– Não admira que ela ande apavorada. Um lobo! Por que não me contou, Erich?

O rapaz não sabia o que dizer. Não queria confirmar que vira os olhos brilhando em meio à neblina, nem que ouvira o rosnado. Ainda esperava que tudo fosse fruto de sua imaginação.

– Perdoe-me, Jacob. Ela me pediu para não dizer, não queria que se preocupasse.

Os dois irmãos se entreolharam. O mais velho suspirou.

– Sei o que está pensando, Wili. Olhos brilhantes... Isso está assombrando você. Mas não há lobos nos bosques de Kassel, por mais abandonados que estejam. Se houvesse, com a fome que nos ronda, já teriam virado ensopado!

E fez uma preleção sobre como eram raros os casos de lobos que atacavam pessoas nas cidades.

– Isso levando em conta um animal comum – retrucou Wilhelm. – Não se esqueça de que tudo aconteceu há poucos dias, meu irmão. Era, e ainda é, lua cheia.

Após alguns segundos de silêncio, o mais velho decidiu:

– Vou tirar essa história a limpo. Onde, exatamente, ela diz que viu a *coisa*?

A contragosto, o primo explicou.

– Às margens do Fulda, junto das ruínas da *Aue Tor*, a antiga porta da campina...

– Vocês vão para casa, fiquem com Lotte e Ferdinand. Eu já volto.

Wilhelm tentou impedi-lo.

– Jacob, não vá. Ou, pelo menos, vamos juntos. Eu posso sentir que há perigo esta noite. Se tivesse visto os olhos daquela mulher, você saberia.

No entanto, o chefe da família Grimm não voltava atrás quando tomava uma decisão.

– Não há perigo algum, em meia hora estarei em casa.

Os dois não estavam acostumados a contestar a palavra dele. Seguiram para as ruas que levavam à Wildermangasse enquanto Jacob se dirigia ao matagal em que se haviam transformado os jardins e bosques da cidade. Investigar aquilo era o correto a fazer para acalmar o medo da irmã.

Enquanto subiam as escadas que iam dar na residência, Wilhelm murmurou:

– Você sente o perigo no ar, não sente? É como se os olhos daquela mulher tivessem me despertado uma nova percepção. Eu farejo a ameaça. Não devíamos deixar Jacob sozinho, não hoje.

Erich concordava. No entanto, suspirou e mudou de assunto.

– Ele sabe o que faz. Vou para a cozinha ajudar Lotte; veja se Ferdinand está bem.

Assim que Wilhelm sumiu na saleta e começou a falar com o irmão, o primo mudou de atitude, voltando a ser o garoto impulsivo que fora antes de ir para Kassel. Deu meia-volta e desceu as escadas sem fazer ruído. Fechou suavemente a porta e correu pelo calçamento irregular das ruas.

Anoitecia. O brilho da lua cheia tentava atravessar o manto de nuvens no céu.

E ele seguia em direção ao rio.

»»»»»»

A claridade do dia havia desaparecido quando Jacob passou pela *Aue Tor* e entrou no bosque. Não havia neblina, mas o emaranhado de ramos secos, arbustos queimados pelo frio e as folhas caídas confundiam as trilhas que antes eram bem marcadas.

"O *Garten* dos Wild fica para lá", disse a si mesmo. Andou um pouco, já sem saber se o som de água corrente que ouvia pertencia ao rio ou ao *Kleine* Fulda, um braço do curso d'água.

Divisou um telhado em meio à mata e abriu caminho com as mãos, afastando ramos cheios da folhagem outonal. Foi parar numa ruela que subia, com casinhas e muros semidestruídos amontoados entre árvores sacudindo-se ao vento gelado. Estava numa parte da cidade que, antes da guerra, fervilhava de modestas oficinas; agora só devia abrigar mendigos. Havia luz numa janela distante e alguém pendurara roupas em outra.

Ouviu passos atrás de si e voltou-se. Teve a impressão de ver luzes na mata, mas o vento soprou poeira em seus olhos e ele os cobriu; quando olhou para lá de novo, não havia nada.

"É minha imaginação", refletiu. Não se deixaria levar pelas fantasias do irmão e da irmã. Andou mais um pouco e percebeu movimento entre as árvores, à esquerda.

– Tarde, está ficando tarde – murmurava uma voz masculina.

Um homem maltrapilho, manquejando, deixara o espaço entre os troncos cinzentos. Andava curvado e ia para uma casa quase toda tomada por ramos de hera.

– Boa noite – disse ao sujeito, que se encolheu ao percebê-lo.

– Não fiz nada – o velho murmurou, apavorado. – Não fiz nada, *Monsieur*, nada...

A expressão em francês indicava que ele temia os soldados. Talvez fosse um veterano da guerra refugiado nas ruínas e acostumado a ser maltratado pelos militares vencedores.

Dando um passo à frente, Jacob percebeu que ele não tinha um dos olhos e que os farrapos escondiam cicatrizes.

– Não sou francês, *mein Freund*. Não tenha medo. O senhor mora aqui?

O homem recuou, ainda encolhido, e apontou a casa coberta de hera à esquerda.

– Sabe se há animais na mata? – prosseguiu o bibliotecário. – Minha irmã acha que viu um, há três dias. O senhor já viu algum? Cachorros? Lobos?

A última palavra pareceu enlouquecer o homem. Recuou mais até bater com as costas na porta da casinha em ruínas. Com as mãos tremendo, pegou algo entre as vestes: um livro.

– *Der Teufel* – balbuciou, levando o volume ao peito e fitando Jacob com o único olho, tão arregalado que parecia querer saltar fora do rosto.

– O demônio? – o jovem indagou, intrigado. – Está dizendo que viu o próprio di...

O veterano o interrompeu bruscamente, erguendo o livro.

– Depressa! Trancar tudo, antes da noite. Antes da lua. Ele vem. Ele conjura formas...

O mais velho dos Grimm não pôde deixar de estremecer; o que o homem segurava, como um talismã, era uma velha Bíblia luterana. Imaginou que o pobre fora enlouquecido pela guerra. Porém, antes que Jacob lhe fizesse mais perguntas, ele olhou para o alto e uivou.

Jacob recuou. O que significava aquilo? Então o velho o fitou de novo, tremendo de medo.

– *Hund*. Cachorro. Dentes. Olhos. *Mann*. Homem...

A porta se abriu às suas costas e o pobre veterano entrou rapidamente, ainda apertando a Bíblia contra o peito. Antes de sumir, falou baixinho:

– *Hund*. O cão vem. *Der Teufel*. Ele se transforma. *Mann*. Trancar tudo. Depressa, antes da lua!

Depois que ele bateu a porta, Jacob olhou ao redor e notou que, apesar de haver anoitecido, a janela que estivera iluminada agora escurecera. Adiante, só se enxergava um amontoado de oficinas semidestruídas entre a mata invasora. O vento soprava mais gelado; no céu, as nuvens grossas começavam a clarear. Havia uma lua ali atrás, que logo se tornaria visível.

Lua cheia.

"Não há nada aqui", pensou, reprimindo o medo. "Vou para casa."

Sua força de vontade era tanta que Jacob Grimm fechou os sentidos para passos, vozes ou quaisquer ruídos sobrenaturais. Atravessou a rua e entrou na primeira viela que encontrou. Quando deu por si, estava nas ruas centrais da cidade, próximo ao palácio em que trabalhava.

A cidade parecia normal ao anoitecer. Soldados faziam a ronda, trabalhadores voltavam às suas moradias. Apesar disso, ao seguir para a Wildermanngasse, as palavras do velho caolho repercutiam na cabeça do rapaz.

Cão. *Hund*. Homem. *Mann*. Hundmann...

O nome de família de Maus e de sua mãe.

»»»»»»

Erich reuniu coragem para continuar, lembrando os argumentos que o primo mais velho usara para convencer a ele e a Wili de que não havia lobos selvagens em Kassel. Segundo ele, feras famintas só atacavam as pessoas em pequenas vilas e em lugares ermos, como a serra de Kellerwald ou o norte da Prússia.

Parou diante das ruínas da *Aue Tor* e olhou para a mata, tentando encontrar o caminho que Jacob fizera. Havia rastros sobre as folhas, no chão, e ele os reconhecia instintivamente.

– Veio por aqui – murmurou – e seguiu naquela direção...

Não sabia de onde vinha aquela certeza; quando criança, ainda na Baviera, ouvira amigos de seu pai falarem sobre o faro dos caçadores natos. A lembrança o fez imaginar se ele teria nascido para aquilo. Para a caça.

Então um som aterrorizante o deteve em meio à mata. Um uivo.

Mas não era um animal, parecia uma pessoa imitando a fera.

Dois impulsos opostos o tentaram: por um lado, queria correr de volta à cidade e enfiar-se em casa; por outro, uma desconhecida emoção o impelia a ir adiante.

Devia caçar... devia seguir seu instinto.

O segundo impulso venceu quando ele pensou que Jacob poderia estar em perigo; faria qualquer coisa para proteger o primo.

Correu para a ruela que apareceu entre as folhagens douradas do outono. A distância, a porta de uma casinha coberta por hera fechava-se diante de um vulto que olhava para o céu.

Acompanhou o olhar dele e viu o brilho da lua cheia tentando romper a cortina de nuvens. Voltou a fitar o vulto: era Jacob, que seguiu adiante sem notar sua presença.

Estava a ponto de gritar o nome dele quando ouviu o estalido de folhas secas num canto.

O lobo saiu do meio das árvores com troncos ressecados, não muito longe da casa cheia de hera. Era um animal enorme, cinzento, ameaçador. Seus olhos brilhavam; seguia atrás de Jacob.

Ele não podia deixar aquela criatura alcançar o primo! Achou uma pedra entre as folhas no chão, pegou-a e arremessou com força.

O lobo estacou. A pedra caíra perto dele; agora brilhava sob o luar, pois, afinal, a lua cheia escapara às nuvens. Iluminava a ruela, as casas assoladas, os galhos nus e retorcidos na mata. O pelo cinzento da fera se tornou quase branco sob aquela luz. E os olhos do lobo faiscaram.

Erich recuou e entrou no bosque. Disparou a correr sem rumo, com ramos machucando seu rosto e o chão pregando-lhe peças, buracos e troncos fazendo-o tropeçar.

A princípio, pensou ter escapado e teve a impressão de ouvir um grito, uma voz humana lá atrás; mas logo percebeu que era seguido. A cada tropeço, escutava os passos em trote, esmagando as folhas secas. E, sempre mais alto, a respiração da fera.

– *Gott in Himmel*, Deus do céu! – exclamou, quando um grosso galho que erguera para passar voltou violentamente e o atingiu nas costas, atirando-o ao chão.

Sentiu o salto do animal sobre si. Uma dor intensa o atingiu quando as presas se cravaram em sua perna esquerda. Ele reuniu forças desconhecidas para se virar e chutar com o pé direito.

A velha bota, que tinha pertencido a quatro primos antes de se tornar sua, atingiu o lobo na mandíbula. O animal ganiu e o largou. Erich ergueu-se e saltou para a frente, de volta à mata.

Nunca soube quanto tempo durou aquela fuga com a perna ferida, a mata se tornando mais escura e densa e o arfar da fera seguindo-o, farejando seu sangue, apertando o cerco. Só sabia que precisava prosseguir, ir para longe, afastar o lobo da cidade.

De súbito, pisou em falso numa pilha de folhas que ocultava uma fissura no chão.

E despencou de bruços dentro de um grande buraco.

Cuspiu terra e detritos, enquanto a dor aguda na perna tirava seu fôlego. Virou-se e se deixou ficar, de costas, no fundo da depressão. Podia enxergar o luar brilhando entre os troncos e galhos das árvores, que formavam uma cúpula sobre o bosque.

Tentou erguer-se: os braços arderam e não obedeceram.

Pensou em pedir ajuda, mas sabia que ninguém viria. Estava sozinho, morreria sozinho.

A criatura parou no alto do buraco e examinou a presa caída, impotente. Os olhos de lobo brilharam de novo. E os dentes se arreganharam num riso de triunfo.

Erich já vira aqueles dentes antes... em um sorriso maldoso de animal faminto.

Era *ela*. A mulher que contara a história.

Desde aquele dia, soubera que isso aconteceria... Ele fora marcado: era a caça. Sempre havia esperado que ela viesse para caçá-lo. Sabia que no minuto seguinte ela daria o bote, e desta vez não morderia sua perna, mas seu pescoço.

Apesar disso, não conseguiu fechar as pálpebras. Podia ser o mais fraco dos Grimm, mas não era covarde. Esperaria a morte chegar fitando os olhos da loba.

»»»»»»

Quando a porta se abriu, Wilhelm estava à espera. Olhou ao redor, angustiado.

– Erich não veio com você?

Jacob sentiu o coração gelar. Franziu as sobrancelhas, furioso.

– Ele saiu mesmo depois de eu mandar que voltasse? – Esbravejou. – Wili, eu não vi nada na mata. Mas encontrei um velho soldado... Ele me disse coisas estranhas. Sobre homens. Sobre lobos.

Os olhos arregalados do irmão mais novo o fizeram decidir o que fazer. Do lado de dentro da porta, entre outros objetos, havia uma pá para neve, uma bengala e um cajado. Jacob se apossou da pesada bengala, que pertencera ao pai, e saiu novamente, recomendando:

– Diga a Ferdinand para ficar com Lotte e trancar a porta. E vá correndo chamar alguns dos nossos amigos, quem você achar. Encontre-me no bosque às margens do rio, depois das ruas com as oficinas abandonadas. Sabe onde é, não sabe? Então, depressa!

E o mais velho dos Grimm disparou a correr de volta ao Fulda.

Não demorou a alcançar o caminho que já fizera naquele dia. A lua, agora alta no céu, iluminava a ruela. Porém o frio aumentara, e a neblina, saindo das águas do rio, espalhava-se.

Assim que firmou a vista, ele deu com um vulto caído no chão, cercado pela névoa.

– Não... – gemeu.

Havia sangue por toda parte. Segurou o corpo e o virou.

Não era Erich. Era o veterano do olho vazado, que, agora, tinha as vísceras à mostra. O que havia acontecido ali? Não fazia nem uma hora que ele passara por lá, falara com ele, e agora...

Um murmúrio veio do rosto sanguinolento do homem. Ainda estava vivo!

– Quem f-fez isso com o senhor? – Jacob gaguejou, tomando a mão caída do velho. – Pode falar?

O único olho do pobre sujeito o fitou, com a resignação da morte. Os dedos magros ainda apertaram a mão do rapaz, em agradecimento. E a voz soou como um sussurro.

– Ao menos... não morro... sozinho.

Jacob sentiu um soluço entalado na garganta.

E ouviu as últimas palavras do veterano, quase um suspiro.

– *Hund... Mann.*

Não havia o que fazer. Jacob fechou o olho restante do sujeito e levantou-se, conferindo o terreno ao redor. A porta da casinha cheia de hera fora aberta à força: a madeira ostentava marcas profundas de garras... e os rastros no chão mostravam que o homem fora arrastado de lá para fora.

Aquilo havia acontecido pouco depois de ele deixar a ruela.

"Erich... Preciso encontrar Erich!"

Apesar de a neblina continuar aumentando, conseguiu divisar marcas no chão. Não sabia se eram de homem ou de animal, só percebeu que levavam às árvores cinzentas próximas à casa.

Seguiu para lá, abrindo caminho entre arbustos com a bengala. Saiu no que, um dia, devia ter sido uma trilha; agora era apenas uma sugestão de caminho. Mas ao menos ali a névoa demorava a penetrar, e havia vestígios sobre as folhas secas no chão. Marcas de pés. Gotas escuras: sangue.

Tomando fôlego, ele desatou a correr como nunca fizera em toda a sua vida.

»»»»»»»»

A loba ergueu o focinho e farejou o ar. Primeiro para a direita, depois para a esquerda.

Alguém se aproximava!

Erich sentiu a esperança retornar. Lentamente, ergueu o corpo caído. A perna ferida latejava, porém não sangrava mais.

A fera rosnou e desviou os olhos para o fundo da mata; o rapaz os seguiu. Havia um vulto ali, usando uma capa escura e parado numa pequena clareira. Disse algo, baixinho, que o rapaz não conseguiu escutar, e recebeu como resposta outro rosnado da loba.

E então o inimaginável aconteceu.

»»»»»»»»

Em meio à corrida, Jacob sentiu o vento aumentar e percebeu quando uma brecha maior entre as nuvens abriu passagem ao luar. Agora intenso, ele iluminou as árvores, dando um aspecto onírico aos galhos e às folhas. E manchou de branco uma pequena clareira.

A cena era irreal sob a luz prateada: um enorme lobo cinzento postava-se, ameaçador, na boca de uma depressão no solo. Ali dentro estava Erich, tentando erguer-se. A pouca distância, um homem com o rosto oculto parecia chamar a fera… que não tirava os olhos da vítima. O brilho amarelado daquele olhar era tão forte que chegava a iluminar o rapaz caído.

O animal fez menção de saltar para o buraco, e Jacob reagiu; agitou a bengala e gritou:

– Não!

Foi o que bastou para o animal recuar e se voltar para o recém-chegado, os dentes arreganhados e o olhar de ódio. Contudo, em vez de atacar, recuou para o vulto nas sombras.

Os dois Grimm pensaram que saltaria sobre o desconhecido, mas isso não aconteceu: pôs-se na frente dele, como a protegê-lo… como uma fêmea faria ao filhote. E uivou.

Um uivo estridente, dolorido, que fez Erich tapar os ouvidos com as mãos arranhadas e Jacob estremecer, embora mantivesse a bengala firme, na defensiva.

De repente, ouviram vozes e ruídos de passos. Pessoas se aproximavam trazendo lamparinas, a julgar pelas luzes que atravessaram a mata.

O vulto se inclinou para o animal e murmurou algo que soou como:

– *Kommt*. Venha.

Assim que quatro rapazes apareceram na clareira, a figura sumiu nas sombras do bosque e a loba – era mesmo uma fêmea – foi atrás. Wilhelm trouxera Rudolph Wild, o irmão de Dortchen, mais dois soldados da guarda real. Todos divisaram o pelo cinzento ao longe, iluminado pela lua.

– Erich! Está ferido! – exclamou o primo, correndo para a depressão.

Os franceses olharam, com ar apalermado, para o animal que seguia pela trilha. Jacob viu que estavam armados de mosquetes e os instigou:

– *C'est un loup! Allez, allez!*

Um dos guardas fez o sinal da cruz e seu companheiro soltou uma imprecação antes de saírem correndo pela trilha, armas prontas para disparar.

Rudolph havia tirado Erich do buraco e notara o sangue em suas roupas.

– Vamos levá-lo à botica para cuidar do ferimento – propôs.

– Não deve ser profundo, nem está doendo – o jovem protestou.

Jacob estava ofegante e ainda tremia ao segurar a bengala.

– Você está bem? – Wilhelm indagou.

Ele fez que sim com a cabeça. E ambos seguiram o amigo que amparava o ferido.

– Chegamos bem a tempo – comentou Rudolph, perplexo. – Quando Wili me chamou, achei que fosse brincadeira. – E, diante do silêncio nervoso de todos, prosseguiu: – Havia mais uma pessoa lá. Um vulto. Mas o lobo não o atacou! Ele ia saltar sobre Erich.

Com um suspiro, o mais velho dos Grimm respondeu, afinal.

– Não. A fera não atacou o homem nas sombras. Ela o estava protegendo. De nós!

– Lobos... – foi o comentário final do vizinho. – Atacando as pessoas aqui em Kassel! Se eu não tivesse visto, jamais acreditaria.

Jacob tornou a calar-se. Ninguém acreditaria, também, se narrasse a história toda. O irmão e o primo estavam certos. Os olhos do lobo – da loba – brilhavam. Mas aquela não era uma história do folclore, das que se conta às crianças. Era real.

Estremeceu outra vez ao lembrar-se do pobre veterano e ao pensar no perigo que Lotte, o primo e ele mesmo haviam corrido.

Desejou que os soldados matassem a besta. Mas, no fundo, tinha certeza de que não a alcançariam. Não; ali havia algo mais que um animal faminto em busca de caça. Havia algo sobrenatural em ação, algo demoníaco.

Der Teufel... Hundmann. Demônio. Cão. Homem. Homem-cão.

Fechou o semblante, decidido. Era melhor que ninguém mais soubesse daquela história.

»»»»»

Kassel, Reino da Westphalia, final do outono de 1810

Dortchen e Lotte vieram da cozinha trazendo chá e biscoitos, uma extravagância naquela tarde de quase início de inverno. Apertados na pequena sala da casa dos Grimm, os irmãos conversavam com a amiga Marie.

Ferdinand soltou uma exclamação ao ver os doces e Wilhelm sorriu para a filha do boticário, que baixou o olhar, tímida. Jacob nem os notou; explicava algo para a visitante.

– Vamos incluir o conto entre as histórias folclóricas, as *Märchen* – dizia ele –, mas sem as variações da narrativa francesa. Manteremos o tom direto, típico do povo germânico...

– Chega de lobos por hoje – disse Lotte, estremecendo, como sempre acontecia ao ouvir mencionarem aquela malfadada história. – O chá vai esfriar.

– Deveríamos esperar pelos outros – sugeriu Marie, educadamente.

Mas quase na mesma hora ela ouviu os passos dos rapazes, que subiam as escadas. Seu irmão, Ludwig, entrou na sala aquecida acompanhado por Erich Grimm. Tinham ido à casa de Ludwig em busca de um livro prometido para Wilhelm, e o amigo aproveitara para trazer um grande pão recém-assado e um pote de geleia, preparados pela cozinheira da família.

O orgulhoso Jacob pensou em protestar, porém um olhar de Lotte o impediu. Não estavam em condições de rejeitar a ajuda de ninguém, mesmo que ele detestasse aceitar a caridade alheia.

O chá era servido quando Ludwig contou:

– Encontramos um conhecido que trabalha na guarda. Ele confirmou que naquele dia os soldados seguiram o lobo até o meio da noite. Disseram que o animal escapou por pouco.

– Ele falou algo sobre as pessoas que moram naquela rua? – indagou Jacob, interessado. – Tudo parecia abandonado, mas vi luz em uma janela.

Foi Erich quem respondeu, escolhendo as palavras cuidadosamente.

– Os guardas dizem que não há moradores. No final do verão o velho foi visto, e em meados do outono viram uma senhora e um rapaz. É o que se sabe. Deram busca nas oficinas vazias e não encontraram ninguém.

Wilhelm lançou um olhar significativo para o irmão mais velho, porém este o ignorou.

– Andei perguntando por aí sobre o veterano que foi atacado – acrescentou Ludwig. – Não tinha família e era um beberrão, porém inofensivo.

– Pobre homem... – murmurou Lotte. – Que jeito horrível de morrer.

– O importante – comentou Marie – é que Erich se recuperou bem do incidente. Não é?

O primo nada respondeu, ocupado em tomar um grande gole de chá.

– E que recuperação! – comentou Dortchen. – Vi meu pai e Rudolph cuidarem do ferimento. No primeiro dia os cortes eram profundos, mas no dia seguinte as marcas sumiram...

Um ruído de louça fez todos prestarem atenção em Lotte, que vacilara e quase derrubara uma xícara. A amiga foi ajudá-la, Ferdinand perguntou se alguém mais queria biscoitos, e logo a conversação tomou outros rumos. Apenas Erich permaneceu quieto.

Marie e seu irmão se retiraram antes que anoitecesse. Lotte recolheu a louça e Wilhelm anunciou que acompanharia Dortchen à casa vizinha.

– Ferdinand pode acompanhar *Fraulein* Wild – decidiu o irmão mais velho, sem tirar os olhos de Wili. – Precisamos conversar.

Após as despedidas, Erich se dispôs a ajudar a prima na cozinha, mas Jacob o convocou.

– Fique, o assunto diz respeito a você.

Quando restavam apenas os três na sala escura, ele acendeu uma vela e encarou o primo.

– Você anda calado, Erich. Pálido, sem apetite. Nas últimas madrugadas ouvi sua voz. Falava durante o sono. Tem certeza de que está tudo bem?

– Estou, é que às vezes tenho pesadelos – o rapaz desconversou.

Seus olhos, no entanto, denunciavam a mentira.

– Quero ver o ferimento. Por favor, Erich – pediu Wilhelm.

Ele relutou, mas acabou puxando a barra da calça para cima e mostrando, sob a meia, a perna esquerda. Não havia o menor vestígio de que, três semanas antes, fora mordida por um lobo.

– É impossível – Wilhelm murmurou, como que para si mesmo. – Havia muito sangue!

Jacob olhou do irmão para o primo e suspirou.

– Bem, não importa. Já passou. Vamos esquecer tudo isso e...

O irmão, entretanto, o interrompeu.

– Não, não passou! Não percebe o que aconteceu? Foi ela. Foi *Frau* Hundmann que o atacou. *Ela* era a loba, com seus olhos brilhantes e dentes afiados! E o vulto magro que vimos só pode ser o filho, Maus. Os guardas contaram sobre uma mulher e um rapaz naquela rua. Eram eles!

– Pare, Wili.

A ordem do irmão mais velho soou grave e imperiosa. Contudo, Wilhelm continuou:

– Você não pode negar. Está na história, em todas as versões, de todos os lugares. Só que, na verdade, o lobo não atacou a menina do capuz vermelho. Ele queria...

– Eu disse que pare!

Nervoso, Jacob andou de um lado para outro da sala. Desde que o incidente acontecera, lutava com as próprias dúvidas. Por um lado, vira o velho morrer, a loba de olhos brilhantes atacar e não podia negar as ligações com o conto folclórico. Por outro lado, sua crença cristã e calvinista o fazia tentar encontrar uma explicação racional para tudo.

Olhou para o irmão e o primo, ambos perturbados com o acontecido, e tocou a pilha de manuscritos sobre a mesa. Tinha de acabar com aquilo, trazer paz para a família.

– Esta história termina aqui! – decidiu. – O conto foi transcrito, será incluído em nosso futuro livro e não terá o mesmo final da narrativa francesa. A menina foi salva por um caçador, e basta. Quanto a essas... fantasias... Não têm fundamento. Um animal selvagem saiu das matas e atacou um velho fraco. *Frau* Hundmann e seu filho não foram reconhecidos em Kassel, devem estar em Marburg ou na Baviera. Nunca mais os veremos nem falaremos sobre eles. Estamos entendidos?

O irmão e o primo assentiram com a cabeça e o mais velho dos Grimm saiu do aposento.

– Vou ver se Lotte precisa de algo.

Erich e Wilhelm ficaram sozinhos na sala. O primeiro ajeitou a calça sobre a perna que estivera ferida e o segundo foi mexer nos manuscritos. Selecionou um e estendeu para o primo.

– Jacob é o chefe da família. Ele pode decidir o que quiser, e nós faremos sua vontade, como sempre. Mas a verdade permanece, não é? Você...

– Eu estou bem – o jovem assegurou, sem muita convicção.

Tomou o papel em que fora transcrita a última versão de *Rotkäpchen*, a história da menina e da avó. Estava escurecendo; a única vela acesa na sala produzia pouca luz, mas a folha se iluminou com o brilho amarelado que começava a emanar de seus olhos.

Quando percebeu aquilo, ele parou de ler. O papel resvalou até o chão.

– Erich! – Wili exclamou, escorando-se numa cadeira. – Você...

Tentando controlar-se, o jovem pegou o manuscrito que caíra e o colocou sobre a mesa.

Suas mãos tremiam. Com os olhos ainda brilhando no escuro, ele encarou Wilhelm.

– Desculpe... – sussurrou. – Eu não consigo evitar.

Após alguns segundos, seu olhar voltou ao normal.

O primo pôs as mãos nos ombros de Erich e o fitou com imensa compaixão. Aquele garoto era como um irmão para ele, para todos eles.

E agora tudo havia mudado.

– Quando você nasceu – declarou, comovido –, mamãe tinha acabado de dar à luz Charlotte. Ela enviou presentes à sua mãe... amava os parentes da Baviera. Soubemos que ela lhe deu o mesmo nome do meio do nosso pai, que também é o meu nome, para mostrar que sempre seríamos uma família unida. Erich Wilhelm... E ela estava certa. Você é um de nós. Um Grimm.

Erich falou baixinho, tentando controlar a raiva que sentia.

– Mas agora sou *algo mais*, não é, Wili?

O primo se afastou.

– Faz três semanas, Erich. Não importa o que Jacob diga, eu e você sabemos o que está acontecendo. Não falar no assunto não fará a situação desaparecer. Se você ama a família como nós o amamos, precisa tomar uma decisão. Antes...

O outro completou a frase.

– Antes da lua cheia.

Wilhelm não disse mais nada. Suspirou, pegou a vela e saiu da sala, indo para o quarto que dividia com o irmão mais velho.

Da cozinha, vinha o burburinho de Lotte mexendo na louça e o eco da voz serena de Jacob.

Erich olhou para as próprias palmas e viu as linhas das mãos se iluminarem com o brilho que, mais uma vez, emanava de seus olhos.

"Sete dias", pensou, sombrio.

E fechou as pálpebras, deixando a sala da casa dos Grimm na escuridão.

CAPÍTULO 7

CILADA

Porto Alegre, dias atuais

Despedindo-se do segurança, Anette desceu as escadas que levavam à saída do hotel. Trabalhara até uma hora da madrugada de segunda para terça-feira, para cobrir a falta de uma colega. Apesar de ter nascido em Porto Alegre e de conhecer de cor cada rua do centro da cidade, não gostava de andar sozinha à noite. Apressou o passo. Sentia que era seguida...

"Deixa de ser paranoica, ô guria", disse a si mesma, ajeitando a manta e seguindo com rapidez pela rua da Praia. Logo estaria no Gasômetro, dali não demoraria a chegar em casa.

A princípio, não ouviu os passos regulares que marchavam no ritmo dos seus. No entanto, depois de passar pelo quartel e pela igreja, a calçada estava bem vazia, e ela voltou a sentir medo.

Acabara de atravessar a rua General Portinho quando alguém a alcançou, tapou sua boca e a arrastou com violência para trás de uma das grandes árvores da praça.

Anette não teve tempo de raciocinar ou de pedir ajuda. Sentiu a picada de uma agulha num braço e deixou-se invadir por um torpor impossível de combater.

No céu, a lua exibia seu crescente, que naquela madrugada lembrava um sorriso irônico.

»»»»»»

Horas haviam se passado quando ela acordou, com um ardor intenso na orelha direita. A dor não era forte, mas incomodava; e Anette apegou-se àquela sensação para combater o torpor que ainda tomava seus braços e pernas.

A visão borrada foi entrando em foco e ela percebeu que estava amarrada em uma cama. Tiras de couro a imobilizavam, e uma mordaça impedia que emitisse qualquer som. Havia um vulto a seu lado... e mexia em sua orelha.

O ambiente estava escuro. Apenas uma luminária na cabeceira da cama iluminava parte de seu rosto. Não podia voltar a cabeça, presa pela testa e pelo pescoço; podia, contudo, mover os olhos e captou uma imagem perturbadora. A pessoa junto dela usava um avental branco, sujo do que parecia ser sangue, uma touca de médico e uma máscara cirúrgica. Luvas grossas. Os olhos estavam ocultos por óculos protetores de acrílico esverdeado. Não era possível saber se seu raptor era homem ou mulher...

Aquela estranha figura notou que ela acordara, mas não se deteve: continuou passando uma lâmina fina por sua orelha e drenando com uma placa o sangue que escorria; ela sentia o frio do vidro no lóbulo.

"É um pesadelo", pensou, sentindo lágrimas quentes saírem pelos cantos de seus olhos e escorrerem para o travesseiro duro em que sua cabeça fora apoiada.

Filmes com pessoas sendo torturadas vieram-lhe à mente. Logo recordou os artigos de Liam Jaeger: crimes seriais, pessoas sequestradas e corpos desovados com tiros na nuca.

O medo a tomou e um tremor sacudiu-lhe o corpo. Soluçou, embora sem produzir som, e quase engasgou com o gosto salgado de novas lágrimas que não saíam e a sufocavam.

Seus ouvidos zumbiram e ela percebeu a entrada de outro vulto, porém não conseguiu ver detalhes. Os sequestradores se concentraram atrás dela, dizendo algo que ela não compreendeu...

Sentiu o corte da lâmina no lóbulo da orelha esquerda e perdeu a consciência outra vez.

»»»»»»

Quando despertou novamente, estava sozinha na mesma sala escura.

"Meu Deus, me ajuda...", rezou, tentando não se desesperar.

Pensou na mãe, que devia estar alucinada com seu sumiço. Tinha a impressão de que estava naquele lugar havia muito tempo. Não conseguia saber se era dia ou noite, não havia janelas; apenas uma luz fraca entrava no cômodo, talvez por baixo de algum vão de porta.

Mexeu a cabeça. Ao menos agora sua testa não estava mais imobilizada, e o aperto no pescoço diminuíra. Engoliu em seco, imaginando por que não estaria com fome ou sede.

Percebeu uma agulha fincada no braço esquerdo. Um caninho saía dele e ia dar numa bolsa de soro pendurada num suporte alto ao lado da cama. Aquilo a alimentava...

Um brilho de esperança a alcançou. Se haviam se dado àquele trabalho, seus sequestradores não a matariam agora. Ela poderia escapar. Sua mãe iria à delegacia. A moça de Minas Gerais, hóspede do hotel, era agente da Polícia Federal. A ajuda viria. Tinha de acreditar nisso!

Precisava, em primeiro lugar, não entrar em pânico.

Com a visão mais acostumada à penumbra, ela começou a divisar detalhes no cativeiro. À sua direita não havia parede, e sim um biombo hospitalar grosso. Era por baixo dele que entrava luz.

Tentou mover o pescoço para a direita para ter uma melhor visão. Teve de ir centímetro por centímetro... Enfim, conseguiu virar o rosto, e o que viu e ouviu não foi nada reconfortante.

Uma respiração muito fraca, do lado de lá, indicava a existência de outro prisioneiro. Pontas de lençol manchadas de vermelho tocavam o chão e se moviam ao ritmo da respiração.

Redobrou o esforço. A tira de couro que prendia seu pescoço a machucava, mas precisava aguentar se quisesse ver mais. No entanto, só o que viu foi o chão sob a cama vizinha. E, nele, uma enorme poça de sangue. Quem quer que fosse a pessoa lá atrás, estava em situação bem pior que a dela.

Retornou o pescoço à posição inicial, vagarosamente. Sabia que os sequestradores voltariam. Era preciso que a encontrassem da forma que a haviam deixado.

Teria de arrumar muita coragem para aguentar o que a esperava.

»»»»»»

6 de maio, terça-feira

Natália olhou o relógio da delegacia: três da tarde. Aqueles dias, para ela, estavam sendo um teste de paciência. As investigações prosseguiam muito lentamente para seu gosto; a delegada não lhe parecia especialmente empenhada em solucionar o caso, o que se refletia em toda a equipe. E ela passara a segunda-feira inteira e a manhã da terça tentando telefonar para o tal Cidesi, sem que ninguém atendesse o telefone.

Obtivera, afinal, fotografias dos lóbulos das orelhas das vítimas. Porém, isso só lhe suscitara mais dúvidas. Tudo indicava que os cortes tinham sido feitos com uma faca fina, bisturi ou estilete; segundo o legista, a cicatrização ocorrera bem antes das mortes.

"Esse fato relaciona os casos, mas como vai me ajudar?", perguntava-se.

Era impossível não lembrar o que o amigo Daniel Lucas lhe contara sobre o fator de cura. Vítimas da licantropia portavam no sangue o Fator L, como ele chamava os corpúsculos presentes no plasma. Isso não apenas proporcionava a transformação lupina durante a lua cheia, mas ampliava a ação dos glóbulos brancos e das plaquetas, dando aos chamados lobisomens um poder de reconstituição de tecidos feridos e rápida cicatrização...

– Não seria possível que as vítimas fossem licantropos – murmurou. – Nem que estivessem sendo cortadas feito cobaias para que o assassino testasse sua capacidade de cura... Ou seria?

A ideia era terrível demais. De qualquer forma, a agente não teve tempo de pensar mais naquilo, pois o subdelegado, Aluísio, se aproximou com notícias.

– Os relatórios da balística chegaram, agente Sorrent. Mandei cópia para seu e-mail.

– Obrigada – ela sorriu, mais animada.

Abriu os arquivos e mergulhou na leitura. Empalideceu assim que chegou ao final do primeiro... e apressou-se em ler os outros, espantada com o que tinha diante dos olhos.

A análise das estrias provava que os projéteis causadores das três mortes haviam saído da mesma arma. Não eram comuns: todos tinham sido revestidos por fina camada de prata.

"Agora é que eu preciso *mesmo* falar com o Daniel!", ela refletiu, mil ideias mirabolantes em sua mente. No dia anterior, enviara vários arquivos para o e-mail dele, sem qualquer resposta.

– Natália, pode vir até aqui? – a voz de Rodrigo a alcançou.

Ele estivera a tarde toda em seu cubículo, a alguma distância dela, redigindo relatórios.

– O que é? – indagou, com má vontade.

– Tu não queria o endereço daquele tal Centro de Estudos não sei das quantas? Acho que consegui. E fica bem perto do teu hotel...

Enfim, algo que podia ajudá-la! A agente fechou os próprios arquivos e foi ver o que o colega obtivera. Sua intuição dizia que no Cidesi obteria respostas para suas dúvidas.

»»»»»»

A tarde da terça-feira chegava ao fim. Fora um dia bem mais frio que os anteriores; o sol deixara apenas alguns laivos de dourado colorindo as águas do rio Jacuí, que corriam para o Guaíba.

Os terrenos pertencentes ao porto eram extensos. Alguns pontos junto às margens do rio ferviam de atividade, mas outros mostravam-se abandonados, desertos. Havia galpões antigos vazios, máquinas velhas enferrujando entre o mato que ocultava o chão.

Foi de um desses pontos que Liam emergiu, caminhando com pressa para as vias mais movimentadas próximas à rua Mauá. Numa delas deixara estacionada a moto.

Quem testemunhasse sua expressão sinistra diria que não estava nem um pouco satisfeito. Ao se aproximar da motocicleta, tirou as luvas que usava e limpou as mãos suadas na própria calça. Olhou para as luvas, hesitante. Depois guardou-as no bolso do blusão, montou, deu a partida e seguiu velozmente na direção do centro de Porto Alegre.

»»»»»»

– Vou sair – Natália avisou a um mal-humorado Rodrigo, que ainda se ocupava de redigir os intermináveis relatórios e resmungava sem parar.

Eram quase seis da tarde. Ele até pensou em abandonar a papelada e sair com ela, quem sabe pagar-lhe o jantar, mas acabou não dizendo nada. A agente já se despedira de Aluísio e de Laura e deixava a delegacia. E o investigador teve de retornar ao trabalho que mais detestava.

A moça precisava vencer a frustração que a invadira naqueles dias; nem o telefonema de Damasceno, que andara sumido, ajudara, já que ele não conseguira notícias de Daniel. Quanto a Rodrigo, continuava ignorando suas ideias de pesquisar descendentes de imigrantes, e ela não entendia por quê. O máximo que ele fizera fora obter-lhe o endereço do tal Cidesi.

O jeito era ir atrás dessa pista sozinha.

Já mais familiarizada com a cidade, logo encontrou a rua e o prédio. Ficava no centro, em frente a um bar, numa rua próxima à Biblioteca Pública Estadual, que, ela notou, parecia estar em reforma. Não devia ser um edifício muito bem cuidado, pois não havia ninguém e o balcão da portaria estava empoeirado; entrou e foi direto para os elevadores. Subiria ao décimo terceiro andar.

Identificou no fundo do corredor o número do conjunto comercial. Porém, antes que chegasse lá, a porta se abriu e saiu dela um senhor magro e grisalho, de seus setenta anos, andando com dificuldade. Usava terno e chapéu; passou pela moça e a cumprimentou.

– Desculpe-me – Natália o abordou. – Estou procurando o Cidesi. O senhor trabalha lá?

O sujeito relutou por um instante. Mas logo sorriu e tirou o chapéu.

– Sim, senhorita, sou funcionário do centro. Em que posso ajudá-la?

Ele arregalou os olhos ao ver a identificação da força-tarefa especial da Polícia Federal.

– Se me der dez minutos, senhor, sua ajuda será muito bem-vinda.

»»»»

A grossa porta de entrada revelou uma sala mínima; paredes cobertas por estantes antigas, repletas de pastas e caixas com documentos. Sobre a mesa, um telefone, pilhas de papéis e uma plaquinha com os dizeres: “Centro Internacional de Estudos sobre Imigração”.

– Deve me desculpar pela desorganização, estamos curtos de verba e sem pessoal.

Respondendo às perguntas da moça, para quem livrou uma cadeira desconfortável que se encontrava submersa por pastas, o homem se apresentou como Thomas Farkas. Explicou que o centro de estudos fora fundado na Europa fazia mais de cinquenta anos; sua principal atividade era ajudar imigrantes e seus descendentes em diversos países.

– Há gente que quer descobrir seus ancestrais, há os que querem encontrar parentes perdidos, há questões de inventários e patrimônios que a organização ajuda a regularizar – disse.

Natália foi direto ao assunto.

– Senhor Farkas, o que pode me dizer sobre a imigração alemã neste estado?

O homem sorriu, os olhos escuros parecendo satisfeitos com a curiosidade dela.

– Que se iniciou por volta de 1824, no Vale do Rio dos Sinos. Na verdade, posso contar muita coisa, senhorita: tenho registros, certidões, jornais antigos, fotografias... Temo que terá de ser mais específica ou ficaremos semanas conversando.

Ela respirou fundo. Aquele lugar era um tesouro, repleto de informações! Mas não havia computador algum, apenas papelada, o que sugeria um trabalho insano de busca. Além disso, estava ficando tarde, e o velhinho, por mais gentil que fosse, não passaria a noite ali com ela.

– Podemos começar com arquivos fotográficos. Estou à procura de uma pessoa, mas não sei seu nome nem onde morou. Só sei que ele foi retratado em alguns cemitérios do Sul... Veja.

E mostrou a ele, na tela do celular, a melhor das fotografias do sujeito misterioso.

O homem apertou os olhos para enxergar as figuras e apenas sacudiu a cabeça.

– Infelizmente não consigo ver com clareza. A imagem está desfocada.

– Vou trazer cópias ampliadas, quem sabe assim o senhor consiga reconhecer os locais. E se tiver fotos assim antigas que eu possa pesquisar...

Ele olhou ao redor, até que pareceu recordar algo; pegou um volume na estante.

– Posso emprestar este álbum à senhorita. São fotografias coletadas na região da Real Feitoria do Linho Cânhamo, em São Leopoldo, onde se fixou a primeira colônia do Rio Grande.

A agente recebeu com um enorme sorriso o álbum, lotado de fotos em preto e branco. Havia inscrições com datas e nomes.

– Será bem útil, senhor Farkas! – Ela se entusiasmou. – Entro em contato nos próximos dias.

O homem sorriu e lhe fez uma reverência antiga, cavalheiresca.

– Ficamos abertos de terça a sábado, das catorze às dezoito horas. Venha quando quiser. Minha saúde anda incerta, com o reumatismo, mas eu a ajudarei em qualquer pesquisa que ache importante.

"Ah, se todas as pessoas fossem assim, tão prestativas!", era o que Natália pensava ao carregar o álbum para o hotel, como um tesouro. Mal podia esperar para começar a procurar por sobrenomes de imigrantes que pudessem estar ligados às vítimas atuais.

»»»»»»

Passava de nove horas da noite quando Rodrigo terminou os detestáveis relatórios. Despediu-se de Aluísio e dos policiais da brigada de plantão naquele dia e parou na calçada, endireitando as costas. Estava exausto, mas decidiu que não iria para casa.

"Vou ver se consigo ao menos salvar o final do dia", pensou, com um sorriso indecifrável, ao seguir para o estacionamento, brincando com o novo chaveiro do carro. Tinha um localizador eletrônico, que ele acionava cada vez que esquecia onde pusera o molho de chaves.

»»»»»»

Na noite fechada, um barulho de coisas sendo arrastadas despertou Anette.

Sobressaltada, abriu e fechou a boca, percebendo que a mordaça fora removida. Sentia um gosto amargo nos lábios ressecados. Dormira a maior parte do dia e podia jurar que o sono fora forçado por drogas colocadas no soro.

O barulho retornou e ela virou a cabeça para o lado direito, tentando descobrir o que acontecia. Que horas seriam? Achava que era noite, mas era só um palpite.

Duas pessoas se moviam ali. Viu suas sombras. Não havia mais sinal dos lençóis nem a mancha de sangue. O som que ouvira devia ser da cama sendo arrastada... De repente, uma voz, que não soube dizer se era masculina ou feminina, disse baixinho e com um sotaque estranho:

– Pesa mais que os outros, este aqui.

Logo os ruídos cessaram e a luz se apagou.

Anette ficou totalmente no escuro, o coração disparado de pavor. O outro prisioneiro fora levado embora... provavelmente estava morto. E ela seria a próxima vítima.

»»»»»»

A luz no banheirinho não foi acesa. A pessoa que ali entrara fora diretamente para a pia, abrira a torneira e agora lavava as mãos, esfregando-as compulsivamente. Pó, terra, sangue escorreram junto com a água para o ralo.

Após fechar a torneira, esfregou as mãos e enxugou-as numa toalha branca, que deixou cair no chão. Sempre no escuro, caminhou para o cômodo próximo, iluminado apenas pela tela de um *notebook* sobre uma mesa. O relógio do computador marcava cinco minutos para a meia-noite.

Um programa fora acionado e exibia automaticamente várias páginas de jornais eletrônicos, uma após outra. Um toque no *mouse* e a tela parou em uma matéria específica; realces amarelos destacavam as expressões *Polícia Federal* e *força-tarefa*... Podia-se ler claramente ali:

> *O superintendente da Polícia Federal condecorou a investigadora N. Sorrent e o agente especial J. Damasceno após a conclusão do caso dos assassinatos em série na cidade de Passa Quatro, em Minas Gerais. O mistério envolveu o conhecido escritor Daniel Lucas e resultou na criação de uma força-tarefa para o combate a crimes seriais.*

Um grunhido e mais um comando nas teclas enviaram a página para uma impressora ao lado. Logo a impressão saía, contendo a ampliação da fotografia que acompanhava a matéria.

– Então é isso – murmurou. – Encontrei você, afinal!

E um riso abafado ecoou no cômodo escuro.

»»»»»»

7 de maio, quarta-feira

A manhã de quarta-feira havia acabado de nascer, e Natália já tomara o café da manhã que pedira ao serviço de quarto do hotel. Dormira pouco, mas o sono fora revigorante. Agora, trabalhava na transferência, para seu *note-book*, de uma série de imagens que fotografara com a câmera do celular.

A resolução era ótima, apesar de algumas das páginas do velho álbum que o senhor do Cidesi lhe emprestara estarem amareladas. Decidira primeiro arquivá-las para depois ampliar e analisar, uma por uma; se Rodrigo estivesse de bom humor naquele dia, quem sabe a ajudaria...

Um bipe chamou sua atenção. No canto da barra de tarefas do computador, alguém a chamava num aplicativo. Clicou nele e viu o rosto de Monteiro, congelado, à espera de que ela atendesse.

A segurança que ela ostentava como uma máscara durante os dias de trabalho desapareceu totalmente, e ela se sentiu uma adolescente insegura, nervosa. Amava o noivo, gostaria de tê-lo ali, a seu lado, para voltarem a trabalhar juntos... mas sabia que isso não aconteceria. Começava a acreditar que a forte conexão que os tinha unido nas investigações em Minas Gerais se esgotara.

Clicou no ícone e a imagem de Monteiro adquiriu vida.

– Sabia que te encontraria acordada. – Ele sorriu na tela.

– Muito trabalho, Monteiro. E poucos resultados por enquanto. E aí, tudo bem com você?

– Mais ou menos. – O rosto dele denotava preocupação. – Imagina só, ontem à noite recebi uma convocação para comparecer ao Congresso de Criminalística, em Brasília.

– Assim, de repente? – ela estranhou.

– Do nada. E tenho de embarcar hoje, em duas horas. Nem posso pedir ao secretário de Segurança do estado que me libere, o homem viajou pra sei lá onde – suspirou, aborrecido.

– Então vá. Pode ser interessante – ela tentou animá-lo.

– Ah, sim – o delegado ironizou. – Cinco dias de palestras teóricas e jovens tecnocratas do governo em ternos chiques mostrando gráficos sobre a maravilha que é a nossa política de combate ao crime. Vou adorar.

Natália sorriu. Tinha saudade dele... O noivado já durava tempo demais, e Monteiro parecia relutante em dar o próximo passo. Ela também estivera ocupada demais com trabalho para cobrar algo dele nesse sentido. Então, seu celular tocou.

– O dever chama – disse ele, sério, vendo-a pegar o aparelho.

Era Rodrigo. Ela fez uma careta ao ouvir a voz dele.

– Natália, estou indo pro teu hotel. Encontraram mais um corpo. Em dez minutos chego aí.

Ela desligou o celular e o colocou no bolso do casaco.

– O que foi? – Monteiro quis saber.

– Mais uma morte – revelou a agente, num suspiro. – Tenho de sair.

O delegado assentiu com a cabeça e acrescentou, antes de desligar:

– Olha, quando essas encrencas todas acabarem, vamos tirar férias. Juntos. E então nós...

– Eu realmente tenho de ir agora, Monteiro – ela o cortou, ríspida. – A gente se fala depois.

Encerrou a comunicação e fechou o *notebook*; não tinha tempo para o noivo naquele momento.

Em dois minutos, deixara o quarto e esperava o elevador. Antes que ele chegasse, porém, viu passar a camareira do andar. Cumprimentou-a, como fazia sempre. A mulher, que costumava estar sorridente, desta vez respondeu acabrunhada.

– A senhora está bem? – perguntou, notando os olhos vermelhos da funcionária do hotel.

– Estou sim, obrigada. É só que... – hesitou.

– Aconteceu alguma coisa?

– A senhora é da polícia, não é? – foi a resposta, ainda hesitante. – É que estamos preocupados com a Anette, uma das recepcionistas. Ela sumiu!

O elevador chegou e Natália o ignorou.

– Sim, sou da Polícia Federal. Desde quando a moça não aparece?

– Ela faltou ontem, sem dar a menor notícia, o que já foi esquisito. E agora de manhã a mãe dela ligou pro gerente, desesperada. A Anette não foi pra casa e não tá em lugar nenhum. Ela é uma mulher simples, não sabia o que fazer, se ligava pra polícia...

Todos os sinais de alarme na mente da investigadora dispararam.

– A polícia deve ser avisada, sim! Diga à mãe dela para fazer isso logo. Pode não ter acontecido nada com ela, mas vou falar com uns colegas na delegacia.

A camareira agradeceu e a agente entrou no elevador, que continuava parado naquele andar. Algo a incomodava muito naquela história... e logo percebeu o que era.

"O padrão", concluiu. "É lua crescente. E em uma semana será lua cheia... Se Anette foi sequestrada pelo mesmo criminoso, na lua nova poderá ser o corpo dela a aparecer em algum lugar!"

»»»»»»»»

Rodrigo a esperava na recepção, e ela notou que dois funcionários do hotel murmuravam por trás do balcão. O sumiço de Anette estava na mente de todos.

Mencionou o caso ao detetive, que deu de ombros, ocupado em dar a partida no carro. Teriam de deixar Porto Alegre e pegar a BR-116.

– Provavelmente a garota dormiu com o namorado e quis tirar um dia de folga – resmungou.

"Idiota", pensou a agente. Contudo, não retrucou; pegou o celular e ligou para Aluísio na delegacia. O subdelegado prometeu falar com alguém na divisão de desaparecidos.

»»»»»»»»

O corpo, encontrado no município de Guaíba, em um matagal que margeava a Estrada do Conde, não tinha consigo qualquer tipo de identificação. Fora levado para um hospital do município.

Natália e Rodrigo demoraram um pouco para chegar à cidade, cortada pela rodovia federal. Mas a visita ao necrotério apenas rendera mais dúvidas. Os dois investigadores deixaram o local por volta de meio-dia, e o policial foi à lanchonete mais próxima comprar sanduíches para ambos. Enquanto isso, a agente ficou no carro, estacionado numa rua do centro da cidade, passando em revista o que anotara.

– A vítima – disse, como se conversasse com seu caderninho – é um homem de uns cinquenta anos, sem documentos. Pelo aspecto das roupas, parecia morador de rua. A pele e os olhos claros indicam que pode ser descendente de alemães, poloneses ou italianos. O corpo está desfigurado por ferimentos e a morte ocorreu com um tiro na nuca. Não encontraram o projétil, desta vez havia um orifício de saída. O médico local e os policiais que nos acompanharam acham que pode ser coisa de gangues de traficantes... mas tenho certeza de que estou diante de mais um crime da série.

– Falando sozinha, Natália? – disse Rodrigo ao retornar com sanduíches e água.

– Anos de trabalho em homicídios fazem isso com a gente – suspirou ela, pegando o lanche que ele lhe entregou após abrir a porta do carro e sentar-se.

Nenhum deles tinha fome, mas precisavam se alimentar, pois o retorno a Porto Alegre ainda demoraria. Teriam de atravessar a ponte móvel sobre o rio Jacuí; o detetive explicara que, em certos horários, a ponte era suspensa e se fechava para a travessia de carros, enquanto navios que deixavam o porto passavam por baixo. Rodrigo pretendia esperar que esse horário passasse.

– Bem, desta vez concordo contigo – disse ele. – Parece que tem tudo a ver com os outros. Olha isto – acrescentou, entregando-lhe o celular.

Na tela, Natália viu a fotografia de uma orelha; mais precisamente, do lóbulo da orelha da nova vítima. Apresentava cicatrizes de cortes parecidos com os que ela vira nos outros casos.

– Quando você conseguiu a imagem?

– Na hora em que tu saiu pra conversar com os policiais que acharam o corpo. Lembrei que andou obcecada com essas marcas e voltei pra fotografar.

Ela tomou um prolongado gole de água mineral, tentando não pensar na morbidez de comparar imagens de orelhas de pessoas mortas.

– Então concordamos. Esse homem pode ser a quarta vítima de nosso assassino serial... Mas uma coisa não bate: o corpo não foi desovado na lua nova, e sim na crescente.

Ele pareceu intrigado, e a agente achou bom ter com quem partilhar a perplexidade. Não havia lógica naqueles crimes, e ele agora parecia esforçar-se para levar a sério suas hipóteses.

– Algo mudou: mas o quê? – refletiu o investigador.

– Continuo cismada com as fotos antigas, aquelas do homem misterioso nos cemitérios. E com a questão dos sobrenomes alemães. Estive lembrando dos criminosos de guerra que fugiram para a América do Sul depois da derrota do nazismo... Você acha que pode haver alguma relação com nosso caso?

Rodrigo reagiu de imediato.

– É claro que não! E é melhor a gente voltar – disse, recolhendo as embalagens vazias dos lanches. – Vou jogar isso aqui fora. Enquanto isso, dá uma olhada na lista que consegui com o Programa de Desaparecidos. É muito melhor que ficar procurando fantasias que não vão ajudar em nada!

– Certo – disse ela aborrecida novamente com a postura do detetive. – De qualquer forma, não dá para saber mais nada sem identificarmos o corpo.

Ele se afastou e Natália foi remexer na bolsa. Se antes Rodrigo dissera que teriam de esperar o horário de abertura da tal ponte, por que agora queria ir embora imediatamente?

Ela havia jogado na bolsa uma lista que ele lhe dera pela manhã, antes de pegarem a estrada. Eram nomes e dados de pessoas desaparecidas nos arredores da capital gaúcha.

– Aqui – murmurou ela, parando em um dos itens. – H. Gunther, 52 anos, considerado doente mental. Fugiu da casa da filha em Arroio dos Ratos há um mês, em plena lua crescente. Será...?

Ela saiu do carro querendo mostrar aquilo a Rodrigo, que estava jogando o lixo em um cesto do outro lado da rua. E parou, como que hipnotizada, ao ver um grupo de jovens passar por ele. Mesmo àquela distância, podia jurar que conhecia um dos rapazes; ele andava atrás dos outros, não parecia pertencer ao grupo.

Mas o grupo virou a esquina, sumindo de vista, e ela desistiu do impulso de ir atrás deles ao ver que o policial já retornava.

– Vamos? – disse ele.

– Vamos – ela respondeu, voltando ao carro e sentando-se no assento do passageiro.

Ficou em silêncio por um tempo, enquanto o detetive seguia rumo à BR-116.

"Era ele", refletia. "Era o meu jornalista misterioso, Liam Jaeger... andando pelas ruas de Guaíba, perto do hospital municipal. Mais uma coincidência? Não acredito. Não acredito mesmo!"

»»»»»»»»

Porto Alegre, dias atuais

As providências na delegacia correram mais rapidamente naquela tarde. Doutora Laura pediu a remoção do corpo de Guaíba para a capital, Aluísio acionou as autoridades em Arroio dos Ratos para saber mais sobre o senhor desaparecido, e Natália conseguiu organizar os relatórios, fotos e documentos em uma grande pasta, embora soubesse que logo o espaço não seria suficiente.

– Isso ainda vai longe – murmurou, folheando o que já era um grosso dossiê.

– Telefone pra ti – o secretário da delegada a interrompeu.

Quem ligaria para ela na delegacia? Seus colegas e contatos tinham o número de seu celular.

– Senhorita Natália? – Ela ouviu a voz bem-educada do homem que conhecera na véspera. – Aqui é Farkas, do Cidesi. Sei que está em cima da hora, mas gostaria de convidá-la para jantar.

– Hoje? – ela retrucou. – Pode ser, senhor Farkas. Onde nos encontraremos?

Ele passou um endereço que ela anotou e identificou como sendo na cidade baixa. Calculou que estaria lá em aproximadamente meia hora. Quando desligou o aparelho, deu com Rodrigo parado na mesa em frente, olhando-a com o cenho franzido.

– Vai mesmo sair agora? – perguntou, mal-humorado. – Pensei que íamos trabalhar esta noite.

Irritada por ele ter ouvido sua conversa, ela retornou com rispidez.

– Resolvi tirar uma folga. E, já que você vai ficar trabalhando, pode ver com o Aluísio se a recepcionista do meu hotel apareceu. Como te disse, o nome dela é Anette, está sumida desde ontem ou anteontem. A família deve ter registrado o desaparecimento. Boa noite, investigador.

E deu-lhe as costas, saindo para pegar a bolsa. Jogou-a no ombro e partiu.

Estava cansada de lidar com Rodrigo, que alternava momentos de verdadeira parceria com outros de autoritarismo. Pelo menos ia encontrar-se com alguém que esbanjava educação e que estava realmente disposto a colaborar com ela!

»»»»»»

O restaurante funcionava numa casa antiga da cidade baixa, perto do bar a que ela fora no outro dia. O ambiente era acolhedor. Pediram massas, tomaram um vinho de Bento Gonçalves e conversaram sobre peculiaridades da bela Serra Gaúcha. A agente mencionou ter morado muito tempo em Minas Gerais, descrevendo paisagens que a lembravam do Sul, antes que Farkas revelasse o porquê do convite.

Enquanto ela examinava o cardápio de sobremesas, ele disse:

– Senhorita Natália, agradeço por aceitar jantar comigo. Fazia tempo que não me encontrava em companhia tão agradável. Gostaria de lhe mostrar algo.

E tirou do bolso um papel manuscrito, contendo o que parecia ser uma lista.

– Depois que recebi sua visita, fui pesquisar sobre cemitérios no Vale do Rio dos Sinos e acabei descobrindo algo interessante.

No início da imigração alemã, foi um fato marcante a criação de cooperativas. Na verdade, dizem que o cooperativismo no Brasil começou aqui.

– E esta lista seria de quê? – ela indagou, curiosa.

– De organizações pré-sindicais, cooperativas antigas e empresas que adquiriam produtos de cooperados. Limitei-me a listar as que foram fundadas mais ou menos um século atrás. É possível que a pessoa que a senhorita procura estivesse ligada a essas empresas. Creio que um empregador ou dirigente de cooperativa se esforçaria para ajudar famílias que tivessem perdido um membro.

Ela sorriu, ainda olhando o papel com a lista.

– Sim, faz sentido. Um dono ou gerente de empresa que trabalhasse com colônias de imigrantes... um homem a quem as pessoas olhassem como um patrono, a quem pudessem pedir ajuda na hora da morte do pai ou do avô. Pode muito bem ser isso!

E não disse o que pensou em seguida, pois não revelara a ele nada sobre sua investigação.

"Um homem traiçoeiro, que se fazia de amigo, mas que, na verdade, de alguma forma se beneficiou com aquelas mortes... Quem seria ele? Por que encontrei sua foto nas casas das vítimas atuais? Algum descendente dele teria contato com os herdeiros dos fotografados? Há algum tipo de herança, propriedade ou dinheiro em jogo? São muitas perguntas. E eu não sei por quê, mas meu instinto me diz que descobrir quem é esse homem será a chave para desvendar os crimes."

Então viu o garçom ao lado da mesa, olhando-a. Lembrou-se de que ia pedir a sobremesa.

– Não vou querer mais nada, obrigada.

Voltou a olhar para o papel em suas mãos. As novas perspectivas que aquela linha de pensamento lhe abria já tinham adoçado suficientemente a sua noite.

»»»»»»

Passava das dez da noite quando um carro cor de laranja deixou Natália na entrada do hotel. Apesar do andar vagaroso, o reumático senhor Farkas fizera questão de pegar o táxi junto com ela. Após despedir-se educadamente, ele seguiu adiante no mesmo carro.

O recepcionista na portaria informou que a mãe de Anette dera parte do desaparecimento na polícia, mas até então não havia notícias da moça. E a agente havia acabado de chamar o elevador quando uma mensagem de Monteiro disparou um *plim* em seu celular. Dizia:

O congresso é tão ruim quanto eu imaginava, só palestras genéricas. E me preocupo com você. Se quiser, fujo de Brasília, das conferências, e pego um avião para PoA amanhã cedo.

Era irritante perceber que o noivo ainda a considerava uma amadora, alguém que não sabia o que estava fazendo. Na verdade, o que ele gostaria era de mantê-la em Passa Quatro como subdelegada, apenas cumprindo suas ordens. Ignorava solenemente todos os casos bem-sucedidos que ela investigara na força-tarefa, respondendo apenas a Damasceno e Irineu.

Entrou no elevador e digitou, lacônica:

Não preciso de supervisão.

Desligou o aparelho com um gesto irritado, para não aturar respostas atravessadas. E ia passar o cartão-chave na porta do quarto quando uma voz a surpreendeu no corredor.

– Você sabe o que está acontecendo?

Voltou-se, reconhecendo o jornalista. Liam estava parado ali como se a aguardasse.

– Depende – respondeu, irônica. – Se se refere à trama da novela das sete, não sei de nada.

Ele parecia muito mal-humorado ao retrucar.

– A recepcionista do hotel, Anette, sumiu. E bem na lua crescente! A esta altura deve estar sendo torturada e ninguém faz nada, a polícia não moveu uma palha para encontrá-la.

Era o que faltava! Já não bastavam as insinuações do noivo, agora um desconhecido, que podia muito bem ser um suspeito naquele caso, vinha acusá-la de amadorismo. Ela estreitou os olhos.

– Não tenho que dar satisfações das investigações da Polícia Federal a ninguém. Muito menos à imprensa! Com licença.

O humor dele não melhorou nada ao ouvir aquilo. Andou com uma atitude agressiva na direção dela, que apertou o cabo da pistola sob o casaco. Percebendo o gesto, o rapaz estacou e meneou a cabeça, num suspiro.

Depois, com um rosnado de impaciência, deu-lhe as costas e foi apertar o botão do elevador. Natália entrou no quarto rapidamente, mas ainda teve tempo de ver o que lhe pareceu um estranho brilho, vindo dos olhos dele, iluminando a parede do corredor.

»»»»»»

Desta vez o sono não fora provocado por drogas, pois Anette acordou logo com o barulho de passos. Abriu os olhos, imaginando que era madrugada, e percebeu seu sequestrador entrar.

Ele acendeu a luminária que usara antes, atrás da moça. Usava a mesma indumentária e foi recolocando-lhe a mordaça. Ela o fitou, tentando ao menos perceber a cor de seus olhos; no entanto, o rosto – quase podia jurar que era masculino – ficava fora do alcance da luz.

O sujeito parecia irritado, pois mexeu nela com gestos bruscos. A moça teve consciência, pela primeira vez, de que não usava suas roupas, e sim uma espécie de camisola hospitalar. Também percebeu que da cintura para baixo um fraldão a envolvia.

Gemeu baixinho e deixou as lágrimas correrem. Aquilo era uma indignidade.

O torturador resmungou, sua voz abafada pela máscara cirúrgica.

– Mais um desapontamento. Pensei que o último fosse mais forte que os outros... Esta geração é fraca demais. Foi uma perda de tempo; ele não tinha nada valioso no sangue, apesar de pertencer à família certa. Já o seu parece promissor, mocinha. Aliás, reze para que seja! Se eu encontrar Fator L no seu plasma, você viverá por mais tempo.

Ela gemeu mais fortemente sob a mordaça ao sentir vários cortes sendo feitos em seu braço direito. Assim que o sangue escorreu, ouviu uns *cliques*. O sujeito estava fotografando os ferimentos! Fez o mesmo no esquerdo e somente então veio com uma seringa, que introduziu em uma veia na dobra do primeiro braço. Recolheu bastante sangue em um tubo, que vedou, antes de colocar um esparadrapo no local da picada. Agia automaticamente, como um técnico de laboratório.

Anette sentiu a fraqueza dominá-la, um zumbido nos ouvidos. Ia desmaiar.

Ouviu o riso do torturador, ao sair, e a última frase que pronunciou ficou em sua mente.

– Este material parece adequado. E logo terei mais, agora que encontrei quem eu procurava!

»»»»»»

8 de maio, quinta-feira

A porta se abriu sem nenhum ruído, e apenas o raio de luz que se imiscuiu pela fresta dava conta de que o sol acabara de nascer pouco antes de o homem entrar no quarto. Adiante, a suave claridade da luminária tornava visíveis os móveis; porém o vulto se mantinha no escuro, mesmo ao sentar-se numa cadeira giratória junto à pequena mesa e abrir o computador.

Enquanto o *notebook* inicializava, ele apertou a fronte com as mãos, trêmulo. Parecia sofrer intensa dor de cabeça, pois também massageou as têmporas e esfregou os olhos. Afinal, pôs-se a mexer no *mouse* e a verificar os ícones abertos na tela azul.

Um deles piscava incessantemente, o que fez o homem soltar um palavrão e tornar a apertar a cabeça com as mãos. Afastou um pouco a cadeira da mesa, respirando profundamente.

– Eu sei, eu ouço a sua voz... na minha cabeça... mas não quero ver você. Não quero.

Ele hesitou ainda por uns minutos até decidir-se.

– Não adianta – murmurou. – Não tenho mais para onde fugir. Que seja, então!

Acionou o *mouse* e clicou no ícone. Imediatamente, uma janela abriu, e ele se viu face a face com um rosto sorridente que conhecia muito bem.

Após alguns segundos de silêncio tenso, perguntou:

– Por que me convocou?

O sorriso na tela se ampliou significativamente.

– Ora, até parece que você não sabe. Quero que cumpra seu destino. Que sirva à nossa causa. Aliás, como sempre serviu, até que teve a tola ideia de que poderia esconder-se de nós.

A cadeira giratória recuou mais, deixando seu ocupante totalmente na penumbra – o que não impediu seu interlocutor de continuar observando-o, como se enxergasse no escuro.

– Não há como escapar – a voz continuou a soar através do *notebook*. – É parte de você, como é parte de mim: muito mudou no mundo, mas a força do sangue é eterna... e o seu ainda tem força, apesar daquele *pequeno componente* que lhe passei. Quanto tempo faz? Uns setenta anos.

A reação do outro foi feroz. Aproximou o rosto cheio de ódio da tela do computador.

– Pensa que eu não sei o que fez? Só que escapei ao círculo vicioso, à mutação!

A resposta que veio foi suave, quase um sussurro.

– Imagino que tenha tentado evitar a transformação em lobo para inibir o vírus. E sabe muito bem que isso não está mais fazendo efeito. Com a passagem do tempo, seu corpo foi tomado pelos microrganismos que inoculei: eles se multiplicaram, e cada vez que se ligam às partículas L, sua ação aumenta. Você tem febre, tontura, dores insuportáveis. Seu corpo está morrendo e posso garantir que as dores vão piorar depressa. A não ser... que você tome algumas doses do antídoto.

A imagem agora era de uma pequena ampola contendo um líquido prateado. Era impossível não se deixar hipnotizar pelo brilho iridescente que aquilo emitia.

– E se eu for até você... se fizer o que me pede... me dará o antídoto?

De novo o sorriso tomou conta da tela do *notebook*.

– Você não quer morrer. Eu não quero que morra. Venha, e eu eliminarei o vírus.

Novo silêncio. Até que, aos poucos, a cadeira giratória voltou à mesa, e os dois rostos se fitaram com seriedade. O brilho vermelho passou dos olhos de um para os olhos do outro.

– O que quer que eu faça? – O tom denotava capitulação; o homem estava vencido.

– Você encontrará instruções no seu e-mail pessoal. Sim, até isso já descobri... Coloque-as em ação imediatamente. Há uma pessoa que deve ser eliminada. Use seu faro para segui-la. E preciso de informações detalhadas sobre um certo rapaz, um escritor. Entendeu?

Um aceno de cabeça indicou que o interlocutor estava de acordo.

– Então, até logo. Espero notícias suas hoje.

A imagem desapareceu da tela, deixando apenas o campo azul cheio de ícones. O homem fechou o *notebook* com um baque raivoso. E deixou a cadeira, voltando a apertar a cabeça com as mãos. Andou pelo quarto, agoniado.

Enfim, as dores pareceram dar-lhe uma trégua. Parou diante de uma janela cujo vidro lhe devolveu a própria imagem.

– Não, eu não quero morrer – sussurrou. – Sou um sobrevivente. E para sobreviver mais uma vez terei de voltar a ser o que passei a vida tentando não ser...

Ainda na penumbra do quarto, foi mexer num armário. Pegou algumas peças de roupa e jogou sobre a cadeira.

"Hora de voltar à estrada."

»»»»»

Ao descer para a recepção do hotel na manhã da quinta-feira, por volta das oito da manhã, Natália não conseguia parar de pensar na garota desaparecida e no que Liam dissera sobre ela. Sabia que um assassino impiedoso andava à solta e temia por Anette, porém não confiava naquele rapaz: seu interesse no caso seria apenas por ser um jornalista?

"Ele está me escondendo alguma coisa", refletiu, tomando uma decisão. "Talvez eu deva falar com ele, colocá-lo contra a parede, exigir respostas."

Dirigiu-se à recepcionista substituta e pediu para deixar um recado a certo hóspede.

– O senhor Jaeger? – a moça indagou, após olhar o computador. – Ele foi embora do hotel ontem.

A policial levantou uma sobrancelha, intrigada.

– Estranho, eu o encontrei no meu andar por volta das dez da noite...

A garota conferiu novamente a tela à sua frente.

– Os registros mostram que ele fez *check-out* às onze.

Adicionando às suas desconfianças mais um indício de que havia algo estranho com o rapaz, Natália agradeceu à moça e saiu. O táxi que a levaria à delegacia já estava à espera, e foi enquanto o veículo percorria as ruas do centro que ela teve uma inspiração.

Estava cada vez mais ansiosa para trocar ideias com Daniel Lucas, e a falta de notícias dele era preocupante. Então acionou a lista de contatos no telefone e viu três referências junto ao nome do escritor: a do celular, a do telefone fixo do apartamento em que morava e uma terceira.

"É o número antigo dele", recordou. Deveria tê-lo apagado quando recebera o novo contato, mas sempre se esquecia. Pensando que muita gente mantinha dois celulares, decidiu tentar aquele e selecionou o item. Para seu alívio, não ouviu uma mensagem dizendo que o destinatário não existia ou que a ligação não podia ser completada: apenas o pedido de que deixasse uma mensagem na caixa postal. Isso indicava que o telefone estava ativo.

– Daniel, é a Natália – disse ela, com urgência na voz. – Preciso falar com você o mais depressa possível. Dê uma olhada no seu e-mail, mandei arquivos importantes, e vou mandar mais.

"Onde quer que ele esteja, tomara que receba isto...", pensou, ao desligar. Em seguida, enviou mais páginas do dossiê ao escritor. Eram arquivos pesados e demoraram um pouco para serem carregados, mas logo o programa confirmou que enviara tudo.

"Ótimo", respirou, ao descer do táxi e entrar na delegacia. "Agora é ver se o legista tem alguma novidade sobre a vítima de Guaíba."

Ocupou-se com laudos do IGP por um tempo, até sentir a falta de alguém.

– Onde estará o Rodrigo? – murmurou.

Não vira o investigador naquela manhã. Perguntou por ele a Aluísio, e o subdelegado informou que o rapaz telefonara avisando que andava às voltas com problemas de família. Não viria trabalhar.

A moça tratou de tirar da mente a preocupação com o colega. Tinha muito a fazer, como ir à cidade natal do senhor desaparecido para falar com algum parente. Havia planejado ir com Rodrigo ou com o jovem motorista do outro dia, porém nenhum dos dois estaria disponível naquela tarde.

– Eu iria contigo – desculpou-se Aluísio, quando ela mencionou o plano –, mas tenho reunião na Secretaria de Segurança. Quer que eu requisite uma viatura da brigada? Ou, se preferir, tu pode usar meu carro de trabalho. Está abastecido e tem GPS.

– Seria ótimo. Ando mesmo com saudades de dirigir – sorriu Natália, aceitando a oferta. – Vou colocar meu dossiê em ordem agora e saio logo depois do almoço.

Após digitalizar mais material das últimas investigações, fez uma busca no computador e imprimiu um mapa. O município ficava a pouco mais de sessenta quilômetros de Porto Alegre. Com GPS seria fácil chegar, mas ela sempre gostava de ter à mão um mapa físico.

– Arroio dos Ratos, aí vou eu – disse, ao imprimir a trajetória que teria de percorrer.

»»»»»»»»

Eram dez para as onze, fazia calor, e o rapaz que trabalhava no ponto de táxi do aeroporto teve vontade de rir ao ver o homem encapotado que carregava uma mochila no ombro. Chapéu, cachecol e a gola erguida do casaco lhe ocultavam o rosto; parecia esperar um inverno rigoroso.

– Táxi, doutor? – perguntou o rapaz, acenando para o homem.

Não obteve resposta. O encapotado andou com pressa em direção à avenida mais próxima, sem importar-se com os carros que passavam por ele. Caminhou durante um tempo, em silêncio, até que parou sob uma placa que indicava os bairros próximos.

– "Floresta" – leu, sarcástico. – Nome sugestivo para a zona urbana.

Vislumbrou um hotel com aparência modesta numa travessa. Seguiu diretamente para lá.

"Tantos anos, tantas mudanças no mundo, e estou de volta à *floresta*. Como no início."

Tirou a mochila do ombro e entrou no saguão.

»»»»»

O almoço daquela quinta-feira foi um prato feito pedido num restaurante que fazia entregas, próximo à delegacia. Natália comeu sem prestar atenção ao que ingeria, enquanto salvava arquivos em pastas virtuais. Gostaria de poder reler todo o material reunido, mas não teria como se dar a esse luxo. Assim que terminou o almoço, seu celular notificou uma nova mensagem. O número não estava em sua lista de contatos, o que era estranho... Abriu a mensagem e viu que era de Damasceno.

> *Não consigo mesmo contatar Lucas. Ana Cristina não sabe para onde ele viajou. Recebi retorno do Rio sobre o tal jornalista que você pediu para investigar. Ele não existe oficialmente, é só um freelancer que usa pseudônimo. Tem conta bancária e podemos obter seus dados com o banco, mas será preciso um mandado judicial. Se precisar mesmo, fale com o escritório do doutor Irineu para dar entrada na papelada. Eu estou gripado e posso ficar um tempo fora do ar. JD.*

Ela respondeu de imediato, agradecendo e desejando melhoras da gripe. E havia acabado de jogar o celular na bolsa quando se deu conta de que aquele não era o número costumeiro de seu chefe. Ele havia trocado de celular? Teria verificado isso se naquele momento um policial não a tivesse chamado para avisar que o carro de Aluísio já a esperava.

Rapidamente, reuniu seus pertences, o mapa que imprimira e foi pegar as chaves com o rapaz. Apesar de ter aceitado a oferta do carro na hora, estava insegura. Fazia tempo que não dirigia por cidades e estradas que não conhecia bem.

»»»»»

Arroio dos Ratos era um município no Vale do Jacuí. Natália já sabia que fora uma região de mineração de carvão; ela passara pelo acesso à estrada que dava lá, a BR-290, quando fora a Guaíba com Rodrigo. Para seu alívio, a tarde de quinta-feira se mostrava mais fria que os dias anteriores, o que tornou sua viagem agradável.

A cidade era calma. Casas térreas, ruas de paralelepípedos, comércio básico, pouca gente nas calçadas. O GPS a levou com certa facilidade à casa que buscava, no bairro São Cristóvão. Uma moça bem nervosa a recebeu: era a filha do senhor Gunther, e o telefonema da polícia de Porto Alegre a alarmara. Desatou a chorar quando Natália lhe mostrou a foto do rosto do homem.

– É meu pai, é ele, sim – revelou, enxugando os olhos. – Eu sabia que isso ia acontecer um dia. Ele era fraco das ideias, vivia fugindo. Mas nunca imaginei que ia morrer de tiro, tinha medo é de que fosse atropelado por aí...

Natália deixou-a desabafar e depois fez as perguntas de praxe. Entregou à moça um cartão com o endereço do necrotério, onde teria de ir para reconhecer o corpo. Afinal, perguntou:

– A senhora sabe se, nas coisas de seu pai, havia uma fotografia parecida com esta?

Mostrou no celular uma das fotos em branco e preto. A dona da casa não ficou surpresa.

– Claro, tem um retrato igualzinho a esse por aí, sim. A mãe, que Deus a tenha, uma vez disse que era foto da família do pai, eles moravam na Serra. Só não sei onde ele pode ter guardado.

– Se encontrar, pode mandar uma cópia para mim, na Delegacia de Homicídios da capital?

A moça prometeu que sim. E, mais conformada, acabou insistindo para que a agente tomasse um café com cuca. Natália conferiu o relógio; tinha tempo. Aceitou a gentileza e aproveitou a espera para repassar tudo que anotara no caderninho sobre o falecido senhor Gunther.

A existência do retrato era mais uma pista de que aquela morte fazia parte da série. O que continuava a intrigá-la, porém, era a desova do corpo na época errada. Era lua crescente, não nova. Por que o assassino fugiria de seu padrão?

»»»»»»

Sentado numa mesa ao fundo de uma cafeteria, Rodrigo passou muito tempo mexendo o açúcar na xícara do expresso. Afinal levou-a aos lábios e tomou o líquido morno. Não tirava os olhos de uma fotografia na carteira: um grupo de homens de rostos indistintos em preto e branco.

Uma jovem garçonete trouxe um prato com uma generosa fatia de bolo de chocolate. Enquanto ajeitava os talheres para o freguês, tentou olhar a foto, curiosa.

– É fotografia de família? – perguntou. – Parece antiga.

Não obteve resposta. O rapaz fechou a carteira, irritado, e recolocou-a no bolso.

– Quero mais um café – grunhiu ele, sem nem mesmo um *por favor*.

"Eu, hein! Que mau humor", pensou a garota, voltando para trás do balcão.

Quase ao mesmo tempo, o celular do freguês, sobre a mesa, tocou. Ele nem se mexeu; olhou a tela e conferiu o número identificado, até que a ligação se encerrou sem ser atendida.

"Não quero pensar em trabalho agora", pensou. "Não enquanto não falar com *ela*..."

Quando a moça trouxe o segundo café, bem que ele tentou sorrir e agradecer, meio sem jeito pela reação anterior. Porém ela se esquivou, deixou a xícara e foi atender outra pessoa.

Rodrigo fechou a cara novamente, despejou um saquinho de açúcar na xícara e se pôs a mexer e remexer o café. Acabou saindo de lá sem tomá-lo.

»»»»»»

Arroio dos Ratos

Depois de ter-se demorado mais do que pretendia na casa da filha do senhor Gunther, Natália foi à Delegacia da Polícia Civil local para apresentar-se e informar que o homem desaparecido na região era mais uma vítima do assassino serial que atacava no Rio Grande do Sul.

Foi bem atendida pelo delegado; conversou sobre o desaparecimento e as buscas que tinham ocorrido. Tomou outro café e recebeu promessas de apoio para qualquer ação policial no município. Tudo isso, porém, a atrasou. Já anoitecera quando ela deu partida no carro e pegou a estrada para voltar à capital.

Sair da cidade foi complicado, pois a agente seguira as instruções de um policial, tomando um caminho que, segundo ele, seria mais fácil para a volta – e que se mostrou o oposto. Para piorar, o GPS começou a dar sinais de mau funcionamento.

"Eu devia ter retornado pelo centro", ela matutou, ao ver que deixara a zona urbana e fora parar numa estradinha deserta. Não havia ninguém a quem pedir informações.

Parou o carro e avaliou a estrada. Luzes ao longe refletiam-se nas nuvens que cobriam o céu e mostravam a direção de Porto Alegre; porém o caminho sinuoso a fizera dar voltas desnecessárias.

– Paciência – resmungou. – Vou seguir meus instintos.

Deu partida no carro de Aluísio e por alguns minutos seguiu no rumo que, julgava, era o certo. De súbito, porém, o GPS resolveu voltar à vida e lhe indicou que entrasse na próxima rua à direita.

Com alívio, ela seguiu a instrução; a primeira à direita, no entanto, era uma rua de terra enlameada, que parecia ladear fazendas. Natália franziu a testa. O vento frio tomava a noite e um trovão distante soou.

– Não. Melhor voltar para o outro caminho...

Desligou o GPS com um gesto irritado e parou para fazer a manobra. A direção do carro de Aluísio não era hidráulica, emperrava, mas ela conseguiu. E, quando foi mudar de marcha para acelerar e retornar à estrada anterior, um relâmpago iluminou o mundo e ela brecou, apavorada.

Parado na estrada, uns cinquenta metros à sua frente, havia um animal.

Um lobo negro!

»»»»»»

A freada brusca fez o carro patinar na lama e resvalar para a esquerda. A agente tentou dar a partida de novo para retomar controle do carro, mas só conseguiu afogar o motor; a inércia impeliu o veículo na direção de uma cerca viva.

Sentiu um baque, o aperto do cinto de segurança impedindo seu corpo de chocar-se com o para-brisa e a consequente falta de ar. Sua visão escureceu por um segundo e, quando restabeleceu o foco do olhar de novo, viu que o carro caíra numa vala entre a rua e a cerca da propriedade.

Em meio ao caminho enlameado, iluminado por mais relâmpagos esparsos, o lobo vagarosamente caminhava em sua direção.

"Não é lua cheia", pensou Natália, confusa. "Mas há um lobisomem aqui!"

Soltou-se do cinto e forçou a porta do passageiro; a sua estava bloqueada pelos arbustos da cerca viva. Pendurou a bolsa a tiracolo no ombro e, ao saltar para fora do carro, procurou o celular com a mão esquerda e a pistola com a direita.

O lobisomem continuava vindo, sem pressa. Ela ergueu a arma e lutou para firmar o braço, que tremia sem parar. Viu os dentes arreganhados da fera, o brilho nos seus olhos. Eles reluziam em amarelo. E o animal aumentou a velocidade com que se aproximava...

– Pare! – ela ordenou, sem conseguir firmar o braço, mas decidida a atirar de qualquer forma.

Não chegou a fazê-lo, porém: um tiro soou, vindo do outro lado da estrada escura.

Com um ganido de dor, o lobo caiu para o lado. Alguém o atingira! Mas não fatalmente, pois logo os olhos de lobo se voltaram para trás, em busca do agressor.

Natália recuou, desistindo do celular e segurando a Browning com as duas mãos. Era melhor manter o animal na mira enquanto tentava descobrir quem atirara.

Um novo relâmpago lhe mostrou que havia uma moto a uns cem metros dela, parada na estrada, e o motoqueiro, ainda de capacete, não apeara para disparar.

No instante seguinte, ela ouviu o rosnar do animal, que tornara a voltar-se para ela, e o ronco da motocicleta. Virou-se para o lobo e ainda tremendo atirou, mas sua lendária pontaria não atingiu o alvo. A fera saltou para a frente bem na hora, e a bala atingiu a lama.

Não teve tempo de fazer nova mira. A moto parou entre ela e o lobo, e o gesto do sujeito de capacete foi um convite irrecusável. A agente precisou de meio segundo para saltar na garupa e segurar-se ao desconhecido pela cintura, a pistola ainda em sua mão direita.

Ele arrancou e espalhou lama para todos os lados, deixando a estradinha para trás.

»»»»»»

Aquela era uma das raras ocasiões na vida de Natália em que ela não sabia o que dizer. Seu corpo doía pelo baque do acidente, e sua cabeça latejava ao pensar que fora seguida não por uma, mas duas criaturas! Tentou dizer algo e não pôde. Seguiam na direção de Porto Alegre, ao menos. E ela se manteve segura com um braço, enquanto retornava a pistola ao coldre com o outro.

Ouviu um resmungo repentino do motoqueiro, e seus instintos dispararam todos de uma vez. No mesmo segundo, sentiu algo chocar-se violentamente contra o lado esquerdo da moto.

Não conseguiu evitar um grito quando caíram.

Protegeu a cabeça com os braços e teve a presença de espírito de usar as técnicas aprendidas na Academia de Polícia para rolar no chão.

Já o motoqueiro não teve tanta sorte. A moto prendera uma de suas pernas ao tombar, e seu blusão se rasgara numa cerca de arame farpado. Mesmo assim, ele se soltou rapidamente e, embora mancando, postou-se diante do lobo negro que os derrubara. Um poste a certa distância permitia que vissem o animal se aproximar, insistente, os olhos brilhantes fixos no inimigo.

Natália retomou a pistola, mas não disparou; o lobisomem saltara sobre o sujeito e ambos rolaram no chão. Embora protegido pelo capacete, ele custou a se desvencilhar dos dentes cravados em seu ombro. Reagindo, desferiu uma coronhada na mandíbula da fera, que ganiu e saltou de lado.

A agente disparou ao mesmo tempo que o homem caído. O projétil da Browning atingiu o lobo numa pata, e o da outra arma, no flanco esquerdo. O lobisomem, furioso, uivou. Com os olhos reluzindo em vermelho, ergueu-se, recuou e saltou velozmente sobre a cerca de arame. Sumiu no mato alto.

O motoqueiro, ainda sentado na terra, suspirou e largou a arma no chão. A policial, sem saber o que dizer, ficou parada a observá-lo. Viu-o arrancar o blusão e conferir os ferimentos que tinha nos braços; e viu também que os cortes começavam a se fechar...

Deu um passo para trás, sem afastar a visão dos lanhos ensanguentados. Aos poucos, iam sumindo da pele clara do sujeito. Tais ferimentos deveriam demorar para sarar... E ela se lembrou do que Daniel lhe contara sobre o fator de cura. Ergueu rapidamente a pistola e manteve a mira sobre ele.

Com toda a calma do mundo, como se não tivessem sido atacados por um imenso lobo, ele retomou sua própria pistola e pegou algo num dos bolsos do blusão rasgado. Mais um relâmpago iluminou a cena e ela viu que eram balas, com as quais ele recarregava sua semiautomática. E a cor dos projéteis revelou mais.

Prata!

Ela concluiu que seu tiro apenas irritara o bicho, mas os dois disparos do motoqueiro o haviam ferido de verdade: por isso a fera fugira. A prata era veneno para lobisomens... e as vítimas do assassino serial tinham sido executadas por projéteis revestidas desse metal.

– Largue a arma e levante-se, devagar – ela ordenou, mantendo a mira no peito dele. Com a outra mão, tornou a pescar o celular no bolso e teclou um número na lista de contatos.

O desconhecido obedeceu. Deixou a arma no chão, ficou em pé e ergueu os braços. Removeu a correia sob o queixo e baixou a cabeça, retirando o capacete e revelando cabelos negros e longos molhados de suor. Então ergueu para ela os olhos escuros e sorriu.

Era Liam.

CAPÍTULO 8

DESPEDIDA

Cemitério Alter St.-Matthäus-Kirchhof, Berlim, Prússia, inverno de 1859

O frio de dezembro era inclemente. As ruas de Berlim estavam cobertas pela neve que caíra no dia anterior. Jacob sentia os ossos gelados e ansiava por uma xícara de chá quente, mas nem o frio nem a fome conseguiam fazê-lo afastar-se da campa.

Tantos anos... tantas coisas partilhadas. Era como se, com a morte de Wilhelm, metade dele tivesse morrido também. Dortchen e os filhos já tinham ido para casa, e ele continuava no pátio da igreja de Sankt Matthäus, olhando as lápides e o ponto de onde a neve fora removida para o funeral.

Ouviu passos na alameda entre os túmulos, mas não se voltou. Muita gente tinha vindo para manifestar seus sentimentos. Fazia quase duas décadas que viviam na cidade, primeiro dando aulas na Universidade de Berlim, depois como membros do Parlamento. Os contos de fadas tinham sido só o início de uma vida dedicada aos estudos de folclore e linguística; ambos haviam se tornado famosos no campo da literatura alemã.

Os passos cessaram e uma voz jovem murmurou:

– Meus sentimentos, *Herr* Grimm.

– *Vielen Danke* – ele agradeceu automaticamente, sem se virar.

Somente então percebeu que conhecia aquela voz.

O rapaz estava parado a alguma distância. Usava um sobretudo de lã grossa, mas não trazia chapéu. Apesar de ser fim de tarde e de o céu estar escuro, a neve nas lápides clareava as alamedas e refletia-se em seus cabelos castanho-escuros. Com as mãos trêmulas, Jacob tocou os próprios cabelos, brancos e envelhecidos, testemunhas fiéis de seus setenta e quatro anos. Era impossível!

Um leve sorriso do outro dissipou suas dúvidas. Não era um filho, um descendente. *Era ele.*

– Como estão vocês? – perguntou Erich.

Aqueles quase cinquenta anos não pareciam ter existido para o jovem. E o primo respondeu, com a sensação de que haviam se encontrado no dia anterior.

– Ludwig continua em Kassel. Os outros... – Voltou o olhar para a campa.

– Eu soube do casamento de Lotte com o irmão de Marie. Visitei seu túmulo em Kassel. – Foi o comentário do rapaz. – Depois Ferdinand e Carl se foram... e agora Wili. Ele se casou com Dortchen, não foi? Tiveram filhos?

– Dois rapazes e uma moça. Alegraram nossa casa por bastante tempo. Já são adultos.

Ficaram em silêncio por um minuto, e finalmente o recém-chegado falou.

– Você sabe o motivo. O que me fez ir embora.

O outro assentiu com a cabeça. Erich prosseguiu:

– Escrevi a Wili algumas vezes.

– Não sabia. Ele deve ter queimado as cartas, não as encontrei entre seus papéis. – Olhou para o primo com uma expressão de quem guardava uma mágoa antiga. – Quando você desapareceu, Lotte ficou inconsolável. Ela achou que o lobo tivesse voltado... Tivemos de mentir. Inventamos que você não estava bem, que o mandamos para a casa de nossa tia para tratar da perna ferida. Depois contamos que você tinha voltado à Baviera e ia morar com parentes de sua mãe. Ela nunca acreditou completamente. Mas nos anos seguintes foi difícil sobreviver. Os russos invadiram Kassel quando Napoleão caiu.

– Eu sei. Tentei acompanhar o que acontecia, mesmo de longe.

Com um sorriso, ele pegou no bolso do sobretudo um pequeno livro e acariciou a capa gasta.

Era um exemplar da primeira edição de *Kinder- und Hausmärchen*, a primeira coletânea de contos de fadas que os Grimm haviam publicado, em 1812. Aquilo trouxe de volta as lembranças que Jacob reprimira. Wili assegurando que a história da menina na floresta realmente acontecera. As vezes em que ouvira sobre ataques e mortes provocados por lobos, na lua cheia. Olhou para o céu.

– Acabamos de entrar na minguante – murmurou o primo. – Não precisa se preocupar.

Novos passos soaram; um homem de pouco mais de trinta anos vinha da igreja.

– Tio Jacob? – disse ele, ainda ao longe. – Mamãe está preocupada. Vamos para casa.

– Meu sobrinho mais velho – explicou, com orgulho. – Já vou, Herman, em um minuto.

O filho de Wilhelm estacou onde estava. O tio colocou a mão no ombro do primo.

– Você não parece ter mais de vinte anos. Wili passou a vida tentando me convencer de que sua fuga protegeu nossa família. Eu custei a acreditar... Agora acredito. A loba. A lua.

– Eu nunca me esqueci de vocês – o rapaz sussurrou. – Foram a única família que tive.

Seus olhos se encontraram, e Jacob recuou quando viu neles um pouco daquele brilho.

– Deve haver um jeito... uma salvação... uma forma de reverter essa maldição.

– Não há. E já me acostumei. – O sorriso cínico do jovem barrava a piedade de Jacob.

Sim, aquele era Erich, o garoto que sua mãe acolhera e que fora um irmão para Lotte. Mas era também algo mais, em que se transformara havia cinco décadas. Havia um quê de selvagem nele; era como se a porção animal estivesse sufocando a humana. O lobo devorava o homem.

Jacob Grimm fez um cumprimento com a cabeça e foi juntar-se ao sobrinho que o aguardava. Em silêncio, deixaram os túmulos ao lado da igreja e desapareceram nas ruas de Berlim.

Erich os acompanhou com o olhar, o ar de zombaria no semblante. Voltou-se para o túmulo.

"Não há salvação", pensou. "E, se houvesse, eu a desejaria?"

– Adeus, Wili – disse, afinal.

E ninguém viu o brilho amarelado do seu olhar tornar-se vermelho, espalhando uma luz sobrenatural pela neve que cobria o chão naquela tarde cinzenta de dezembro.

PARTE II
A MENINA

"Não ter nascido bicho é uma minha secreta nostalgia. Eles às vezes clamam do longe muitas gerações e eu não posso responder senão ficando inquieta. É o chamado."
Clarice Lispector, *Água Viva*

CAPÍTULO I

CAÇADA

Munique, Baviera, inverno de 1894

O apartamento, que ficava próximo a Sendlinger Tor, era pequeno, mas confortável; e o inverno ali era menos rigoroso que na Prússia ou na Saxônia. Mesmo assim, Maus teria preferido que ele e a mãe continuassem vivendo em cidades menores. Munique era enorme e, como capital do Reino da Baviera, encontrava-se sempre no centro da ação política.

Após a unificação da Alemanha e a guerra contra a Áustria, a cidade mantinha a autonomia, porém fazia parte do *Reich*, o império sob o governo do *Kaiser*. Naquele fim de século, o governante local era o príncipe-regente Luitpold, tio do falecido rei que construíra os famosos castelos bávaros.

Naquela tarde fria de dezembro, o rapaz estava inquieto. Voltara do centro após tratar da papelada do imóvel em que morava, herança de tios-avós distantes. Também visitara a redação de um jornal local. Sua mãe não estava em casa; a lareira fria atestava que ela saíra havia horas.

Ele reacendeu o fogo e pôs água para esquentar.

"Não devia tê-la deixado sozinha, não nesta fase da lua...", lamentou.

A tarde avançava e já estava escuro quando a velha senhora chegou.

Bertha Hundmann não parecia ter envelhecido. Continuava aparentando ser uma inofensiva senhora de meia-idade, desde que não se atentasse a seus olhos escuros e penetrantes. Entrou no apartamento aquecido, pendurou junto à porta o casaco vermelho e trocou os sapatos forrados por um chinelo macio. Pousando a um canto a cesta que carregava, foi esquentar-se junto à lareira.

– Onde esteve, *Muti*? – o rapaz indagou, em tom de reprovação. – Vai nevar a qualquer momento, a senhora não devia sair sozinha.

A mulher voltou para ele os olhos que brilharam em vermelho.

– Estou muito bem e faço o que quero, como sempre fiz. Fui comer alguma coisa.

– Foi ao mercado? – Ele olhou para a cesta, imaginando o que conteria.

Ela sorriu. O *Viktualienmarkt* não ficava distante, porém não era o único local de Munique em que se podia fazer uma *refeição.*

– Não interessa onde estive, quero saber o que você conseguiu – retrucou.

O filho tirou a chaleira do fogo e se pôs a encher as canecas para o chá. Parecia satisfeito.

– Depois que fui à prefeitura ver os papéis do apartamento, encontrei um conhecido que trabalha no *Münchener Post.* Ele só se interessa por política, não sabe nada sobre textos científicos, mas me deixou olhar os arquivos do jornal e encontrei mais informações sobre o tal médico. Aqueles artigos que saíram no *Post* e no *Berliner Tageblatt* foram publicados originalmente num jornal de Viena, o *Wiener Zeitung.* Consegui uma página...

A mulher pegou a folha dobrada que ele lhe estendia e ajeitou-se melhor na poltrona. Com um sorriso zombeteiro, passou os olhos sobre a seção que o filho destacara no jornal e que tinha como título "Ataques de lobos na Prússia, estudos sobre licantropia".

– O intrometido não deu atenção às minhas cartas. Continua metendo-se nos nossos assuntos. Podemos concluir que mora em Viena?

– Lá ou na capital do Império Austro-Húngaro. Não será difícil encontrá-lo. O rodapé neste artigo diz que estudou na Escola de Medicina de Budapeste e no Royal College, em Londres; depois trabalhou em uma clínica vienense. Se a senhora quiser, no verão poderemos ir a Viena e a Budapeste.

Bertha riu, antecipando a *caçada.* O filho sempre fora um desapontamento para ela; apesar de ter sua carne e seu sangue, não sofria a mutação na lua cheia, o que era estranho. Contudo, herdara sua longevidade e o faro; e ultimamente revelava-se mais esperto do que ela esperava.

– Iremos logo depois do inverno – disse ela. – Ele andou por tempo demais no nosso rastro. Precisa de uma lição para deixar de mencionar o assunto, especialmente nos jornais.

O rapaz sorriu, e seu rosto franzino refletiu a semelhança com a mãe. Podia não ter os mesmos poderes que ela, mas partilhava de seu gosto pela emoção da caça.

– Não deve se preocupar com isso, *Muti*. Pelo que me disseram, as teorias do homem são ridicularizadas pelos outros médicos. Nestes tempos, ninguém mais acredita em...

– Está decidido, partiremos na primavera – a mulher o cortou, ríspida. – Viajaremos nos melhores trens e ficaremos nos melhores hotéis. Agora fique quieto e me traga o chá.

Maus Hundmann mordeu o lábio inferior, calando-se. Por mais que fizesse, a mãe nunca estava satisfeita. Este fora o motivo que o levara a buscar os artigos do sujeito: intrometido ou não, o médico era o maior especialista em licantropia da Europa. Maus desejava seus conhecimentos para descobrir se havia uma forma de ser como *ela*. Faria qualquer coisa para poder transmutar...

Não ia, porém, mencionar o assunto para a mãe. Ela zombaria dele e voltaria a recriminá-lo, como fizera tantas vezes desde que havia percebido sua imunidade à lua cheia.

– A senhora decide. O problema é que teremos de economizar para uma viagem dessas. Perdemos quase todas as nossas reservas depois que a casa de Marburg foi confiscada na época da guerra. E logo haverá novo conflito, pode acreditar. Os franceses têm deixado o *Reich* em paz, mas a situação continua tensa na Rússia e no Império Otomano...

Ela tomou o chá sem prestar atenção à conversa do filho. Não lhe interessava a política. De seu ponto de vista, quanto mais guerras, melhor: mortes misteriosas não preocupavam ninguém quando havia centenas de corpos nos campos de batalha. As vítimas da lua cheia não iam parar em artigos de jornal, como os publicados pelo tal doutorzinho austro-húngaro.

Após tomar o chá, ela se levantou e ordenou:

– Leve-me uma das cobertas que estão junto ao fogo. Vou me deitar cedo.

Maus, que fora mexer num caldeirão enquanto começava a discorrer sobre exércitos, revoltas, povos turcos e armênios, olhou-a com desconfiança.

– Não vai jantar, *Muti*? A sopa está quase pronta.

– Não tenho fome – resmungou ela, inquieta, indo para o quarto.

O filho recolheu a manta junto à lareira e a acompanhou. Depois aguardou até ouvir a velha senhora ressonar. Somente então foi mexer na cesta que ela largara no vestíbulo ao chegar.

Lá dentro havia um velho capuz vermelho, e debaixo dele objetos que o fizeram arregalar os olhos. Uma grossa corrente de ouro, um medalhão com pedras engastadas, alguns ricos anéis e várias peças de prata. Pegou uma e notou respingos de sangue manchando-a. Cheirou-a. Provou as nódoas vermelho-escuras. Ela dissera que havia ido *comer alguma coisa*.

Concluiu que, se o médico da Áustria-Hungria ainda percorresse o Império Germânico, haveria mais um número para engrossar suas pesquisas sobre ataques de lobos...

"Em uma coisa ela tem razão", pensou, devolvendo os objetos à cesta. "Desta vez teremos recursos para viajar nos melhores trens e nos hospedarmos nos melhores hotéis."

E foi tomar sua sopa, decidido a prestar mais atenção ao calendário nos meses seguintes. Não devia mesmo deixá-la sozinha em determinadas épocas do mês.

CAPÍTULO 2

REENCONTROS

Munique, Alemanha, dias atuais
1º de maio, quinta-feira

Lazlo Mólnar, o velho amigo e médico de Hector, não gostava de aeroportos. Sempre preferira viajar de trem; mas não podia negar que um voo era mais rápido e barato e que nestes tempos não havia demora em filas de imigração para membros da Comunidade Europeia. De qualquer forma, imaginava que sua ida ao sul da Alemanha duraria no máximo dois ou três dias.

Não perdeu tempo ao desembarcar no aeroporto Franz Josef Strauss. Levava apenas uma valise contendo duas mudas de roupa e uma pasta com os papéis que julgava serem úteis para a consulta que prestaria numa clínica de geriatria.

– *Hallo!* – ouviu a voz conhecida saudá-lo no desembarque.

Otto o aguardava entre a multidão que entupia o aeroporto no feriado do Dia do Trabalho. Cumprimentaram-se e seguiram para o embarque do S-Bahn. Nas raras vezes em que ia a Munique e o amigo o buscava, usavam o sistema de trem e metrô e pegavam o S8 para a cidade.

– Quer ficar no hotel de sempre? – perguntou Otto, já se apossando da valise de Lazlo.

– Claro, mas antes gostaria de passar na clínica e ver a paciente – foi a resposta do outro, querendo inteirar-se logo dos detalhes do caso. – Você disse que ela está na ala de doenças mentais?

– É como mencionei ao telefone – Otto explicou. – Minha paciente sofre de surtos. Nem é tão idosa, mas está em estado terminal: há meses previmos a falência de seus órgãos. Contra todos os prognósticos, ela se apega à vida de uma forma incomum... E agora há esse sintoma nos seus olhos.

Lazlo pegou um caderninho no bolso e começou a fazer anotações, ansioso.

– Quando notaram pela primeira vez?

– Há duas semanas. Ela esteve em coma por meses e não achávamos que acordaria, o coração está muito fraco. Então, um belo dia, ela acordou. Lúcida, cheia de energia e com um fulgor nas íris, como se tivesse lâmpadas por dentro! Nenhum oftalmologista pôde explicar isso, mas imaginei que você conseguiria.

O húngaro encarou o colega.

– Ela saiu do coma em meados de abril?

– Sim. Nos registros você verá o dia exato.

"Provavelmente no primeiro dia da lua cheia", deduziu Lazlo, evitando demonstrar euforia. Fazia muito tempo que não encontrava um sintoma desses. Não queria ausentar-se de Budapeste, porém o convite do colega fora irresistível; talvez realmente valesse a pena ter ido a Munique.

– Como fazem muitos pacientes perturbados – continuou o outro médico –, ela fala consigo mesma e não responde a nada do que perguntamos. Você sabe, trabalho com alienados há anos. Sei ler a verdade e a mentira nos doentes, e esta senhora é um desafio. Não consigo entendê-la.

– Chamaram algum parente quando ela acordou? Sua clínica é uma das melhores da Alemanha. Alguém da família deve pagar as contas, não?

No rosto de Otto surgiu uma expressão estranha.

– Aí é que está; trato dela há anos e não sei nada sobre a família. Só nosso diretor-geral tem acesso aos dados da paciente, e ele não revela. Diz que são confidenciais. Eu e a enfermeira-chefe investigamos e descobrimos apenas que as despesas são ressarcidas por um fundo financeiro, um banco no exterior. Seus honorários também serão pagos por esse fundo, Mólnar... O diretor concordou que o chamássemos quando eu comentei que você já tratou casos parecidos.

– Embora seja algo raro, já encontrei isso antes – o húngaro concordou. – Hoje é 1º de maio... Imagino que, de abril para cá, o estado geral dessa senhora tenha voltado a piorar, certo?

– Agora sua saúde declina em todos os sentidos. Consegue mexer-se na cama e respira sem aparelhos, mas o organismo pode entrar em falência a qualquer momento. Ela dorme a maior parte do tempo; se está acordada, tem um gênio terrível. Grita, briga com as enfermeiras, reclama da comida. Quando fica zangada ainda se vê o brilho nos seus olhos... É mesmo incomum.

Conversaram por mais alguns minutos até o trem entrar na zona urbana. A clínica ficava num bairro central, por isso desceriam na estação próxima a Marienplatz. Enquanto aguardavam a parada, Otto lembrava a sensação desagradável causada pelo olhar da velha. E Lazlo pensava que fazia décadas que suas pesquisas estavam estacionadas... Sua última anotação no caderninho, antes de deixarem o trem, foi algo que o amigo estranharia se entendesse húngaro.

"29 de abril: lua nova. 6 de maio: crescente. 14 de maio: cheia."

Começava a achar que as roupas que trouxera não seriam suficientes para aquela estadia.

»»»»»»

O oftalmologista já estava no quarto havia mais de duas horas quando a mulher acordou e tossiu baixinho. Ele aproveitara para ler tudo que constava na ficha médica, e nada do que vira ali justificava suas hipóteses. O aspecto da paciente era comum naquele tipo de clínica: uma senhora magra, anêmica, com insuficiência cardíaca e tônus muscular zero.

– Sente-se melhor, *Frau* Mann? – ele se dirigiu a ela em alemão.

A mulher cravou nele os olhos escuros, surpresa. Não disse nada.

– Sou o doutor Mólnar. Vim examiná-la a pedido de seu médico, *Herr* Otto.

Ela não reagiu na hora em que ele a auscultou, tomou o pulso e observou-lhe os olhos com um aparelhinho. Nada viu de extraordinário, porém o sorriso que surgiu no rosto dela o perturbou.

"Não, não pode ser", disse a si mesmo. "Estou fantasiando, certamente."

Suas piores expectativas se concretizaram. Ia afastar-se da cama, e então a mulher farejou o ar e agarrou-lhe o braço – com um vigor improvável para alguém em estado terminal.

– *Mein sohn* – exigiu ela. – Meu filho. Onde está meu filho?

Ele conhecia aquela voz. Quase esperava que ela rosnasse.

– Eu... – respondeu. – Não sei, acabo de chegar à clínica. Qual o nome do seu filho?

Soltando-lhe o braço, ela se deitou, um corpo frágil sobre o lençol. Seu rosto, porém, estava mudado e o encarou com um sorriso cruel.

– *Sie wissen sehr gut!* O senhor sabe muito bem – vociferou, agitada.

Lazlo afastou-se mais. Não havia se enganado. Estava diferente das fotografias que vira, e a ficha trazia outro nome: Maria Mann, nascida em 1955, mas era ela. *Tinha de ser ela.*

A chegada da enfermeira-chefe o distraiu.

– Doutor Otto pediu para lhe trazer estes exames – ela disse, entregando-lhe uma pasta; e, voltando-se para a paciente, sorriu: – Que bom que acordou, *Frau* Mann! Vou chamar as meninas, a senhora poderá tomar um banho e jantar. O que acha de...

A fúria da mulher foi inesperada para o médico húngaro. Não tinha forças para sair da cama, mas ergueu o corpo o máximo que pôde e gritou:

– Não se atreva, enfermeira estúpida! Nada de banho, nem dessa coisa insípida que chamam de jantar! Estou com fome de verdade, quero carne. Malpassada! Entendeu?

A moça parecia acostumada àqueles rompantes.

– Claro. Vou providenciar. Enquanto isso, este doutor irá examiná-la, é um especialista em oftalmologia.

E saiu do quarto com um olhar para Lazlo, que parecia dizer "Eis aí o sintoma que o senhor precisa ver...".

Ele estava boquiaberto, fitando as íris da paciente. Brilharam em vermelho, depois em laranja e por fim clarearam-se num amarelo mortiço. Quando ela deitou, o brilho se apagou.

– *Frau* Mann. – Ele voltou para junto da cama. – Seu nome é este mesmo?

Não recebeu resposta. A velha senhora parecia apática após o ataque de raiva. Respirava com dificuldade e fixou os olhos semicerrados no teto.

O médico tornou a examinar os olhos da paciente, que não reagiu. Depois abriu a pasta que recebera e viu uma sequência de exames de sangue, que cobriam um período de vários anos.

"Vou analisar isto com calma", decidiu. "O brilho ocular indica que há Fator L no sangue, mas estes hemogramas foram feitos em datas muito espaçadas. Preciso de novas amostras."

Saiu sem que a velhinha acamada lhe desse a menor atenção. Foi até o balcão de enfermagem do andar, onde a chefe dava instruções a dois rapazes.

– Ela sempre tem esses surtos? – perguntou-lhe.

– Quando não está sedada, a cada dois ou três dias – foi a resposta da mulher. – Depois fica exausta. Aproveitamos para dar-lhe banho, trocar o soro. Às vezes ela aceita um pouco de sopa.

– Vou estudar estes exames esta noite, mas preciso de uma nova coleta para comparação. Poderiam colher o sangue amanhã cedo? Eu mesmo quero examinar uma lâmina no laboratório.

– Claro, vou pedir autorização ao doutor Otto – disse ela.

Lazlo despediu-se; deixaria a clínica e iria para o hotel que o amigo reservara, também próximo de Marienplatz. A noite caíra havia tempos e ele desejava jantar e ficar sozinho para refletir...

Se aquela mulher era mesmo quem ele pensava, sua vida atual mudaria muito.

»»»»»»

Budapeste, Hungria, dias atuais
2 de maio, sexta-feira

Apenas ao entrar no quarto do hotel foi que Hector se permitiu relaxar. Largou a mala perto da porta e jogou-se na cama. Sentia-se exausto e febril, mas nem tanto pela viagem de São Paulo a Londres e de lá para Budapeste. Estava acostumado aos voos intercontinentais, conexões, filas de imigração, trajetos de táxi. O que o consumira na longa noite de quinta para sexta-feira e na espera até chegar à Hungria fora o esforço para não perder o controle.

Eram mais de sete da noite. Sentia fome, porém teve medo de pedir uma refeição pelo serviço de quarto e receber a comida transformado em lobo...

"Não sei o que está acontecendo com Lazlo, mas preciso dele", constatou. Pegou o caderno que jogara no fundo da mala e achou os telefones do médico. Ligou para o consultório, mesmo achando que estaria fechado; ouviu um recado gravado em húngaro e inglês dizendo que o atendimento era das oito às dezessete horas. Ao tentar o número da casa de Mólnar, ninguém atendia.

Ficou olhando para o telefone na mesinha de cabeceira do quarto, sem saber o que fazer. Pôs a mão na própria testa: ardia em febre.

– Onde você está? É o único no mundo que pode me ajudar – resmungou.

Abriu a janela e olhou a noite que caía na capital da Hungria. Aquela cidade lhe trazia lembranças da primeira infância que não queria evocar. O urgente, agora, era o controle de danos.

Deixou na mala o passaporte, o celular, o caderno, os óculos; pôs no bolso alguns euros. Pegou uma sacola de tecido em que trouxera um par de sapatos extra e esvaziou-a. Sentiu o coração apertado ao lembrar o dia em que saíra com Ana Cristina para comprá-los...

"Nada de pensar nela agora", ordenou a si mesmo. "Tenho de sair, e depressa."

Não conseguiu nem sorrir para o *concierge* na recepção ao entregar-lhe a chave do quarto, um cartão magnético que poderia levar consigo, mas que achava mais seguro deixar no hotel.

Na rua, seu faro despertou. Farejou a mercearia a alguns quarteirões e foi para lá quase correndo, com medo de que a mutação o alcançasse entre os transeuntes no centro de Pest. Mas conseguiu chegar incólume, embora, já no local, ainda tivesse de desviar das várias pessoas que faziam compras.

Passou em silêncio pelo caixa e pagou pelo pedaço de carne que comprara e que – esperava – o impediria de *caçar*. Sentindo o aroma de vegetação, não hesitou: atravessou os quarteirões que o separavam do City Park, a área verde mais próxima do hotel.

Passou pela entrada sem reparar nos monumentos, deixou o lago para trás – ali havia vários casais de namorados – e foi cada vez mais para a direita, internando-se na mata. Sabia que corria o risco de ser visto, mas a noite estava fria e logo os jovens buscariam o calor de suas casas.

Quando se viu num local escuro e razoavelmente protegido entre árvores e arbustos, tirou os sapatos, a calça e a camisa, jogando-os de qualquer jeito na sacola. Foi bem a tempo...

Podia sentir o Fator L aumentando em suas veias. As garras surgiram, o pelo tomou conta de sua pele, os dentes de lobo ampliaram sua boca e seu apetite.

Teria uivado para a lua, se houvesse uma. Mas a noite seria negra e fria: a lua nova não pediria o mesmo tributo que a cheia... E lançou-se com sanha para o pacote que trouxera, dilacerando o papel com as garras e mergulhando no sabor da carne crua.

Não era uma transformação normal. Na mente do lobo ainda havia pensamentos de Daniel Lucas, ou Hector, a contrapartida humana dominante nos últimos anos. A fera sabia que não seria seguro sair dali... e a carne comprada na mercearia a saciou.

O animal mastigou até o último bocado, deu uma volta entre os arbustos, assegurando-se de que não havia ninguém por perto, estirou-se na terra úmida. E adormeceu imediatamente.

Foi a melhor noite de sono que teve em meses, fosse homem ou lobo.

»»»»»»»

O sábado amanheceu gelado. Hector despertou com frio e, por um instante, não soube onde se encontrava. Notou as mãos sujas. Sentiu o aroma de folhas e terra molhada.

"Parque. Estou num parque."

Olhou em torno, percebendo movimento. Por entre as folhagens e troncos, pôde ver dois homens carregando ancinhos e vassouras. Agradeceu por estarem afastados e não terem ângulo para vê-lo nu entre os arbustos. Ansioso, procurou por algo ao seu redor e, junto à árvore mais próxima, encontrou a sacola que levara. Lá estavam as roupas despidas antes que a mutação o tomasse.

Sua mente retomou os pensamentos com um pouco de segurança.

"Budapeste. Esta é a capital da Hungria, vim aqui para consultar Lazlo. Hoje é... dia 2 de maio? Não, já é a manhã do dia 3. Lua nova. E eu preciso de um banho!"

Vestido, limpou o rosto e as mãos da melhor forma que conseguiu. Pegou os fragmentos de papel e plástico que haviam envolvido o jantar do lobo, enfiou na sacola e descartou tudo numa lixeira. Tentaria sair do parque sem dar com os funcionários. Não queria responder perguntas embaraçosas.

Na recepção do hotel encontrou o funcionário que fizera seu *check-in*. O homem o olhou de alto a baixo quando ele pediu a chave; nada disse, porém, para não constranger o hóspede excêntrico que provavelmente passara a noite em farras e bebedeiras.

Após tomar o banho mais prazeroso de sua vida, Hector pediu o café da manhã no quarto. Não havia o menor resquício da ânsia de transformação. Apesar disso, sabia que devia ter cautela. Continuaria com o plano de pedir ajuda a Lazlo. Quando desceu, com a manhã já alta, voltara a ser o jovem elegante e de ar intelectual que ali chegara na noite anterior, para alívio do *concierge*.

Na clínica em que o médico húngaro atendia, apresentou-se à recepcionista falando inglês. Era um cliente de muitos anos, precisava ver o doutor Mólnar com urgência.

A moça olhou um dos cadernos do médico, em que constavam nomes dos pacientes, confirmando que Daniel Wolfstein Lucas era um deles. Infelizmente, não tinha boas notícias.

– O senhor sabe que o doutor Mólnar é bem... tradicional, recusa-se a ter computador e celular. Isso torna difícil nos comunicarmos. Nós o esperávamos de volta hoje, mas logo cedo recebemos o recado de que ele vai ficar mais tempo na Alemanha.

Daniel franziu a testa. Alemanha? Quando telefonara, Lazlo mencionara que estaria fora atendendo um paciente, mas não explicara que iria tão longe.

– Foi ele mesmo que telefonou? – indagou.

– Quem ligou foi a recepcionista de uma clínica de geriatria – disse a garota. – Ele foi a Munique para consultar a paciente de um amigo, o doutor Otto. E parece que o caso se complicou. Ele pediu para a moça nos avisar que deve ficar fora pelo menos uma semana.

"Não posso ficar na Hungria uma semana", pensou o rapaz, aflito.

– Você tem o endereço dessa clínica? O número, ao menos, deve ter ficado registrado.

Desolada, a moça mostrou ao inglês o equipamento com que tinha de trabalhar: um aparelho de telefone com mais de quinze anos de uso, sem identificador de chamadas. Daniel suspirou. A aversão de Mólnar à tecnologia lhe custaria caro.

Afinal, após mexer em vários cadernos com anotações, o máximo que a recepcionista obteve foi um nome em uma agenda de endereços: Otto K, seguido de um número de telefone com os prefixos da Alemanha e de Munique. Daniel anotou-o e agradeceu à moça.

– Já é alguma coisa...

Na rua, hesitou. Para onde iria? Para o hotel? Um restaurante?

Decidiu-se pelo *cybercafé* que viu no quarteirão seguinte.

Arrependia-se de não ter trazido o *notebook*. O celular com que acessava a internet se perdera; o que trouxera na viagem era o antigo, não tinha memória suficiente e travava quase toda vez que se conectava. Nem o ligara após a chegada, preocupado com a mutação; deixara-o na mala.

"Também estou fora do ar, nem posso criticar Lazlo", resignou-se.

Entrou, sentou-se, pediu café e uma refeição rápida. E acesso a um dos computadores.

»»»»»»»

Três horas e muitos cafés depois, a garçonete do *cyber* já estava com pena do moço de óculos que falava inglês e usava um dos terminais. Ela já havia ido buscar várias folhas na impressora para ele, que parecia desanimado. Tanta pesquisa e não encontrava o que procurava.

Havia inúmeras clínicas de geriatria em Munique e centenas de doutores chamados Otto. Quanto ao telefone anotado na agenda de Lazlo, devia ser antigo; não atendia, e todas as buscas em listas telefônicas da Europa para ligar o nome ao número haviam sido infrutíferas.

Passou os olhos pelas folhas impressas e suspirou. Levaria horas para descartar os endereços de clínicas que não tivessem um Doktor Otto associado... mas não havia outro jeito.

– *One more coffee, please* – ele pediu à garota atrás do balcão.

Ela sorriu e foi providenciar mais café. O rapaz inglês era muito atraente.

»»»»»»»

Munique, dias atuais
4 de maio, domingo

Pela primeira vez na vida, Lazlo Mólnar começava a pensar em adquirir um celular e tentar adaptar-se às novas tecnologias. Certo, toda vez que precisava telefonar a alguém pedia à secretária na recepção da clínica; ela já avisara ao consultório que ele ficaria mais tempo em Munique. Porém isso o fazia perder tempo, e ele estava agoniado para falar com William. A tentativa de ligar para o contato que tinha do rapaz, um número de telefone fixo anotado em sua agenda de bolso, havia sido inútil. Precisava falar com sua secretária em Budapeste; lá, lembrava-se de ter anotado um número de celular dele.

A coleta de sangue realizada havia dois dias deixara o médico mais cismado do que já estava. Durante o processo, que ele e Otto haviam acompanhado, a paciente os fuzilara com os olhos brilhantes em vermelho e os xingara com todos os palavrões conhecidos na língua alemã. Conforme seu sangue foi sendo colhido, acalmara-se e passara a dizer coisas sem sentido, que as enfermeiras ignoraram – mas que fizeram os cabelos acinzentados de Lazlo se arrepiarem. Principiara com: "Era uma vez uma senhora que vivia em uma casa junto à mata, sob três grandes carvalhos..." e terminara com uma ameaça: "Não adiantou fugir de mim, agora eu o encontrei".

Após o procedimento, a paciente resvalara para um sono pesado, e Otto pedira cuidadoso monitoramento de seus sinais vitais. Ao deixar o quarto, Lazlo, olhando a frágil senhora na cama hospitalar, refletiu. Durante os rompantes, ela realmente parecia ter quatrocentos anos de idade; ele não podia ignorar, no entanto, que, apesar de debilitada, ela era uma loba: não hesitaria em matá-lo, se pudesse.

As análises que fizera no sangue coletado confirmaram haver Fator L no plasma. Embora insuficiente para deflagrar a mutação, justificava o aumento de força na mulher em determinados momentos, bem como seu intenso brilho ocular.

"Olhos de lobo" dizia ele a si mesmo ao entrar na clínica no domingo de manhã.

Pretendia pedir novos exames, pois havia encontrado algo que não conseguia explicar: um corpúsculo que se parecia com o indicativo do Fator L, mas era diferente do agente da licantropia. Porém, assim que entrou no corredor e viu a enfermeira-chefe, notou seu olhar consternado.

– Nossa paciente piorou – disse ela, sem preâmbulos. – Entrou em coma novamente.

»»»»

Budapeste, dias atuais
5 de maio, segunda-feira

Hector custou para melhorar. Tanto no sábado quanto no domingo sentira a febre retornar e recorrera à fuga para a mata, no parque da cidade. A cada transformação percebia que tinha mais controle sobre si mesmo. E que os sintomas retrocediam: na noite de domingo para segunda-feira, nem adormeceu ao virar lobo, passou a madrugada acordado, encolhido entre os arbustos na noite fria.

– Estou sem febre – murmurou, surpreso, pouco antes de amanhecer.

Não compreendia por que mantinha o faro e a audição aguçados, embora fosse humano de novo. No passado, isso não acontecia...

Ao vestir-se – como antes, tirara as roupas para que não se rasgassem durante o surto –, decidiu que já seria seguro viajar. Um voo de Budapeste para Munique duraria pouco mais de uma hora, e durante o dia ele tinha mais resistência. Nas últimas pesquisas conseguira eliminar vários dos endereços, portanto teria de procurar em poucas clínicas em Munique.

"Com um pouco de sorte, não vou demorar a encontrar Lazlo", tentou animar-se ao tomar o caminho do hotel. Tentava não lembrar que ultimamente a sorte não o andava favorecendo...

Ignorou mais um olhar de repreensão do *concierge* para seu aspecto lamentável, foi para o quarto, tomou um banho bem quente e pediu um café reforçado, que devorou com apetite de lobo. Então arrumou a valise e desceu para fazer o *check-out*.

Ao menos no aeroporto a sorte não o abandonou: havia um voo direto para Munique logo após o almoço. Comprou a passagem e passou o tempo de espera no terminal, tentando manter a mente sob controle. Sabia que, ao entardecer, a febre voltaria, assim como a ânsia pela mutação.

Até lá, esperava já estar na Alemanha, trancado em segurança num outro quarto de hotel.

Somente quando chamaram seu voo foi que ele recordou as visitas que fizera à Baviera quando pequeno. O pai o levara para conhecer uns parentes distantes, mas ele guardara pouco de tais viagens na memória. De qualquer forma, aquela era a terra de seus ta-ta-ta-taravós paternos, os Wolf e os Stein, que em certa época haviam se reunido num único clã.

Embarcou pensando que talvez fosse reconfortante rever a terra de seus ancestrais.

»»»»»»

Munique, dias atuais
6 de maio, terça-feira

– A senhora tem certeza?! – perguntou Lazlo, atônito, fitando a enfermeira-chefe.

– Tenho sim, certeza absoluta – respondeu ela, sem entender o porquê de tanto espanto.

O médico húngaro não sabia como agir diante da descoberta de sua nova amiga na clínica. Como a paciente piorara nos últimos dias, Otto insistira com o diretor para avisar à família da paciente. E a moça vira o chefe mexer nos arquivos confidenciais e anotar um número telefônico.

– Avisem-me caso *Frau* Mann tenha falência dos órgãos ou morte cerebral – dissera o diretor. – Eu telefonarei para a família.

Os olhos treinados da enfermeira haviam conferido o início do número registrado antes que ele o guardasse: 55, um código de área internacional. Dera essa informação a Otto, depois a Lazlo. E ele sabia exatamente a qual país esse código correspondia: Brasil. Um lugar que nunca visitara, mas com o qual tinha muitas ligações.

"Hector Wolfstein", pensou, recordando que o rapaz lhe telefonara pouco antes de viajar para Munique. "Ele mora no Brasil."

Foi para a recepção principal, buscando no bolso a pequena agenda onde anotara os telefones de vários pacientes. Já que não conseguia contatar William, tentaria Hector.

»»»»»

Na recepção junto à entrada, a secretária havia acabado de digitar o número que ele pedira. A primeira tentativa não obteve resultado. Lazlo folheou a agenda e encontrou outro número, o do celular antigo de Hector. Embora ele houvesse lhe passado o que usava após ter se casado, imaginou que o número anterior poderia estar em atividade. Mostrou o caderninho à moça, que o anotou.

Segundos depois, o húngaro ouviu um toque estranho na porta principal da clínica: um rock que ele sempre associava a alguém... E arregalou os olhos quando reconheceu o rapaz que acabava de entrar. Ao som de *Born to Be Wild*, sucesso dos anos 1960 da banda americana Steppenwolf, ele e a secretária viram Hector Wolfstein, mais conhecido como Daniel Lucas, parar, pegar um celular no bolso, olhar a tela com indiferença e ignorar a ligação.

– Hector? – murmurou o médico, estupefato.

– *Good morning*, Lazlo – foi a resposta que teve, muito séria. – Podemos conversar?

CAPÍTULO 3

INTERLÚDIO

Budapeste, Império Austro-Húngaro, final do inverno de 1895

Amanhecia, e o sol brilhou no vidro que cercava o relógio da majestosa estação ferroviária. Andando pela gare, Erich admirou a luz dourada que se refletia nas colunas antigas e no piso brilhante do salão principal. Keleti, em Budapeste, não era apenas o mais moderno terminal de trens da Europa naquele fim de século: era um monumento arquitetônico. Fora construído de frente para o leste, e os primeiros raios solares pareciam festejar o fim da estação gelada.

Havia muita gente desembarcando. Trens vindos de várias cidades europeias despejavam centenas de pessoas na capital do Império Austro-Húngaro, e o rapaz moreno, que se vestia modestamente e carregava apenas uma gasta valise de couro, ia incógnito entre a multidão.

Era a primeira vez que visitava a cidade. Estivera em Viena algumas vezes após a formação do império, mas acabara se fixando em Londres ou Madri nos intervalos dos conflitos armados. E tinham sido muitas as guerras de que participara desde que deixara a família.

Sempre havia lugar para mais um mercenário em qualquer exército; além disso, sua facilidade com línguas estrangeiras o ajudara a se passar por nativo em certas ocasiões. Também lhe garantira trabalho como intérprete, o que inúmeras vezes o afastara das linhas de frente.

No final das Guerras Napoleônicas, estivera numa campanha russa contra os franceses e podia comunicar-se em sua língua, apesar de ter aprendido o russo. Também usou o alemão ao lutar pela liberdade da Valáquia contra o Império Otomano. Mas, durante a Guerra do Cáucaso, quando lutara ao lado dos circassianos, consideravam-no francês; já na Guerra da Crimeia, o sotaque britânico o fizera ser rotulado como inglês. Desde então o nome do meio, anglicizado, o munira de nova identidade.

Usara-o até na Guerra Franco-Prussiana; mesmo defendendo sua terra, a Bavária, os conterrâneos o tinham como estrangeiro...

Era cedo, e ele procurou um canto discreto no grande salão para fugir ao vaivém dos viajantes. Uma confusão com os horários de trem em Madri, onde vivera nos últimos anos, o fizera partir para Genebra antes do planejado e também adiantara sua chegada a Budapeste. Enviara um telegrama ao amigo avisando a mudança dos horários; Miller viria encontrá-lo em Keleti.

Erich não se importou com o contratempo. Estava cansado, mas nem tanto pela viagem. Talvez a vida de aventureiro, que durava décadas, estivesse cobrando seu preço... E era interessante observar as pessoas e o burburinho ao redor, um agradável contraste com as cenas que mais vira na vida: campos de batalha, silenciosos após a luta, repletos de corpos jovens sacrificados à ganância dos poderosos.

Quantas luas cheias Erich passara vagando pelas planícies lúgubres que atestavam a estupidez humana! Ele não negava que era também um agente da morte; porém, nas semanas fatídicas, sempre buscara lugares remotos em que sua natureza selvagem pudesse caçar em paz. De preferência, outros lobisomens. Com frequência, a culpa pelas ocasiões em que não conseguira evitar as cidades e tirara a vida de gente comum o atormentava. A consciência só havia parado de torturá-lo após testemunhar os estragos causados pelas guerras. Um lobo em busca de alimento era mais inocente que os líderes que, cinicamente, enviavam gerações inteiras à morte para obter poder.

Um grupo de crianças correndo e gritando pela estação trouxeram-lhe um sorriso.

"Neste canto do mundo há paz, por enquanto", pensou.

Olhou ao redor, tentando adivinhar como estaria, hoje, o amigo que viria buscá-lo. Não o via desde a última viagem a Londres, embora tivessem se correspondido nos últimos anos. Miller fora a única pessoa a romper a casca de desilusão com que Erich se protegera, e a conhecer seu segredo; os artigos e pesquisas que escrevera sobre a licantropia haviam lhe devolvido alguma esperança. Especialmente agora, que, nas cartas, o médico dizia acreditar ser possível controlar os surtos de quem sofria daquele mal.

Um trem chegara de Viena e várias famílias desembarcaram na estação. Alguém, em especial, chamou sua atenção. Rosto delicado e franco, uma senhora inglesa tentava controlar o filho, que devia ter por volta de sete anos.

– *Hector, wait!* – pediu ela, dividida entre cuidar da grande mala e impedir que o garoto sumisse no meio de tanta gente. Ele correra justamente para o canto em que o viajante se refugiara.

– Sua mãe está chamando – Erich se dirigiu ao menino em inglês.

O pequeno parou, olhou para trás e não viu a mãe entre a multidão. Antes que chorasse, o jovem o tomou pela mão e levou-o na direção dela.

– Creio que este rapazinho a está procurando, senhora – disse, em seu inglês educado.

Ela tomou a mão do filho, repreendendo-o com os olhos. O menino escondeu-se atrás de suas saias. E ela sorriu para o desconhecido.

– Obrigada, senhor...

– Eric William – completou; agora usava seus prenomes na versão em inglês, o segundo como sobrenome. – Não seja severa com o garoto. Eu também me maravilhei com a estação quando desembarquei. Se pudesse, sairia correndo feito criança... É minha primeira vez em Budapeste.

A moça o fitou nos olhos, o que não era muito comum para as recatadas senhoras da época. E um sutil sotaque latino na voz dela o intrigou de imediato.

– A cidade é belíssima, senhor William.

Conversaram durante algum tempo. E, vendo que não havia funcionários disponíveis ali e que a grande mala era pesada demais, ele propôs:

– Posso ajudá-la com a bagagem?

Ela aceitou a ajuda com certo alívio; enquanto ele conseguia um carrinho e acomodava a mala, explicou que logo o marido chegaria para buscá-los.

Na meia hora seguinte, uma improvável camaradagem se estabeleceu entre eles. Ela contou que se chamava Leonor, era brasileira e morava em Bath desde o noivado e o casamento com John, um empreendedor londrino de família abastada. No momento, ele se ocupava em montar, nas proximidades de Budapeste, um escritório de importação e exportação de carvão.

Sem mencionar onde nascera, Erich confidenciou que havia morado na Espanha nos últimos anos, trabalhando como professor de línguas. Viera a Budapeste pois sofria de constante irritação nos olhos e pretendia consultar um especialista. Passaria a primavera na cidade.

– Budapeste conta com uma sólida comunidade inglesa – contou ela. – Meu marido está trabalhando aqui há alguns meses, implantando a filial das empresas que levam seu nome, Wolfstein. Nosso filho, Hector, estava na escola, em Viena. – Fui buscá-lo para ficarmos com John até o verão.

O rapaz franziu as sobrancelhas ao ouvir o nome da empresa. Eram lembranças inesperadas e dolorosas para o rapaz, que não pôde impedir a súbita aversão. Ele nascera em Freising, filho de um mestre cervejeiro que trabalhava em Munique. O pai morrera num acidente de trabalho na indústria mantida por duas famílias, unidas por um matrimônio de conveniência. O empregador, na época, era Johannes Wolf-Stein, que não assumiu responsabilidade pela morte do funcionário nem prestou ajuda à viúva. Ela viria a morrer um ano depois, debilitada pela pobreza. Restara ao órfão de oito anos ser recolhido pela caridade da família de seu pai na Westphalia, os Grimm. Fora feliz por lá, até...

"Não vou pensar nisso agora", repreendeu a si mesmo, tratando de desanuviar o rosto. A jovem mãe não tinha culpa alguma pelos atos dos antepassados do marido.

A conversa seguia num tom agradável, quando o menino se desgarrou mais uma vez.

– *Father!* – exclamou ele, disparando para a entrada da estação.

Leonor o perdeu de vista por um instante, pois um grupo recém-chegado no último trem lotava o salão. Logo, porém, viu o marido andar em sua direção, trazendo o filho nos braços.

Procurou o rapaz que a ajudara, para apresentá-lo. E não o encontrou; sumira na confusão de viajantes e bagagens.

John Wolfstein era um homem alto e corpulento. Saudou a esposa com seus olhos claros e frios, perguntou por sua saúde e resmungou ao ver o tamanho da mala.

– Como trouxe a bagagem até aqui, sozinha?

– Um jovem inglês me ajudou. Queria apresentá-lo a Mr. William, mas não o vejo agora.

– Não importa – decidiu o marido. – Se é inglês, irá para a Vila. Fique com Hector, vou conseguir um carregador.

Não custou a voltar com um rapaz húngaro, que levou a mala até a carruagem à sua espera na *Baross tér*, importante avenida da cidade. E os três deixaram Keleti sem notar que, semiocultos junto a um arco num canto da estação, dois olhos brilhantes os observavam.

"Pobre senhora, se o marido tiver herdado a truculência de seu antepassado... Ele deve ser o quê? Bisneto de *Herr* Wolf-Stein?"

Somente então permitiu que se liberasse a onda de ódio pela família que causara a morte de seus pais, o que fez com que seus olhos brilhassem mais.

Pensava que o poder, financeiro ou político, sempre fazia vítimas entre os mais fracos; isso não mudava com o passar dos anos. Rosnou e sentiu o surto se aproximar, embora fosse lua nova.

"Preciso de ajuda", pensou, de novo desanimado. "E só posso contar com uma pessoa..."

– William! – uma voz jovial o alcançou bem naquela hora.

– Miller! – ele exclamou, indo abraçar o amigo que, afinal, viera encontrá-lo.

»»»»»»

Budapeste, primavera de 1895

O tempo que passou em Budapeste foi um interlúdio, uma pausa rara na vida de Erich. Miller conhecia seu segredo, podia falar livremente com ele; e fez amizade com os cidadãos britânicos que viviam lá. Muitos insistiram para que ele ficasse na vila inglesa, mas ele preferira permanecer na hospedaria de estudantes que o médico lhe havia indicado. Ficava próxima à universidade e à clínica – e dava fundos para um bosque, algo providencial se as mutações fugissem ao controle.

O alojamento era modesto e respeitável. Apenas rapazes viviam ali, e ele acompanhou alguns deles em noitadas. Contudo, preferia frequentar os locais em que circulavam as famílias inglesas.

Leonor o apresentara ao marido e aos vizinhos da vila, e ele começou a ser constantemente visto com ela e o menino, já que o pai passava todo o tempo tratando de negócios.

John Wolfstein não era ciumento; considerava a esposa e o filho partes de seu patrimônio, assim como as libras esterlinas que possuía no Banco de Londres. Talvez tivesse mais ciúme das libras que da mulher. Porém, se ela se sentia negligenciada, não demonstrava. Aceitou a amizade do jovem Mr. William com naturalidade, embora nunca se encontrasse com ele sem ter consigo o pequeno Hector. Apenas em alguns jantares, quando o menino adormecia e era levado para a *nursery* – o quarto das crianças monitorado por uma babá inglesa –, é que se viam a sós.

Foi numa dessas noites, mais de dois meses após terem se conhecido, que quase se fez um rasgo na capa de boa educação com que ambos se protegiam.

Haviam jantado com um grupo grande e, no final da noite, as crianças tinham ido para a *nursery*. Alguns casais se retiraram da mesa para dançar no salão contíguo, e um velho coronel, espécie de decano da colônia inglesa, dormia ali sentado, roncando sonoramente.

Fazia um calor incomum para a época. Leonor se abanava com um leque de rendas; Erich a admirava. Ela nascera na América do Sul, no Brasil, e ele não se conformava com o fato de que sua exuberância latina havia sido contida pelos severos costumes vitorianos.

"Como pôde uma mulher tão doce casar-se com um sujeito que só enxerga lucros e dividendos?", Erich refletiu, pela milésima vez. Wolfstein era um digno descendente dos comerciantes de cerveja que, um dia, haviam levado sua família à miséria.

O olhar dela encontrou o dele, e Leonor sorriu.

– *A penny for your thoughts* – disse ela. – Em que está pensando?

Ele abriu a boca para responder, mas calou-se a tempo. Por mais que se entendessem com perfeição, ela nunca lhe dera a liberdade de falar sobre seus sentimentos.

– Não seria apropriado expressar o que penso – respondeu, baixando o olhar.

Ela não retrucou, ainda fitando-o. Desde que o conhecera, tinha aguda consciência da gaiola em que o matrimônio a aprisionara. Amava sinceramente o marido e sempre lhe seria fiel; no entanto, após o nascimento do filho, era frequente a sensação de ser ignorada por

John, e não apenas durante as viagens a trabalho. Havia uma constante indiferença na voz dele, que a fazia sofrer.

Então... viera passar a primavera em Budapeste e se deparara com aquele que poderia ter sido muito mais que seu marido, seu companheiro, sua alma gêmea. Eric William era educado, inteligente, gentil. Ela intuía também que nele havia algo de sinistro; talvez segredos inconfessáveis do passado. No entanto, em vez de afastar, esse mistério atraía ainda mais.

"Misterioso e sombrio, nem parece que é inglês", pensou, fechando o leque.

Erich ergueu os olhos e não resistiu. Tomou uma das mãos dela com vigor.

– Leonor, eu...

Hesitou. E ela sorriu novamente, desta vez com tristeza.

– Não. Não diga. Tem toda a razão, seria inapropriado.

Ele recolheu as mãos e ajeitou o colete, enquanto ela voltava a abrir o leque, abalada.

– Mr. William – prosseguiu a moça, quase chorando. – Valorizo nosso relacionamento como algo precioso, mas o senhor sabe... ele nunca poderá passar de uma sincera amizade.

Os sentimentos conflitantes que o rapaz abrigava o impediram de responder. Admitia a si mesmo que estava apaixonado por Leonor. Daria tudo para demonstrar seu amor, e não podia, graças às regras de uma sociedade rígida. Por outro lado, percebia a selvageria do lobo aflorando, sugerindo-lhe que deixasse tudo de lado e tomasse o que desejava.

Um grunhido do coronel, do outro lado da mesa, ajudou-o a reprimir a emoção.

– Ah... – bocejou o homem, despertando. – Onde estão todos?

A educação formal ressurgiu na voz de Leonor Wolfstein.

– Meu caro coronel, nossos amigos foram dançar. O senhor perdeu a sobremesa e o baile.

O homem levantou-se, ajeitando a casaca.

– Ora, mas isso não pode ser. Um cavalheiro jamais deve encerrar a noite sem dançar com uma bela dama. Dá-me a honra, senhora Wolfstein?

Ela não recusou. Levantou-se também, despediu-se de Erich e acompanhou o velho ao salão.

E o jovem passou o resto da noite vendo-a bailar ao ritmo de valsas vienenses... enquanto tentava, com todas as forças, controlar o impulso de se transformar numa fera sanguinária e estraçalhar o sujeito que ousava tocar a mulher que amava e fazê-la rodopiar ao som de Strauss.

»»»»»»»

Budapeste, final da primavera de 1895

O paciente sentou-se na maca e vestiu a camisa. Flexionou os braços, percebendo como ganhara peso e musculatura nas últimas semanas.

Quando chegara à cidade, havia pouco mais de três meses, Erich estava magro, cansado e sem esperanças. Naquele final de tarde, porém, apesar de ter passado o dia realizando exames médicos, sentia-se forte – e quase feliz.

Seu amigo Miller dirigia um centro de tratamentos de olhos na capital, além de atender a população nas clínicas da Universidade de Budapeste. Entretanto, nem os diretores da escola de medicina, nem os clientes ricos que o procuravam sabiam que ele mantinha nos fundos de sua casa duas salas dedicadas ao que chamava de *pesquisas hematológicas*.

– *Blood is life* – Miller dissera a Erich no primeiro dia. – Sangue é vida, deve ser estudado.

Fazia anos que os dois haviam se conhecido, em Londres, e o rapaz logo descobrira que o jovem médico húngaro não apenas reunia informações sobre licantropia: havia topado com vítimas do *Mal da Lua* em várias cidades da Europa, recolhendo material para suas pesquisas. Publicara em artigos de jornal uma parcela de suas descobertas.

Os dois correspondiam-se havia quase uma década. A princípio, Erich não revelara seu segredo; mas acabara relatando o que Miller havia adivinhado na Inglaterra. Que sofria a mutação no primeiro dia da lua cheia, que seus ferimentos se autocuravam, que sua aparência jovem escondia o fato de ter quase uma centena de anos.

Os insistentes convites do amigo o levaram a Budapeste e, no mês de sua chegada, o médico o submeteu a várias sangrias. Examinou-o com os aparatos disponíveis à época, analisou o sangue recolhido. E observou a primeira transformação, que aconteceu na época prevista.

Como esperava, não havia ocorrido com tanta força como de costume: ao nascer da lua, o lobo branco fugira da clínica pelos fundos e sumira nos bosques. Vinte e quatro horas depois, a forma humana de Erich reaparecera no pátio dos fundos e dera com o ansioso médico à sua espera.

– Como se sente? – fora a pergunta do pesquisador ao envolver o paciente com um cobertor.

Erich havia jogado a cabeça para trás e rido às gargalhadas.

– Essa é a única pergunta que me faz? Miller, eu era um lobo! Poderia ter estraçalhado você e qualquer um que me aparecesse pela frente. Se quer saber, sinto-me exausto. E há sangue nos meus dentes... Sossegue, não é humano. Lembro-me de ter caçado um animal no bosque.

– Você era um lobo, sim, e não me atacou – comentara o húngaro. – Estava enfraquecido depois da última sangria, o que prova meu ponto de vista: o fator que causa a mutação está no sangue. E acredito que você começa a dominar o processo de mutação. Nas próximas fases, deve tentar *não se transformar*! A pesquisa que fiz ao percorrer o Império Germânico me mostrou evidências de licantropos que conseguem domínio total, inibem o surto ou o provocam se quiserem, sem submeter-se à lua.

A continuidade do tratamento e as análises do sangue, nos meses seguintes, indicaram que Miller tinha razão. Na segunda lua cheia a sangria foi mais prolongada e, mesmo com a transformação, o lobo permaneceu manso, no mesmo cômodo que o médico. Voltara a ser humano por vontade própria; o esforço necessário era imenso, porém possível.

E agora que o plenilúnio viria no início do verão, Erich se sentia confiante. Já acreditava que a maldição podia ser controlada, mesmo se não fosse eliminada.

Só não confessava que tinha também outros motivos para se sentir satisfeito.

– Vou jantar. Você vem, Miller? – convidou, assim que o médico voltou à sala de exames.

– Hoje não, vou analisar estes dados e comparar os resultados dos testes em seu sangue nas várias fases lunares. Não consegui ainda isolar o fator transmitido pela mordida, nem compreendo como ele dispara o brilho nos olhos. Mesmo assim, fizemos progressos: um dia, poderemos não só inibir esse fator, que penso em chamar de "Fator L", de licantropia, mas talvez até retirar completamente a maldição. Há relatos folclóricos do Leste Europeu, uns versos em latim...

O jovem o interrompeu.

– Acho que você já fez o que podia fazer. Estou inclinado a ir para a Inglaterra no verão.

O médico o encarou com seriedade.

– Sei que está cansado dos exames, porém devemos continuar tentando.

– Sejamos francos. – O outro sorriu, com tristeza. – Suas pesquisas esbarram no poder da lua. Ela sempre será a mestra do meu destino. Hoje eu me sinto bem, posso até me manter no controle durante a transformação. Mas tenho de lutar muito para sufocar a fera dentro de mim.

– William, você é a fera mais branda que já encontrei, em todos esses anos...

– *Noch immer ein Tier:* ainda assim, uma fera – o jovem retrucou, dando de ombros, como quem se resignava a, apesar de tudo, continuar sendo um monstro. – Venha, vamos jantar.

Miller se deu por vencido.

– Muito bem. Vou levá-lo a um novo restaurante. Assim não irá outra vez à vila inglesa!

Um tanto envergonhado, o rapaz fingiu abotoar o casaco.

– Você tem amigos e clientes na colônia britânica. O que nos impede de jantar lá?

– Sabe muito bem o que nos impede – foi a resposta seca do médico. – Ambos temos talento para línguas estrangeiras, até poderíamos nos passar por ingleses ou franceses, seríamos vistos como *um deles*. Mas não somos, William! Você é bávaro, eu sou húngaro. E além disso...

– Além disso, eu sou uma aberração, é o que ia dizer?

O doutor vestiu o sobretudo sem olhar para seu paciente irritado.

– O que eu ia dizer é que você terá problemas se insistir em cortejar uma mulher casada.

»»»»»»»

Só quando já estavam acomodados no pequeno restaurante o jovem voltou ao assunto mencionado pelo médico.

– Não a estou cortejando. A amizade de Leonor tem sido um bálsamo para mim nestes meses. Ela me compreende, me aceita. Tenho alguém com quem conversar sobre todos os assuntos.

– Nem todos – disse Miller. – Por isso quer voltar a Londres, porque os Wolfstein partirão após o solstício, não é? Bem, você é um homem adulto... mais que adulto, eu diria. Tem três vezes a minha idade e quatro vezes a dela. Pense bem no que está fazendo.

Os olhos de Erich brilharam em amarelo, iluminando a toalha branca sobre a mesa.

– O que acha que tenho feito desde que cheguei a Budapeste? Eu penso, Miller. Penso sem parar. Recordo tudo que fiz desde que saí de casa, há oito décadas... Se sobrevivi até agora, foi por pensar nos outros. Por evitar as cidades e caçar só nas florestas ou nos campos de batalha.

O amigo sorriu com tristeza para ele.

– Sei disso, meu caro. Mesmo assim, preocupo-me. Aos poucos, estamos avançando! Se desistir do tratamento, as melhoras que conseguiu vão regredir. Não isolamos ainda o fator transformador, e, sem as sangrias, ele voltará a se desenvolver. Fique ao menos até o outono.

Sem lhe dar uma resposta definitiva, o outro se serviu de água.

– Veremos – disse.

Separaram-se após o jantar, e o médico ainda recomendou:

– Seja qual for sua decisão, lembre-se de uma coisa: se a senhora Wolfstein é mesmo sua amiga, tem o direito de saber. Conte a verdade a ela.

Erich não respondeu. Seguiu em silêncio pela rua, pensando na sugestão de Miller.

»»»»»»

Ao entrar na hospedaria, Erich foi saudado pelo jovem MacLeod, um escocês que estudava em Budapeste. Ia sair para encontrar os colegas no centro.

– Salve, William! Vem comigo? Vamos beber em homenagem ao verão que se aproxima.

– Agradeço, Mac. Preciso descansar.

– Descanse enquanto pode, amigo! – O outro riu alto. – Na próxima semana terá de sair da toca. Finalmente teremos diversão nesta cidade:

haverá um baile no Grande Hotel Margitsziget. Todas as pessoas influentes da cidade estarão lá.

A expressão *todas as pessoas influentes* sugeria a presença das abastadas famílias britânicas.

– É aquele na Ilha Margaret? – indagou, interessado. – Fui apreciar as ruínas do mosteiro e ver o pôr do sol no Danúbio, mas nunca entrei no hotel.

– Ah, é o mais luxuoso da cidade. Vai se arrepender se não for, William. Além do mais... – Fitou-o com ironia. – Sei de fonte segura que as senhoras inglesas irão ao baile. Já os maridos, nunca se sabe! Esses sujeitos só pensam em trabalho. Especialmente um certo Mr. W., que nunca vai às festas na vila, a não ser que convidem os comerciantes de carvão da Áustria-Hungria.

Riu novamente, como se tivesse dito algo muito engraçado.

– Talvez eu vá – Erich respondeu, fazendo-se de indiferente.

– Decida-se, meu caro. Todos conhecem seu interesse pela senhora em questão e andam dizendo por aí que os negócios da importadora de carvão foram concluídos. Eles não demorarão a voltar para Londres... O baile de verão pode ser sua melhor oportunidade de conquista.

A raiva fez os olhos do rapaz brilharem, mas ele os ocultou do escocês.

– Você não sabe o que diz, Mac. Não me envolvo em conquistas, vim a Budapeste apenas para...

– Tratar da saúde, eu sei. Ah, os ingleses, sempre discretos! Como quiser. Mas aposto que você estará no baile celebrando o verão, assim como certa dama que o marido ignora. Boa noite!

E o jovem saiu, seu andar demonstrando que realmente começara a *homenagear o verão* bem cedo naquele dia.

Erich foi para o quarto, a perturbação brilhando em seus olhos.

Passou em revista seus pertences. Queria deixar a bagagem pronta para uma partida brusca, caso a lua que se aproximava trouxesse uma transformação irresistível. Miller o ajudara a controlar os surtos até certo ponto, porém ambos sabiam que às vezes a mutação vinha com força inesperada.

"Gostaria que esse baile não acontecesse no primeiro dia da fase", pensou, preocupado.

Quanto a isso, não havia nada que pudesse fazer. O verão viria, assim como os ciclos da lua, e só lhe restaria fazer os exercícios mentais e físicos sugeridos pelo médico após a próxima sangria. Estaria preparado para fugir; entretanto, pensar em Leonor o ajudava, renovava-lhe as energias. Se ao menos pudesse livrar a delicada senhora de um marido ríspido, ficaria feliz!

"Não devo pensar assim", recriminou-se, ao ajeitar os pertences na maleta. "Ela é uma mulher honesta, é minha amiga. As melhoras que obtive, devo não só a Miller, mas a ela."

O cansaço o derrubou, afinal. Deitou-se na esperança de ter uma noite de sono profundo. Estava decidido: afrontaria a lua cheia, usaria todos os recursos para inibir o surto e ir ao baile no Grande Hotel. Devia isso à doce mulher que, sem saber, o trouxera de volta à humanidade depois de décadas deixando-se tomar pelo instinto animal.

– E então – murmurou, quase adormecendo – eu terei coragem. Contarei tudo a ela.

»»»»»»

Enquanto Erich dormia, naquela mesma noite um vulto observava o correr das águas do Danúbio e, além do rio, a leste, as luzes da antiga cidade de Pest. Da sacada de um dos quartos do Hotel na Ilha Margaret, Bertha mirava os extensos bosques e jardins da ilha. Estava mais quente a cada dia, e ela abanava-se com um leque de cetim ornado de plumas. Dirigiu-se ao filho, que lia o *Wiener Zeitung* na saleta do apartamento sob a lâmpada de leitura.

– Quais as novidades? – perguntou, sem tirar os olhos do rio Danúbio.

– Mais um artigo do *nosso amigo* nos jornais – respondeu ele. – Desta vez sobre lendas do Leste Europeu. Continua ignorando os avisos e mencionando assuntos que não lhe dizem respeito.

O sorriso cruel da mulher ficou oculto atrás do leque.

– Logo ele saberá mais do que já desejou descobrir sobre nós – comentou. – Será a noite do baile a melhor escolha? Podíamos tê-lo emboscado há semanas. Ele trabalha até tarde na clínica.

O rapaz dobrou o jornal e levantou-se, conferindo o relógio no bolso do colete.

– Não haverá melhor ocasião, *Muti*. O hotel vai fervilhar de gente, não correremos tanto risco quanto se atacássemos nas ruas. Irei à cidade para me assegurar de que ele venha à ilha. Aqui há muitos esconderijos, e o Danúbio é fundo o bastante para nos livrarmos de um corpo.

– Um ou mais – sussurrou a velha, passando a língua pelos dentes pontiagudos; deixou a sacada e sentou-se numa poltrona estofada, abanando-se. – Sobre aquele outro assunto... Depois que nos livrarmos do intrometido, retomaremos a busca por Jörg. Faz tempo demais que ele escapou.

O filho fez uma careta, que a mãe não percebeu. *Aquele outro assunto* não o agradava.

– Sabe que não será fácil. Ele deixou o *Reich* e passou pela Inglaterra, mas não o localizamos há anos. Desde que a senhora parou de sentir sua presença, não sei onde procurar. Pode ter ido para as Américas, para a Austrália... O mundo é grande demais.

Ela cerrou os olhos e baixou o leque.

– Às vezes consigo captar um ou outro pensamento que escapa de sua mente. Está longe, bem longe. Ele ainda pensa em mim. Um dia vamos encontrá-lo: não pode fugir para sempre.

– Claro, *Muti*. Agora, quanto ao baile, a senhora não gostaria de um vestido novo? Podemos sair cedo e pegar um barco para o centro. Faríamos compras em Pest. O que acha?

Mal-humorada, ela jogou o leque na direção do filho, que se esquivou para não ser atingido.

– Acho que deve ficar calado! Comprei tudo que desejava em Viena.

– Mas *Muti*, eu acho que...

Os olhos dela brilharam em vermelho.

– Mandei calar a boca! Não preciso de vestidos, de nada, e muito menos de você!

Maus se retraiu. A mãe voltava à sacada e fitava, no céu, a lua crescente.

– Ah, minha velha amiga, nem *de você* eu preciso mais – murmurou.

Como a provar o que dizia, estendeu um braço em direção ao crescente prateado. O brilho de seus olhos de lobo pareceu penetrar a carne, que aos poucos exibiu pelos, enquanto os dedos se encurvavam e as unhas se transformavam em garras... Era a maior de todas as felicidades saber que agora podia escolher quando e como queria transformar-se.

O chamado do luar tinha despertado seu poder no início, mas não a dominava mais.

– *Muti! Nicht hier!* – exclamou o filho, apavorado. – Aqui não!

Recebeu apenas uma risada estridente como resposta, enquanto Bertha, já totalmente humana outra vez, deixava a sacada e ia pegar o leque caído, antes de voltar para seus aposentos.

Um jovem cavalariço, passando pelos jardins do Grande Hotel, ouviu aquele riso e fez o sinal da cruz. Desconfiava que o solstício de verão traria algo maligno à Ilha Margaret.

CAPÍTULO 4

SINTOMAS

São Paulo, dias atuais
6 de maio, terça-feira

Os chutes do bebê a acordaram cedo: passavam dez minutos das cinco. Ana Cristina bocejou e levantou-se, tentando convencer-se de que precisava comer algo. Os enjoos haviam custado a cessar, e agora a azia a perseguia. Nunca imaginara que uma gravidez pudesse ser tão desconfortável.

Trocou a camisola por um vestido leve, porém não foi para a cozinha: rumou para o escritório e ligou o computador. Desde que Hector viajara, tentava aproveitar o tempo para trabalhar na tese de mestrado, mas não estava conseguindo; andava preocupada demais.

A curiosidade a levara a entrar na caixa de e-mails do marido. Sorriu ao se lembrar da facilidade com que sempre hackeava as contas do pai. Hector nem mesmo escondera dela sua senha; no entanto, ela não descobrira nada de novo sobre sua misteriosa viagem. Ele não conferia as mensagens havia dias, e até os anexos que a colega de força-tarefa, Natália, lhe mandara, estavam marcados como não lidos. Ana os copiara para sua própria caixa de entrada antes de xeretar seu conteúdo, e depois simplesmente os remarcara para parecer que não haviam sido acessados.

Os crimes que a agente federal investigava a perturbaram bastante. Se julgava que a palavra *licantropia* havia sido banida de sua vida após o ritual que ajudara o homem que amava a se livrar das mutações, agora teria de aceitá-la de volta. Segundo a investigadora, podia haver lobisomens envolvidos nas mortes em série. E o marido estivera no Sul na semana anterior...

Foi olhar a agenda. A papelada de Natália falava que um lobo havia sido visto em Porto Alegre na madrugada de 30 de abril para 1º de maio. E Hector chegara em casa enrolado num cobertor velho nesse dia, após sumir da livraria e do hotel ao anoitecer do dia anterior.

– Será que era ele? – inquietou-se.

Sentiu a dor nas costas indicar que ela estava havia muito tempo na mesma posição.

Levantou-se e afagou a barriga. Andou um pouco pelo apartamento, para acalmar a dor, e foi pegar um copo de leite na geladeira. A criança mexeu-se toda, como se se espreguiçasse.

– Está com fome, não é, filha? – sorriu, esquecida do enjoo, da azia e das incertezas. – Vamos matar a fome. Sabe, seu pai também fica bem mal-humorado antes do café...

Conversar com o bebê na barriga a acalmava, especialmente depois que descobrira ser uma menina. Era como se, de repente, tivesse uma nova melhor amiga, alguém a quem contar tudo e que não a julgaria nem fingiria que ela não existia – como Hector andava fazendo.

Sua amiga de tantos anos, Cristiana, não estava por perto para ajudar, e a falta que fazia era incrível. Mas ela estava tão ansiosa em partir naquela viagem com o noivo, Paulo! Ambos haviam conseguido um emprego bem remunerado num navio de cruzeiro. Duraria quase um ano, e passavam meses em alto-mar sem dar notícias, mas ao menos estavam juntos – e pareciam felizes.

Tomou o leite, tentando não fazer comparações com a própria situação conjugal. Sentia uma pontada de culpa por ter surpreendido o marido com a gravidez, claro. Ele não queria filhos... Como poderia compreender a fantástica sensação de ter o coração de uma criança batendo junto ao seu?

“Não importa. O que está feito, está feito.”

Voltou ao escritório, sentou-se diante do computador, abriu um editor de textos e começou a fazer uma retrospectiva dos fatos de que havia tomado conhecimento até aquele minuto.

1. Hector perseguiu durante anos o lobisomem que infectou sua mãe, na Hungria, e que o pai chamava de William. Mas depois do ritual parecia ter se desinteressado pelo assunto.
2. Ele viajou para um lançamento de livro no Paraná e foi embora do hotel sem ninguém saber para onde, na noite de 30 de abril.
3. Na mesma madrugada, um lobo ou lobisomem foi visto em Porto Alegre, no local em que seria descoberta uma pessoa assassinada.

4. Hector voltou para casa sem roupas nem bagagens no dia 1º de maio. Pode ter se transformado em lobo na noite anterior. Veio para casa, arrumou a mala e saiu para uma viagem, levando o caderno em que guardava anotações sobre os encontros que teve com o tal lobisomem, William.
5. A força-tarefa está investigando os crimes e Natália tentou um contato, mas sem sucesso, pois o Damasceno, chefe dos dois, ligou para o apartamento em busca de notícias.
6. Ao que tudo indica, o lobisomem chamado William é mais poderoso do que os outros lobos e caça-os para executá-los.

"O que vou fazer?", pensou, angustiada, de novo levantando-se, esticando as costas e afagando a barriga. Não adiantaria falar com o pai, doutor Irineu, que andava com muito trabalho e se afastara da força-tarefa. Nem com a mãe. Os amigos Cristiana e Paulo estavam longe, e só neles podia confiar com assuntos daquele tipo.

Hector não podia ter ido para o Sul investigar os crimes seriais, pois não lera as mensagens de Natália. Levara o passaporte: talvez tivesse ido procurar Lazlo Mólnar na Hungria, se de fato voltara a virar lobo... ou, quem sabe, recebera uma nova dica sobre a localização do lobisomem culpado pela contaminação da mãe – o que podia levá-lo a qualquer lugar do mundo. Em todas as hipóteses, era óbvio que o marido ia se meter em uma encrenca perigosa.

Uma vez ela havia fuçado no tal caderno de anotações sem que o marido soubesse.

Não lera tudo, apenas descobrira que ao longo dos anos ele havia confrontado William em lugares tão diversos quanto a Inglaterra, o Brasil e a Argentina. E sempre havia perdido.

"Tem muito mais nessa história, que eu preciso descobrir...", concluiu.

Voltou ao computador. Precisava saber mais sobre os lobisomens. E buscar histórias de lobos que caçavam outros lobos. Era uma pista tênue, mas era alguma coisa.

»»»»»»

Munique, dias atuais
6 de maio, terça-feira

Lazlo teve a presença de espírito de sinalizar à secretária para desistir da ligação. Estava intrigado por Hector ter vindo à Alemanha; tomou seu braço e o levou a uma sala de espera vazia.

O rapaz tinha um aspecto horrível. Emagrecera, parecia não se barbear havia dias e apresentava olheiras profundas. Desabou num sofá e olhou para Mólnar com irritação.

– Sabe quanto tempo demorei para encontrar você? – acusou. – Saí do Brasil no dia 1º, e desde então procuro seu rastro. Ninguém em Budapeste sabe do seu paradeiro! Só sabem que vinha a esta cidade para ajudar um médico chamado Otto. Tem ideia de quantas clínicas de geriatria visitei desde que cheguei a Munique anteontem? Tudo porque você se recusa a ter celular.

O outro ainda estava sem fala. Notou o aparelho ainda nas mãos de Hector, com a tela acesa. Havia notificações de muitos telefonemas não atendidos ali. Gaguejou.

– Desculpe-me, eu... não imaginei que precisasse tanto me ver.

– Não, e nem pode imaginar o que passei lá em Pest. – O rapaz suspirou, largou o telefone numa mesinha e escondeu o rosto com as mãos. – Tenho febre, Lazlo. O Fator L retornou com tudo, a mutação está me atacando! E não é lua cheia.

O médico o analisou com olhar profissional. Unhas crescidas e encardidas, cabelos revoltos, tremor nas mãos. Precisava, urgentemente, testar seu sangue.

– Fique calmo, vamos tratar isso. Não sei se consigo examinar você aqui na clínica, mas posso pedir emprestado o consultório particular de Otto. Quanto ao Fator L, não deveria retornar após todos esses anos. O ritual foi bem-sucedido!

O outro suspirou, desanimado.

– Também não entendo, mas é a verdade. Quando liguei para você, lá de casa, a situação estava grave, mas não tanto quanto agora. Não sei o que fazer.

Lazlo se sentou diante dele e indicou o celular do rapaz.

– Eu estava ligando para seu número antigo bem na hora em que você entrou... e não foi só a minha chamada que não foi atendida. Você está fugindo de falar com as pessoas, não é? Sua esposa, os editores, os colegas da força-tarefa.

Hector estendeu a mão bruscamente e desligou o celular.

– Enquanto eu não souber exatamente o que está me acontecendo, todos vão ter de esperar.

– Os sintomas – Mólnar perguntou – manifestam-se quando a lua nasce? Ao anoitecer?

– Sim. Qualquer lua. Tenho me escondido em parques, quartos de hotel. A febre não tem hora para aparecer. Nos últimos dias está mais fraca, e às vezes consigo controlar um pouco a transformação... mas ela não tem falhado desde que estou na Europa.

– Bem, isso nos dá algumas horas de vantagem para combater o surto de hoje.

Lazlo levantou-se, pensando no assunto para o qual queria a ajuda de Hector. Este, também deixando o sofá, o encarou com hostilidade.

– Antes de tudo, Lazlo, preciso saber se posso realmente confiar em você. Quando liguei para seu consultório, você me chamou de *William*. Esse William... é *ele*, não é? O lobisomem que contaminou minha mãe, culpado por tudo que aconteceu a ela. Você o conhece e nunca me disse, apesar de saber que passei metade da vida à procura dele!

O húngaro sorriu de forma estranha.

– Confiar. *Zu vertrauen. To trust...* Essa é uma palavra que depende de duas pessoas. Um paciente confia que o médico vai procurar sua cura, e o médico confia que o paciente vai seguir sua prescrição. Você confiou em mim quando precisou criar uma nova identidade e quando quis deixar de ser um licantropo. Agora terá de confiar de novo, ou não poderei ajudar com o seu problema. A escolha é sua, Hector. Apenas sua.

CAPÍTULO 5

DENTES E GARRAS

Budapeste, Império Austro-Húngaro, solstício do verão de 1895

Erich podia sentir a força da lua cheia fazendo seu sangue se agitar.

Todos os instintos possíveis o empurravam para a rua, à espera da hora em que a mestra o transformaria. Mas desta vez não se entregaria à licantropia.

Parado na rua vazia, seus olhos brilharam, uma e outra vez.

Ele sorriu. A lua surgira, um círculo branco iluminando a noite, e a mutação não o tomara.

"Oitenta e cinco anos de animalidade, e eu finalmente estou no controle!"

Aquilo era bom demais para ser verdade, por isso foi com cautela que ele deixou a rua da hospedaria e seguiu para a vila inglesa, de onde Miller lhe dissera que sairiam as carruagens.

A Ilha Margaret ficava ao norte da Ponte das Correntes, a mais antiga de Budapeste. E, embora já houvesse uma nova ponte atravessando o Danúbio junto à Margitsziget, o Grande Hotel se localizava no outro extremo da ilha: para chegar lá, os barcos ainda eram o melhor transporte.

O rapaz aproximou-se dos jardins que circundavam a vila a tempo de perceber que a luta contra o próprio sangue o fizera atrasar-se. A primeira carruagem ia partir.

Sentiu o perfume de Leonor: ela subia ao veículo, ajudada por John Wolfstein.

Recuou, escondendo-se junto a uma árvore. Então o marido resolvera comparecer ao baile! O que deveria fazer? Voltar para a hospedaria? O desapontamento lhe roubou um pouco do autocontrole; mas, ainda assim, ele concentrou as energias num pensamento:

"Eu não vou me transformar!"

E foi enquanto a carruagem levava a mulher que amava para o embarcadouro que ele sentiu outro cheiro. Franziu as sobrancelhas, intrigado.

– Será possível? – perguntou-se.

O odor de alguém do grupo que ia embarcar na segunda carruagem despertava suas piores lembranças. Viu Miller subir no carro; e notou o sujeito magro que, com o rosto oculto pelo chapéu, seguia o médico, subindo pouco depois, com mais pessoas.

Conhecia seu cheiro: era Maus Hundmann, que conhecera na Westphalia, décadas atrás! Por que estaria ali, junto aos ingleses e húngaros que seguiam para o hotel?

A carruagem partiu e Erich decidiu que iria ao baile, afinal. Aquela presença em Budapeste mudava tudo... Viu cavalariços trazerem mais um carro para a vila; no grupo que se encaminhou para lá, ele reconheceu MacLeod.

Caminhou apressadamente para junto do amigo escocês, que o recebeu com efusão; embarcaram e, em poucos minutos, o cocheiro punha o veículo em movimento.

As patas dos cavalos ecoaram, ritmadas, sobre as pedras irregulares do calçamento. Lá do alto, a luz da lua já iluminava Budapeste.

»»»»»»

As águas tranquilas do Danúbio brilhavam em estrias prateadas, que dançavam ao influxo dos barcos. Um após outro, eles aportavam na ilha e os convidados desembarcavam num trapiche, subindo para os extensos e bem cuidados jardins do Grande Hotel.

Erich afastou-se dos outros e apressou-se, tentando reconhecer, entre a multidão que adentrava o salão principal, os vultos que lhe interessavam. Havia muita gente em roupas elegantes: as mulheres exibiam a última moda do fim de século na Europa.

Resolveu deixar-se guiar pelo faro. Não os detectou no salão, nem nos jardins fronteiros. Afinal, a certa distância, ele os percebeu: passeavam nos canteiros próximos ao início do bosque.

Leonor e o marido conversavam com Miller. O médico ficara amigo deles após tratar de uma alergia nos olhos do filho do casal; jantara com eles várias vezes, na vila.

Erich seguiu para perto deles, mantendo-se nas sombras. De súbito, estacou.

O faro de lobo detectou Maus escondido na mata, observando o grupo. Atônito, Erich percebeu que ele não estava sozinho... Os olhos da fêmea brilharam entre os arbustos. A situação era tão surpreendente que o jovem ficou parado, sem reagir, sem raciocinar.

»»»»

Num momento mulher, no seguinte loba, Bertha atacou.

Miller viu a criatura correr na direção deles e empurrou John para tirá-lo da trajetória da fera. O inglês caiu num espinheiro e feriu-se, porém salvou-se dos dentes afiados.

Em segundos, ela mordeu o médico no ombro e derrubou-o com uma patada. Uma dor intensa e paralisante perpassou o braço esquerdo de Miller, que viu Leonor gritar e correr para o marido.

Com o olfato aguçado de repente, ele sentiu um forte cheiro de sangue – mas não era o seu. Era de Wolfstein, que sangrava entre os espinhos. E o aroma ferroso atraiu a atenção da loba: mudando de rumo, ela rosnou, arreganhando os dentes para marido e mulher.

Os olhos brilhantes de Erich foram de Maus para sua mãe e perceberam o inevitável: ela liquidaria John e Leonor antes de acabar com o médico húngaro, paralisado.

Então ele conseguiu reagir, finalmente: ergueu o rosto para a lua, rejeitou o controle tão duramente conquistado e abraçou a mutação, que veio numa fração de segundo.

Miller e os Wolfstein testemunharam a luta feroz que se travou quando o lobo jovem saltou sobre a fêmea. Patas e garras moviam-se velozmente, dentes famintos mordiam, bocas rosnavam.

Miller fez um esforço sobre-humano para vencer a paralisia e ergueu-se, sem conseguir tirar os olhos da cena animalesca que se desenrolava ao lado do perplexo casal inglês. O que fazer? Tantos anos perseguindo lobisomens pela Europa e nunca se deparara com dois ao mesmo tempo!

Sabia que o lobo branco era Erich, e sabia também que ele seria derrotado. O adversário era mais experiente e brincava com ele, seus olhos ficando mais vermelhos a cada ferimento que suas garras infligiam no outro.

A comoção não passou despercebida, afinal: gritos soaram e dois empregados do hotel apareceram com tochas. Um terceiro surgiu carregando uma arma.

O fogo fez as feras recuarem, enlouquecidas. E a loba cinzenta se recuperou primeiro; um assobio vindo das árvores a atraiu, e em instantes ela desapareceu junto com o vulto que a esperava. O lobo jovem, porém, estava alucinado demais para fugir.

– William! – Miller correu para perto dele, tentando trazê-lo de volta à razão. – Reaja!

– *William...?* – murmurou Leonor, levantando-se e dando um passo na direção do animal.

Mas era como se a lua, ofendida por ter sido ignorada, agora revidasse e o dominasse por completo. Atiçado pelo fogo das tochas, o animal não reconheceu o amigo ou a amada.

Saltou sobre a moça, rasgou seu vestido com as garras e cravou os dentes em sua cintura.

– *Beast!* – gritou Wolfstein, erguendo-se e ignorando os ferimentos causados pelos espinhos.

Ele agiu com rapidez: apossou-se da arma do rapaz do hotel, que hesitava em atirar. Do revólver francês Lebel com seis cartuchos, saiu o tiro certeiro que atingiu o lobo no flanco esquerdo.

A fera caiu, cravando os olhos lupinos no inglês, pronto para disparar o segundo tiro.

– *John, no!!!* – gritou Leonor.

E empurrou o marido com toda a força.

A arma foi disparada, mas o empurrão desviara o cano da Lebel e fez a bala acertar o chão. Em segundos, a fumaça da pólvora se dissipou e todos viram o rapaz caído ao lado do buraco feito pelo projétil. Estava ensanguentado e envolto em farrapos.

Os homens com as tochas recuaram e o marido voltou-se para repreender a esposa, que o fizera errar o tiro. Mas agora era ela que estava caída: passada a adrenalina do esforço que fizera, tremia no chão, sangue brotando dos ferimentos causados pelos dentes do lobo.

Wolfstein e Miller foram acudi-la. E o médico viu, pelo canto do olho, o jovem licantropo levantar-se e fugir para a proteção do bosque.

»»»»»»

Ele corria como louco, sem poder eliminar das narinas o cheiro dos dois: a mãe e o filho.

Por que estavam ali? Que razão teriam para encontrá-lo e destruir sua vida mais uma vez, piorando o que tinham feito havia um século?

Tudo indicava que tinham ido para o rio, e, embora em forma humana e seminu, Erich se fortalecia do seu próprio ódio e os seguia. No entanto, ao chegar à margem, percebeu que o odor se esvaía, neutralizado pela água corrente... Não conseguiria encontrá-los naquela noite.

Agora restava a outra lembrança, a de si mesmo enlouquecido e atacando Leonor.

– O que eu fiz?! – gemeu.

Atrás dele, luzes. Tochas, passos, gritos. Os homens do hotel o perseguiam.

No alto, entre os ramos exuberantes das árvores, o luar parecia zombar de suas tentativas de vencer o poder da mestra que o subjugava.

Mais uma vez, ergueu o rosto. Não resistiria a ela.

E uivou dolorosamente antes de se lançar nas águas frias do Danúbio.

»»»»»»

Passava de meia-noite.

Erich saiu do bosque e adentrou os fundos da hospedaria. Tudo estava adormecido, e nuvens grossas agora ocultavam o luar, impedindo que vissem o rapaz manco, sem roupas, que se esgueirava pela porta traseira e arrastava-se pelos corredores.

Suas mãos tremiam ao acender a lamparina sobre a mesa, no quarto. Da valise arrumada, aberta sobre a cama, pegou uma camisa. Estava acabando de vesti-la, os dedos mais firmes, quando ouviu o som de algo metálico atingindo o chão.

Conferiu a coxa esquerda; seu corpo expulsara o projétil da Lebel e o ferimento se fechava, assim como os causados pelas garras da loba. O ódio retornou, mas transformou-se em desespero. E ele se sentou na cama, escondendo o rosto com as mãos e chorando sem parar. Depois de algum tempo, secou o rosto. Precisava caçar a criatura. Tudo de mau que lhe acontecera era por culpa dela e do filho! Sabia, contudo, que *Frau* Hundmann continuava sendo mais forte que ele... Teria morrido naquela noite, não fosse a chegada dos homens com tochas. Não conseguiria matá-la, não ainda.

"Devo ir embora", decidiu, levantando-se.

Respirou fundo, reprimindo a força lunar que ressurgia em seu sangue. Terminou de vestir-se e fechou a valise. Suas economias estavam guardadas lá, mas no bolso do casaco havia algum dinheiro, que deixou sobre a mesa ao lado da lamparina. Pagaria a última semana de hospedagem.

Estendeu o braço direito para abrir a porta. E viu que a maçaneta girava sozinha.

Recuou um passo, pronto para atacar, mas deteve-se assim que a porta se escancarou.

– Imaginei que o encontraria aqui – a voz o alcançou antes que a fraca luz revelasse as feições de Miller.

O médico estava pálido, sujo de barro e sangue. O rapaz não teve coragem de fitá-lo.

– Adeus, amigo – murmurou, e continuou seguindo para a porta.

– Não vá – respondeu o outro. – Ela está viva. Está segura.

– Mas está contaminada. Eu a amo, e a condenei ao pior destino que existe.

Saiu do quarto, rumo à porta dos fundos da hospedaria. O médico foi atrás dele.

– Fique! Os homens ainda estão buscando os lobos. Eu o esconderei. Você fez tanto progresso... Com sua ajuda, seu faro, caçaremos o licantropo.

Sem se voltar, o rapaz apenas revelou:

– Era uma loba. *Aquela* loba. Se eu me for agora, ela e o filho irão atrás de mim.

Saiu bruscamente e sumiu no bosque, sem dizer mais nada.

»»»»»»

Miller pretendia segui-lo, porém uma tontura o forçou a apoiar-se no batente da porta. Um ardor no braço o incomodava; puxou a casaca para conferir os ferimentos no ombro. Quase sorriu ao perceber que, apesar da grande quantidade de sangue seco, os cortes estavam se fechando.

"Autocura", concluiu; a curiosidade científica suplantava o desespero da situação. "Agora conhecerei, por experiência própria, o que passei anos pesquisando..."

Ajeitou as roupas, fitando o ponto em que o amigo desaparecera. O que William dissera, sobre o animal ser *aquela* loba, o fez recordar o dia em que ele lhe contara a longa história da mulher. Ela dizia ser a menina do conto dos irmãos Grimm – com algumas diferenças significativas em relação ao que fora publicado. Tudo aquilo lembrou-lhe as anotações que fizera na época em que andara por terras alemãs à caça de licantropos. E, ao remexer na memória, outra lembrança lhe tirou o fôlego.

"Não é possível", duvidou.

Alguns dos relatos que investigara davam conta de que o lobisomem mais perigoso da Germânia era uma fêmea. Ela sempre se fazia acompanhar por um rapaz humano, que observava enquanto a fera estraçalhava as vítimas.

E havia ainda as cartas anônimas de leitores de um jornal de Viena, que o chefe da redação lhe remetera quando começara a publicar artigos sobre o Mal da Lua.

Seguiu apressado para casa. Um novo quadro principiava a tomar forma em sua cabeça. Fazia alguns anos que recebia as cartas. Algumas delas, agressivas, ameaçavam-no de morte caso não parasse de escrever sobre licantropia.

Sempre achara que aquilo era algum tipo de brincadeira, talvez coisa de fanáticos religiosos que julgavam que a ciência e a pesquisa eram coisas demoníacas. Agora, porém, inquietava-se.

– Será que foi *ela*...? – murmurou. – Preciso reler tudo.

Passou a madrugada em busca das anotações e das correspondências.

Assustado, verificou que os carimbos nos envelopes correspondiam precisamente às regiões em que haviam acontecido os ataques da famosa loba. E cada carta fora enviada logo após a publicação de algum de seus artigos.

Amanhecia quando ele foi tomar um banho e trocar de roupa.

Examinou com mais calma as marcas dos dentes e garras da loba. Os cortes estavam quase fechados; caso sua hipótese estivesse correta e os lobisomens transmitissem pela mordida o fator transformador, o Fator L, agora ele também estava infectado.

– A loba ia em minha direção quando atacou – concluiu. – Se a fera que investiguei era a mesma que transformou William em lobisomem, as ameaças que recebi eram reais! Meu Deus... Só agora eu entendo. Os Wolfstein estavam no lugar errado, na hora errada.

Era possível que a loba voltasse para atacá-lo. Talvez fosse sensato sumir da cidade por uns tempos. Poderia tirar uma licença da Escola de Medicina e ir a Viena. Também deveria resguardar-se nas próximas luas cheias.

Miller abriu a janela do quarto e viu o primeiro dia de verão de 1895 iluminar Budapeste.

– Ah, William... – lamentou. – Não foi sua culpa. Mesmo que os conhecesse, eles não estavam à sua procura. *Era a mim que a loba queria matar.*

»»»»»

O relógio da estação Keleti marcava uma hora da madrugada.

Erich se afastou da bilheteria e foi para a plataforma. Comprara passagem para um trem noturno, sem nem se preocupar qual seria seu destino. Logo o movimento ritmado do vagão o embalava, mas ele sabia que não conseguiria dormir. Sozinho no compartimento, abriu a pequena cortina e olhou a paisagem que deslizava pela janela.

As luzes de Budapeste ficavam para trás.

Abriu a valise. Passou em revista o dinheiro que lhe restava, os documentos, os poucos livros de que jamais se separara, nem mesmo nas épocas de guerra. Num deles, o desenho de flores entrelaçadas rodeava o título do volume, que era sua mais preciosa posse. Um desenho de Ludwig, feito especialmente para seus dois irmãos... Fechou o livro e guardou-o no fundo da valise.

– Não sou mais Erich Wilhelm Grimm – disse em voz alta, talvez para si mesmo, talvez para o luar que o espiava atrás de espessas nuvens.

– E também não serei mais Eric William, o nome que ela pronunciava com tanta doçura... Esses nomes ficarão no passado.

Tinha o suficiente para sobreviver até a próxima lua cheia. E a lembrança da arma que o atingira, o revólver fabricado na França, lhe trazia ideias. Ouvira falar em militares que mandavam modificar as armas industrializadas.

Se como lobo não podia vencê-la, iria fazê-lo como homem.

Seria um caçador. Porém não caçaria animais nas florestas, muito menos pessoas. Caçaria os licantropos, os escravos da lua. Mataria sem culpa. E, como ela fizera havia tantas décadas, ao marcá-lo como o mais frágil do rebanho, ele agora a marcaria como alvo.

A loba.

A mulher.

A menina do capuz vermelho.

CAPÍTULO 6

PROMESSAS

Munique, dias atuais
6 de maio, terça-feira

A recepcionista se aproximou da sala de espera e falou em alemão com o oftalmologista.

– Desculpe-me, o doutor Otto perguntou pelo senhor. Quer vê-lo na ala de doenças mentais.

Eram nove e vinte da manhã. Lazlo assegurou à moça que iria encontrar-se com o médico em cinco minutos. Depois que ela se foi, voltou-se para Hector.

– É fácil julgar quando não se conhece todos os fatos. Você odeia William, mas não tem ideia do que ele passou...

– Sei muito bem o que ele fez! – o rapaz o interrompeu. – Atacou minha mãe! Você nega isso?

– Não, não nego – suspirou Mólnar. – E é verdade que conheço William há tempos. Prometo que vou explicar tudo, mas não agora. Tenho um trabalho a realizar. Além disso, é urgente descobrirmos a razão da volta da licantropia, para controlar o que fervilha no seu sangue. Isso se você estiver disposto a fazer o que for preciso: exames, exercícios. O que me diz?

Apesar de o médico dizer que a escolha era sua, Hector sabia que não podia se dar ao luxo de escolher ir embora. Precisava de ajuda. Sua expressão foi resposta suficiente.

– Muito bem – concluiu o húngaro. – Vou falar com Otto sobre o empréstimo de seu consultório particular. Venha me encontrar aqui em duas horas, está bem?

»»»»»»

Hector deixou a clínica ainda furioso. O único fato que arrefecia seu ódio era lembrar que Lazlo prometera contar tudo sobre William. Talvez com suas informações encontrasse o *monstro*.

Andou pelo centro da cidade e parou diante da prefeitura, na Marienplatz. Não esquecia a primeira vez em que o pai o trouxera ali e ele vira o relógio do antigo prédio. O toque do carrilhão, que disparava em determinadas horas do dia, era suave; os bonecos coloridos dançavam ao som dos sinos e tinham encantado o menino inglês que nunca vira nada parecido.

Sorriu da própria inocência, quase esquecido dos problemas atuais. Fazia tanto tempo! Um dia, traria Ana Cristina para conhecer a terra de seus ancestrais e...

Fechou os olhos, angustiado. Ana. O bebê. Deixou a grande praça, andando com pressa. Não tinha nenhum lugar para ir até a hora de voltar para a clínica, mas ficar parado era pior, pois acabava pensando demais. Andou pelas ruas próximas, apreciando as antigas cervejarias.

Seu tataravô, ou trisavô, tinha sido dono de uma fábrica de cerveja na região. Não recordava se era um Wolf ou um Stein, apenas que as duas famílias haviam se unido em certo ponto, tornando-se muito ricas e poderosas na região.

Enveredou pela Kaufingerstrasse e parou ao ver as torres da Frauenkirche; a igreja fazia com que se lembrasse de mais coisas que desejava esquecer... Pegou o celular no bolso e o ligou. Havia realmente muitas chamadas não atendidas e mensagens não lidas, e ele se sentiu tentado a ligar para a esposa. Porém, o que lhe diria?

"Ainda não. Vou dar um jeito de salvar meu casamento, mas primeiro tenho de resolver o problema da licantropia", prometeu a si mesmo.

Ignorou também as mensagens de Natália, Irineu e Damasceno. Não tinha cabeça para pensar em trabalho e na força-tarefa naquele momento.

Ainda faltava uma hora para ir ao encontro do médico. E, mesmo que não confiasse totalmente em Lazlo, precisava da ajuda dele. Seguiu em frente e entrou na igreja; um templo gótico era um lugar tão bom quanto qualquer outro para passar o tempo. Talvez melhor.

»»»»

São Paulo, dias atuais

O inesperado toque do telefone no apartamento fez Ana Cristina saltar na cadeira e a bebê mexer-se como se reclamasse do susto. Olhou para o aparelho, com medo de receber más notícias.

Atendeu com o coração sobressaltado... mas era apenas sua mãe perguntando se ela andava se alimentando bem, quantas vezes o bebê se mexera, o que a médica dissera na última consulta.

Ana relaxou com a tagarelice materna. Desconversou sobre a médica, pois não revelara a ninguém o sexo da criança: não achava justo que outros soubessem antes do marido. Falaram sobre coisas sem importância, modelos de carrinhos de bebê, as cortinas do quarto, as peças do enxoval que faltavam... e, antes de desligar, dona Ludmila deu notícias da melhor amiga da filha.

– Cristiana ligou para a mãe dela ontem, e a Luziete hoje está feliz da vida. Corre tudo bem. A Cris e o Paulo estão no Mediterrâneo, os dois mandaram muitos beijos pra você...

A conversa durou quase meia hora, e somente ao desligar Ana se lembrou de que ainda não almoçara. Havia passado a manhã inteira fazendo pesquisas no computador. Entrara em sites de bibliotecas universitárias e blogs de pesquisadores, empilhara páginas com informações impressas.

Foi para a cozinha com a cabeça mais tranquila. Preparou uma salada com tudo que encontrou na geladeira, abriu uma garrafa de suco. A bebê se aquietou e ela pôde, depois de almoçar, deitar-se um pouco. Pretendia tirar um cochilo, mas não conseguiu: as informações pesquisadas a faziam refletir, e ela começou a analisá-las em voz alta.

– Faz séculos que existem registros de ataques de lobos às pessoas, em vários lugares do mundo. Mas os artigos confiáveis não falam em licantropia... Em compensação, encontrei relatos e crônicas sobre um lobisomem que caça outros lobos pelo mundo. Pode ser ficção, mas na França, Alemanha e Bulgária as descrições são parecidas. As da América do Norte também, só que são mais modernas. Vi até registros sobre ocorrências no Brasil! Será possível que não passem de coincidências?

Afagou a barriga, percebendo que a bebê se esticava.

– Pois é, filha, eu também não acredito em coincidências – suspirou, pensando se devia voltar ao computador. – Tudo bem, podemos ficar deitadas mais um pouco. Mas depois vamos ver se encontramos alguma coisa sobre esses casos do Rio Grande do Sul. Paciência, menina, temos que descobrir o que está acontecendo com o seu pai... depois disso, prometo que vamos descansar mais!

»»»»»»»

Munique, dias atuais
7 de maio, quarta-feira

O consultório ficava um pouco afastado do centro, do outro lado do rio Isar. Naquele final de tarde, enquanto se vestia, Hector podia ver da janela o prédio do Deutsches Museum, o Museu de Tecnologia, que sempre desejara visitar e ainda não conseguira.

– E não vai ser desta vez – resmungou, mal-humorado. – Não vim para fazer turismo.

Desde o dia anterior, Lazlo se ocupava dele. Preenchera um caderno inteiro anotando cada sintoma que ocorrera a seu paciente, cada sensação que ele tivera nas mutações, até as flutuações de humor por que havia passado. Nos intervalos, recolhia seu sangue. Litros de sangue.

O médico entrou trazendo mais uma das bandejinhas com material de coleta, o que fez o rapaz soltar um bufo de impaciência.

– Não chega? – desabafou. – Não deve ter sobrado nada nas minhas artérias...

Mólnar sorriu de leve e fez um gesto de comando, segurando a seringa. Resignado, Hector se sentou na maca e estendeu o braço.

– Alguma mudança desde a última coleta? – perguntou.

– Sim. Da primeira que fizemos até agora, o Fator L diminui sem parar. Ontem você não se transformou, e hoje também não apresenta febre ou a tensão que antecede os surtos, não é?

O paciente teve de concordar. O outro lhe mostrara as lâminas de algumas das amostras de seu plasma ao microscópio e, de fato, os corpúsculos iam rareando; com eles, rareava a ânsia de transformação. Mas ambos sabiam que isso não era garantia de que não voltasse; Hector não poderia passar o resto da vida tendo seu sangue drenado para evitar virar lobo!

E havia o problema das fases lunares...

– Nada disso faz sentido, Lazlo – disse, assim que o médico o mandou recolher o braço. – Quando houve o incidente em Curitiba e eu fiz o teste em São Paulo: era lua nova. Agora é crescente, semana que vem será cheia e os corpúsculos deviam aumentar. Diminuíram só por causa das coletas? Antes do ritual, muitas vezes você tirou meu sangue. E isso não acontecia!

Mólnar suspirou, olhando o tubo contra a luz. Aquilo também o intrigava.

– Há algo mais em jogo aqui – disse. – Veja, o ritual foi eficaz e você passou anos sem a mutação. Mas sabíamos que ainda havia Fator L em seu organismo, causando efeitos menores. Minha hipótese é de que o pouco que ficou está tentando recuperar espaço, e a lua não é relevante desta vez... Os corpúsculos podem ter se multiplicado por causa de uma situação estressante e causaram algum tipo de infecção. Estive pensando... Lembra como o amor de sua esposa foi um antídoto contra a licantropia? Pode ser que ficar com ela seja o remédio de que você precisa agora.

Hector ficou em silêncio. Relutava em contar mais a ele; nem revelara que Ana estava grávida e que o casal estava justamente vivendo sob estresse por conta disso. Mas devia admitir para si mesmo que, apesar do medo de voltar e ser uma ameaça para Ana, talvez não houvesse alternativa.

– Você viria comigo ao Brasil? – indagou, esperançoso.

A expressão do húngaro foi de desolação.

– Não posso viajar neste momento. Estou consultando uma paciente terminal na clínica, um caso complicado, não devo me ausentar até... De um jeito ou de outro, preciso esperar. O que se passa no corpo dessa mulher é um enigma, e talvez até me ajude com o seu problema.

Hector sabia que o médico estava lhe escondendo algo. Como uma paciente da clínica de geriatria poderia ajudar no controle da licantropia? A não ser que...

– Lazlo, estou cansado de hipóteses, de esperar por respostas. O que é que não está me contando? Você prometeu falar sobre o maldito

William, e até agora, nada! Posso concordar em voltar para casa, mas não vou esperar mais. Vamos conversar sobre isso *hoje. Agora.*

O médico o olhou com o que parecia interesse científico.

– Lembra o que eu disse sobre estresse? Estenda o outro braço. Vou recolher mais sangue.

O rapaz soltou um gemido de irritação, mas obedeceu. De fato, após a explosão começava a se sentir febril. Passou a respirar fundo, pausadamente, um dos exercícios de autocontrole que Mólnar havia lhe sugerido no dia anterior. Virar lobo não seria solução para nada.

– Vou lhe contar o que está acontecendo na clínica – disse o amigo, enquanto esperava a veia inchar para introduzir outra agulha. – Meu amigo me chamou para atender uma senhora internada na ala de doenças mentais. Ela apresenta um estranho brilho ocular, mas o que encontrei não foi um problema de visão, e sim Fator L em seu sangue! Embora não seja suficiente para que ela se transforme, consegui isolar corpúsculos estranhos no plasma e enviei para exames em um laboratório avançado. Podem ser agentes de uma infecção... algo que só ataca os licantropos. E se houver uma ligação entre os seus sintomas e a doença que está matando a paciente de Otto?

Aquilo não era, nem de longe, o que Hector esperava.

– Acredita que eu também possa ter essa infecção?

Mais um tubo cheio de sangue foi para a bandeja do médico.

– Não sei. Preciso dos resultados do laboratório para entender melhor o que se passa com ela e só então poderei comparar com os seus exames. Agora, você deveria voltar para o hotel e fazer os exercícios que lhe ensinei. Está anoitecendo e eu ainda vou analisar estas duas amostras; já percebo que, na segunda, há mais Fator L, por isso...

Levantando-se da maca, o paciente o interrompeu.

– E quanto ao paradeiro de William? E a sua promessa de me fazer revelações?

Com mais um suspiro, Mólnar prometeu:

– Encontre-me amanhã de manhã na clínica. Vou lhe contar o que sei.

Foi o máximo que Hector obteve. O jeito era mesmo ir para o hotel.

»»»»»»

A quinta-feira amanheceu fria em Munique, apesar do céu azul límpido. Hector chegou à clínica após as dez horas e deu com Lazlo na salinha junto à recepção, falando com uma enfermeira. Os dois pareciam perturbados por alguma coisa.

Aguardou em pé mesmo, sem paciência para se sentar; não demorou e o oftalmologista veio encontrá-lo. A enfermeira sumiu por uma porta traseira da sala.

– Algum problema? – perguntou o rapaz.

O médico hesitou, mas pareceu superar os escrúpulos. Precisaria da ajuda do rapaz para descobrir mais sobre o filho *dela*, se estivesse mesmo no Brasil.

– É bom que você saiba de uma vez. A paciente de que lhe falei... Sua situação é mais esquisita do que imaginávamos. Aquela é a enfermeira-chefe daqui e acaba de descobrir que *Frau* Mann já esteve internada em outras clínicas antes de vir para cá. Na última, consta que a paciente ficou por mais de dez anos. Acham estranho, pois ela não é tão velha assim... Eles nada sabem sobre a longevidade que o Fator L pode proporcionar, claro.

Malgrado seus próprios problemas, Hector estava interessado no caso.

– E os resultados dos exames especiais que pediu? – indagou.

– Devem chegar estes dias – foi a resposta. – Agora, se puder vir comigo, vou pegar um crachá para você. Quero que a veja.

O rapaz o seguiu, intrigado. Tinha de confessar que a curiosidade o instigava.

»»»»»»»»

A mutação não ocorria havia dois dias, porém os sentidos de lobo ainda estavam aguçados. Assim que pousou os olhos na senhora ligada aos aparelhos, Hector farejou o quarto e estremeceu.

– Nunca vi essa mulher antes, e mesmo assim sinto uma ligação... Quem é? Por que todos os meus instintos me alertam contra ela?

– Porque – o médico respirou fundo antes de prosseguir – ela comprova que um conto de fadas pode ser real. Conhece a história da menina do capuz vermelho?

– Você está falando de Chapeuzinho, o conto infantil...? – Hector fitou Lazlo, atônito.

– Esse mesmo.

Sob o nome de Daniel Lucas, Hector publicara vários livros sobre folclore. Lera muito sobre contos de fadas e suas interpretações e sabia que isso era parte de outro mundo, o da literatura!

Teve vontade de dar meia-volta e sair, crente de que Mólnar havia enlouquecido; no entanto, não o fez. Em relatos folclóricos do mundo todo também havia personagens que se transformavam em lobos na lua cheia. Isso, ao menos, sabia que era real. Decerto, conversar com um médico sobre meninas e vovozinhas que viviam na floresta soava a loucura. Porém o que não era loucura em sua vida?

Ficaram em silêncio por um tempo, olhando a criatura em coma sobre a cama hospitalar. Mesmo nessas condições, ela parecia ameaçadora.

– Vamos almoçar no *Viktualienmarkt* – propôs o outro, afinal. – É cedo, mas anseio por uma boa e típica refeição bávara. Enquanto almoçamos, vou lhe contar uma história... não será a que todos conhecem, será outra. E tudo indica que seja verdadeira.

CAPÍTULO 7

PELA ESTRADA AFORA

Florestas de Kellerwald, Condado de Hesse-Kassel, verão de 1663

Era uma vez uma senhora que vivia em uma casa junto à mata, sob três grandes carvalhos. Morava sozinha e apenas sua neta costumava ir visitá-la. Ela adorava a garota: dera-lhe de presente um capuz de veludo. O adorno caía tão bem à criança que todos começaram a chamá-la de *menina do capuz vermelho*.

Numa tarde de verão em que a velha senhora se sentia doente e fraca, ela saiu à porta para esperar a visita da neta. Talvez lhe trouxesse um presente de bolo e vinho, o que a faria sentir-se melhor. Porém não viu na mata nenhum sinal do capuz encarnado usado pela garotinha; em vez disso, sentiu um inesperado vento frio e farejou algo que não a agradou.

Alguém indesejável se aproximava.

»»»»»»

A alguma distância dali, um caçador seguia por estradas e trilhas antigas da floresta de Kellerwald. Junto a ele vinha o filho, menino de seus onze anos; chamava-se Jörg e carregava as peles de animais que ambos venderiam nas aldeias próximas. E, embora gostasse de sair em caçadas, especialmente no verão, o garoto sempre sentia medo. Sabia que não era apenas para caçar que seu pai insistia em percorrer aquela região, todos os anos, desde que tinham ido morar no norte.

O homem parou, conferiu o céu, que começava a escurecer ao cair da tarde, e disse:

– Reconheço este lugar. Acho que desta vez teremos sorte, Jörg. Vamos por ali.

O menino o seguiu. Começava a ventar, estava frio demais para a estação, e ele não se sentia bem. Lembrava a noite de primavera, três anos antes, em que o pai acordara a ele e à irmã e dissera que tinham de fugir da casa em que viviam. Infelizmente, acontecera algo terrível naquela madrugada, algo que o menino semiadormecido não pudera compreender – mas que tinha a ver com rosnados ferozes e com o fato de que a irmã não fugira com eles. Desde então, ele sabia por que todo verão o pai voltava àquelas florestas: tentava encontrar a família que perdera.

Jörg bem que gostaria de rever a irmã. Quando pequenos eram muito ligados, e desde a fuga ele sonhava que ouvia a voz da menina a chamá-lo. Também em sonhos, às vezes via o mundo pelos olhos *dela*... mas nunca dissera isso a ninguém, com medo de que o julgassem enfeitiçado.

Anoitecia e o pai hesitou; não havia encontrado o caminho que desejava. Assim como o filho, temia passar a noite na mata.

– Vamos voltar para aquela aldeia a oeste, podemos pernoitar lá – disse, afinal.

Eles mal tinham enveredado no rumo indicado quando o menino estacou, gelado de medo. Vira dois pontos brilhantes estranhos no meio da mata densa! Seriam olhos de uma fera? Não sabia se aquilo era real e se devia gritar. Podia ser apenas sua imaginação. Afinal, o pai era um caçador experiente e atravessava uma clareira alguns metros à sua frente, sem nada notar...

Antes que se decidisse, seus piores medos se tornaram realidade. Sem aviso, uma fera imensa saltou do meio das plantas e caiu sobre o homem. Ele não teve tempo de pegar a arma às costas, nem de gritar para avisar o filho. Uma patada rasgou seu pescoço, fazendo o sangue da jugular jorrar, respingando no chão, na pele da besta e nos troncos das árvores próximas.

Instintivamente, Jörg pegou a faca que levava no cinto e correu para o corpo caído.

Estava escuro, mas de súbito a lua redonda e branca surgiu no alto e iluminou a horrenda cena: diante do ferido, um grande lobo de pelo quase totalmente branco erguia o focinho para o céu, num uivo de triunfo.

– Pai!!! – o garoto gritou, a voz rouca de pavor.

O animal saltou diante do menino, que brandiu a faca numa patética tentativa de defesa; a fera apenas atingiu seu braço numa patada seca, jogando a faca longe e derrubando-o. Depois, ferrou os dentes em uma de suas pernas e o arrastou, afastando-o.

Jörg não conseguia falar. Caído a uns vinte metros do pai, viu com os olhos nublados a criatura voltar para a clareira e começar a fazer sua *refeição*.

Então perdeu os sentidos.

»»»»»»»

O menino acordou repetidas vezes, exausto e dolorido. E em nenhuma ocasião chegou a se sentir consciente por inteiro: tornava a mergulhar num sono febril.

Quando abriu os olhos em definitivo, percebeu que não apenas despertara, mas que não sentia desconforto algum – nem dor, nem cansaço. Sentou-se, esfregando os olhos.

Encontrava-se deitado numa cama de palha nova, em um cômodo feito de troncos. Era noite, pois estava escuro; uma luz esbranquiçada entrava por frestas na parede e por uma janelinha alta. Ergueu-se com agilidade e andou pelo cômodo vazio buscando a porta, também feita de troncos.

Saiu numa espécie de alpendre. Estava numa casa que ficava sob três grandes carvalhos, ladeada por uma cerca viva feita de aveleiras. A lua no céu iluminava a casa, as árvores, os caminhos que levavam à mata.

"Naquela noite também era lua cheia", pensou.

Passara quatro luas dormindo naquela casa? Olhou para a mão direita e viu suas unhas crescidas e sujas. No local em que a patada do lobo o atingira, não havia marcas... Puxou a barra da calça e olhou o ponto da perna em que a fera o mordera. Também não viu sinal do ferimento.

– Alguém me salvou – pensou, desorientado. – Mas quem?

Então ouviu passos virem de dentro da casa. A porta se abriu.

Uma senhora idosa, de cabelos totalmente brancos, sorriu para ele.

– Ah, Jörg, vejo que está melhor. Não quer entrar?

O instinto do garoto o fez recuar.

– Vovó? – murmurou, inseguro, ao reconhecer a mãe de sua mãe.

Ela sorriu; e algo no rosto dela o fez recuar mais. O garoto estava quase na mata quando viu a arma de seu pai pendurada no alpendre, assim como a pele dos animais que ele caçara.

Entendeu tudo.

Era *dela* que o pai fugira para proteger os filhos. Infelizmente, a avó interferira e a irmã ficara, apenas Jörg fora salvo! Por isso todos os anos o caçador voltava às imensas matas de Kellerwald, em busca de pequenas aldeias e de casas enfiadas na mata. Queria reencontrar a filha que não pudera levar consigo... e, quando a encontrasse, pretendia enfrentar a velha.

Ela deu um passo na direção do neto. Seus olhos brilharam em vermelho, depois ficaram alaranjados, depois amarelos.

– Venha, Jörg. Deve estar com fome. Vamos jantar.

A palavra *jantar* o fez rever a horrenda cena na clareira: a loba de pelo branco, grisalho como os cabelos dela, alimentando-se com a carne da presa.

– Meu pai... – o menino disse, enojado.

Correu para a floresta, enquanto a mulher gargalhava.

»»»»»»»»

Ele nunca soube quantos quilômetros percorreu sob o luar.

Nem reparou quando suas pernas e braços se tornaram patas, seu corpo se alongou, seus cabelos se transformaram em pelos negros. Experimentou a dor da mutação, intensa, inexorável, sentiu a fome que o impelia a matar.

A maldição o acometera, transformando-o em fera.

»»»»»»»»

O sol já ia alto quando ele retomou a forma humana.

Estava saciado, sentia o gosto da carne do animal que caçara. Sem roupas ou armas, encontrava-se na encosta de uma das montanhas daquela cadeia. Podia ver, lá embaixo, o rio Eder brilhar à luz do astro-rei. Pôs-se de pé.

Tornara-se um lobisomem... Daquele dia em diante estaria sozinho, teria de arrumar uma forma de sobreviver quando não fosse lua cheia. Mas sabia que daria um jeito. E não descansaria até fazer o que o pai não conseguira: salvar a irmã. E matar a loba.

»»»»»

Um vilarejo entre Kleinern e Gellershausen, Condado de Hesse-Kassel, outono de 1666

Fazia três anos que o rapaz percorria a região, embora nunca tivesse estado naquele vilarejo específico. Era conhecido em várias aldeias e sobrevivia da mesma forma que o pai, caçando para abastecer a mesa dos nobres e vendendo peles nas vilas. Uma semana por mês, sumia nas florestas.

O peleiro o recebeu bem: esperava-se um inverno rigoroso e haveria grande procura por peles. Convidou o rapaz para almoçar enquanto negociavam o preço.

– Veio do norte? – perguntou ao jovem. – Espero que não tenha tido problemas ao atravessar o Eder. Há boatos sobre ataques de lobos na floresta.

O hóspede sorriu. Sabia muito bem quem era responsável pelos boatos. Contavam-se histórias horrendas em todo o condado sobre o maior e mais feroz de todos os lobos...

Passara muito tempo peregrinando de aldeia em aldeia, à procura da irmã. Na primavera anterior encontrara a vila em que passara a infância, mas a casa de sua família havia queimado num incêndio, e a única informação obtida foi de que a viúva e a menina tinham se mudado para uma das dezenas de localidades entre Kleinern e Bad Wildungen.

– Já matei muitos lobos – o jovem caçador vangloriou-se, sabendo que aparentava bem mais que seus meros catorze anos. – Mas não encontrei nenhum recentemente. Agora, quanto às peles...

Ao final da negociação e da refeição, despediu-se com pressa, dizendo que desejava pegar a estrada antes do anoitecer. Na verdade, pretendia seguir pela mata rumo a um vilarejo a oeste. O peleiro gostava de contar casos e, além de desfiar tudo que sabia sobre a vida das famílias locais, falara sobre as que viviam nas terras próximas a Gellershausen. Um comentário casual sobre certa viúva que tinha uma filha em idade de casar atiçara sua curiosidade.

»»»»»

Era final de tarde quando alcançou o local, apenas um amontoado de casas pobres entremeadas ao bosque. E logo seu faro disparou, aguçando todos os outros sentidos do lobo.

"É aqui", concluiu. "Posso senti-las... estão próximas."

Continuava tendo os sonhos que o faziam ver cenas pelos olhos da irmã e reconhecera locais que vira nesses transes. Inclusive um caminho que levava da última casa do vilarejo à mata densa. Sorriu. Ali havia uma trilha que ia dar nas florestas de Kellerwald. Tudo conferia.

Acharia um ponto para ficar à espreita e aguardaria. Tinha tempo até a lua cheia.

»»»»»»»

Ver a mãe, depois de tantos anos, transmitiu-lhe uma emoção estranha. Era como se a ligação materna tivesse sido cortada, pois ver a mulher o angustiava: ela se parecia demais com a avó. O mesmo não aconteceu quando ele espionou a irmã que tanto procurara.

Amava-a. Ela era o que restava da família que perdera e, apesar de estar entrando na puberdade, tinha o mesmo aspecto infantil e puro de quando eram pequenos.

Concentrou todos os sentidos em seguir a garota, porém dois dias se passaram sem que conseguisse vê-la a sós. Apenas na manhã do terceiro dia percebeu que teria sucesso.

O sol já estava alto e a menina levava consigo um cheiro de pão recém-assado ao deixar a casa carregando uma cesta. Ele ouvira a mãe recomendar que a filha fosse diretamente à casa entre os carvalhos, que cuidasse para não quebrar a garrafa que levava. O vinho faria bem à avó adoentada.

Pouco depois que a garota adentrou a mata, ele se enrolou na capa surrada, ocultou parte do rosto com o chapéu de caçador e a abordou, na trilha.

– Bom dia, menina – disse-lhe, engrossando a voz para parecer mais velho. – Não é cedo demais para estar na estrada? Pode ser perigoso uma criança andar sozinha por aqui.

– Bom dia, senhor. Não tenho medo, e a casa de minha avó não fica distante. Sempre vou visitá-la quando minha mãe faz pão. Além disso, ela não está bem de saúde.

– Pensei que não havia outras vilas nesta direção, só a floresta – retrucou ele.

Ela sorriu com inocência.

– Não há. Vovó mora numa casa isolada à beira do bosque, sob três grandes carvalhos.

– Mesmo assim, aconselho que volte e pergunte à sua mãe se deve mesmo ir hoje. Vim do norte e sei que há um lobo feroz na região. Já matou muitos aldeões, ninguém consegue caçá-lo.

A menina hesitou. Fitou o estranho, desconfiada, notando a arma às suas costas.

– Vou falar com ela, então. Bom dia, senhor...

Vendo que o capuz vermelho da garota sumia na curva da trilha, retornando ao vilarejo, o rapaz apertou o passo e internou-se na mata.

Ainda estava longe quando farejou a mulher.

Sentiu o ódio avolumar-se no peito e o sangue inchar nas veias. Faltava um bom tempo para a noite, mas tinha a sensação de que, no dia da vingança pela qual tanto esperara, ele nem precisaria do luar para transformar-se.

Escondido além da clareira, viu-a sair da casa para o alpendre, exatamente como fizera havia três verões. Estava mudada, porém; não deu sinais de sentir o cheiro do intruso, parecia debilitada e andava com dificuldade. Tinha os olhos vidrados e os cabelos brancos rareavam. A menina dissera a verdade, ao mencionar que a avó estava doente.

Ele largou a arma, saiu do esconderijo, postou-se diante da casa.

A mulher o viu. Estreitou os olhos baços e rosnou, mostrando os dentes. Seus olhos reluziram; os do rapaz brilharam em resposta.

– Boa tarde, vovó – disse ele. – Sei que esperava sua neta, mas terá de se contentar comigo.

Ela não respondeu, buscando algum tipo de força interior. A mutação se daria, com ou sem a lua. Aos poucos, a velha começou a se transformar na loba branca.

E, assim que o vento frio soprou e as nuvens cobriram o céu azul, ele sentiu o surto se aproximar. Também podia convocar o poder lunar em seu sangue...

Ela sabia que seria derrotada. O lobo negro era jovem, bem maior que a avó, e agora tinha experiência em matar. Não era à toa que, naquele e em outros condados, as histórias sobre um *grande lobo maligno* se espalhavam. Porém, antes que ele a atacasse, algo aconteceu.

Passos. Um perfume familiar, vindo da mata. O animal viu, ainda ao longe, a mancha em movimento: a criança com o capuz vermelho! A fera também o viu e contornou a clareira, saltando naquela direção.

Jörg era um lobisomem, mas conseguia manter a mente humana focada na situação. Todos aqueles anos ele desejara salvar a irmã, e, quando finalmente estava a ponto de vingar-se, corria o risco de perdê-la! Não conseguira evitar que viesse, só atrasara sua chegada.

Correu para a avó transformada, que ia entrar na estrada da mata.

A menina gritou ao ver a loba à sua frente e o lobo atacando-a.

As duas feras rolaram entre os arbustos, e não demorou para que muito sangue manchasse o pelo branco. Quando os dentes do lobo largaram o pescoço da fêmea, o corpo resvalou para o chão. Ele se ergueu diante da vítima agonizante e rosnou, orgulhoso, seus olhos de lobo brilhando em vermelho. Vingara o pai. Salvaria a irmã.

A garota gritou de novo. Jörg sentiu que voltava a ser humano, e somente então percebeu o que estava *realmente* acontecendo. A irmã não gritara com medo da loba...

E a avó não saltara para atacar a neta, mas para protegê-la. *Dele.*

Enquanto sua mente processava isso, a garota correu para o corpo caído, que, nos últimos instantes de vida, retomava sua forma original. Ela afagou os cabelos brancos ensanguentados. Depois olhou para as próprias mãos manchadas de sangue e começou a lamber o líquido vermelho...

O rapaz não se conteve e gritou também.

– Fique longe dela! Era uma lobisomem, não entende? Você não sabe o que ela fez. Ela matou meu pai... nosso pai! Foi ela quem me passou esta maldição.

Mas a garota empurrou o capuz vermelho para trás, fitando-o com um ódio frio, calculado. Seus olhos brilharam no vermelho mais intenso que ele já vira. E Jörg soube que chegara tarde: a criança que amara, de quem se separara havia tantos anos, já estava contaminada.

– *Você* é que não entende! – declarou ela. – Não é uma maldição: é um dom. É o Chamado. Está no nosso sangue, irmão, e a cada dia o poder aumenta. Eu mal posso esperar pela força que se manifesta a cada lua cheia...

Ela sabia de tudo, sempre soubera. Nunca precisara ser salva. E tinha controle sobre o surto! Ia anoitecer, a lua já despontava, Jörg sentia o que ela denominara *Chamado* – a força do sangue exigindo sua transformação –, e a garota nem se abalava.

– Não – respondeu, combatendo a sensação. – Não desejo esse poder.

– Você não tem escolha, irmãozinho – disse a menina, aproximando-se dele. – Sei muito bem que sonha comigo, ouve a minha voz na sua cabeça. Pensa que é por acaso? Não, Jörg. Somos gêmeos. Nascemos da mesma mãe, no mesmo dia, mas eu nasci primeiro. Por isso comando sua mente, sempre estarei à sua frente. Quando tentou me enganar para não vir à casa da nossa avó, sabe por que eu voltei à vila?

Ele olhou para a trilha e vislumbrou luzes ao longe. Tochas. Sentiu o cheiro dos humanos.

– Isso mesmo – ela sorriu. – Fui avisar os homens de que vi o rastro de um lobo. Pena que não cheguei a tempo... – Olhou para o cadáver da mulher. – Mas ela já estava mesmo velha demais. É tempo de outra loba dominar esta região.

O rapaz tremia. Em segundos, ele tornaria a ser um animal.

– Não vou deixar, Bertha. Você é minha irmã. É uma vítima. Não pode ser como ela!

Já se ouviam as vozes dos homens a aproximar-se. Ela tocou o irmão no rosto e murmurou.

– Ah, mas eu nunca serei como ela. Serei rica. Morarei em palácios. Terei muito mais poder! E vou precisar da sua ajuda... só por isso vou deixar que vá embora. Quando eles chegarem vão caçar você, mas acho que conseguirá escapar, não é?

A lua exigiu, e a mutação se completou. O grande lobo negro estava diante da criança, fitando-a com os olhos faiscantes, tristes.

– Vá, agora – ela ordenou. – Despiste os caçadores. E nem pense em fugir para muito longe, porque eu o chamarei. Você sempre verá através dos meus olhos. E vai me obedecer, fazer tudo que eu quiser. Matará para mim.

A fera não tinha escolha: fugiu para a floresta.

Era a primeira vez, mas não seria a última que obedeceria aos comandos indesejados da irmã.

»»»»

A partir daquele dia, muita gente contaria a história assustadora da garota que usava um capuz vermelho e cuja avó foi morta por um lobo.

Durante horas, enquanto disparava estrada afora no rumo das montanhas, Jörg manteve os sentidos aguçados. Ouvia as vozes dos homens, o choro da menina, cães latindo, tiros disparados.

Correu a noite inteira por estradas desertas, impelido pelo desespero. Um pavor que nunca sentira antes o tomava.

O que Bertha lhe dissera era verdade. Ele sempre faria o que ela ordenasse.

CAPÍTULO 8

O FILHO DO MOLEIRO

Munique, dias atuais

– Deixe-me ver se entendi – disse Hector, respirando fundo. – A história que me contou aconteceu no século XVII... e com aquela senhora que está lá na clínica, em coma? Ela seria a menina do capuz vermelho, que deu origem ao conto popular?!

Lazlo Mólnar o fitou com seriedade, assentindo.

– Exatamente. Tenho certeza de que a senhora Mann, na verdade, é Bertha Hundmann. Ela e o irmão passaram décadas matando pessoas. Essa história me foi contada por William, que a ouviu da própria Bertha, há muito tempo. Eu a corroborei com pesquisas que fiz ao longo dos anos.

Os dois haviam feito uma refeição no *Viktualienmarkt*, no coração de Munique; estavam sentados a uma mesa no meio do mercado, pessoas indo e vindo ao seu redor. E Hector não podia acreditar que o médico húngaro tentava convencê-lo da realidade de um conto de fadas.

– O que o faz pensar que William disse a verdade?

– Ele foi meu paciente, assim como você. Por que mentiria para mim? Foi Bertha que o mordeu e lhe transmitiu o Fator L, transformando-o em lobisomem. Os irmãos Grimm sabiam de tudo; mas apenas Wilhelm Grimm acreditava nessa versão; Jacob não deixou que fosse publicada: eles usaram uma narrativa modificada pela tradição oral do povo germânico.

– Suponhamos, por um momento, que seu... *paciente*... não tenha mentido. Que a coisa da avó e do irmão gêmeo seja verdade. Como é que essa loba veio parar no século XXI, numa clínica de geriatria? Como pode ter certeza de que é a mesma pessoa?

Lazlo olhou para as árvores da praça do mercado dançando ao vento.

– Há indícios bem fortes. O principal é o brilho nas íris dela quando se zanga. Diferente de outros lobisomens, a íris dela reluz em cores que vão do amarelo ao vermelho. Poucos apresentam essa característica. É um efeito raro de certa variação do Fator L.

Intrigado, Hector lembrou-se de ter visto os olhos luminosos no adversário, em Londres e Buenos Aires. Porém nem Leonor nem ele mesmo apresentavam esse efeito... Mólnar sempre mencionara que os efeitos da licantropia se modificavam de acordo com o metabolismo de cada pessoa.

– Pelo que descobri – continuou o húngaro –, após a morte da avó a menina se livrou da mãe. Casou-se com um sujeito rico que morava perto de Marburg e teve um filho antes de enviuvar. William e os Grimm o conheceram como Maus Hundmann. Mas, ao que parece, ele não herdou a capacidade de mutação da mãe. O que não o faz menos perigoso...

Uma velha, sua neta, um lobo negro, um filho. Se William fora transformado no século XVII, matava havia muito mais tempo do que Hector imaginava! Era informação demais para digerir.

– E o *lobo mau* da história? – perguntou. – A irmã tinha mesmo controle sobre seu gêmeo?

– Sim. Reuni relatos sobre ele. Através dos tempos, o lobo negro foi o flagelo de várias regiões da Europa. Infelizmente, eu e William só sabemos seu nome de criança: Jörg. Nunca descobrimos que identidade usou de lá para cá. Ou se ainda vive.

– Uma narrativa fantástica demais para ser verdadeira – concluiu Hector, ainda incrédulo.

O outro suspirou.

– Tenho consciência disso – retrucou, fitando o rapaz com franqueza. – Por que acha que nunca lhe contei? E há meu juramento como médico: assim como mantive o seu segredo, mantive o de William. Mas eu teria lhe contado sobre Bertha antes se achasse que seria útil para você.

– E por que me contou agora? Não foi só porque eu o pressionei. – Hector percebia entrelinhas na fala do médico; ele não lhe contara tudo... havia mais. O que seria?

– Porque você tem de entender que William não é seu inimigo. E eu preciso que confie em mim, que me ajude em uma investigação sobre o filho *dela*. – Olhou o relógio de pulso e acrescentou: – Vamos para o consultório. Vou tirar uma nova amostra de seu sangue e falaremos mais sobre tudo isso.

Levantou-se, pronto para seguir para a estação de metrô mais próxima.

"Aquele monstro sempre será meu inimigo", pensou Hector, também erguendo-se. "E nunca mais confiarei totalmente em você... mas vamos ver o que quer de mim."

Os dois rumaram de volta a Marienplatz.

»»»»»»

O quarto estava vazio após a saída da enfermeira-chefe. Ela conferira o estado da paciente, inalterado nos últimos dias. Estava preocupada; não com o declínio da velha senhora, que morreria mais dia, menos dia – esse era o destino de todos os pacientes da clínica. O que a intrigava era o porquê de o diretor manter segredo sobre a família da mulher. E por que o oftalmologista continuava lá, se era provável que *Frau* Mann nunca mais abrisse os olhos?

Sem testemunhas, e como que desmentindo os pensamentos da enfermeira, a velhinha deitada estremeceu e um brilho intenso escapou de suas pálpebras semicerradas. Sua voz rouca soou baixinho, ninguém lá fora ouviria e perceberia que ela repetia palavras em português, ecos do que alguém dizia ou pensava a uma longa distância dali.

– A força do sangue é eterna... Hora de voltar à estrada.

O brilho cessou e ela abriu completamente os olhos. Ergueu um dos braços magros e olhou para as veias que apareciam por sob a pele fina. Pequenas manchas prateadas reluziram em suas artérias; isso fez a mulher sorrir e sussurrar, em alemão.

– *Wilkommen.* Bem-vindo. Logo... logo terei forças para matar o filho do moleiro.

Tivera uma visão? Um sonho? Não, aquilo fora real. Muito longe dali, naquela mesma hora, dois homens tinham se falado, e daquela conversa fluía vida para sua mente e seu corpo. A ligação fora restabelecida, agora ela podia descansar.

A doente fechou os olhos e adormeceu. No instante seguinte, uma enfermeira abriu a porta do quarto e foi conferir os aparelhos. A moça franziu a testa, confusa.

– Ela saiu do coma? – a enfermeira-chefe entrou também, ansiosa.

– Não, senhora – foi a resposta. – O monitor da enfermagem desta ala deve estar com defeito. Acusou um pico na atividade cerebral... mas quando cheguei aqui tudo estava inalterado.

– Deve ter sido um mau funcionamento – concluiu a outra. – Nem vou alarmar os médicos.

Ambas checaram todos os instrumentos e em seguida voltaram a seus postos.

A paciente voltara ao coma; agora sonhava com dentes, garras e sangue.

»»»»»»

No consultório, o telefone tocou e Mólnar atendeu. Era Otto quem estava ligando para avisar que haviam chegado os resultados dos exames que ele pedira ao tal laboratório especializado. O médico húngaro agradeceu e desligou.

Hector vestia-se por trás de um biombo e o ouviu. Havia passado por mais uma coleta de sangue e um exame geral.

– O que espera encontrar nesses exames, Lazlo? O que eles têm de tão especiais?

– Pedi que mapeassem o corpúsculo estranho que isolei, o que está matando *Frau* Mann. Meu palpite é de que se trata de um vírus artificial... A análise deles me dirá se pode ou não ser isso.

Aquilo capturou a imaginação do escritor. Um conto de fadas? Não: um de ficção científica!

– Você acha que alguém deliberadamente desenvolveu um vírus para atacar lobisomens?

– Sim, fabricado a partir do Fator L. Para infectar e acabar com os portadores da licantropia.

O médico não viu a expressão sombria do rapaz, ainda atrás do biombo.

“Quem desejaria exterminar licantropos, a não ser um caçador? *Um lobisomem que caça lobisomens e os executa?*” – foi a conclusão de Hector, enquanto o outro continuava falando.

– Além disso, esses exames podem corroborar algumas das minhas teorias sobre o Fator L. Sempre me intrigou o fato de que nem todos os portadores manifestam a mutação. Como a moça que quase o matou, Alba, além de Maus, o filho de Bertha. Eu mesmo senti esse efeito na pele. Quando voltar a Budapeste, vou conferir meus registros sobre os corpúsculos e comparar com os exames mais recentes. Se descobrir o que causa a imunidade, posso até desenvolver vacinas e...

Ele não parava de falar, entusiasmado, mas tudo a que Hector atentou foi a frase *"eu mesmo senti esse efeito na pele"*. Seus olhos se arregalaram. Seria possível?

Saiu de detrás do biombo; o húngaro, que acabava de tirar o jaleco branco, aparentava uns cinquenta anos. Conhecera-o no início dos anos 2000, ao pesquisar artigos sobre o que fora chamado, no passado, de Mal da Lua; após trocarem cartas, fora à clínica de oftalmologia em Budapeste e, com relutância, confessara ao médico sua condição. Ele aceitara o fato tranquilamente, pois já tratara de outros lobisomens. Em 2003, ajudara-o a forjar, na Hungria, o enterro de um suposto pai, para assumir a nova identidade e tomar posse da herança dos Wolfstein. Juntos, acharam os versos folclóricos que levaram ao ritual...

E somente agora Hector notava que Mólnar envelhecera muito pouco naquele período. Seria a frase dita distraidamente a revelação de um grande segredo?

Postou-se diante dele, alterado. Não sairia dali sem saber a verdade.

– Lazlo, não minta para mim. *Em que ano você nasceu?*

Suas suspeitas se confirmaram ao ver o olhar apavorado do outro, que recuou e deixou-se cair sentado na única cadeira do consultório.

– Você também é portador de Fator L! Mas não se transforma. E nunca me disse nada...

– É uma história muito longa – murmurou o médico.

Hector fingiu ter paciência.

– Temos tempo. E você me deve essa.

Resignado, Mólnar admitiu o que só uma outra pessoa sabia.

– Nasci em 1860, num vilarejo a norte de Pest. Meus ancestrais eram moleiros, trabalhavam num moinho de grãos. Apesar de meu pai ter abandonado a profissão, o nome de família permaneceu: Mólnar significa *moleiro*. Em inglês é Miller.

Um novo assombro tomou conta de Hector. Conhecia aquele nome.

– Houve um médico... Eu me lembro... Alguma coisa sobre minha mãe.

– Foi em 1895. Você tinha sete anos e veio com Leonor para Budapeste. Eu tinha trinta e cinco, já praticava a oftalmologia e tratei de uma alergia que teve. Naquele verão... Bem, você sabe a história.

Muita coisa começou a fazer sentido na cabeça do rapaz.

– Você estava lá quando minha mãe foi atacada por William! Foi ele que o contaminou?

– Não, foi Bertha Hundmann. Ela e o filho estavam atrás de mim, queriam me matar para que eu parasse de pesquisar e publicar artigos sobre o Mal da Lua... William me salvou, transformou-se e lutou com ela, mas não podia vencê-la. No meio do surto, sem saber o que fazia, ele atacou os Wolfstein.

Para Hector, relembrar tudo aquilo foi como reabrir à faca uma ferida quase cicatrizada.

– Você sabia muito sobre licantropia. Não poderia ter tratado minha mãe, como tratou de mim e de William? – perguntou.

– Poderia, se seu pai tivesse deixado. Mas John Wolfstein a levou de volta para a Inglaterra e nunca aceitou minhas tentativas de contato. Cheguei a ir a Bath e a Londres à procura deles; seu pai descobria com antecedência e viajava com Leonor. Ele não me culpava diretamente, tinha visto o ataque da loba e o que William fez. Mesmo assim, excluiu-me da vida de sua família.

– E você era a única pessoa que podia ajudá-la... – O rapaz suspirou.

– Por isso me empenhei em ajudar você. – O médico se levantou, aproximando-se dele. – Não foi por acaso que leu meus artigos. Eu sabia que Leonor contaminara o filho. Consegui seu endereço em Londres e fiz um dos meus textos publicados chegar às suas mãos. Você se interessou e me procurou. Àquela altura eu já tinha aprendido mais, buscava o ritual para acabar com a licantropia.

Ficaram em silêncio por um tempo. Ambos sabiam que muita coisa mudaria entre eles agora. E, embora Hector ainda não confiasse inteiramente no outro, grande parte de sua relutância se fora.

Ia fazer mais perguntas, porém bem nessa hora seu celular tocou. Nem se lembrava de quando o religara... Estava tão perturbado pelo que ouvira que se esqueceu de ignorar as chamadas e atendeu automaticamente.

Ouviu uma voz familiar, entrecortada. Custou a perceber que era Natália.

– Daniel, preciso de você aqui e agora! Acabo de ser atacada por um lobisomem que não é afetado pela lua cheia! E tenho na mira um suspeito que atira projéteis de prata... Onde você está?

Não teve tempo de responder, pois a ligação caiu. Ficou olhando para o celular, sua cabeça rodando. Por isso Natália e Damasceno tentavam contatá-lo: o caso atual tinha a ver com lobos!

– O que foi? – perguntou Lazlo, vendo sua expressão de alarme.

– Você tinha razão. Tenho de voltar para casa.

Não disse mais nada, procurando o registro da chamada para retornar o telefonema.

»»»»»

Porto Alegre

Ao perceber que a ligação caíra, Natália pôs o celular no bolso e segurou a pistola com as duas mãos. Devia passar das sete, e o céu já estava claro com os raios de sol da manhã.

– Você tem me seguido por toda parte. Sabe mais do que revela sobre esses crimes... Fale, jornalista. Tem muito que explicar!

Liam Jaeger, contudo, não parecia nem um pouco disposto a dar informações.

– Não creio que sejam o local e a hora adequados para revelações. Aquele lobo... Eu já o encontrei. É um dos lobisomens mais perigosos de todos, porque não precisa da lua cheia e domina o processo de mutação.

– E você? – ela inquiriu. – Precisa do poder da lua?

Foi com um sorriso irônico que ele respondeu.

– Aprendi a controlar alguns impulsos. E a confiar no meu sangue. Seu amigo Wolfstein deve ter explicado como as coisas funcionam.

Ela notou que, àquela altura, os ferimentos causados nele pela queda e a luta não existiam mais. Sua autocura era extremamente eficaz, o que provava que era um lobo poderoso.

O celular da agente tocou. Ela o pegou no bolso, ainda mantendo a mira firme.

– Atende logo! – incentivou Liam, cinicamente.

– Daniel? – disse ela, num suspiro de alívio.

– O que está acontecendo, Natália? Onde você está?

– Arredores de Porto Alegre, no Rio Grande do Sul. E você?

– Budapeste, Hungria. Vou para casa o mais depressa possível. O que foi que você disse sobre lobisomens?

– Olha – ela suspirou –, é muita coisa para contar agora. Leia o material que enviei para o seu e-mail. Depois disso nos falamos... No momento, estou segura.

Desligou sem nem mesmo despedir-se. Saber que ele viria já a tranquilizava. E tinha um possível lobo com quem lidar, um que a olhava com ironia, sem se importar com a pistola diante de si.

– Não quero apontar o óbvio, agente Sorrent. – Ele bocejou. – Mas o lobo negro tem duas balas de prata no corpo: ele vai ter de usar suas reservas de força para não morrer. E eu estou cansado. Seu carro está sem condições. Se quiser uma carona para Porto Alegre, venha... Com pouco trânsito, chegaremos logo.

O sotaque carioca, que antes achara charmoso, agora a irritava. Porém sabia que ele tinha razão. Poderia ligar para a delegacia de Arroio dos Ratos ou mesmo da capital... e o que diria? Precisava pensar no que seria possível revelar aos policiais. Hesitou, e ele a encarou, impaciente.

– Se eu quisesse que você morresse, Natália, não teria interferido no ataque do lobisomem. Quer você admita ou não, o fato de eu estar na sua cola hoje salvou sua vida.

– Muito bem – decidiu ela, guardando a arma e ajeitando a bolsa que ainda levava a tiracolo. – Vamos para Porto Alegre. Se é que essa moto ainda consegue rodar.

– Ela é tão dura na queda quanto eu – comentou o rapaz.

De fato, ele ergueu a motocicleta e deu a partida na chave. O motor funcionou perfeitamente.

– Não esperava levar passageiros. É melhor você usar meu capacete – propôs o jornalista. – A essa hora não devemos ser parados... e, se eu for multado, paciência, pago a multa e pronto.

Ela não respondeu. Pegou o capacete, prendeu-o sob o queixo e saltou na garupa da moto.

Enquanto rodavam na direção da BR-116, ela tentava reprimir o tremor que a invadia.

Não era frio, não era medo. Talvez fosse a proximidade do corpo dele... mas Natália jamais admitiria isso. Atribuiu o tremor ao choque causado pelas emoções que enfrentara naquela madrugada.

CAPÍTULO 9

PARTIDAS E CHEGADAS

Munique
8 de maio, quinta-feira

A falta de sorte parecia retornar à vida de Hector. Não apenas não conseguiu uma passagem para a América do Sul para aquele dia, como sentiu os sintomas retornarem. No final da tarde da quinta-feira, enfiou-se no quarto do hotel, tentando controlar o surto que se aproximava.

Tinha muito em que pensar. Lazlo lhe pedira ajuda para localizar o filho da suposta Bertha, o tal Maus Hundmann; não tinha seu telefone ou endereço, mas sabia que podia estar no Brasil, já que o banco que cobria as despesas da clínica era brasileiro. Hector ainda não acreditava que a mulher da história e a paciente de Munique eram a mesma pessoa, mas prometeu ajudar.

Naquela noite não dormiu, fazendo os exercícios que o médico recomendara. Respiração profunda, controle dos batimentos cardíacos... Mentalizava sua corrente sanguínea e comandava os corpúsculos no plasma para que não se multiplicassem.

A sexta-feira já amanhecia quando o surto passou. E ele conseguiu adormecer.

Sonhou com uma noite alegre, que acontecera havia alguns meses: o lançamento de seu último livro em São Paulo. O evento atraiu muito público à livraria e Ana Cristina estava feliz, em seu vestido chique de grávida. Naquele dia, ele quase a perdoara...

Nenhum dos dois imaginava que, pouco depois, alguns corpúsculos em seu sangue de lobo trariam tanta incerteza para o futuro de ambos – e da criança.

»»»»»»

Porto Alegre
8 de maio, quinta-feira

A mensagem no computador era lacônica: *"Seguem as informações pedidas sobre o escritor"*. Vinha acompanhada por um relatório e vários anexos: biografias retiradas de livros, artigos acadêmicos, notícias de jornais e revistas, fotografias.

A ampliação de uma das imagens arrancou uma exclamação de surpresa e um brilho nos olhos de quem mirava a tela. Era uma nota sobre o lançamento de um livro. Na foto, o autor autografava um exemplar e a esposa sorria para a câmera, com a mão no ombro dele. A definição era boa, e dava para perceber a gravidez da moça. Ainda mirando a foto, o observador acionou o telefone celular.

– O que você quer? – soou a voz mal-humorada que atendeu a ligação. – Já expliquei o que aconteceu, estou me recuperando.

– Por que só agora eu soube que a mulher do escritor vai ter um filho? – A pergunta soou como uma acusação.

– Não imaginei que fosse relevante.

Uma risada tomou conta da sala escura em que a única iluminação vinha da tela do computador.

– Não te cabe imaginar nada, a esta altura – vociferou a pessoa, ao parar de rir. – Mas eu, agora, imagino sem parar o potencial que o sangue dessa criança terá para as minhas pesquisas!

– Quer dizer que... – A voz do outro veio com um suspiro cansado.

– Isso mesmo. Dê um jeito de atrair a presa, e depressa! – ordenou. – Mandarei Heinz ajudá-lo. Quero o bebê, de preferência ainda no ventre da mãe.

E desligou, voltando a encarar a foto com um sorriso.

»»»»»

São Paulo
9 de maio, sexta-feira

O sonho era tão real que Ana Cristina sentiu como se tivesse voltado no tempo.

Estava na livraria da avenida Paulista, ao lado do marido, orgulhosamente vendo-o autografar a enorme pilha de livros. O evento fora um sucesso, a foto do casal saíra em vários jornais e revistas, o editor dizia que as vendas tinham sido excelentes...

No instante seguinte ela acordou, sentindo o chute da bebê na barriga.

– Menina inquieta – resmungou, sentando-se na cama. – Ainda nem amanheceu!

Apesar de ser cedo, a jovem mãe estava com fome. Decidiu caprichar no café da manhã.

– Vamos lá, garota – disse à filha. – Mas depois de comer, vamos para o computador.

Meia hora depois sentia-se bem e de bom humor. Infelizmente, ao abrir a caixa de mensagens viu um e-mail que instantaneamente lhe transmitiu uma sensação gelada.

“Quem me mandou isso?”, perguntou a si mesma, perplexa.

Era uma mensagem de “Ana Cristina” para “Ana Cristina”. Alguém havia hackeado sua conta! O título era *A F-T corre perigo*. E dizia:

> *Cuidado! Os assassinatos em PoA estão ligados às fases da lua, e há membros da lei envolvidos para atrapalhar as investigações. Não confie em ninguém. Todos na F-T estão ameaçados.*

Ana entrou em pânico. F-T era a força-tarefa, claro. Incluía inicialmente seu pai, Irineu, Damasceno, Hector, o delegado Monteiro e Natália. PoA era Porto Alegre. E o fato de alguém saber que os assassinatos estavam relacionados à licantropia era preocupante.

Sem mencionar a denúncia de que pessoas na própria polícia teriam culpa na história: *membros da lei envolvidos...*

– O que eu vou fazer? – murmurou, apavorada.

A filha na barriga pareceu ouvi-la; moveu-se suavemente, como se tentasse acalmar a mãe. Ana respirou fundo. Desligou o computador: sua conta estava comprometida

Levantou-se e andou pela sala, inquieta. O que a mensagem dizia poderia ser mentira. Porém, se fosse verdade... Ao juntar aquela informação a tudo que já havia lido, tinha diante de si uma trama complexa e perigosa – para Hector, para os membros da força-tarefa e, principalmente, para Natália. A agente estava sozinha em campo e poderia ser traída por alguém em quem confiava.

Ana sempre tivera ciúme da policial, que nunca escondera uma quedinha por Hector – ou Daniel, como ela o chamava. Naquele momento, porém, preocupou-se com ela; suspeitas diversas passaram por sua mente. Seria paranoia? E se a traição e a culpa estivessem mais perto do que se imaginava? Descartou a ideia de ligar para o pai; e não conseguiria contatar Hector.

Restava uma alternativa.

"Vou falar com Natália", decidiu. Mas não usaria sua conta de e-mail nem o telefone fixo, que poderia estar *grampeado*. Num impulso, reinicializou o computador, com o cuidado de não abri-lo com seu próprio perfil, e sim com o do marido.

A caixa de e-mails dele continuava cheia de mensagens supostamente não lidas. Conferiu as horas. Sabia que sua agente de viagens costumava estar on-line desde cedo; digitou um pedido urgente e ficou aguardando a resposta, que veio poucos minutos depois: opções de passagens áreas rumo à capital gaúcha para embarque no dia seguinte, 10 de maio. Ana Cristina viu um voo que a agradou e decidiu que passaria na agência para fazer a compra pessoalmente.

A bebê estava quieta, agora. E ela se sentiu melhor após combater o pânico. Não ficaria sentada em casa, preocupando-se: ligaria para a obstetra, faria uma consulta extra para checar o estado da filha. Iria à agência. Dormiria em um hotel e pela manhã estaria no aeroporto.

Foi arrumar uma mala pequena, com rodinhas, que não seria difícil carregar. Sorria da própria esperteza, pensando que ninguém deveria subestimar uma mulher grávida.

»»»»»

Porto Alegre

Era como um sonho – ou pesadelo, na verdade. Apesar dos períodos de inconsciência, provocados por drogas, Anette forçava a mente a fazer cálculos. Devia estar no cativeiro havia uns três dias, e uma espécie de rotina se estabelecera: o sequestrador entrava, cortava sua pele, colhia seu sangue. Um rapaz o ajudava, e nem sempre usava máscara... Ela conseguira ver parte de seu rosto.

Depois da remoção do corpo de seu vizinho de cela (ou seria vizinha?), a moça fingia estar resignada a maior parte do tempo. Fazia-se de tola, para que não desconfiassem de que ela captava o máximo possível de informações.

Naquela manhã, essa atitude foi valiosa para a prisioneira. Eles não a cortaram; após recolher mais um tubo cheio de sangue, diretamente de uma das veias, o sequestrador, sempre com o rosto oculto, abriu as pálpebras semicerradas da vítima com as luvas cirúrgicas; Anette conseguiu manter o olhar baço, distante. E escutou a voz do rapaz atrás de si perguntando:

– Ela está bem, *Herr Doktor*?

Ouviu um grunhido em seguida. O vulto mexeu na bolsa de soro e imediatamente a moça sentiu a tontura que precedia a invasão, em seu sistema, de mais soníferos. Só teve tempo de ouvir a segunda voz responder:

– Está fraca e apática, mas vai viver. Será ótimo estudar suas reações na lua cheia. E agora é bom que durma, para nos concentrarmos em recepcionar a nova hóspede.

Naquele ponto, ela adormeceu.

»»»»»»

Munique, dias atuais
9 de maio, sexta-feira

Hector enfiou as roupas na mala de qualquer jeito. Dormira até tarde e agora não tinha tempo a perder. Pelo menos sentia-se bem, não havia sinal de retorno dos surtos.

Na recepção do hotel, enquanto faziam o *check-out* e chamavam um táxi para o hóspede, pediu que imprimissem o *e-ticket* da passagem que comprara. Embarcaria à noite, conseguira um voo direto para São Paulo. Antes, passaria pela clínica. Ele e Lazlo fariam um almoço tardio.

No táxi, ficou olhando para o celular. A quem deveria avisar sobre sua volta? Decidiu que a situação mais urgente era a de Natália. Tentara ligar para ela naquele dia, sem ser atendido. Digitou *"Estou a caminho"* e enviou a mensagem, esperando que o celular funcionasse.

Então relaxou e passou a pensar no que diria a Ana Cristina sobre tudo que estava acontecendo.

»»»»»»

Porto Alegre, dias atuais

O secretário da delegada encontrou Rodrigo reclinado na cadeira, olhando para o teto. Ele parecia não ter descansado nada naquela noite, tamanho era seu ar de ansiedade. Na tela do computador, dezenas de janelinhas abertas atestavam o ritmo de trabalho do investigador.

– Virou a noite trabalhando? Parece que tu não dorme faz uma semana – comentou o rapaz.

O policial espreguiçou-se, pegou uma caneca de café com a mão esquerda e, com a direita, começou a fechar as abas de trabalho abertas na tela.

– Quase isso – respondeu.

– A doutora Laura pediu para te chamar – disse o secretário. – E na sala dela tem café fresco, ninguém merece café frio!

Concordando, Rodrigo abandonou a caneca; precisava não apenas de café, mas de uma boa caminhada. Fazia tempo que não ia correr na Redenção, como era seu costume antes que toda aquela encrenca tivesse início. Fechou o *notebook* e foi para a sala da delegada.

Laura gostava do investigador. Mesmo assim, algo que não conseguia definir a impedira de apoiar sua promoção para subdelegado, o que resultara na indicação de Aluísio. Sempre se perguntava se tomara a decisão correta.

Nesse dia, podia ver que ele estava à beira da exaustão. Serviu-lhe café e perguntou, direta:

– Está tudo bem, Rodrigo? Nunca o vi tão cansado.

O rapaz tomou um grande gole do café antes de responder.

– É o trabalho, doutora Laura. Aliás, preciso me desculpar pelo sumiço de ontem. Tive de resolver um problema familiar. Por que a senhora me chamou? Alguma novidade no caso?

Ela o avaliou por um instante. Olheiras tão fundas não eram comuns aos quarenta anos.

– A agente Natália teve problemas com a viatura ontem, perto de Arroio dos Ratos, custou a voltar para a cidade. Hoje cedo o Aluísio teve de mandar um guincho ir buscar o carro na estrada.

– Ela está bem? – O investigador pareceu alarmado.

– Sim. Pelo que entendi, foi uma falha mecânica. A agente ligou hoje cedo do hotel, avisando que ia descansar durante a manhã. Então... prevejo uma sexta-feira calma. Por que você também não vai para casa? Cuide da sua família.

Com um agradecimento, ele voltou para seu cubículo. Olhou para o computador e sentiu uma imensa preguiça. Laura estava certa, devia descansar. Mas antes precisava tomar uma providência.

Separou alguns papéis e fotografias em sua mesa, guardou-os no bolso do casaco e pegou o celular. Hesitou um pouco, até que acabou teclando um número em seus contatos.

– Sou eu – disse, assim que foi atendido. – Olha, tenho de resolver assuntos de família hoje, mas preciso que tu me ajude com uma coisa. É importante.

Saiu ainda falando ao celular, dando instruções detalhadas. Acenou para Aluísio, que entrava no momento em que ele saía, mas continuou sua conversa até ver-se na rua.

»»»»»

O rapaz pousou os olhos claros nos envelopes espalhados sobre a mesa.

– A organização – disse uma voz atrás dele – é tudo. Pode arquivar estes.

Heinz obedeceu com o mesmo fervor com que obedecera a ordens bem mais complexas e perigosas. Foi empilhando os envelopes por ordem alfabética e colocando-os na prateleira à sua frente. Sabia que, em cada um, havia dados preciosos: datas, nomes, resultados de exames de sangue. *Herr Doktor* era *gründlich*... minucioso.

Guardou os que levavam os nomes *Becker, Schmidt* e *Weber*. Um outro, porém, parecia vazio e estava discriminado como *Wolfstein*. O rapaz voltou-se para o outro, mostrando o objeto.

– Deixe esse de lado – foi a nova ordem. – Logo teremos dados para inserir nele. Por falar nisso, quando terminar a arrumação, vá à minha sala e pegue as chaves do carro. Amanhã cedo deve ir a Floresta para que ele use o furgão. Não sei o horário certo ainda, ele vai se comunicar com você para falar sobre isso e sobre a *encomenda* que devem me trazer. Agora vou sair. Até amanhã.

O rapaz cumprimentou-o com a cabeça e continuou a organizar a prateleira, deixando o último envelope de fora. O outro se foi, assobiando. Parecia extraordinariamente satisfeito.

»»»»»»»

Algum ponto sobre o Oceano Atlântico, dias atuais
Madrugada de 9 para 10 de maio

O ronco do avião não costumava impedir Hector de dormir em suas viagens, mas desta vez ele pretendia passar a noite acordado. Embarcara num voo noturno de Munique para São Paulo; e os recentes acontecimentos lhe davam muito em que pensar.

"Ao menos os sintomas passaram", suspirou. O Fator L parecera sumir depois dos últimos exercícios que fizera. Sentia-se seguro para voltar para casa após oito dias na Europa. E, se precisasse falar com Lazlo, ligaria para a clínica.

Desligara o celular. As tentativas frustradas de falar com Natália novamente fizeram com que olhasse o material que ela lhe mandara; porém, era muita coisa, e o velho aparelho que estava usando travava a toda hora. Também tentara falar com Damasceno e não fora atendido.

"Tenho de comprar um celular novo", matutou.

Veria Ana Cristina em São Paulo e lhe contaria tudo; em seguida viajaria a Porto Alegre.

O voo não estava lotado e ele não tinha vizinhos de assento. Pegou seu velho caderno de anotações na bagagem de mão. Registraria o que Lazlo lhe contara, a história da mulher que estava em coma. Era difícil acreditar naquilo ou que o médico fora infectado por ela, assim como William.

Fechou a cara ao pensar que Mólnar, afinal, não lhe dera motivos para deixar de odiar o lobisomem que condenara Leonor a um destino tenebroso; apesar das confissões, sabia que o húngaro ainda ocultava algo. Contudo, o escritor concordara em aguardar até que obtivessem dados reais sobre a evolução do suposto vírus artificial. Também prometera ajudar a descobrir mais sobre o filho da tal Maria Mann, ou Bertha Hundmann, como Lazlo acreditava que se chamava.

– E vou continuar caçando você, lobo – murmurou, com um bocejo.

Afinal, concluiu que não adiantava ficar pensando. Era melhor tentar dormir.

»»»»»»»

Aeroporto Internacional de Guarulhos, São Paulo, dias atuais
10 de maio, sábado, seis horas da manhã

Hector ignorou as esteiras de bagagem, pois viajara apenas com a mala de mão. Desviou-se da fila do *Free Shop* e se encaminhou para a saída do *Nada a Declarar*. Com pressa, do desembarque foi para o andar das lojas. Mesmo sendo sábado, esperava que abrissem cedo. Precisava de um celular.

Assim que o aparelho novo deu sinal de vida, demonstrando que o velho chip funcionava perfeitamente, ligou para casa e teve a desagradável surpresa de ouvir o bipe da secretária eletrônica. Franziu as sobrancelhas, intrigado. Ana Cristina só ligava aquilo quando viajavam.

Tentou o celular da esposa e caiu na caixa postal. Teclou o contato de Damasceno: o mesmo aconteceu. Estava prestes a telefonar para a casa dos pais de Ana e despertar a ira da sogra, dona Ludmila, que detestava acordar cedo nos fins de semana... quando o aparelho em suas mãos vibrou. O telefone novo não reconhecia o número.

Atendeu e teve a surpresa de ouvir a voz do sogro. Irineu Sanchez de Navarra, o famoso advogado, parecia aflito.

– Daniel, finalmente consigo encontrá-lo! A Ana Cristina está com você?

– Comigo? Não, doutor Irineu. Estou no aeroporto, acabo de voltar de... uma viagem de pesquisas. Liguei lá para casa agora mesmo e acho que ela não está.

O homem bufou.

– Ana Cristina não está em lugar nenhum! Deixou um recado com a Luziete hoje, muito cedo, dizendo que ia viajar e que não era para nos preocuparmos. Mas como não vamos nos preocupar? Falta tão pouco para o bebê nascer!

– Eu pedi para ela ficar com vocês enquanto eu viajava...

– Você conhece aquela menina, teimosa como sempre – foi a resposta do advogado. – Só faz o que lhe dá na telha. Por acaso você tem falado com a Natália ou o Damasceno?

– Recebi mensagens da Natália, está em Porto Alegre trabalhando num caso e pediu minha ajuda. Quanto ao Damasceno, não consegui contatá-lo.

– Ele anda adoentado – mais um bufo do outro lado da linha. – E nem o Monteiro pode ajudar, foi para um congresso em Brasília. De qualquer forma, veja se descobre onde está minha filha, sim? Ludmila vai ficar alucinada quando acordar e souber que ela cismou de viajar.

Prometendo localizar Ana Cristina, Hector desligou. Estava com um mau pressentimento e sentia-se culpado por tê-la negligenciado, ainda mais às vésperas de dar à luz... Mas o que poderia ter feito quando os surtos o surpreenderam?

Olhou os registros de todas as ligações que recebera naquela semana; Ana também tentara ligar para aquele número, assim como Natália. Mas suas tentativas não eram recentes.

Teve uma ideia. Acessou a conta de e-mail da esposa pelo celular novo.

"Ana sempre foi boa para olhar as mensagens dos outros", sorriu consigo mesmo. "Só não sabe que eu aprendi com ela e que conheço suas senhas." O assunto predominante na caixa de mensagens da esposa era a pesquisa do mestrado; porém, ao olhar os registros da véspera, ele encontrou um e-mail suspeito. Mencionava os crimes de Porto Alegre e insinuava que *membros da lei* estavam entravando as investigações!

"De onde veio isso?", perguntou-se. "Por que alguém mandaria algo sobre o caso para *ela*?"

Conectou-se à sua própria caixa postal, para ver se a mensagem anônima também lhe fora enviada. Logo viu que não, porém encontrou outra coisa inusitada.

– Uma mensagem da agência de viagens de que a Ana é cliente. – Sorriu. – Ela achou que seu e-mail não era seguro, por isso usou o meu!

Abriu o texto: continha uma lista de voos para Porto Alegre saindo naquele sábado.

– Você vai para o Rio Grande do Sul hoje? – murmurou, espantado.

Uma resposta possível estava no e-mail anônimo. Dizia que os membros da força-tarefa corriam perigo, e Ana Cristina podia pensar que ele estivesse no Sul. Tentou de novo ligar para o celular da esposa, sem sucesso. E tornou a olhar as opções que constavam no e-mail da agência: só voos matinais. Qual ela escolheria? Hector supunha que ela embarcaria de Congonhas.

Levantou-se, pegou sua mala e foi olhar o luminoso com as próximas partidas de Guarulhos. Havia um avião saindo para Porto Alegre às oito horas.

"Vou embarcar nesse voo, custe o que custar", decidiu, indo para o balcão da companhia.

Não custou tanto. Em meia hora estava na sala de embarque, com passagem comprada, *check-in* feito e o *voucher* de uma reserva de carro alugado para pegar no aeroporto Salgado Filho. Então escreveu uma mensagem para a esposa.

"É sábado de manhã. Cheguei ao Brasil e vou embarcar para PoA. Sei que está indo também. Encontre-me no hotel onde ficamos no ano passado durante a feira do livro. Saudades..."

Havia assinado "Daniel", mas voltou atrás e apagou o nome. Digitou "Hector".

»»»»»

Porto Alegre, dias atuais

A moça que passou apressadamente pela rua Riachuelo parecia ter menos de trinta anos. Ela não prestou atenção ao hotel e andou para o quarteirão seguinte. Lá, uma plaquinha identificava o prédio como a Biblioteca Pública Estadual de Porto Alegre. A entrada parecia limpa, embora uma parte do local estivesse fechada, aparentemente em reforma. Um cartaz nesse ponto dizia *Entrada proibida*.

O segurança a interpelou, mas liberou o caminho ao ver o crachá de Bibliotecária Assistente. Ela entrou, notando que havia pouca gente trabalhando na recuperação do prédio, que tinha alas desativadas para restauro. Talvez por ser sábado... Passou por salas já restauradas e foi a uma salinha nos fundos, cheia de móveis cobertos por lonas. Lá, um senhor que fazia anotações em uma prancheta fitou-a, surpreso.

– Bom dia, dona Fabiana. Pensei que a senhora não trabalhasse sábado de manhã.

– E não trabalho – foi a resposta, acompanhada de um sorriso. – Atendo no setor de pesquisas só à tarde. Vim aqui hoje porque preciso ver se acho um material específico para um pesquisador. O senhor sabe, muita coisa não foi para o centro cultural.

Era verdade. Fazia tempo que parte do acervo da biblioteca fora alojada temporariamente num andar da Casa de Cultura Mario Quintana, próximo dali. No entanto, no prédio histórico restava muita coisa antiga para ser catalogada; só algumas salas tinham sido liberadas para eventos.

– Bah, tem coisa aí que não acaba mais – disse o homem, indicando uma das salas, lotada de estantes e de caixotes, livros e pastas. – Boa sorte. A senhora vai precisar...

Fabiana suspirou, desanimada. Prometera buscar certos registros históricos e tinha uma vaga ideia de onde estariam guardados. Mesmo assim, concluiu que *sorte* não seria o bastante.

– Preciso é de um milagre – resmungou, entrando na primeira sala.

»»»»»

Natália acordou no sábado pela manhã sentindo-se quase refeita. Nunca dormira tanto na vida, e só esperava que naquele intervalo de tempo não tivesse havido mais mortes.

“Se achassem outro corpo, eles me avisariam”, concluiu, levantando-se.

Depois do encontro com o lobo negro, na noite de quinta para sexta-feira, ela ligara para a delegacia – justificara a situação como *um acidente* – e tirara a manhã de folga. Apenas à tarde fora até lá e não encontrara nem Aluísio, nem Rodrigo. Doutora Laura informara que o subdelegado fora à oficina mecânica. O seguro fora acionado e já deviam ter trazido o carro; quanto ao detetive, ela lhe dera o dia de folga para tratar de problemas particulares.

Não havia novidades no caso, e cada vez mais a agente desconfiava de todos que a cercavam. Guardava para si mesma as descobertas que fazia. Rodrigo já despertara suspeitas antes, e agora ela começava a cismar também com Aluísio e Laura.

"Como aquele lobisomem sabia onde eu estava?", perguntava-se. "Liam me segue há um tempo, mas pouca gente sabia que eu ia a Arroio dos Ratos naquela tarde. Então... como o lobo me encontrou? Faro? E por quê? Por que o *lobo mau* quer acabar comigo?"

Precisava falar com Jaeger, mas não achava que ele ainda estivesse no mesmo hotel que ela; fora embora depois de deixá-la na rua Riachuelo. Outro suspeito. Esperaria que a procurasse.

A única coisa que a animara fora a mensagem de Daniel dizendo que estava a caminho. No final da tarde da sexta-feira, ela havia ido ao Cidesi. Tinha um encontro pré-marcado com o senhor Farkas, e o velhinho se mostrara decepcionado quando ela dissera que a lista de organizações e cooperativas que ele lhe passara não havia resultado em nada. Ela não conseguira ligar as empresas a nomes de pessoas reais.

Prestativo como sempre, ele prometeu aprofundar a pesquisa sobre as cooperativas, mas só o que encontraram de útil naquele dia foi um livro antigo sobre velhos cemitérios do RS. Ela o trouxera para o hotel e passara parte da noite comparando imagens do livro com as velhas fotografias. Fora dormir achando que sonharia com enterros em preto e branco...

Após o café da manhã, afastando da mente as imagens sinistras, desceu para a recepção e conversou com os funcionários do hotel sobre o caso de Anette. Ninguém tinha novidades, embora o gerente estivesse em contato com a divisão de pessoas desaparecidas da cidade.

Pensava em ir para a delegacia quando viu, pela porta de vidro da recepção, Daniel saltar de um carro estacionado e entrar apressadamente.

– Custei, mas cheguei. – Ele sorriu, andando em direção à agente.

Ela não respondeu porque, no mesmo instante, uma pessoa veio pela outra entrada da recepção, que dava no corredor do shopping, e parou a alguns metros dela.

– Isso é que é *timing*. – A voz de Liam chamou sua atenção.

Passou o olhar de um recém-chegado para o outro e percebeu que nenhum deles a fitava. Daniel e Jaeger olhavam-se. O jornalista com uma expressão de zombaria; a do escritor era de ódio.

No segundo de silêncio que se fez, ela concluiu não apenas que eles se conheciam, mas que havia uma história complicada entre ambos. Tentou quebrar o clima de tensão com uma apresentação.

– Daniel, este é o Liam. Ele é jornalista e...

– Bom dia, Hector – disse o rapaz, interrompendo-a. – Se teremos uma apresentação formal, acho que está na hora de usar meu nome verdadeiro.

Deu um passo adiante e sorriu, cínico.

– Sou Erich Wilhelm Grimm – acrescentou. – Sim, Natália, eu conheço Hector Wolfstein há muito tempo. Porque, veja, eu sou o lobisomem que infectou a mãe dele.

CAPÍTULO 10

CAMINHOS CRUZADOS

Porto Alegre, dias atuais

Natália fitava ora um, ora outro, a mão sobre o cabo da arma, prevendo o pior. Daniel parecia paralisado de raiva, enquanto Liam sorria, brincando com a correia do capacete. E o clima tenso foi quebrado com o toque discreto de um celular.

– Com licença – disse o jornalista, pegando o aparelho e jogando-se no sofá da recepção.

Atendeu a ligação com a maior calma do mundo.

»»»»

Munique, dias atuais

Lazlo Mólnar, sentado junto à mesa da secretária da clínica, respirou com alívio. Finalmente conseguira, com sua funcionária, o número de celular do antigo paciente. Começou a falar em inglês.

– William, é Lazlo. Precisamos conversar. É sobre Bertha.

»»»»

Porto Alegre, dias atuais

Hector finalmente tirou os olhos do inimigo e relaxou. Natália e ele escutaram parte da conversa ao telefone.

– *Are you sure?* Tem certeza de que é mesmo Bertha? – Liam ouviu por uns momentos e continuou: – Certo. Ligue se tiver novidades, vamos tirar isso a limpo. Agora preciso desligar... Nosso amigo comum, Wolfstein, me espera para conversar. Ou para me matar, ainda não sei... *Good-bye*.

A mente de Hector tirava conclusões. Lazlo lhe dissera que não estava conseguindo falar com William, e isso parecia ser verdade. Bertha... Ao lembrar-se da velha na clínica e de tudo que agora sabia sobre ela, estremeceu.

»»»»

O relógio do carro marcava onze horas. Assim que viu, pelo espelho retrovisor, duas senhoras deixarem a casa, Rodrigo saiu do carro e acionou o travamento. Tentara ir ali no dia anterior, mas não conseguira afastá-las... Foi até o sobrado, abriu a porta da frente e entrou. Atravessou a cozinha e saiu num pequeno pátio.

Sentado em uma cadeira branca junto a uma mesa de jardim, aconchegado por mantas e almofadas, um velho senhor, calvo, olhava distraidamente para as árvores no fundo do quintal. Rodrigo sentou-se na cadeira próxima e, antes mesmo que o cumprimentasse, o outro murmurou:

– Eu sabia que esse dia chegaria. Você descobriu tudo, não é?

Fazendo que sim com a cabeça, o detetive disse:

– Encontrei documentos e fotografias no quarto de despejos... Tentei vir ontem, mas não teríamos privacidade. Agora estamos sozinhos. E eu preciso que me conte o que ainda não sei.

O homem não parecia surpreso, apenas tristonho. Tomou um gole da água que havia em um copo na mesinha antes de começar a falar.

»»»»

Eles tinham concordado em acompanhá-la a uma cafeteria na praça da Alfândega; Natália já havia apreciado o *cappuccino* local e gostara. Agora, sentados a uma das mesinhas da calçada, com uma xícara de café diante de cada um, ela não toleraria mais silêncios. Fitou Erich.

– Seu nome... Você é um dos irmãos Grimm? Aqueles dos contos de fadas?

Hector queria muito ouvir essa resposta. Lazlo mencionara os irmãos, mas nada dissera sobre o fato de William ser um deles. Imaginava o que mais o médico não lhe contara.

– Você acredita em contos de fadas? – perguntou o jornalista, ainda com o ar zombeteiro.

– Eu não acreditava em histórias de lobisomens até viver uma. E agora são duas!

– Bem – o rapaz sorriu –, para começar, deve me chamar de Erich. Posso lhe contar tudo, mas vai levar tempo... Por enquanto, saiba que eu *não sou* o Grimm que escreveu aqueles contos.

Controlando a raiva, Hector falou, com calma:

– Eu sei parte da história, concordo que não é relevante agora. Vim para ajudar nas investigações e quero saber o que é que *ele* tem a ver com tudo o que está acontecendo... e com o seu telefonema sobre lobisomens nos arredores de Porto Alegre.

A agente olhou para Erich, que admitiu:

– Um dos lobos era eu. O outro... é um velho conhecido. Alguém que preciso encontrar. Mas essa história vai ter de ficar para outra vez, o importante é Natália estar a salvo.

O outro lobo... Hector recordou o que Lazlo havia narrado sobre os irmãos gêmeos. Bertha, a menina do capuz vermelho, e Jörg, o lobisomem que ela controlava.

– Era um lobo negro? – perguntou, atraindo os olhares surpresos dos outros dois. – Sim, eu sei sobre ele. Lazlo me contou a história dos irmãos gêmeos. E ele acha que alguém desenvolveu um vírus artificial para matar quem possui sangue de lobo. Há uma mulher internada em Munique morrendo pela ação desse vírus. Aparentemente, o filho dela está aqui no Brasil.

Erich ficou pensativo ao ouvir isso. A policial estremeceu ao lembrar o ataque e retrucou:

– Não sei nada dessas histórias, mas terão de esperar, Daniel. Agora que estão se comportando como gente civilizada, vocês podem ajudar a solucionar os assassinatos. Temos de evitar mais mortes! E a recepcionista do hotel, Anette, continua sumida.

Embora Hector estivesse ansioso para falar sobre Bertha, seu bom senso prevaleceu. Natália tinha razão: a investigação tinha precedência. Olhou o relógio, aflito para ter notícias de Ana Cristina. Quando chegara, descobrira que nenhum voo de São Paulo pousara ainda, só em algumas horas haveria desembarques da capital paulista. Por isso fora encontrar Natália; na mensagem que lhe mandara com os anexos, ela mencionara estar naquele hotel.

Erich tomou seu café de um gole só. Levantando-se, prometeu:

– Poderão me contatar quando quiserem, para conversar. Mandei meu número para o seu celular, agente Sorrent. Sim, voltei ao mesmo hotel... mas no momento estou exausto. Além disso – acrescentou, irônico –, agora você precisa bem mais de *Daniel Lucas* do que de mim, para matar as saudades, não é mesmo? Obrigado pelo *cappuccino*.

Natália sentiu o rosto ficar vermelho. “Ele notou isso também?”, pensou, embaraçada.

No entanto, Hector não percebeu. Fitava o jornalista de novo com ódio, relembrando seus confrontos anteriores. E comentou, à guisa de despedida:

– Você vai pagar pelos crimes que cometeu, William.

– Preferia que me chamasse de Erich – retrucou o rapaz, já saindo da cafeteria. – Sim, todos pagamos nossas dívidas, Hector. Mas você deve tomar cuidado é com o *lobo mau*. Eu sou apenas Jaeger, o caçador. Entrei só no final da história da menina do capuz vermelho...

Com um gesto de adeus, sumiu entre as pessoas que transitavam na praça da Alfândega.

Começava a garoar.

»»»»»»»

Aeroporto Salgado Filho, dias atuais
10 de maio, sábado

Ana Cristina deixou o desembarque arrastando sua mala com rodinhas. Lembrava-se de que, da última vez que tinha vindo à cidade, uma pessoa da Câmara do Livro estivera à espera e levara o casal ao hotel; Hector, ali conhecido como Daniel Lucas, fora convidado para palestras na feira do livro da capital gaúcha.

“Lá fora tem um serviço de táxis”, recordou.

Era quase hora do almoço mas ela pretendia fazer uma refeição apenas depois de instalar-se no hotel. Não reparou que, ao encaminhar-se para a saída, um vulto que a espreitava deixou o saguão e saiu rapidamente na direção dos carros e motos estacionados na rua que ladeava o aeroporto. Carregava um capacete de motoqueiro, que pôs na cabeça assim que se viu ao ar livre.

»»»»»»»»

Rodrigo parecia perturbado ao sair da casa e entrar no carro. Hesitou em dar a partida.

– O que eu faço com todas essas informações? – perguntou a si mesmo, baixinho.

Não tinha uma resposta; tinha apenas a certeza de que precisava saber mais. Decidido, acionou a chave e pôs o carro em movimento. Na direção do centro de Porto Alegre.

»»»»»»»»

Era meio-dia e garoava na cidade à beira do Guaíba.

Ao conferir o tamanho da barriga da moça que deixava o desembarque, o funcionário do aeroporto abriu-lhe a porta do primeiro táxi da fila de carros cor de laranja. E Ana Cristina aceitou, sem hesitar, o *status* de passageira preferencial.

A bagagem foi acomodada no porta-malas. Após entrar no táxi, colocar o cinto de segurança e dizer ao motorista que rumasse para o hotel da rua da Praia, ela se lembrou de ligar o celular.

Muitos avisos de ligações não atendidas. Mensagens de seu pai, de sua mãe, do orientador do mestrado... e uma de Daniel! Abriu essa em primeiro lugar.

"É sábado de manhã. Cheguei ao Brasil e vou embarcar para PoA. Sei que está indo também. Encontre-me no hotel onde ficamos no ano passado durante a feira do livro. Saudades... Hector."

Um sorriso tomou conta de seu rosto. Não pensou mais nas dificuldades dos últimos meses, nas suspeitas que a tinham levado a viajar para encontrar Natália. Hector estava de volta, e se usava esse nome era um bom sinal. Significava que ele estava bem. Os dois ficariam bem.

– Nós três ficaremos bem – murmurou, com um afago na filha que logo nasceria.

Mal podia esperar para tê-la nos braços...

Um solavanco do carro a fez proteger a barriga.

– A senhora tá bem? Um motoqueiro me fechou – desculpou-se o taxista, olhando-a pelo retrovisor, preocupado.

– Estou, não foi nada – respondeu ela.

Sentia-se ótima agora, e não seria um solavanco que acabaria com seu bom humor.

Ao contrário dela, o homem parecia aborrecido.

– Bah! Não sei o que está acontecendo hoje, tá tudo travado demais pra um sábado. Deve ser a chuva. Se a senhora não se importar, vou pegar outro caminho pro centro.

– Faça o que achar melhor – disse ela, distraída, enquanto o homem enveredava por uma ruela, fazia algumas curvas e saía numa rua secundária do bairro, afortunadamente vazia.

Ela queria ler as outras mensagens. Responderia aos pais, explicando que estava tudo bem...

– Ai, meu Senhor dos Passos! – gemeu o taxista.

O táxi freou bruscamente, e ela sacolejou com violência, batendo a cabeça no encosto do banco. De novo, protegeu a barriga...

Algo grande se chocara com o carro, do lado do motorista. Desta vez o baque foi feio.

O choque não atingira o bebê, mas ela não relaxou. Sentiu a visão turva e piscou para enxergar melhor, sem entender nada. Havia sangue no estofamento? O taxista não se movia. E alguém abrira a porta de trás do carro. Podia ver um vulto parado na chuva, que aumentava.

Sentiu, ao mesmo tempo, uma vertigem e uma intensa pontada no baixo abdômen. Doía muito, e a possibilidade de entrar em trabalho de parto no meio da rua tirou-lhe o fôlego, enchendo-a de pavor. Quis gritar, pedir ajuda, e a voz falhou. A criança, precisava proteger a criança...

Soube que ia perder os sentidos assim que sentiu mãos enluvadas puxarem-na para fora do carro. Havia um furgão escuro parado logo atrás.

Como num sonho, reparou que as luvas eram feitas de pelica negra. E que, no intervalo de pele que ficava visível entre uma das luvas e o agasalho, havia uma pequena tatuagem.

Uma suástica.

PARTE III
O LOBO

"Ele havia procurado pelo lobo por muito tempo."
Jacob e Wilhelm Grimm,
A Menina do Capuz Vermelho

CAPÍTULO I

VELHAS CICATRIZES

Karlsfeld, Alemanha, inverno de 1945

Ele andou sem rumo por horas, deixando o faro guiá-lo pela noite. Detectava um lobisomem por perto, mas isso não o preocupava: sua prioridade era encontrar um oficial que, como ele, trabalhava havia alguns anos com a Resistência Francesa. A última informação era de que ele fora capturado e trancafiado num campo de prisioneiros, provavelmente em Dachau.

Era bom voltar à Alemanha, apesar de tudo. Estava próximo de sua cidade natal... mas não haveria tempo para visitas. A Baviera encontrava-se, como o resto do país, devastada pela guerra.

"Não deve demorar", pensou ele. "O Terceiro Reich vai cair, como tantos impérios caíram antes... e vou libertar meu amigo."

Andava por uma campina cheia de mato alto, crestado pela neve. O inverno castigara o sul do país quase tanto quanto a guerra. E ele podia sentir, no ar gelado, o cheiro do lobo.

Encontrou-o ao subir nos escombros do muro que um dia pertencera a uma fazenda. Viu os olhos do animal brilharem a certa distância, parado na campina entre árvores de galhos nus. Ao longe, luzes difusas. Ali poderia, ou não, ser o campo nazista. Talvez fosse a cidade de Karlsfeld.

– Então – disse – é mesmo você.

O lobo negro não ouviu sua voz, mas percebeu seu cheiro. Ergueu o focinho e uivou.

Erich deixou cair a mochila de campanha e o casaco. Nem se deu ao trabalho de remover as roupas. Permitiu que a mutação o tomasse; a lua, oculta por trás das nuvens, lhe daria forças.

Durante anos ele caçara os que sofriam o Mal da Lua. Alguns matara, outros afugentara. Infelizmente, a loba que desejava exterminar e o licantropo negro que às vezes a acompanhava sempre lhe escapavam. Ambos haviam se tornado os mais ferozes lobisomens da Europa, e ele não esmorecera em sua missão de caçá-los; as guerras, contudo, haviam sido empecilhos quase intransponíveis. Até aquela noite. O *Reich* cairia, e ele mataria o *grande lobo maligno*!

Correu na direção do lobisomem. Só não contava com uma vala escondida em meio à campina, à sua espera. Antes de saltar para junto do outro, escorregou na terra lisa entremeada pelo gelo e caiu num grande buraco. Rosnou, com raiva, ao ver os olhos do animal reluzirem lá no alto. Ergueu-se nas quatro patas e ia saltar de novo quando ouviu armas sendo engatilhadas.

– *Noch nicht schießen* – uma voz ordenava que ninguém atirasse, ainda.

Armadilha!

Voltou a ser humano no momento em que as silhuetas dos soldados alemães surgiram no alto da vala. Percebia seus odores e distinguiu o cheiro do que os comandava. Conhecia-o.

Seus olhos brilharam. Viu que o homem levava o lobo negro preso a uma coleira. Na mão direita portava uma pistola Walther semiautomática, apontada para ele.

O tiro ecoou na campina próxima a Karlsfeld, mas ninguém na cidade ouviu seus ecos.

»»»»»»

Dachau, Alemanha, inverno de 1945

Assim que abriu os olhos, ele soube que o pesadelo da vida real seria bem pior que os que tivera enquanto dormia. Encontrava-se nu sob um cobertor áspero, preso por correias de couro a uma cama rústica. O cubículo não mediria mais que dois por três metros. Na parede dos fundos, a alta janela gradeada deixava entrar uma fraca luz. Uma mesa no canto ostentava objetos brilhantes.

Erich fechou e abriu os olhos várias vezes, tentando enxergar melhor. Percebeu que os objetos eram lâminas de metal e frascos de vidro, alguns cheios de um líquido vermelho-escuro. Havia ainda um chicote enrolado e uma pasta que parecia cheia de papéis.

Agitou-se; as correias eram reforçadas, não cederam. Precisaria das forças do lobo para se soltar, e no momento não tinha como evocá-las.

"Há quanto tempo estou aqui?", inquietou-se. "Faz frio, ainda deve ser inverno."

O ferimento feito pela bala que o atingira durante a captura se fechara. Contudo, alguns pontos de dor no corpo o incomodavam. O que não fazia sentido, pois o fator de cura em seu sangue sempre o protegera dos ferimentos.

– Meu sangue... – disse, baixinho, retornando o olhar para os vidros na mesa.

Nunca deveria ter deixado a França, que ao menos estava livre dos invasores desde o mês de agosto. Seu amigo da Resistência, àquela altura, já teria sido morto; ele fora um tolo ao imaginar um salvamento heroico. Simplesmente caíra numa armadilha.

"É a história da minha vida", refletiu. "Toda vez que tento ajudar alguém, me dou mal."

Aquela não era a simples cela de um prisioneiro num campo de concentração alemão. Era um laboratório. E ele, ali, era a cobaia.

»»»»»»

Primavera de 1945

Não era mesmo possível manter a contagem do tempo. Muitas vezes o dopavam, e ele passava dias num estado de torpor, em que apenas os pesadelos lhe faziam companhia. Outras vezes permanecia acordado por longos períodos, enquanto um médico com uniforme nazista e seu auxiliar o sangravam. Nessas ocasiões colocavam-lhe uma venda, e uma mordaça lhe impedia os gritos, embora seus ouvidos não deixassem de ouvir lamentos vindos das celas próximas.

As forças lhe fugiam a cada sangria; imaginava que cerca de dois meses haviam se passado, pois por duas vezes sentira a lua cheia exigir sua transformação – que não ocorrera, fosse pela escassez do fator transformador em seu sangue drenado, fosse por algum elemento presente na água ou na comida que *Herr Doktor* ordenava que lhe dessem.

Sabia que havia outros médicos naquela ala realizando experiências com os prisioneiros de guerra. Alguns o haviam visitado, embora não tivessem interferido no tratamento do torturador. Tinham admirado as marcas em seu corpo e especulado sobre a rápida cicatrização. O *Doktor* lhes fazia preleções pseudocientíficas sobre os cortes infligidos e o processo de autocura. Mas jamais mencionava o fator responsável pela mutação, nem a licantropia. Guardava para si o que concluía.

Certa manhã, porém, as sensações mudaram. Erich acordou após um sonho em que vira brilharem as cicatrizes causadas pelos instrumentos do inimigo. Sentia-se mais forte; algo diferente estava acontecendo. Não via os outros médicos havia um tempo, ouvia poucos gritos, e os onipresentes oficiais da SS apareciam cada vez menos. Seu torturador o visitava todos os dias, porém apenas o lobo negro ou o ajudante de sempre, um soldado muito jovem, o acompanhavam.

"É a guerra", lembrou. Antes que fosse capturado, notícias sobre o avanço dos russos davam conta do fim do Terceiro Reich. Os ratos haviam começado a abandonar o navio prestes a afundar.

Sentiu a força em sua mão direita voltar com tudo e ergueu-a, percebendo a correia ceder.

"A lua cheia está próxima", deduziu, com o primeiro sorriso que se permitia em meses.

Baixou a mão ao ouvir passos e sentir o cheiro. Era *ele*.

Viera sozinho, desta vez; parecia ter pressa. Conferiu as marcas de cortes mais recentes, abriu a pasta e fez algumas anotações com uma caneta. Depois voltou-se para admirar o prisioneiro, que o fitava placidamente. Com vagar, aproximou-se e puxou a correia da mordaça.

Erich passou a língua pelos lábios secos. Nunca lhe permitiram falar, em todo aquele tempo. Mesmo quando removiam aquilo para alimentá-lo, cada palavra significava uma chicotada a mais.

Virou o rosto para o algoz, observando-o com a atenção que o fato de não estar dopado lhe permitia. O uniforme verde do corpo médico estava malcuidado, a barba por fazer, o bigode sem aparar. Concluiu que havia envelhecido desde a última vez que o vira, anos atrás.

O nazista estendeu a mão para pousar, na mesa ao lado, a mordaça que removera, e por alguns segundos a manga de sua camisa recuou, revelando a pequena tatuagem no antebraço direito.

O rapaz não resistiu. Sorriu para o torturador e disse, a voz engrolada mas segura:

– Gostei da tatuagem, Maus. Já mostrou para a querida mamãe? Não sei se ela aprovará.

As sobrancelhas do pseudomédico se fecharam numa expressão de ódio. Pegou o chicote sobre a mesa, mas devolveu-o intacto. Depois abriu uma caixinha de metal e contemplou uma ampola ali guardada. Então abandonou aquilo também e buscou a pistola na cartucheira.

– Belas últimas palavras, lobo. Vamos ver se desta vez eu consigo te matar.

E disparou contra o peito do prisioneiro.

»»»»»»

Apesar de ser dia, agora ele sabia, com certeza, que era lua cheia: sentiu a energia do luar nas veias ao erguer o braço direito. A correia se soltou e ele fez o mesmo com o outro braço.

Podia escapar! Ergueu-se e ouviu um som metálico: a bala que o atingira no tórax, e que o corpo expulsara, caía ao chão. Apurou a audição, tentando entender o silêncio que o cercava. Não havia sons vindos daquela ala, o que indicava que mais ratos haviam abandonado o barco.

Apesar dessa constatação, voltou a deitar-se. Nem removeu a mordaça; sabia que, se fugisse naquele momento, não o veria de novo. E tinha de acreditar que desta vez conseguiria inverter a situação: caçaria o torturador. O filho *dela*.

Os passos não tardaram. Ele sempre vinha ao amanhecer. Erich recolocou os braços na posição anterior, fingindo que ainda estava preso. E aguardou a chegada de seu algoz.

Naquela manhã Maus Hundmann não usava o uniforme do corpo médico, e sim um terno de corte inglês. Também removera o bigode, o que lhe dava um aspecto bem diferente. O cheiro, contudo, era o mesmo, assim como seus olhos escuros de ratazana.

– Estou impressionado – declarou, em inglês, fitando o rapaz deitado. – Havia uma boa quantidade de prata revestindo aquelas balas, e você sobreviveu. É extraordinário.

Pegou o projétil caído e o examinou, sem pressa. Ainda estava nisso quando novos passos soaram, e logo uma batida fraca na porta entreaberta denotava o nervosismo de quem batia.

– *Herr Doktor, wir müssen gehen* – o assistente avisava que precisavam ir embora.

O pretenso médico pousou a bala sobre a mesa e chamou:

– Logo, Heinz. Entre e me ajude a recolher o material.

O recém-chegado entrou e Erich pôde analisá-lo. Era realmente jovem, e o uniforme da SS que vestia parecia ter pertencido a um defunto maior. Sob a orientação do chefe, guardou numa valise o que havia sobre a mesa: vidros, papéis. Tinha no antebraço a mesma tatuagem que seu superior.

Enquanto isso, o doutor abria a caixinha metálica na qual mexera no dia anterior e tirava a ampola: estava cheia de um líquido prateado. Com calma, acoplou-a a uma seringa.

Mandou que Heinz o esperasse lá fora; o rapaz sumiu no corredor e deixou a porta aberta. Erich constatou não haver ninguém próximo; só ouvia vozes ao longe, e nem todas falavam alemão.

Entretanto, o homem se reaproximou do prisioneiro. Começavam a soar tiros a distância...

– Eu adoraria continuar a fazer experiências com a prata, jovem Grimm. Havia planejado muita diversão para nós. Pena que as circunstâncias se alteraram e me forçam a mudar de tática.

Nem o rapaz se mexeu, nem o homem se apressou. De novo ele retirou a mordaça, parecendo divertir-se. E o prisioneiro murmurou:

– Que falta de imaginação. Veneno? Pensei que fosse mais inteligente que isso.

O outro bateu com a unha na ampola da seringa, como que para eliminar bolhas de ar.

– Não, meu rapaz. Não vou envenenar você. Depois de tanto trabalho para drenar seu sangue e analisá-lo! Não. Como deve saber, a licantropia nem sempre ocorre com a contaminação pelo sangue do lobo. Eu não herdei a capacidade de mutação de minha família...

– Por isso sempre foi uma decepção para a velha Bertha, não é? – Erich ironizou.

Queria irritar o adversário. Deduzira que ele detestava ter herdado da mãe apenas a longevidade e por isso tentava a mutação tomando o sangue dos lobisomens que capturava. Mas isso não o transformaria em um...

A irritação veio e fez o nazista revelar mais do que pretendia.

– Não preciso me preocupar com o que *ela* pensa. Já dei um jeito nela e naquele inútil do irmão. – Voltou-se para seu prisioneiro ferozmente, mostrando a seringa. – É pena que não tenhamos mais tempo para *experimentar*, pois eu finalmente estou alcançando meus objetivos. Veja, a ciência prevalecerá, apesar de aquelas pesquisas na Westphalia e na Hungria não terem sido muito úteis. Um dia, lobo, as guerras serão feitas apenas com armas químicas.

Erich sentiu náuseas. Armas químicas? Se entendera direito, ele insinuara ter usado na mãe e no irmão dela o conteúdo daquela ampola. Lembrou a história que a velha contara, havia tanto tempo: dois gêmeos contaminados pelo sangue da avó. Então o lobo na coleira, que o atraíra para a armadilha, era o irmão de Bertha, tio desse sujeito repugnante! E tinha de fazer o que ele mandava.

Quando sentiu a agulha da seringa próxima de seu braço, o rapaz reagiu. Estufou o peito e soltou as mãos. Estendeu-as, procurando esganar o torturador. As correias, que ainda estavam inteiras, se romperam, Maus cambaleou e a seringa se espatifou no chão.

Com um grito de raiva, o nazista se livrou das mãos que buscavam seu pescoço. Era extraordinariamente forte, e Erich sabia que tinha de atacá-lo depressa, antes que pegasse a pistola em algum bolso. Rolaram no chão e o rapaz tomou alguns socos antes de afastar-se para a janela. Ele também devia mudar de tática… Deixou que o Fator L o inebriasse e arreganhou os dentes lupinos. Houvesse prata ou não, sobrevivera àquelas balas antes e sobreviveria de novo.

A arma estava engatilhada quando o lobo branco saltou de novo sobre o homem, buscando o pescoço, agora com as presas. Teria alcançado a jugular no primeiro salto se o inimigo não fosse rápido. Maus esquivou-se e arremessou a pesada mesa contra a fera.

Quando o animal se livrou dos fragmentos de madeira, a cela estava vazia.

Rosnou e saiu no corredor cinzento. Seu faro indicava o lado para onde o outro fugira, e ele não se deteve nem ao ouvir os tiros vindos da entrada do campo. Vozes clamavam em inglês, entre os gritos dos prisioneiros que continuavam trancafiados.

O exército dos Aliados tomaria o campo de Dachau, o *Reich* seria derrotado.

Mas Erich Wilhelm Grimm não esperaria mais.

Ouviu o motor de um carro afastando-se, a oeste, para lá do muro e da mata que confinava com o prédio em que os oficiais da SS faziam treinamento. Saltou por sobre todos os obstáculos e saiu num bosque. Maus Hundmann escapara.

No entanto, Erich não desistiria. Ainda era um lobo, ainda era um caçador.

Seguiu em busca de mata mais densa, onde pudesse voltar à forma humana.

»»»»»»

Naquele dia, inúmeros tiros foram disparados em Dachau. Os soldados aliados ficaram horrorizados com o que viram lá, e, nos anos seguintes, muito se discutiria sobre as mortes ocorridas antes e durante a libertação do campo.

Erich permaneceu oculto; à noite, retomou a forma lupina e foi para o sul. Voltaria à França pela Suíça, pois seus instintos lhe diziam que o inimigo seguira para lá.

Acabara de saltar uma cerca viva próxima a uma aldeia quando sentiu que não estava só e parou. Raios de luar atravessavam as nuvens e iluminavam pontos do campo ao seu redor. E, ao entrar num pequeno bosque, ele o viu.

O lobo negro o observava com os olhos faiscantes. Podia-se ver que estava magro e fraco; andava com dificuldade, como se as patas traseiras custassem a obedecer-lhe.

"Então o *lobo mau* sobreviveu à tal arma química", a mente de Erich-lobo processou a informação. Seu olhar brilhou em resposta ao do lobisomem. Não o caçaria, suas prioridades eram outras. E agradecia por não ter de se defrontar, naquela ocasião, com um inimigo mais terrível... a menina do capuz vermelho. Precisava descobrir o que fora feito dela quando estivesse mais forte.

Ao amanhecer, os dois lobos estavam bem distantes das terras que haviam sido cenário daquele triste episódio da guerra. E também um do outro.

CAPÍTULO 2
SUSPEITAS

Porto Alegre, dias atuais
10 de maio, sábado

Um uivo. Ele podia jurar que ouvira um uivo.

Erich sentou-se na cama, o coração disparado. Custou a lembrar onde estava após o pesadelo. Aos poucos, acalmou o coração e estendeu o braço para acionar o interruptor. Uma suave luz clareou o quarto, devolvendo-o à realidade.

Voltara ao hotel da rua Riachuelo. Depois de encontrar Hector e Natália, tentara descansar, mas o sono durara apenas uma hora. "E este é o século XXI", repetiu mentalmente.

Passava de meio-dia, fazia calor e ele dormira sem camisa. Tocou o peito, sentindo a cicatriz na pele. Por algum motivo a marca da bala da pistola Walther permanecera, apesar da capacidade de cura e das décadas transcorridas... Levantou-se, foi ao toalete e fitou-se no espelho.

– É isso, caçador – disse a si mesmo. – Seus artigos estavam certos. O mesmo assassino está de volta e vai continuar matando. Só que a ameaça vai além do que você imaginava...

O passado havia retornado à sua mente em detalhes. Cada agressão, cada palavra. E ele precisava processar aquilo com rapidez. Pois o torturador só pararia se ele o derrotasse de uma vez.

Tinha sido uma longa caçada desde aquela madrugada de 1895, em que deixara Budapeste de trem. Não tornara a procurar Miller naquele século. Aprendera a inibir ou provocar as mutações, ignorando o poder da lua... e concentrara as energias em encontrar e matar lobisomens.

Após a virada do século, mandara adaptar uma pistola Parabellum na Suíça e a carregara com balas revestidas de prata. Em várias ocasiões, quase alcançara a loba e seu filho; outras vezes, eles o emboscaram.

Infelizmente, nunca haviam chegado a um confronto direto; na época, o lobo negro começara a atiçá-lo, o que fora uma distração considerável. Outros lobos também o haviam distraído. Então vieram as Grandes Guerras e a terrível experiência no campo de concentração.

Na segunda metade do século XX, já trabalhando como jornalista e correspondente de guerra, tivera acesso a muita informação e até falara com Miller, que agora usava o nome húngaro: Mólnar; mas perdera quase totalmente a pista do filho da loba. Viera à Argentina e ao Brasil atrás de nazistas foragidos e acreditara ter encontrado evidências da presença do lobo negro em terras brasileiras. Porém o pseudomédico devia ter desenvolvido alguma substância que alterava seu odor, o da mãe e o do tio, pois Erich não descobrira mais nada de concreto usando o faro lupino.

A incerteza continuara até ele encontrar uma curta nota policial sobre o cadáver do vereador novo-hamburguense, na qual havia a menção a "cortes cicatrizados nos lóbulos das orelhas"...

Saíra do Rio de Janeiro, onde havia morado um tempo, e viera à capital gaúcha. Continuava colaborando com diversos jornais e começara sua investigação, publicando artigos nas páginas policiais.

Logo teve certeza de que outras mortes eram obra do mesmo assassino. Com a desova da estudante, que ele vira morrer quando estava sob a forma lupina, sua hipótese se consolidara.

As vítimas possuíam sangue de lobo.

Tudo fazia sentido: os fatos passados que recordara, somados às investigações no Rio Grande do Sul e às informações mais recentes. A seringa, a menção a armas químicas, a notícia de que a mulher internada em Munique tinha no sangue um vírus artificial que a estava matando...

– Se Maus é o sequestrador dos dias de hoje – concluiu em voz alta – e se ainda tem como inocular esse vírus, todos os que possuem o fator da licantropia correm perigo!

Deu as costas ao espelho, voltou ao quarto, começou a vestir-se.

"Chega de distrações", decidiu. "Preciso agir, mas antes tenho de tirar uma dúvida."

»»»»»»

Ele despendera aquela chuvosa manhã de sábado em preparativos que denunciavam sua ansiedade. Passava da hora do almoço quando ouviu o som de um veículo estacionando lá fora. Sorriu.

De uma prateleira retirou uma caixa e, abrindo a embalagem térmica, escolheu uma ampola entre várias e sacudiu-a, observando o líquido prateado que continha. Aguardou alguns instantes até que a pessoa que ele esperava bateu à porta entreaberta.

– Venha – comandou. – Imagino que desta vez tudo tenha corrido satisfatoriamente, não?

O recém-chegado piscou para acostumar os olhos à penumbra.

– Sim – respondeu, estendendo a mão com as chaves do carro. – A *encomenda* está sendo descarregada agora.

O outro pegou as chaves e entregou-lhe a ampola.

– Ótimo. E cumpro minha promessa, apesar de você ter falhado anteontem...

O frasquinho brilhou no escuro ao ser passado de uma mão para outra.

– É mesmo o antídoto? – A voz tremia em antecipação.

– A primeira dose. Seu corpo precisa aceitá-la antes de você poder tomar a segunda. O efeito será rápido. Você se sentirá renovado, poderá terminar aquele trabalho... E desta vez não quero falhas. – Percebeu um laivo de insegurança na expressão do outro, o que o fez continuar. – Esqueça os escrúpulos. Vai se sentir melhor depois que provar de novo o gosto de sangue.

– E se eu não quiser fazer isso? – retrucou o recém-chegado.

– Então o vírus agirá e você morrerá mais depressa – foi a resposta.

Resignado, o homem abriu a ampola e tomou o líquido em um só gole. No mesmo instante, seus olhos brilharam intensamente e a energia retornou a seu corpo. Quase podia ver a renovação das forças físicas, célula por célula. Pela primeira vez em anos, sentia-se bem, sem dor ou angústia.

– Onde devo atacar? – perguntou, já sem hesitação.

A resposta veio num pedaço de papel com anotações.

– Vá para este local e espere meu sinal. Mais tarde entro em contato. Pode haver mais de uma *encomenda,* lobo. E, no caso de alguma coisa dar errado, siga para o segundo endereço. Meu ajudante estará lá.

O que fora chamado *lobo* deixou os olhos brilharem sobre o papel ao ler os endereços. Pôs aquilo no bolso e saiu apressado, sem dizer nada.

»»»»

Munique, dias atuais

Ela podia ouvir as palavras em sua mente. E, embora mal conhecesse a língua em que eram ditas, percebia perfeitamente os significados. Sabia que tudo ia mudar.

Tinham sido muitos anos de dormência. De pensamentos vagos, sonhos, vestígios de lembranças. Os remédios roubavam sua sede de viver, sua fome, seu gosto pela caçada. Mas não mais! A chegada do *intruso*, a presença dele ao seu alcance tinha sido um prenúncio da volta dos pensamentos de Jörg à sua mente. Tudo seria como antes; as distâncias não importavam mais.

Sentiu o gosto metálico do líquido dentro de si, como se fosse ela mesma a bebê-lo.

O choque a fez abrir os olhos e o brilho voltou a atender ao seu comando. Ergueu os braços que tinham estado largados sobre a cama. As veias, evidentes sob a pele fina, reluziram, prateadas.

Pela primeira vez em anos, sentia-se bem, sem dor ou angústia.

Estava desperta, consciente. E com fome.

»»»»

Porto Alegre, dias atuais

Viu-a parada diante da porta da biblioteca assim que virou a esquina da rua Riachuelo.

Fabiana não parecia satisfeita, Rodrigo conhecia muito bem seu ar de impaciência. Ele, no entanto, não tinha tempo a perder com isso.

– E aí – disse-lhe, assim que se aproximou da entrada –, tu achou alguma coisa?

A bibliotecária o fitou com cara de mãe que repreende o filho desobediente.

– Boa tarde pra ti também – ironizou. – Sim, achei *alguma coisa*. Na verdade, coisa demais pra analisar em tão pouco tempo. Tem caixas lotadas de registros daquelas organizações. Tirei cópia de umas páginas nas quais aparecem a época e o lugar que tu mencionou, além de uns nomes da tua lista.

– Posso ver? – Os olhos dele denunciavam a ansiedade.

Fabiana entregou-lhe uma das folhas que levava numa pasta. Rodrigo passou os olhos no que estava escrito e sorriu ao dar com informações que esperava. Ela acrescentou:

– Apesar de os registros estarem aí, tudo é muito vago. São sobrenomes alemães comuns e não dá para saber se cada uma dessas pessoas é a que te interessa. Podem ser homônimos, parentes distantes, sei lá. Eu teria de pesquisar muito pra separar o que é importante do que não é...

Ele pareceu animado com uma ideia nova.

– Tem um jeito de agilizar a pesquisa. Ouvi falar de uma ONG, ou coisa parecida, que tem registros específicos de famílias de imigrantes daquelas décadas. Se tu puder falar com uma pessoa de lá, pode corroborar as informações e checar esses sobrenomes.

Ela fechou a cara.

– Rodrigo, tu sabe que eu já tenho trabalho demais na biblioteca, e além disso...

Ele nem pareceu ouvi-la. Estava procurando algo no celular e, quando encontrou o que desejava, mandou uma mensagem para ela.

– É perto daqui, na verdade. Mandei o telefone e o endereço pra ti por mensagem. Se puder ver isso pra mim, te devo mais uma. Agora preciso ir. Qualquer coisa, me liga!

Sem nem sequer um aceno, ele simplesmente enveredou pela rua General Câmara, indo em direção à praça da Alfândega. Fabiana o viu sumir além da esquina e suspirou.

“Que tanto ele corre? E eu o estou ajudando por que mesmo?”

No entanto, ela era formada em Biblioteconomia com especialização em História; não podia negar que aquela pesquisa a intrigava. Com mais um suspiro, pescou o celular na bolsa.

Recuou para dentro da biblioteca para escapar à chuvinha que ainda caía e digitou o número que ele lhe mandara. Jurava a si mesma que, se ninguém atendesse, iria para o trabalho e não gastaria nem mais um minuto com o abusado do ex-namorado.

»»»»»»

A garoa se transformara em chuva fina, mas nem Natália nem Hector prestavam atenção ao exterior. Haviam conversado sobre boa parte do que lhes acontecera nas últimas semanas; ela mencionara o fato de todas as vítimas terem sido raptadas conforme as fases da lua, os projéteis revestidos de prata e as cicatrizes nas orelhas. Ele falara sobre o retorno do Fator L, mas ainda não revelara a história da menina e do lobo contada por Lazlo. Interrompera a conversa algumas vezes para enviar mensagens ao celular de Ana, mas ainda não tivera resposta, o que aumentava sua preocupação.

Os agentes haviam acabado de combinar uma visita à divisão local da Polícia Federal, para ver se Hector conseguia um novo crachá, quando alguém os interrompeu.

– Sabia que te encontraria num café. – Rodrigo fitava Natália, parecendo apressado. – Lembrei que tu falaste deste aqui outro dia...

– Quem é vivo sempre aparece – ela comentou, desconfiada. O detetive sumia do mundo e de repente aparecia, seguindo-a? Era como se ele a tivesse *farejado*.

– Precisamos conversar, com urgência – instou o policial, olhando de esguelha para Hector.

– Detetive Rodrigo, da Delegacia de Homicídios, este é o escritor Daniel Lucas.

A apresentação fez ambos erguerem as sobrancelhas ao mesmo tempo, enquanto apertavam-se as mãos. A antipatia foi imediata e recíproca.

– Eu estava mesmo de saída – Hector se apressou a dizer, levantando-se. – Vou para o aeroporto. Ainda não tive notícias de Ana Cristina, ela deve estar chegando...

Ao ouvir falar em Ana, Natália pareceu contrariada.

– Vá tranquilo, nos falamos mais tarde – assegurou.

Assim que o amigo saiu, ela fitou Rodrigo, que já se sentara à mesinha. Não confiava mais nele, porém ouviria o que tinha a dizer.

»»»»»»

O homem olhou com estranheza para o aparelho de telefone fixo sobre a bancada. Estava acoplado a um equipamento que identificava as chamadas e permitia que ele recebesse ligações dos vários números que possuía.

Cismado, fechou com chave a salinha que sempre mantinha na penumbra. Atravessou corredores escuros e parou diante de uma porta também trancada. Abriu-a e deixou que uma réstia de luz penetrasse no local.

Havia um grande biombo dividindo a cela ao meio e uma maca em cada lado.

Sorriu ao conferir os corpos adormecidos nos leitos. E pegou um estojo de metal no bolso; abriu-o, retirando um bisturi. Depois conferiu um relógio de pulso, murmurando:

– Cinco minutos serão suficientes. Normalmente não gosto de surpresas, mas vamos ver o que esta última me trará...

»»»»»»

Daniel dirigia o carro alugado e conferia as horas repetidamente. O trânsito de Porto Alegre não era muito diferente do de São Paulo, em especial no horário de almoço. O celular de Ana continuava caindo na caixa postal.

Ao parar num semáforo, lembrou-se de olhar o site da Infraero pelo celular; descobriu que um voo de São Paulo pousara antes do previsto, e outro estava com atraso.

"Ela tem de estar em um deles", pensou.

Em qualquer hipótese, no aeroporto descobriria. Porém, assim que o trânsito andou, viu um bloqueio na avenida. Um funcionário do Detran direcionava os carros para a transversal. Rodando a dez por hora, no caos resultante, ouviu um policial dizer, em resposta a uma pergunta:

– Tivemos de interditar dois quarteirões por causa de um acidente próximo à avenida Farrapos. Depois do desvio tudo volta ao normal.

De fato, algumas quadras adiante o tráfego de veículos fluía bem, em direção a Navegantes e ao aeroporto. Mas o coração de Hector pressentia encrenca.

»»»»»»

Munique, dias atuais

Lazlo bem que estranhou o pedido de seu amigo para encontrá-lo naquela hora. Era final de tarde e o húngaro estava exausto. Apesar disso, deixou o hotel e retornou à clínica. Já na recepção encontrou Otto resolvendo pendências com a secretária. Cumprimentou-os e seguiu o médico até seu gabinete; aproveitou para agradecer o empréstimo do consultório particular e devolver-lhe a chave; não precisaria mais dele.

Otto guardou a chave, comentou que fora um prazer ajudar e mostrou uma pasta sobre sua mesa. Falou, em tom confidencial:

– Finalmente consegui acesso à documentação *dela*.

– De *Frau* Mann? O diretor da clínica permitiu? – indagou Mólnar, arregalando os olhos.

– Sim – foi a resposta. – Depois de muito insistir, ele concordou que eu já deveria ter tido acesso ao histórico anterior da paciente... Mas o que vi me preocupou, Lazlo. Ela esteve em outras clínicas antes, e me parece que todas as vezes foi internada sob pretextos falsos. Não há um único laudo que ateste insanidade!

O oftalmologista pegou a pasta, abriu-a, olhou alguns dos papéis.

– O comportamento dela é errático, vimos isso. Acessos de raiva, frases sem sentido. E os contatos da família, estão aqui?

O outro desabou na cadeira, contrariado.

– Nenhum telefone ou endereço. Há duas cartas do familiar que a internou, assinadas com iniciais. Suponho que seja um filho. Em uma das cartas, passa ao nosso diretor uma lista de medicamentos que, segundo ele, *Frau* Mann deveria tomar continuamente.

Virando mais algumas folhas na pasta, Mólnar parou diante da tal carta.

– São psicotrópicos. – Fitou o outro, a testa franzida. – O filho queria manter a mãe sedada.

– É o que parece. E tem mais: eu acredito que...

Doutor Otto não chegou a dizer em que acreditava. Seu telefone tocou, e a enfermeira-chefe irrompeu no gabinete, aflitíssima.

Lazlo falava bem o alemão, mas custou um pouco a perceber o que estava acontecendo, tal era a agitação da mulher. Por fim, compreendeu a situação: a paciente em coma tinha desaparecido!

»»»»»»

O quarto estava vazio, a cama desfeita e o cano do soro pendurado no suporte pingava no chão, formando uma poça.

Lazlo tinha muitas perguntas, porém a balbúrdia era tal que guardou-as para si. Dos diálogos ouvidos entendeu que, havia pouco mais de meia hora, o enfermeiro de plantão vira a paciente. Tudo estava inalterado e ele fora fazer a ronda em outra ala. Somente quando a enfermeira-chefe fora àquele andar para receber a que a sucederia no turno foi que notou a alteração nos monitores.

Encontraram tudo daquele jeito, e nem sinal de *Frau* Mann.

Enquanto Otto se comunicava com o diretor e a enfermeira colocava a clínica em polvorosa – queriam assegurar-se de que ela não estava em nenhum canto da instituição antes de acionar a polícia –, Lazlo voltou ao gabinete do amigo, sentou-se e tornou a pegar a tal pasta confidencial.

Com calma, ele analisou a papelada que tinha à frente. Uma das últimas páginas o fez levantar-se de súbito e ir para a recepção. A secretária notou que o médico estava pálido e alterado.

– Precisa de alguma coisa, doutor Mólnar? – perguntou, prestativa.

– Sim – disse o homem, estendendo-lhe algumas folhas de papel. – Preciso de cópias destes documentos. E tenho que dar um telefonema urgente.

A moça pegou as folhas e foi até a porta que dava num escritório interno.

– Vou pedir que sejam tiradas agora. Quando voltar faço a ligação para o senhor...

– Se não se importa, eu mesmo quero ligar. É um caso confidencial.

A declaração atiçou a curiosidade da moça.

– Claro – ela assegurou –, fique à vontade. Eu lhe darei privacidade.

E saiu, enquanto Lazlo se sentava e começava a digitar um número no aparelho telefônico.

»»»»»»»

Porto Alegre, dias atuais

O senhor Farkas estava organizando uma gaveta de arquivo quando alguém bateu à porta. Abriu e deu com uma moça que se apresentou como Fabiana, funcionária da Biblioteca Pública.

– Agradeço por me atender num sábado, e na hora do almoço – disse ela, um tanto sem jeito.

– Não há problemas, senhorita, eu estava por aqui. Sente-se e diga em que posso ajudar.

Ela contou que trabalhava com pesquisas históricas e precisava de dados sobre cooperativas de agricultores do século XX, no Rio Grande. Ao ver o ar de surpresa do velhinho, acrescentou:

– Eu não conhecia esta organização, o que é estranho. Mas fico feliz por existir, pois minha pesquisa tem tudo a ver com imigrantes e seus descendentes. Preciso confirmar nomes de pacientes de certo médico que, pelo que me disseram, trabalhava numa cooperativa rural da Serra Gaúcha.

– Ajudei uma pessoa numa pesquisa semelhante estes dias – disse ele, passando o olhar pelas estantes nas paredes. – Tenho registros ali... Vamos ver se encontro o que deseja.

Durante algum tempo os dois examinaram pastas cheias de papéis amarelados. Fabiana mostrou uma lista de sobrenomes e Farkas foi retirando o que encontrava com aqueles nomes. Como, aparentemente, eram bem comuns, a pilha da papelada a vasculhar começou a crescer.

No entanto, o olhar clínico de Fabiana foi atraído por alguns registros em particular. Podia apostar que aquilo era o que Rodrigo desejava! Conferiu as horas no celular e suspirou.

– Infelizmente não posso ficar mais. Passa de uma e meia e eu entro no serviço às duas... O senhor se importaria se eu levasse estes papéis para tirar cópias? Devolvo na segunda-feira.

– Segunda-feira não abrimos, mas a senhorita pode devolver na terça. – Sorriu o homem, solícito. – Fico feliz em ajudar nos trabalhos da biblioteca. É uma instituição admirável!

Um tanto embaraçada, ela guardou os papéis em sua pasta, explicando:

– Na verdade, estou fazendo uma pesquisa particular, para ajudar um amigo... Ele é descendente de alemães.

Despediram-se. Cismado, após a moça sair, ele fitou os papéis separados e murmurou:

– Acho que a agente Natália deveria saber disso...

E foi pegar a agenda em que anotava números de telefone, pensativo.

»»»»»»

– Você tem certeza, Rodrigo? – perguntou Natália, cética.

– Completa – respondeu ele. – Meu informante jurou que o homem das fotos nos cemitérios é o retrato vivo de um médico nazista que trabalhava no campo de prisioneiros de Dachau.

– E essa pessoa não quis se identificar... – ela acrescentou, desconfiada.

– Prefere ficar no anonimato. – Ele olhou para o teto da cafeteria, depois baixou o olhar para a colega. – Olha, sei que não tenho sido um bom parceiro. E ainda não tenho explicação para tudo... Mesmo assim, acredito no que ele me disse e tenho certeza de que vamos descobrir o que falta.

A agente resolveu passar por cima das suspeitas e embarcar na história, por ora.

– Certo. Suponhamos que nosso homem misterioso seja o tal médico nazista. O problema é que, ao que tudo indica, as fotos são do começo do século XX. Antes da Segunda Guerra!

– Pois então – Rodrigo pareceu animar-se. – Tem uma pessoa resgatando pra mim registros sobre as cooperativas de agricultores da época, no interior. Devia haver médicos atendendo os cooperados. Eu desconfio de que nosso suspeito vivia aqui, depois foi para a Alemanha e lá entrou para o partido nazista, fazia experiências com prisioneiros. Acontecia cada coisa naqueles campos...

– E um seguidor dele, ou alguma facção neonazista que admirava seu trabalho veio pra cá e está continuando as pesquisas do homem? Raptando e matando pessoas em série?

Rodrigo assentiu, olhando para a xícara de café deixada na mesa pelo amigo da agente.

– Algo assim. Agora, falando em assassinatos seriais... Tem esse teu amigo escritor. Eu me lembro do nome Daniel Lucas. Ele esteve envolvido em uns crimes em Minas, há uns anos, não foi?

Natália fechou a cara.

– Essa é uma longa história e não tem nada a ver com o nosso caso. Voltemos às investigações. O que mais você sabe e ainda não me disse?

– Por enquanto, só isso. Estou checando informações. Se aparecer novidade, te conto.

Ela ia retrucar, mas bem nesse momento seu celular tocou. Decidiu atender.

– Sim? Estou no centro da cidade, senhor Farkas. Agora? Claro, irei para seu escritório.

Fitou Rodrigo após desligar, percebendo o mau humor na expressão dele.

– Tenho de ir verificar uma coisa. Mas nossa conversa não acabou, mais tarde nos falamos.

Enquanto ela tomava o restante de seu café – frio, agora –, foi o celular dele que tocou. Com um bufo de impaciência, Rodrigo ia desligá-lo, mas conferiu o número na tela e atendeu.

– O que foi? Eu estou trabalhando e... – Ficou sério de repente, ouvindo o interlocutor. – Entendi. Já vou ver isso. – E, voltando-se para a agente, declarou: – Também preciso ir. Até.

Em segundos ele havia sumido na praça. Ela pousou a xícara de café na mesa, pegou a comanda para pagar e levantou-se, murmurando:

– Muito boa tarde para você também...

A chuva quase cessara quando ela saiu da cafeteria, indo para o lado oposto ao dele. Se o senhor do Cidesi a chamava em pleno sábado, devia ser coisa séria.

»»»»»

Munique, dias atuais

Lazlo havia saído da clínica sem nem mesmo falar com Otto. Em poucos minutos estava no hotel, e tudo em seu comportamento parecia alterado. Olhou o relógio: quase cinco e meia da tarde.

Tentara vários telefonemas para o Brasil, sem sucesso. Ninguém atendia aos celulares naquele sábado. E ele precisava desabafar sobre o que achara nos documentos da clínica...

Abriu a valise sobre a cama, pegou as roupas que guardara numa gaveta e também os pertences que deixara no toalete. Respirou fundo e começou a organizar tudo na mala.

Quando deixou o quarto, suas roupas estavam dentro da valise, assim como a papelada que levara e mais pastas que continham os exames de Hector e da senhora que viera consultar.

Foi direto falar com o *concierge* do hotel, pedindo indicações a respeito de certas lojas próximas. E saiu pelas ruas centrais de Munique, apressado, com a preocupação estampada em seu semblante.

»»»»»»»

Porto Alegre, dias atuais

A chuva cessara completamente quando Natália entrou pelas ruazinhas do centro de Porto Alegre. As lojas estavam abertas e havia muita gente transitando nas calçadas molhadas. Uma insistente sensação de que era seguida a incomodava ao virar a esquina, já divisando o prédio em que ficava o Cidesi, do outro lado da rua. E deixou a mão direita na altura do coldre. Seu instinto de policial não costumava falhar, assim como sua Browning 9 mm.

»»»»»»»

Hector estava a ponto de perder a paciência com a atendente no balcão da companhia aérea. Como se não bastasse ter demorado mais de uma hora para chegar ao aeroporto, descobrira que dois voos de São Paulo haviam aterrissado e que eles não liberariam a lista de passageiros ao primeiro que aparecesse perguntando! Precisavam da autorização de um, de outro, de mais outro. O máximo que a moça informou foi que caíra uma chuva enorme em São Paulo e que Congonhas fechara devido aos fortes ventos; era improvável que novos voos chegassem da capital paulista naquela tarde.

"Não tenho tempo para perder", disse a si mesmo, ignorando a moça e apertando as têmporas doloridas. "Sinto que ela está na cidade. E que tem alguma coisa *muito* errada aqui..."

Claro, podia sair perguntando se alguém vira uma moça grávida desembarcar, ou podia procurar as autoridades e identificar-se como agente especial da Polícia Federal. Pena não estar com seu crachá da força-tarefa, perdido em Curitiba. Mas daria um jeito, falaria com Natália e...

Foi ao pegar o celular para resolver o assunto que ele percebeu o perigo. Suas unhas começavam a crescer e havia pelos nas costas da mão!

Lazlo estava certo: o estresse desencadeava os surtos. Estava ficando febril de novo, seu sangue de lobo se rebelava nas veias. Se não saísse dali naquele minuto, seria capaz de transformar-se em lobo no meio de toda aquela gente!

Tentou respirar fundo enquanto saía do saguão e seguia para o estacionamento. Não podia deixar o Fator L vencer.

CAPÍTULO 3

O SANGUE DOS LOBOS

Porto Alegre, dias atuais

Foi a bebê mexendo-se na barriga que a acordou. De início Ana Cristina teve a sensação de estar em casa. Tinha um gosto estranho na boca e virou a cabeça para o lado, achando que ia vomitar; então percebeu que o pescoço era a única parte do corpo que conseguia mover.

Estava deitada de costas em uma sala na penumbra, presa com tiras apertadas a uma cama dura. A barriga encontrava-se livre e havia um soro pendurado a seu lado, pingando o conteúdo em seu organismo por um cateter preso no braço esquerdo. Fora sequestrada!

Sua primeira preocupação foi com a filha, já que tinha sido dopada. No entanto, a substância injetada não parecia ter afetado a criança: acessando a ligação mental, que a cada dia aumentava, podia senti-la desperta e tranquila.

Fechou os olhos e fez a respiração calmante que sua médica ensinara. Sim, a bebê estava bem, o que não podia ser dito dela mesma. Devia manter o medo afastado, para não entrar em desespero. Não era a primeira vez que corria perigo... embora da outra vez que fora raptada a única vida em risco fosse a sua. Agora, precisava pensar na criança em primeiro lugar.

O que lera nos e-mails de Natália para Hector retornou à sua memória. Um sequestrador que torturava e matava as pessoas de acordo com as fases da lua... O ardor nos lóbulos das orelhas a fez virar o rosto de novo. Como esperado, havia gotas de sangue na cama, próximas às suas orelhas. O sequestrador aproveitara a sedação para tirar-lhe o sangue, como fizera com as vítimas dos crimes.

– Temos de sair daqui, filha – disse, baixinho.

Ouviu um murmúrio próximo e voltou a cabeça para o lado oposto. Os olhos ainda não tinham entrado completamente em foco, mas divisou uma espécie de biombo que dividia a sala.

– Tem alguém aí? – perguntou, com medo de falar alto.

– Sim... eu... Anette – uma voz feminina respondeu. – Fingi que estava dormindo, mas ouvi quando eles trouxeram você.

"Anette", a esposa de Hector pensou. "Onde ouvi esse nome antes? Não me lembro..."

– Quem são *eles*? – perguntou, mantendo a voz baixa, apesar da vontade de gritar.

A moça do outro lado do biombo parecia chorar, pois engoliu um soluço antes de falar.

– Nunca vi o rosto dele, cheguei a pensar que era uma mulher. Mas a voz é de homem. Está sempre de avental e máscara. Vem para fazer cortes e colher sangue. Tem um ajudante, um rapaz.

– Quanto tempo faz que pegaram você? – Ana piscou e moveu o pescoço para todos os lados, tentando ter uma visão mais completa do lugar em que estava.

– Uns três ou quatro dias – foi a resposta. – Eles me dopam com o soro, mas ultimamente não está fazendo muito efeito, eu acho, então finjo que estou grogue. Até agora parece que acreditaram.

A sala parecia velha, e Ana não viu sinais de tecnologia, mas ainda indagou:

– Anette, será que aqui não tem escutas, microfones, câmeras? Para eles vigiarem a gente?

– Eu nunca vi nada. Pelo menos até onde minha visão alcança... Tem tiras fortes prendendo meu corpo na maca. Você também está amarrada?

– Sim. Menos a barriga. – Com um suspiro, revelou: – Olha, meu nome é Ana Cristina, e estou grávida. Trinta e cinco semanas.

– Meu Deus! – Anette sussurrou, apavorada. – Como eles podem?! Eu li os artigos do Liam nos jornais. Ele falava sobre um maníaco e crimes seriais, mas nenhuma das pessoas raptadas estava... nessa condição.

Nos e-mails de Natália aquele nome era citado: Liam. Um jornalista. Pelo que se lembrava, a agente o estava investigando.

– Fica calma – disse à outra prisioneira. – Vamos escapar daqui. Você disse que são dois sequestradores?

– Isso. O mais novo parece um criado do mais velho. Uma vez ele o chamou *Herr Doktor*...

Ao ouvir a frase em alemão, a memória de Ana Cristina voltou com tudo. E ela recordou a visão que tivera ao ser tirada do táxi. Uma tatuagem no braço daquele que a raptara... A suástica.

Sentiu o pavor invadi-la, e até a bebê em sua barriga estremeceu de medo.

»»»»»»»»

Vários dos espaços da Casa de Cultura Mario Quintana eram ocupados, havia alguns anos, por departamentos da Biblioteca Pública. Era num deles que Fabiana trabalhava; naquele sábado a moça aguardava Rodrigo para entregar os papéis que acabara de conseguir.

Ele estava atipicamente sério. Os dois passaram algum tempo encontrando os sobrenomes que ele lhe pedira para verificar, tanto nos registros das cooperativas que ela resgatara quanto na papelada dos imigrantes que o senhor Farkas permitira que a bibliotecária levasse para copiar.

– Estas pessoas – comentou ele, a certa altura, indicando alguns nomes – eram trabalhadoras de uma cooperativa de São Leopoldo. Tinham fichas de saúde assinadas pelo mesmo médico. E desapareceram no começo do século XX, é isso?

– Segundo o senhor do Cidesi, sim. Não há registro das suas mortes, ao contrário daquelas outras: junto de cada entrada constam anos de nascimento e falecimento. Nestas, só a primeira data. Mas as assinaturas do doutor responsável são ilegíveis, olha estes papéis...

O detetive ficou pensativo, enquanto Fabiana mostrava registros nas folhas copiadas.

Eram muitos detalhes; a moça marcara os sobrenomes alemães com caneta colorida. Correspondiam aos nomes das vítimas atuais. Podiam ser seus antepassados. Ou não.

– Afinal, tu vai me contar para que precisa de tudo isso? – perguntou ela, já cansada de mexer naquilo. – Tem alguma coisa a ver com a morte do vereador do Vale do Rio dos Sinos? Li uns artigos que saíram no *Zero Hora* sobre crimes, o jornalista diz que são assassinatos seriais e que a polícia...

– Aquele intrometido não sabe de nada! – ele a interrompeu, ríspido. – Ele mesmo é suspeito, sabia? Minha parceira da Polícia Federal pediu uma investigação sobre Liam Jaeger, e descobrimos que ele não existe. Os artigos saem originalmente num jornal do Rio, mas o nome é falso e também não tem domicílio conhecido. Nada do que ele escreve é confiável! Perguntei ao Sindicato dos Jornalistas se há algum registro do sujeito e ainda estou esperando a resposta.

Aparentemente, porém, a única palavra de seu desabafo a atingir os ouvidos de Fabiana foi "parceira". A bibliotecária levantou uma sobrancelha e comentou, ácida:

– Sei. Tem uma nova *parceira* na tua vida. Ela é bonita?

Rodrigo olhou-a com impaciência.

– Que diferença faz? Ela é agente da PF, sou obrigado a tolerar sua presença na investigação.

– Só perguntei por perguntar – ela tentou disfarçar o ciúme. – Afinal, estou usando meu tempo livre pra te ajudar e mereço saber alguma coisa! Tu nunca me conta nada...

Ele se levantou abruptamente e começou a reunir a papelada.

– Não vamos tocar de novo nesse ponto, Fabi. Tu sempre soube que trabalho com casos criminais e as informações são confidenciais, nada pode ser divulgado fora da delegacia!

Irritada, Fabiana ergueu-se também e disse, antes de deixar a sala:

– Pois então vai tocar as tuas *preciosas* pesquisas dentro da tua *preciosa* delegacia! Eu tenho mais o que fazer. E, se me dá licença, já passou do meu horário de ir pro atendimento. Boa tarde!

Ele a viu sair sem olhar para trás. Talvez não devesse tê-la procurado. Um dos motivos de o namoro haver terminado era exatamente a curiosidade dela sobre o trabalho investigativo – e o ciúme das colegas policiais. Mesmo assim, Fabiana era uma das poucas pessoas, na cidade, capazes de achar aquele tipo de papelada e de encontrar sentido em documentos antigos.

Saiu no corredor com a intenção de desculpar-se. Ela conseguira informações importantes, e ele ainda precisaria de sua ajuda. Só devia tomar cuidado para não acenar com uma reconciliação. Gostava de Fabi, porém sua paciência para com os ataques de ciúme se esgotara...

O toque do celular o fez parar. Olhou o número identificado e, desta vez, não atendeu.

"Primeiro devo cuidar das prioridades", decidiu, com uma expressão sombria.

Desistiu de falar com a moça. Desceu as escadas e deixou a casa de cultura pela saída da rua dos Andradas. Voltaria para o centro.

»»»»»»»

Hector saíra do aeroporto às pressas, tentando manter a mente focada para se controlar. Desistira de pegar o carro no estacionamento em frente. Atravessou a avenida quase correndo e buscou uma travessa menos movimentada para respirar fundo e tentar repelir a mutação.

Parara de chover e as calçadas ainda estavam molhadas. Encostado numa parede úmida, ele observou as próprias mãos até ver que não havia mais sinal de transformação nelas. Sua cabeça doía menos e o suor na nuca mostrava que a temperatura do corpo baixara.

"Calma", refletiu, mantendo as batidas do coração também sob controle. "Preciso de calma."

Fora só voltar ao Brasil e o Fator L ressurgira com tudo; mas ao menos podia usar as técnicas de Lazlo para evitar o estresse, se não se distraísse.

Retornaria ao aeroporto, ligaria para Natália. Porém notou que, embora a mutação tivesse sido evitada, um efeito lupino permanecia: o faro. Não entendeu por quê, mas decidiu usá-lo.

Concentrou-se na memória do lobo... e funcionou! Mesmo sem se transformar, conseguiu farejar o perfume tão familiar. Contudo, não vinha das ruas que levavam ao aeroporto. Vinha do lado oposto.

Resolveu deixar o faro assumir o controle e seguiu a rua em busca do cheiro. A cada passo podia sentir que chegava mais perto dela... Ana Cristina.

"Será possível?", duvidou de si mesmo. Seus instintos estavam anormalmente ampliados e lhe diziam que ela passara por aquelas ruas. Não estivera sozinha... Detectava o cheiro de gasolina, do desconhecido que dirigira o carro. Um táxi, certamente.

Começou a correr pelas ruas molhadas, afastando-se cada vez mais de Navegantes, o bairro do aeroporto. De súbito, ao virar uma esquina, deteve-se.

Embora logo fosse se desfazer no ar fresco do pós-chuva, o perfume da colônia suave que Ana usava era forte ali. Exatamente no ponto em que carros da polícia e uma viatura do Instituto de Perícias bloqueavam a rua.

A área isolava um táxi cor de laranja. Hector direcionou o faro lupino para lá e detectou o sangue, o corpo do homem e mais: a mala que os policiais tiravam do porta-malas. Que pertencia a *ela*.

Rosnou, furioso. Voltou para a rua anterior, combatendo o surto que o ameaçava outra vez.

Precisava manter-se no controle. Tudo indicava que Ana fora raptada pelo assassino serial que atacava na cidade; tinha de controlar-se por completo se quisesse encontrá-la.

»»»»»»

Munique

A cidade era a mesma, porém Bertha espantava-se a cada esquina. Escandalizavam-na as roupas dos jovens, mas fascinavam-na as luzes, os carros e os que passavam falando em aparelhinhos.

Entretanto, caminhava. Nas ruas do centro viu gente dos mais diversos aspectos. Ela sabia que, se nos anos do pós-guerra andasse pelas avenidas daquela forma, enrolada num xale que mal disfarçava a camisola hospitalar, de chinelos e descabelada, seria detida na primeira esquina.

Nestes tempos modernos, porém, os transeuntes passavam sem notá-la; se notavam, fingiam não fazê-lo. Talvez, se atacasse uma daquelas jovens de carnes à mostra, ninguém ligasse.

"Faremos essa experiência um dia, não hoje", disse a si mesma. Não conseguiria forçar a mutação ainda. Precisava de um esconderijo antes de ir para casa, e de roupas decentes.

O anoitecer de primavera estava agradável e um vento soprava, trazendo o aroma de mato e terra. Ela já havia passado por Sendlinger

Tor e enveredado por uma avenida que margeava o espaço em que acontecia a *Oktoberfest*. Tentava não prestar atenção aos veículos assustadores que corriam por toda parte. Para atravessar as ruas, seguia os grupos de pessoas.

"Quanto tempo eu perdi dormindo?", refletiu, ao erguer o rosto para conferir um enorme avião que riscava os céus.

Tudo por culpa *dele*.

Já havia arquitetado vários planos de vingança quando se aproximou do parque; apressou-se e entrou na ruazinha que levava à grande massa de árvores. Viu uma *Bierhaus* e lojas ao redor, uma escola e casas de moradia. Ignorando as aleias e os jardins arrumadinhos, buscou a mata fechada. Havia muitos lugares para se esconder por ali. Encorujou-se atrás de arbustos e sob árvores altas. Jogou fora os chinelos do hospital: sentia que estava de volta a seu elemento primordial.

Terra. Plantas. Floresta.

Percebeu que arranhara os braços ao abrir caminho entre os ramos. Gotas de sangue surgiam dos arranhões. Bertha lambeu-as. Tinha tanta saudade daquele sabor...

Assim como suas forças, o fator de cura retornava. Os ferimentos se fechavam. Depois, voltou a mente a pensamentos mais agradáveis. E seus olhos brilharam por trás dos arbustos.

»»»»»»

Porto Alegre, dias atuais

O tempo passava e ninguém aparecia na sala em que Ana estava presa; a garota, Anette, havia resvalado para um estado de sonolência. Apesar de ter dito que estava vencendo os soníferos, às vezes faltavam-lhe forças para combatê-los completamente após os dias de cativeiro.

"É só uma questão de tempo", concluiu a grávida. "Eles acham que estamos seguras, por isso não apareceram ainda... mas virão. E eu pretendo estar fora daqui quando chegarem!"

Uma ideia brincava em sua mente havia algumas semanas. Tinha a ver com a forte ligação mental que mantinha com a bebê. Sua médica dissera que toda mãe era ligada aos filhos ainda no ventre e desprezara sua tese de que estava se comunicando com a criança e vice-versa. Porém a doutora também não acreditaria se Ana mencionasse efeitos da licantropia... Talvez a internasse para exames psiquiátricos!

– Eu sei que posso estar certa – sussurrou.

Fechou os olhos de novo e buscou a mente da filha. Tinha bem claras na memória as imagens dos ultrassons e sentia o coraçãozinho dela batendo quando se concentrava. A menina era saudável; era maior do que deveria ser para trinta e cinco semanas de gestação.

E era filha de Hector Wolfstein.

“Existe Fator L no seu sangue, não existe? Mostre para mim. Eu sei, eu sinto! Nos últimos meses, todos os arranhões que sofri sumiram de um dia para o outro. Nas fases de lua cheia estive tão cheia de energia que adiantei tremendamente a pesquisa do mestrado.”

Como se pudesse ouvi-la, a bebê se mexeu na barriga. Sem agitação. Como se demonstrasse que estava ali, que se solidarizava com a mãe.

Ana Cristina mentalizou a placenta, o cordão umbilical. Seu sangue alimentava a criança. E o sangue *dela* poderia muito bem retroalimentar a mãe!

Estava dando certo. Quase pôde enxergar os corpúsculos prateados no plasma da filha fluírem, escapando para seu próprio organismo. Uma força estranha tomou seu metabolismo, e ela tentou erguer os braços.

Ouviu o som rascante das correias de couro. Teve vontade de rir ao se sentir tão forte e poderosa, como uma super-heroína.

Uma respiração mais profunda, um pouco mais de força e suas mãos estavam livres. Incomodou-a certa pressão na base da espinha, mas foi só: rompera as correias. Acalmou o coração acelerado antes de erguer-se na maca para tentar soltar as outras, no resto do corpo.

– Obrigada, filha... Você é uma guerreira, como seu pai. Agora me ajude a sair daqui.

Enquanto trabalhava para soltar-se, chamou a vizinha de cativeiro.

– Anette! Acorde.

A moça resmungou, bocejou. Sua voz soou confusa.

– O que foi?... Eles não vieram. Por que eles não vieram?

– Esperava que você me ajudasse a entender isso. A que horas eles costumam aparecer?

A outra pensou um pouco, tentando concatenar as ideias.

– Acho que de manhã cedo... e à noite, de madrugada, eu acho. Não dá pra ter certeza.

– Eu fui raptada na hora do almoço – comentou Ana, acabando de remover mais uma correia e tentando alcançar a que lhe prendia as pernas. – E não acho que me deram muito sonífero, para não afetar a criança. Olha, você precisa reagir. Nós vamos escapar antes que voltem.

– Como? – perguntou Anette, custando a assimilar a ideia.

No minuto seguinte viu o biombo ser afastado e uma moça de cabelos loiro-acinzentados aproximar-se. Andava pesada e vagarosamente e havia sangue em seu braço, no ponto em que o cateter fora arrancado. Mas a determinação imperava em seu olhar.

– Fique parada enquanto tento soltar essas correias. Você tem ideia de que lugar é este? Parece velho. Será longe do centro de Porto Alegre?

Anette arregalou os olhos ao ver a grávida soltar seus braços como se as fortes faixas de couro fossem fitas de cetim. Esse tipo de poder só se via em filmes de super-heróis!

– Não tenho ideia, me trouxeram dopada. Mas, se a gente sair daqui, eu descubro.

Em pouco tempo ambas tentavam abrir a porta de entrada. Estava trancada, porém a lingueta da fechadura era das antigas. Ana Cristina olhou ao redor e viu uma mesa no canto. Sobre ela, algumas lâminas de vidro e, maravilha!, uma faquinha. Pegou-a, sentindo seu corpo rejeitar o material que a revestia.

– Prata... – murmurou, lembrando-se do ritual. – Veneno para quem tem o Fator L.

– O que disse? – perguntou a outra moça, estranhando as coisas que a mulher dizia.

– Nada. Vamos usar isso pra destravar a fechadura.

A lingueta cedeu, a porta se entreabriu com um rangido. Ana Cristina guardou a faquinha no grande bolso da calça de gravidez e as duas foram parar num enorme e escuro galpão. Havia uns poucos vãos por onde a luz do dia entrava. Anette olhava ao redor.

– Onde será a saída? – perguntou a esposa de Hector, segurando a barriga.

A pressão na base da espinha aumentara e havia agora uma dorzinha insistente a incomodá-la. A bebê estava quieta, como em expectativa.

– Por ali, eu acho. Está me parecendo um dos galpões vazios no cais do Guaíba...

Andaram na direção que a moça indicara, de onde vinha mais luz. E, de repente, ouviram um ruído. Parecia um ronco de moto, que, ao cessar, foi seguido por passos.

As duas apertaram-se as mãos. Anette prendeu a respiração e Ana sentiu a primeira contração tomar conta de seu corpo.

"Não, agora não, filha!", pensou.

Seu sequestrador estava voltando, e no pior momento possível.

CAPÍTULO 4

ARMADILHA

Porto Alegre, dias atuais

O espelho no banheiro do bar estava rachado. Mesmo assim, devolveu a imagem do vulto que o fitava.

– Você percorreu um longo caminho desde as serras de Kellerwald, lobo – ele disse a si mesmo, passando a mão pelo queixo onde a barba despontava. – Faz tempo que não mata alguém...

Sorriu, algo que não fazia com frequência. Tinha de admitir que a antecipação da caçada era irresistível. Se *ele* tivesse lhe dado o antídoto antes, não teria falhado da última vez. Agora, porém, sentia-se mais forte a cada minuto. Não foi difícil concluir que nunca desejara, realmente, deixar de ser lobo. Inibira as mutações apenas por causa da doença, do vírus. Se ao menos pudesse liberar seus instintos! E libertar-se de novo do jugo daquele sobrinho degenerado... do filho *dela*.

Voltou a olhar o espelho e viu que ele já não refletia seu rosto. Vislumbrava a paisagem de um parque. Era noite, e as luzes ao longe lhe pareceram familiares.

"Bertha", concluiu. "Estou vendo o que ela vê, na Alemanha... Deve ser Munique."

Ele rejeitara o contato mental com ela por muito tempo, depois de descobrir que era um processo de mão dupla: apesar de Bertha ser a mente dominante, a troca de imagens só acontecia quando os dois permitiam. Jörg reprimira as transformações e as lembranças da irmã, por isso conseguira ficar longos períodos fora de seu alcance. Agora, porém, tudo mudara. *Ele desejava o contato.* Sabia que ela também fora vítima do vírus e agora também devia odiar o degenerado.

– No ódio nos reencontramos, irmã – sussurrou.

"Vielen Danke, Bruder", a mente dela respondeu com um agradecimento.

Estavam distantes, separados por muitas terras e um oceano. Entretanto, ele sentia que a energia da gêmea, apagada por anos, ressurgia com força. Quando o irmão tomara o antídoto, ela recebera seu eco e recuperara as forças.

Naquele momento seu celular vibrou; ele o pegou no bolso. Os olhos lupinos brilharam ao ler a mensagem. Voltou-se para o espelho e viu somente o vidro rachado mostrando seu rosto.

"Bom. Já estava cansado de esperar", matutou.

Digitou uma resposta simples: "Será feito".

Estava satisfeito. Havia duas *encomendas*, e a segunda o agradava bastante. Deixou o banheiro e foi para a porta do bar, onde se postou atrás de uma coluna, observando atentamente o prédio do Cidesi do outro lado da rua.

»»»»»»»»

Munique, dias atuais

A imagem era estranha, mas ela não se importou. Divisava o rosto de Jörg num espelho; mostrava-se envelhecido, porém disposto. E sorria. Estava prestes a matar alguém.

Bertha sabia que a comunicação mental entre ambos seria errática por um tempo. Mesmo assim, aconteceria. E o bem-estar dele, agora, significava o bem-estar dela própria. Levantou-se do chão de terra e sentiu as energias dele reforçarem as suas. Agradeceu em voz alta ao irmão gêmeo.

– *Vielen Danke, Bruder...*

Um cheiro diferente atraiu sua atenção. Esgueirou-se para fora da mata protetora e, sob a luz do final de tarde, quase noite, viu uma pessoa.

Era uma mulher de uns cinquenta anos, talvez funcionária do parque ou da escola próxima. Carregava uma sacola e andava apressada, como quem vai para casa.

Vagarosamente, como um felino que vai dar o bote, Bertha tomou a mesma aleia.

A emoção da caça estava de volta.

»»»»»»

Porto Alegre, dias atuais

Ele vira Natália entrar no prédio e pouco depois a moto chegar e estacionar entre outras na guia diante do edifício. Sorriu da coincidência e esperou o motoqueiro sumir na entrada. Com toda a calma, deixou o bar e atravessou a rua; tudo aconteceria conforme as instruções recebidas... a não ser por uma estranha sensação, que o atingiu pouco antes de entrar no prédio.

Ele não era o único a estar de tocaia. Uma pessoa o observava! Um abelhudo oculto na confusão da rua. Com tanta gente, lojas, carros, seria difícil descobrir quem era o espião.

"Não tenho tempo para me livrar de curiosos. Minhas ordens já são bem complicadas", decidiu, afinal adentrando o prédio.

Se tivesse se voltado teria descoberto, parado na esquina, aquele que seu instinto detectara. Porém havia decidido lidar com aquilo depois. Entrou no elevador.

»»»»»»

Surpreso, o observador deixou a esquina e se aproximou, murmurando entre dentes:

– O que ele está fazendo aqui?!

Da porta do prédio, seu olhar foi para a motocicleta que também vira ser estacionada ali. O desconhecido pensou um pouco, depois pegou um molho de chaves no bolso; destacou delas o pequeno chaveiro, que possuía um componente eletrônico. Ninguém na rua agitada prestou atenção quando ele foi para junto da moto e encaixou o objeto sob o estofamento do banco.

"Parece firme", julgou; então, com passo decidido, entrou no edifício e foi conferir o visor do elevador, que acabava de parar em um determinado andar. O décimo terceiro.

Já sabia o que faria... e apertou um botão para subir. Mas não era o do 13.

»»»»»»

Natália chegara ao Cidesi e dera com a porta aberta; havia um bilhete do senhor Farkas para ela dizendo que fora à farmácia e já voltaria. Que ficasse à vontade e olhasse os papéis na mesa.

Ela olhou: ele deixara separados alguns registros médicos, fichas de trabalhadores de uma antiga cooperativa de São Leopoldo, cidade que ficava próxima a Novo Hamburgo. A agente passou por várias fichas até descobrir por que o idoso senhor as destacara.

– Os sobrenomes – sussurrou. – Schmidt, Weber, Becker.

Corroborava o que Rodrigo dissera. Fichas de homens que haviam sido funcionários da tal cooperativa e podiam ser avôs ou bisavôs das vítimas atuais. Se cotejasse aqueles papéis com a lista de pessoas desaparecidas, encontraria mais coincidências. E novas pistas.

– Interessante – falou, sozinha. – Em todas as fichas há a mesma assinatura do médico responsável... Está ilegível, mas garanto que o pessoal de grafologia da PF decifra isto. E posso apostar que foi o homem de bigode nas fotos dos cemitérios que assinou todas delas!

Fotografou uma das assinaturas com o celular e ia fotografar outra quando o aparelho tocou. Não reconheceu o número identificado, mas era local.

– Alô? – atendeu. – Senhor Farkas? Não entendi, a ligação está ruim.

Havia compreendido apenas as palavras “desculpe”, “atrasado” e “logo” quando a porta do Cidesi se abriu de súbito e a assustou.

Largou o celular e sacou a pistola em meio segundo. Infelizmente o aparelho caiu no chão, bateu no pé da mesa e se abriu; a bateria rolou para baixo de uma estante.

– O que você está fazendo aqui? – perguntou ela, ainda sob o efeito do susto, fitando a porta.

»»»»»»»»

Ana Cristina e Anette seguiram na direção oposta à dos passos que ouviam. Encontraram uma porta alta e meio arrebentada que, ao ser forçada, abriu-se para um pequeno galpão de madeira, totalmente vazio. Por vãos entre as tábuas, Ana enxergou um brilho. Água...? Anette respirou fundo.

– Estamos mesmo na zona do cais do Guaíba – constatou.

Uma das pranchas parecia mais podre que as outras, e de comum acordo as duas moças a atacaram com os pés, embora estivessem descalças. A madeira cedeu e elas se esgueiraram pela abertura, que mal deu para a barriga de Ana Cristina passar. Viram-se ao ar livre em um pátio cercado por tapumes. Chão de terra molhado, muros altos dos dois lados e caixotes velhos cercando tudo. À frente, uma pilha enorme de peças de guindastes enferrujadas.

Não tinham celular, nem ferramentas, nem nada. Como sairiam dali?

– Acho que... Aaah! – Ana gemeu, sentindo nova contração.

Anette a amparou, enquanto a gestante segurava a barriga e pedia mentalmente à bebê que esperasse um pouco; assim que a dor cessou, as duas nada disseram.

Começaram a buscar uma brecha improvável entre as peças dos guindastes.

»»»»»

Parado na porta entreaberta, com o capacete da moto sob o braço, Erich olhava para Natália, nem um pouco intimidado pela arma.

– Preciso explicar o óbvio? Estava seguindo você – respondeu, zombeteiro. – Sou um caçador. Não posso evitar farejar a presa.

A agente o fitou com a expressão sombria e manteve a mira em seu peito.

O jornalista suspirou, pousou o capacete no chão e ergueu os braços em sinal de rendição.

– Olha, não é você que eu caço, é um rato que um dia também me transformou em caça. Um homem que tem a tatuagem de uma suástica no antebraço direito.

Intrigada, ela baixou a arma.

– Não sei nada de tatuagens. Vai me dizer exatamente por que está aqui?

Ele olhou ao redor, cismado.

– Qual é o sobrenome do senhor que trabalha neste lugar? Você nunca mencionou.

Surpresa, ela ergueu uma sobrancelha.

– Desconfia dele? O coitado é idoso e reumático. Chama-se Farkas.

Erich sorriu e começou a mexer na papelada sobre a mesa.

– Você sabia que "Farkas" significa "lobo" em húngaro?

Desta vez ela ergueu as duas sobrancelhas.

– Sério? Havia textos em húngaro no site do Cidesi. – Estreitou os olhos, cismada. – E Daniel Lucas tem um amigo médico em Budapeste, na Hungria.

Separando alguns dos papéis que encontrara, o rapaz respondeu amargamente:

– Eu sei tudo sobre Lazlo Mólnar. Pelo menos, pensei que soubesse... mas as pessoas sempre nos surpreendem. Você procurava registros das famílias das vítimas nessa papelada antiga?

Natália fora pegar a bateria para recolocar no celular. Infelizmente, depois da queda o aparelho não ligava de jeito nenhum. Colocou-o no bolso, deixando para pensar naquilo mais tarde. Suspirou.

– Sim. Tudo indica que no passado várias dessas pessoas desapareceram, assim como hoje. Estou fazendo as conexões. E logo o senhor Farkas estará de volta, foi à farmácia.

– Ótimo. Quero mesmo conhecer esse...

Ia dizer "lobo", mas calou-se. Farejou o ar. Algo estava errado; alguém se aproximava... e, de alguma forma, ele sabia que esse *alguém* era ameaçador.

– O que foi? – a policial fitou-o, alarmada.

O jornalista hesitou por um instante antes de tirar o blusão e jogá-lo no chão.

– Você não vai gostar disto. Mas estamos no décimo terceiro andar, só há uma porta e não vejo outro jeito.

– O que pensa que está fazendo?! – ela esganiçou ao vê-lo desafivelar o cinto da calça.

Então ouviu o rosnado e compreendeu. Buscou a arma no coldre.

– Faça o que tem de fazer – sussurrou, constrangida, olhando para o outro lado enquanto Erich continuava a se despir.

A porta se abriu e ambos viram o corpanzil do imenso lobo negro bloquear a porta e o corredor deserto. Natália fez mira na cabeça do animal, e a única coisa em que conseguiu pensar, naquele segundo, foi num verso da velha cantiga infantil que adorava quando criança:

"O caminho é deserto... e o lobo mau passeia aqui por perto."

CAPÍTULO 5

CONFRONTOS

Um clique fez as duas moças voltarem-se para a abertura na parede do galpão. Havia um rapaz lá, parado, apontando uma pistola de aparência antiga para ambas.

Anette gemeu e Ana Cristina se colocou na frente dela. Logo agora, que estavam quase livres! Com raiva, e sem saber por quê, ela rosnou para seu captor.

Ele falou pausadamente, em português correto, mas com sotaque estrangeiro.

– Balas. De prata.

Anette tremia atrás dela. E Ana sabia o que ele queria dizer: lera o relatório de Natália sobre as balas revestidas. Mesmo se a ferisse de raspão, qualquer quantidade de prata em seu corpo mataria o bebê... O sujeito sabia que ela estava grávida de Hector. *De um lobisomem.*

Muita coisa fez sentido em sua cabeça. Aquele rapaz era o ajudante do sequestrador, de quem a outra prisioneira falara. Eles raptavam pessoas que julgavam ser portadoras de licantropia e tiravam o sangue das vítimas, começando por testar as gotas extraídas dos lóbulos das orelhas. Queriam obter o Fator L! Mas por quê?

– De joelhos – ele ordenou, lacônico.

Anette despencou no chão. Ana abaixou-se com cuidado, pensando "Não, de novo não!". E, na mesma hora, atingiu-a uma nova pontada de dor, trazendo a sensação de que algo se rasgava dentro dela. Gemeu, sem conseguir impedir... e sentiu a água escorrer por suas pernas, molhando o chão.

– Meu Deus – disse a recepcionista, ao perceber aquilo. – A bolsa rompeu!

O rapaz deu uma risadinha e murmurou algo ininteligível. Em poucos passos estava ao lado delas e fez um gesto de comando para Anette.

Ela ajudou-o a colocar Ana Cristina em pé. A gestante respirava fundo, tentando conter o desespero. Sua filha ia nascer, e ela nem imaginava onde estaria Hector. Desta vez, ele não conseguiria salvá-la...

A dor cessou e ela recuperou alguma energia ao reentrarem no galpão. Mas fingiu continuar fraca, apoiando-se nos dois. Percebeu que o sequestrador não as levava para o mesmo cativeiro de antes... Passaram direto pela porta e foram em direção a uma sala mais adiante.

Deu um passo em falso, gemendo, e se apoiou na outra moça. Disfarçando o movimento como um gesto para proteger a barriga, achou no bolso a faquinha que levara e a passou para Anette. Esta percebeu a manobra e pegou a arma, mantendo-a oculta.

– Você – ordenou o rapaz, chutando a porta de um cubículo e brandindo a pistola. – Ali.

Anette soltou Ana e entrou na sala escura. Conseguira evitar que ele visse a faca!

O bandido manteve a mira sobre a grávida com uma mão e trancou a porta com a outra.

Mais uma contração. Ana gemeu baixinho enquanto era levada para a nova sala. Diferente dos demais ambientes construídos no interior do galpão, aquele fora pintado de branco. Havia uma cama hospitalar, sobre a qual o rapaz fez com que a moça se deitasse.

Ela ficou ali, tentando contar os segundos e fazer a respiração que sua ginecologista ensinara. Ele se afastou; sabia que a prisioneira não fugiria de novo. E parecia satisfeito ao pegar o celular para informar a *Herr Doktor* que a hora havia chegado.

»»»»»»»

Natália se refugiou no canto mais afastado, mantendo a mira da pistola no lobo. Eram as mesmas feras, mas o confronto não repetiu o anterior, de Arroio dos Ratos. No espaço restrito, os olhos do lobisomem negro brilharam em vermelho; os de Erich, em amarelo. Este saltou rapidamente e foi recebido com uma patada poderosa, que o arremessou contra a escrivaninha. No intervalo de segundos entre a versão lupina do jornalista erguer-se e voltar a atacar, a policial disparou.

Mas o lobo negro era ágil. Com um pulo, desviou-se da trajetória da bala que o atingiria na cabeça; recebeu o projétil no flanco esquerdo e o ignorou completamente. Ao saltar, encontrou seu oponente no ar. Os dois rolaram no meio da sala, papéis voaram para toda parte, móveis tombaram.

A agente não queria tirar os olhos da luta, porém a lembrança de algo que o jornalista dissera a atingiu: *"O lobo negro tem duas balas de prata no corpo: ele vai ter de usar suas reservas de força para não morrer"*. E ela soube como devia agir. Se sua pistola não machucava o bicho, a de Erich tinha balas revestidas e o feriria. Onde estava? Talvez no bolso do blusão que ele tirara...

Os lobos rosnavam e se atacavam, mordiam e recuavam, e a cada bote algo na salinha do Cidesi era derrubado. Natália sentou-se no chão, costas contra a parede, ainda empunhando a arma. Viu as roupas do jornalista sob uma cadeira e arrastou-se naquela direção.

O lobisomem mais fraco – Erich – ia perdendo a refrega. No entanto, renovou as forças e quase conseguiu imobilizar o adversário, prendendo-lhe o corpanzil contra a escrivaninha com as patas da frente. Natália acompanhou o movimento; alcançou a cadeira, pegou o blusão de couro e encontrou a arma.

Foi questão de segundos. O *lobo mau* se livrou do aperto, saltou para cima da mesa e ia pular de novo sobre o inimigo quando ela disparou.

Atingido no pescoço, ele caiu ao chão. O outro rosnou, satisfeito, porém não teve o gosto de terminar a luta: o animal ferido avaliou a situação numa fração de segundo e jogou-se porta afora. Quando Natália refez a mira, ele havia sumido no corredor do prédio.

– E agora? – ela perguntou, levantando-se. Imaginava que o lobo teria descido pelas escadas e poderia encontrar gente nos outros andares. Faria vítimas... Devia segui-lo.

– Deixa, eu vou atrás dele – ouviu Erich dizer.

O jornalista voltara à forma humana e estava ocupado vestindo-se. Num ápice pegou o capacete e estendeu a mão para recuperar sua arma, que ela ainda segurava.

– O lobo...

– Vai fugir pela cidade, como animal ou homem, não sei. Alguma coisa impediu que eu reconhecesse seu cheiro antes, mas agora está impregnado em mim. Vou encontrá-lo.

– Espere, Erich, como eu vou explicar...?

Ele já não a ouvia. Despencara escadaria abaixo, após gritar:

– Valeu pela ajuda!

A salinha do Cidesi virara uma confusão total, como se uma bomba tivesse explodido ali. O que faria? Chamaria a perícia? Resmungou para si mesma que uma agente com sua experiência deveria ter mais presença de espírito – e não tremer ao colocar a pistola no coldre, como ela tremia.

A refrega durara uns quinze minutos, embora parecesse ter se estendido por horas. E não passou despercebida: vozes e passos davam conta de que os ocupantes do edifício se inquietavam. Pessoas começaram a aparecer, inclusive o zelador e um faxineiro do prédio, apavorados.

A policial levantou-se e foi lidar com a situação. Teria de chamar uma viatura, telefonar para Laura e explicar o mínimo possível...

A delegada demonstrou ceticismo ao telefone, apesar de prometer enviar Aluísio, que estava na rua com a perícia. Natália franziu a testa ao ouvir sobre o assassinato de um taxista, mas descartou a preocupação com aquilo. O zelador do prédio se aproximava; ela lhe devolveu o telefone, que pedira emprestado, pois o seu continuava mudo. O homem estava pálido.

– Já chegou uma viatura lá embaixo – disse ele, guardando o aparelho. – Tá uma encrenca. Tem sangue nas escadas, e o faxineiro que diz que viu um lobo! A senhora pode imaginar?

"Sim, eu posso", pensou ela, sentindo um zumbido tomar conta de sua cabeça. Decididamente, não estava se comportando como uma policial condecorada!

– O que disse? – perguntou, voltando-se para o zelador, que falara algo.

– Acho que é o teu celular tocando. – O homem apontava para seu bolso.

Era. Natália pegou o aparelho e viu, espantada, que de alguma forma ele voltara a funcionar.

– Alô? – atendeu, ansiosa, ao ver o número de Daniel Lucas na telinha.

No entanto, Hector falou primeiro, despejando a própria preocupação.

– Ana Cristina desapareceu, Natália. Sei que desembarcou e pegou um táxi, só que alguém atacou o taxista e a levou... só pode ser o mesmo sequestrador. Segui a pista com o faro, peguei o carro e dei umas voltas pelo bairro. E não consigo saber para que lado ela foi levada!

Um táxi? A agente recordou o que Laura dissera sobre o crime que Aluísio fora investigar.

– Calma, Daniel. Você mesmo disse que não deve se estressar, por causa do Fator L! Olha, eu não posso te ajudar agora, estou no meio de uma encrenca enorme. Mas, se eu fosse você, iria correndo atrás de Liam, quer dizer, de Erich. Acontece que...

Um barulho esquisito mostrou que seu celular havia morrido de novo.

Ela gemeu, olhando o visor escuro. Apertou botões, sacudiu-o. Nada. Só não o jogou no chão porque dois homens da brigada acabavam de surgir no corredor.

Ela teria de fazer um depoimento para o relatório que eles redigiriam. Mais tarde conseguiria outro telefone para falar com Daniel. Só esperava que ele seguisse seu conselho e procurasse Erich. Certo, ele estava seguindo o lobo negro, mas poderia ajudar a encontrar Ana com seu superfaro. E ela acreditava que os sequestros e as aparições do lobisomem estavam conectadas.

– Agente Sorrent? – perguntou um dos policiais que chegara.

– Sim – disse ela, suspirando. Tinha uma longa história para contar.

»»»»»

Hector tentou ligar de novo para o celular de Natália, sem sucesso.

Encostou a testa na direção do carro. Respirou fundo, tentando controlar-se. Ela e Lazlo estavam certos, tinha de manter o estresse no nível mais baixo possível...

Havia estacionado perto da esquina de uma ruazinha em Floresta. Ali naquele bairro, ele sentira o perfume de Ana pela última vez, após segui-lo por várias ruas.

"Preciso pensar. Raciocinar."

Repassou o caminho que fizera do aeroporto para lá, reviu mentalmente o trecho interditado, com o táxi, o homem assassinado, a bagagem dela no porta-malas. Franziu a testa.

– Eles a doparam – concluiu, em voz alta –, e seu suor, seu aroma corporal devem ter se alterado, por isso eu só consegui segui-la até certo ponto. O que vou fazer agora?

Então a frase da agente tomou novo significado em sua cabeça.

"Se eu fosse você, iria correndo atrás de Liam, quer dizer, de Erich."

– Claro! – exclamou. – Ela deve ter obtido provas de que ele está por trás dos sequestros. Se quero achar Ana Cristina, é William que preciso encontrar. Não importa se seu nome agora é Liam ou Erich, aquele maldito é o culpado por tudo! Eu sabia. Nunca se deve confiar em um *monstro.*

Seu faro podia ter perdido o perfume de Ana, mas não esqueceria o cheiro daquele lobo. Além disso, Lazlo mencionara que, na nova forma da licantropia que os surtos lhe traziam, poderia acessar os poderes de lobo independentemente da fase da lua. Faria isso.

Manteve a cabeça fria, o coração gelado. E concentrou-se no faro...

Dezenas de aromas o invadiram, de súbito. O dela, que desaparecia naquele local; o das redondezas, das pessoas, animais domésticos, plantas. E, ao longe, o cheiro familiar. Do inimigo que seguia, fazia décadas, por vários continentes. Que contaminara sua mãe. Raptara sua esposa.

Abriu a janela do carro para manter o faro no comando e deu a partida. Já sabia em que direção seguir. Desta vez acabaria com aquele lobo.

»»»»»»

Rodrigo entrou no primeiro bar que viu. Pediu um café bem forte e tomou de um gole, sem colocar açúcar ou importar-se com a temperatura do líquido. Somente depois de a cafeína fazer algum efeito em seu organismo foi que ele sentiu a cabeça parar de rodar.

Tudo estava errado, muito errado. Fechou os olhos, buscando uma ideia, uma direção a seguir. Afinal, encontrou a intuição que desejava.

Mais senhor de si, deixou uma nota de vinte sobre o balcão do bar e saiu sem esperar pelo troco. Baixou a cabeça ao ver o carro de polícia estacionando bem na guia onde, antes, havia motos; agora estava vazia. Virou a esquina e quase correu para o estacionamento em que deixara o carro.

Pagou a estadia olhando para o chão, como se evitasse mostrar o rosto. Já no carro, soltou um palavrão. Na confusão, perdera seu celular.

“Não importa”, pensou, afinal. “Hoje eu só preciso é do GPS... Espero que funcione.”

Ligou o aparelho embutido no painel. Digitou algumas opções, inseriu alguns dados. E sorriu quando, na tela que mostrava a cidade de Porto Alegre, um ponto começou a piscar.

– Te peguei – murmurou, com uma expressão feroz.

Saiu com velocidade reduzida do estacionamento e trafegou devagar pelas ruas do centro, mas, assim que se viu em uma avenida mais larga, aumentou a velocidade, seguindo a trajetória indicada pelo GPS.

»»»»»»

A moto enveredou por uma travessa residencial. Naquela tarde de sábado, estava bem vazia. A rua, que os moradores chamavam de *lomba*, era íngreme. E o motoqueiro mudou de marcha até atingir a esquina. Parou por um instante num semáforo fechado.

“Ele está dando voltas, como se quisesse ganhar tempo!”, concluiu Erich. “Tentando me despistar? Ou tentando me atrair?”

Não vira mais o lobo após deixar o prédio no centro da cidade, mas sentia seu cheiro com facilidade, conforme se afastava das zonas comerciais. Estava certo, agora, de que *ele* ou *eles* haviam usado algum tipo de substância que modificava seu odor. Só isso explicava por que haviam se mantido a salvo de seu faro por tanto tempo. Agora, porém... encontraria o *lobo mau*.

Primeiro haviam seguido rumo ao sul. A fera circundara o estádio Beira-Rio antes de embrenhar-se em ruazinhas de Santa Teresa. Era extraordinário que o animal pudesse correr pelas ruas de uma capital sem ser apanhado. Talvez se escondesse nas sombras; era possível também que as pessoas o vissem, mas pensassem tratar-se de um cachorro de rua. De qualquer forma, não voltara a transformar-se em humano. E isso era perfeito para o faro de Erich.

“Talvez esteja indo para Viamão”, pensou, percebendo uma mudança no vento.

Prosseguiu rumo ao leste, por ruas arborizadas, subindo morros, dando em bairros com aspecto de interior. E, a certa altura, seus sentidos lupinos perceberam outro aroma além do cheiro do inimigo. Hector? Se ele se aproximava, ao menos teria ajuda naquela caçada.

»»»»

Não havia como ocultar o fato de que um lobo (segundo alguns) ou um cão raivoso (segundo outros) havia invadido um prédio comercial no centro de Porto Alegre e feito estragos. Natália declarara que estava no centro de documentação fazendo pesquisas quando um animal estranho atacara a ela e a um amigo. O amigo fora ferido e saíra em busca de ajuda; o bicho fugira.

A inacreditável história fora confirmada por muitos que tinham visto o lobo. O zelador tentara falar com o coordenador do Cidesi, o senhor Farkas, mas ninguém tinha seu número de celular; a policial achava que ele nem possuía um. Concluiu que, como não chegara até aquela hora, provavelmente estaria na rua com a multidão que a polícia não deixava aproximar-se do edifício.

Olhando para seu celular desativado, encostada na porta, a agente da PF pensava em sair dali e procurar um técnico que o consertasse, ou quem sabe uma loja para comprar um novo que aceitasse o velho chip. Então a porta do elevador abriu-se e dele saiu a delegada Laura.

– Boa tarde, agente Sorrent. – A mulher estava cheia de formalidades. – Pode me dizer que loucura é esta? Lobos no décimo terceiro andar de um prédio comercial? O que é que você e o detetive Rodrigo andam escondendo de mim?

Natália ergueu as sobrancelhas, irritada. Se escondera fatos da delegada, era simplesmente por serem da alçada da Polícia Federal. Quanto a Rodrigo... não respondia por ele. E, por falar nisso, para onde fora seu parceiro de investigações depois de encontrar a Hector e a ela na cafeteria?

– Eu não tenho o que esconder, doutora. Estava aqui no Cidesi pesquisando sobre parentes das vítimas quando fui atacada. Não vejo Rodrigo desde o meio-dia. Ele me procurou num café da praça da Alfândega com uma história estranha sobre criminosos de guerra nazistas. Depois disso, não nos encontramos mais.

Laura pareceu mais zangada do que antes. Pegou o celular e disse:

– Pois vamos ver se ele ainda está pelo centro.

E ambas trocaram um olhar perplexo quando ouviram um toque familiar bem perto dali.

– Mas é o... – a delegada murmurou.

– O toque do telefone do Rodrigo! – completou Natália.

As duas seguiram o som. Saíram no corredor, desceram um lance de escadas. Antes que a escadaria saísse no décimo segundo andar, havia uma pilha de roupas largada nos degraus. Pouco abaixo delas, um celular caído. E soando.

Laura abaixou-se, sem tocar o aparelho. Pertencia mesmo a seu detetive; mostrava na telinha o nome e o número dela. Desligou o seu e o toque cessou. Sentindo-se perdida, olhou para a agente.

– Então *ele* é o lobo negro! – exclamou Natália, sem conseguir se conter. – Isso explica seus sumiços... Ele tentou me despistar com a história dos nazistas, mas me seguiu e achou que eu tinha encontrado provas importantes. Resolveu atacar e livrou-se das roupas antes de virar lobisomem. Aí eu atirei e o atingi. Ele fugiu sem ter tempo para se transformar.

Laura levantou-se e se apoiou na policial. Tremia. Gaguejava.

– Está dizendo... que... meu melhor detetive atacou uma agente federal? E que agora está aí pela cidade transformado num *lobisomem*, com uma bala no corpo?

Bem que Natália teve vontade de rir; conteve-se a custo.

– Ao menos é o que as evidências sugerem, doutora. Agora é mandar recolher isto para a perícia. O telefone certamente é do Rodrigo, e as roupas podem ser dele. Ou não...

A delegada precisava de tempo para digerir aquela história. Tinha muitas dúvidas. Lobisomens?! A situação era complexa, porém. Havia repórteres na rua querendo uma declaração da polícia. O que ela diria à imprensa? Pior: o que diria ao secretário de Segurança do estado?!

Aquilo não interessava a Natália, que via confirmadas suas suspeitas sobre o investigador. Criminosos nazistas! Aquilo fora um truque para desviar sua atenção. Pois, agora, o detetive Rodrigo era o suspeito número um de ser o sequestrador... ou de ser um lobisomem. Talvez as duas coisas.

Quisesse ou não, Laura teria de aceitar os fatos.

»»»»»»

O lobo, agora, era humano de novo. Respirou fundo e tocou a marca da bala em seu pescoço; ao menos conseguira neutralizar os efeitos da prata. Felizmente, escapara antes de um segundo tiro. Olhou para o corpo de um rapaz que atacara, agora caído na rua deserta. Não desejava matá-lo; o golpe na cabeça lhe renderia dores por muito tempo, mas viveria. Com pressa, pegou o celular da vítima e digitou um número. Detestava confessar mais um fracasso, mas não havia outro jeito.

Depois de falar rapidamente e sem esperar resposta, começou a remover as roupas do homem ferido. Sabia que estava sendo seguido, porém dera tantas voltas que talvez tivesse despistado o perseguidor. Agora, prosseguiria sobre duas pernas; o segundo endereço estava próximo.

»»»»

Munique, dias atuais

Era noite. A respeitável senhora, usando um vestido simples e sapatos sem salto, seguia para o centro. O xale ocultava as manchas vermelhas em suas roupas. Enveredou por ruas que outrora conhecera bem. Havia mudanças nas casas de comércio; no entanto, os prédios de moradia permaneciam iguais.

Parou diante do edifício que lhe interessava. A numeração estava diferente, mas era a mesma construção.

As jardineiras tinham sido reformadas; só os velhos tijolos pareciam inalterados, a não ser por terem recebido algum tipo de verniz. Ela contou de baixo para cima e da esquerda para a direita até encontrar o número certo. Afastou as trepadeiras da argamassa e enfiou os dedos ali. Suas unhas, cortadas rente pelas enfermeiras, mal conseguiam escavar.

Demorou um pouco até conseguir deslocar o tijolo. E lá estavam as duas chaves, na cavidade agora cheia de terra. Sujas e oxidadas, mas funcionariam. Podia apostar que as fechaduras antigas não tinham sido trocadas.

A porta da rua se abriu sem problemas; as escadarias estavam inalteradas. A porta do apartamento foi mais difícil de abrir. Provavelmente *ele* trocara o miolo. Um ínfimo detalhe, que não abalou sua determinação: reunindo forças, ela sacudiu a tranca e jogou-se contra a porta, deslocando a lingueta.

Lá dentro, viu um novo molho de chaves sobre um aparador. Usou-as para trancar a entrada e tocou num interruptor, que acionou as luzes do teto. Então foi conferir a casa. Sua casa.

O faro a informou de que nenhum estranho entrara ali. Havia uma poltrona diante da lareira, um armário e uma mesinha de centro. Num dos quartos, uma cama e um baú. Abriu-o, encontrando algumas roupas de cama, um casaco que fora seu e o velho capuz de veludo. Era tecido bom, duradouro. Após uma lavagem pareceria novo.

Ao terminar sua análise, Bertha Hundmann foi à janela da sala e conferiu a noite de Munique. Seus olhos brilharam, como havia tempos não faziam.

Tantas luzes. Tanta gente. Tanta carne.

“Não faz mal que não possa me transformar ainda. A cada dia vou ficar mais forte... e não preciso ser uma loba para atacar.”

Sorriu, feliz. Todos os caçadores que a tinham subestimado estavam mortos. Já tinha uma boa ideia sobre o que fazer para ensinar uma lição ao filho que a havia traído.

CAPÍTULO 6

ESCURIDÃO

Porto Alegre, dias atuais

As contrações se sucederam rapidamente e o sequestrador nem precisou prendê-la. Tudo que o corpo de Ana queria naquela hora era dar à luz... Quando *Herr Doktor* chegou, o rapaz havia preparado tudo e passou ao chefe luvas, máscara cirúrgica e avental iguais aos que já vestia.

Mal houve tempo de administrarem soro e algo para as dores da parturiente. O bebê tinha pressa... O parto foi normal, e a criança berrou o mais que pôde, atestando sua boa saúde.

Ana relaxou ao ouvi-la chorar. Só resvalou para a inconsciência ao sentir que o cordão umbilical era cortado. Então mentalizou o rosto de Hector, o homem que amava, e o da filha, que vira de relance, envolvida num cobertor branquíssimo entre os braços do criminoso que a raptara. Sorriu, afastando os pensamentos de angústia. Não lhe importava o próprio destino. Sua menina era filha de um lobo, era uma sobrevivente. Nada que os assassinos fizessem a impediria de salvar-se...

Pouco depois da mãe, a bebê também adormeceu. Heinz parecia nunca ter feito outra coisa na vida além de trabalhar em maternidades. Limpa, vestida e envolvida num cobertor macio, a filha de Ana e Hector foi entregue ao chefe, que a pegou no colo com extraordinário cuidado.

– Minha pequena – murmurou o homem. – Você adivinhou a hora em que devia nascer...

Tornou a entregar a criança para o assistente, dizendo que a levasse para o berço preparado.

Assim que ele saiu, pôs-se a trabalhar. Trocou as luvas cirúrgicas, voltou-se para Ana Cristina e tratou de remover a placenta. Esta foi recolhida com todo o cuidado, assim como o cordão umbilical; em um armário, ele pegou um recipiente próprio para transporte de órgãos, alimentado por pastilhas termoelétricas que mantinham a temperatura necessária à conservação. Acondicionou o material e foi conferir o estado de sua vítima.

Ana Cristina dormia, pálida, inquieta. Com um sorriso, o homem injetou na bolsa de soro o conteúdo de uma seringa já preparada. Aos poucos o sono da moça se tornou mais sereno.

Então ele pegou uma lâmina de laboratório em que deixara pingar um pouco de sangue na hora do corte do cordão. Colocou-a sob a lente de um microscópio e observou a amostra.

– Incrível – sussurrou, impressionado. – Isto é precioso demais...

Ainda estava limpando meticulosamente os vestígios do que acontecera ali quando seu assistente voltou e ficou aguardando instruções. O homem olhou ao redor, avaliando toda a instalação.

– *Ele* deu notícias? – perguntou, jogando num saco de lixo as luvas cirúrgicas e continuando a guardar tudo que havia sido usado no parto.

– Sim – foi a resposta. – E falhou. Está a caminho do segundo endereço...

– Um incompetente – resmungou o chefe, com raiva.

Foi mexer num dos armários e pegou um pequeno pacote, que entregou ao rapaz.

– Vamos prosseguir com o plano. Leve para entregar a ele... Quanto à moça, está pronta, pode ser removida. Não se esqueça de pegar o caminho alternativo e de cumprir a ordem final.

– *Ja wohl, Herr Doktor* – assentiu o cúmplice.

Quando o viu sair levando Ana numa maca com rodinhas, o homem sorriu e murmurou:

– Sempre quis preparar uma bomba-relógio... Agora é esperar que a pessoa certa a acione.

E continuou a guardar em caixas apropriadas tudo que havia na sala, assobiando baixinho e antecipando a mudança que viria em sua vida.

»»»»»

Ao redor do muro baixo, que cercava a propriedade na encosta do morro, desciam várias pirambeiras. No mais, só havia casinhas a distância, chácaras e terrenos vazios. Nenhuma vivalma à vista, até que o carro negro atravessou uma parte desmoronada do muro e freou.

Somente então um arbusto no fim do terreno se moveu, mostrando que alguém estivera escondido ali por algum tempo. Um homem descalço e usando roupas largas demais.

O motorista o viu sem demonstrar espanto. Saiu do carro e foi abrir o porta-malas enquanto o outro se aproximava com um andar ressabiado. Juntos, ambos removeram do carro um corpo envolto em uma lona velha e o jogaram no meio do mato.

O motorista, que usava luvas negras, entregou um pacote ao outro e lhe fez um gesto de convite, como que oferecendo carona; mas ele negou com a cabeça e deixou o terreno a pé, enfronhando-se nos arbustos para lá do muro. O que ficara conferiu o relógio de pulso, esperou alguns segundos e pegou num bolso uma pequena faca; a lâmina brilhou à última luz daquela tarde.

Estava cada vez mais escuro.

Tateando o corpo, ainda enrolado na lona, o sujeito abaixou-se e fincou-lhe a faca. Depois, limpou o sangue na própria lona, guardou a arma branca e retornou ao veículo.

O carro deu ré, mas não desceu o morro pelo mesmo caminho que tomara; pegou outra ruazinha. E nem dois minutos haviam transcorrido quando ouviu-se o ronco de uma moto a subir a pirambeira. Ela parou quando a luz de seus faróis incidiu exatamente sobre a lona no meio do mato.

O motoqueiro nem tirou o capacete; saltou para o local iluminado a toda pressa.

»»»»

Um outro veículo não se aventurou a passar pelos escombros do muro. Seu condutor estacionou fora do terreno, desceu e, farejando o ar, saltou por sobre as marcas de pneus no mato.

Ainda distante, viu a moto. E o corpo caído.

»»»»

Erich bem que se sentira atraído para o lado oposto, por onde o carro negro e o homem a pé haviam descido; mas o odor da morte o trouxera rapidamente para junto da garota que fora jogada lá.

– Ana Cristina – sussurrou, com um aperto no peito.

Tirou o capacete e o jogou na terra. Abriu a lona e seus olhos brilharam, iluminando o rosto pálido da moça. Nunca a encontrara em pessoa, porém vira fotografias; sabia que era a esposa de Hector.

Ela estava morrendo. Esvaía-se em sangue, como tantos soldados e civis que Erich vira nos campos de batalha. Recebera um golpe recente no peito e o instinto lupino dizia ao rapaz que seus sinais vitais estavam prestes a extinguir-se... Não teria tempo de levá-la a um hospital.

Só havia uma decisão a tomar.

A única que poderia salvá-la.

»»»»»»»

Dois pares de olhos viram o que aconteceu em seguida. Um deles, oculto atrás dos arbustos para lá do terreno, pertencia a alguém que chegara depois dos outros e que, a certa altura, pareceu querer sair e interferir. Contudo, não deixou o esconderijo. Aguardou para ver o que aconteceria.

O outro par de olhos faiscou de ódio quando viu a cena: Erich, transformado em lobo branco, cravara os dentes no ombro de Ana Cristina.

– Maldito! – Hector rugiu, abandonando qualquer noção de sanidade.

Sua mulher estava ali, morrendo, e era seu inimigo mais odiado que a atacava.

A mutação veio em segundos. A fera enlouquecida não se importou com o vento que soprava ou com a escuridão que envolvia o morro. Lançou-se contra aquele que caçara por tanto tempo.

Desta vez acabaria com ele.

»»»»»»»

Parecia que os dois lobos iriam se matar, porém Erich logo se livrou dos dentes e das garras lupinas de Hector e saltou para longe. Retomou a forma humana e ergueu os braços.

– Não é o que está pensando, Wolfstein! – exclamou, ofegante pelo esforço.

O lobisomem olhou a moça caída no meio do mato, sem perceber sinais vitais. Arreganhou os dentes e avançou para Erich, que recuou. Ao alcançá-lo, o lobo se transformou em homem.

– Não bastava ter condenado minha mãe. Tinha de matar a minha mulher!

Mesmo em forma humana, seus olhos ainda eram lupinos. O outro estendeu as mãos.

– Eu não a raptei. Passei a tarde seguindo o lobo negro, depois que ele atacou Natália hoje, no centro. Ele deu mil voltas pela cidade e veio para cá... Senti seu cheiro fugindo naquela direção, mas preferi vir acudir a vítima.

Uma risada insana mostrou que o outro estava prestes a se transformar outra vez.

– E para acudir a vítima não havia coisa melhor do que fazer uma refeição! Você...

Com um salto para o lado, Erich se reaproximou do corpo caído.

– Não sou assassino! Sempre cacei lobisomens para impedir as mortes e as contaminações que podiam gerar novos lobos. À minha maneira, sou um justiceiro. Um caçador.

Hector parecia surdo para qualquer argumento. Só pensava que Ana Cristina estava morta.

– Pare de mentir. Quantas vezes eu o persegui e fui surrado, humilhado, ferido. Agora chega! Vamos acabar com isso. Nada mais me importa agora...

Outro salto de Erich o fez voltar-se para o lado oposto.

– Pense, Hector! Eu nunca o matei e poderia ter feito isso desde aquela primeira vez, em Londres. Eu quis educar você, treinar suas habilidades de lobo. Não fui seu inimigo, fui seu mentor!

O rapaz não respondeu. Estava impermeável a ideias novas. Continuava a avançar para o outro, os punhos fechados, preparando-se para forçar a transformação.

– A vida toda eu me senti culpado por atacar Leonor – o jornalista prosseguiu. – Queria proteger seu filho, ajudá-lo a se desenvolver como lobisomem para se defender de outros como nós!

O vento aumentara e os dois estacaram ao ouvirem um gemido.

Ana ainda estava viva!

Correram para ela, que entreabrira os olhos. Hector ergueu sua cabeça, abraçou-a, beijou-a. Erich, prático, abriu mais a lona e começou a conferir seu estado físico. Estava muito fraca e perdera sangue demais. Apesar disso, o Fator L que lhe transmitira começava a agir.

– Meu bebê... – ela murmurou, antes de perder a consciência de novo.

Hector pousou a cabeça da esposa de leve no chão quando a verdade o atingiu como um golpe brutal: ela já dera à luz. Podia morrer ou sobreviver, mas a criança estava em algum lugar.

Olhou para aquele que sempre chamara de William, agora sem ódio. Começava a compreender.

O rapaz recuperara o celular junto à moto. Chamava uma ambulância. Desligou e sugeriu:

– Você é um agente federal. Não pode acessar seus contatos para o socorro chegar mais depressa? Pelo que vejo, concluiu o óbvio, finalmente.

– Ela estava morrendo... – Hector sussurrou. – E você pensou... no Fator L.

Erich sorriu cinicamente e sacudiu os ombros.

Hector olhou o semblante de Ana, que agora parecia dormir. Conseguia sentir o Fator L agindo em seu organismo, embora não soubesse se a autocura seria suficiente nas condições dela. Teria de aceitar isso. Olhou para o canto do matagal em que o que restava de suas roupas caíra na hora da mutação. Foi para lá e começou a vestir-se, imaginando se deixara os óculos no carro.

– Você a transformou em um monstro – foi só o que disse, apático.

O outro não ligou para a acusação. Agora tentava falar com Natália ao celular. Ela não atendia, porém; as ligações caíam na caixa postal. Então discou para a Delegacia de Homicídios.

– Boa tarde. Podem, por favor, avisar à agente Natália Sorrent que há mais uma vítima do assassino que ela procura? É a senhora Ana Cristina Wolfstein. Está viva, num terreno baldio entre o bairro do Belém Velho e o morro da Pedra Redonda...

Hector não escutava mais nada. Já vestido, voltou para junto da esposa e se deixou tomar pelo desespero. A única coisa que desejava ouvir, naquele momento, era a sirene de uma ambulância.

»»»»»»

Os olhos que haviam testemunhado toda a cena, ocultos atrás dos arbustos além do terreno, fecharam-se. O observador controlou a própria respiração, alterada pela emoção. Tinha de sair dali antes que o vissem. Não sabia disso, mas teria sido pressentido em segundos caso os dois lobisomens não estivessem ocupados demais em salvar a vítima...

Com cautela, foi afastando-se até sumir na escuridão do fim de tarde. Ao descer o morro com seu carro, ouviu o som estridente da ambulância que subia.

»»»»»»

Munique, dias atuais

Embora não estivesse frio naquela primavera, Bertha acendeu a lareira. Encontrara uma caixa de papelão com lenha seca na cozinha e fósforos sobre o aparador.

Passava das dez da noite, mas ela não queria dormir. Foi mexer no armário da sala e descobriu que suas prateleiras escondiam pastas cheias de papéis, cartas, recibos e contas diversas. Pegou os que lhe pareceram mais recentes e foi sentar-se diante do fogo para examiná-los.

A velha poltrona era um dos poucos móveis do passado que restavam na sala do apartamento, e a acolheu como a uma velha amiga. Então ela começou a vasculhar os papéis.

Alguns daqueles documentos lhe eram incompreensíveis. Outros, bem interessantes... Não havia muitas informações diretas, mas ela sabia ler nas entrelinhas. Concluiu que o filho era responsável por coisas de que jamais desconfiara. Além disso, ele tinha um bom patrimônio. Possuía contas em bancos de vários países; ia à Baviera apenas uma ou duas vezes por ano. O resto do tempo vivia no exterior. Especialmente em certa cidade da América do Sul.

Separou alguns papéis que levavam o nome da clínica da qual fugira. Um deles era acompanhado por recibos de farmácias. Boticas. Continham palavras que ela conhecia... medicamentos que ouvira enfermeiras e médicos mencionarem.

– Covarde – ela murmurou, o ódio reluzindo no olhar. – Poderia ter me matado, mas nem para isso teve coragem! Preferiu me envenenar, me manter naquelas prisões. Morrendo aos poucos.

Teve ímpetos de jogar os papéis no fogo da lareira, porém conteve-se.

Não. Teria paciência. Com calma, tornou a colocar a papelada nas pastas e a guardá-las no armário. Uma olhada a mais na lateral do móvel de madeira escura a fez sorrir. Havia, ali, algo oculto.

Bertha conhecia seu filho melhor do que ele conhecia a si mesmo. Puxou o armário e, de tanto mexer, acabou encontrando um rebaixo numa das traves do fundo. Era um mecanismo de segurança que, quando pressionado, liberava uma gavetinha sob a prateleira inferior do móvel.

Encontrou joias embaladas em papel de seda. Algumas haviam sido suas – ou de vítimas que atacara, décadas atrás.

Sorriu quando seus olhos, brilhando em vermelho, iluminaram o ouro e as pedras preciosas. O dinheiro que roubara da mulher morta no parque fora útil, mas era pouco; agora não precisaria mais economizá-lo. Seria fácil levar adiante seus novos planos.

Guardou algumas das joias consigo e deixou as demais na gaveta secreta, que fechou. Depois de recolocar o armário na posição original, apagou as luzes e foi para o quarto. A lenha, já nas brasas finais, consumia-se na lareira.

Ela sabia que, naquela noite, pela primeira vez em anos, não teria pesadelos.

»»»»»

Porto Alegre, dias atuais

Anette custou a acalmar-se. Sua mente agora estava lúcida, a adrenalina da tentativa de fuga acabara com os restos de sonífero em seu corpo. Tinha sede. Tinha fome. Mas nada daquilo era importante naquele momento. Quando deixou de tremer, forçou-se a respirar fundo. Precisava combater o medo e a raiva. Sua situação era péssima, porém a da garota grávida era bem pior. Ouvira seus gemidos e o berro do recém-nascido. Ela dera à luz naquele lugar horrendo!

Calculou que mais de uma hora havia se passado desde que tinham sido recapturadas. E não estava mais amarrada à cama, graças à coragem de Ana Cristina.

"Preciso fazer alguma coisa", disse a si mesma.

Levantou-se e andou pelo quartinho onde o rapaz a trancara às pressas. Não havia nada ali, à exceção do esqueleto de uma cama de metal. A noite chegava, escura como nunca, e a única luz vinha de uma pequena janela gradeada no alto de uma parede. Dava para outro cômodo em que as lâmpadas estavam acesas.

Foi mexer na porta trancada, tentando não fazer barulho. Agora possuía uma faca! Pegou-a, na cintura. Se inserisse a lâmina entre o batente e a lingueta, talvez conseguisse abrir...

Fez uma primeira tentativa e teve de parar. Vozes vinham pela janelinha! Tornou a guardar a faca na cintura, sob a camiseta, e foi até a cama de ferro. Testou a firmeza e subiu no estrado; como estava descalça, o ruído era mínimo. Escalou a cabeceira e viu-se quase na altura da abertura. Não poderia passar pelas grades, mas estar ali lhe permitiria escutar o que se passava do outro lado.

Ouviu passos e viu sombras na parede; havia um homem lá. Seria o torturador? Ou o assistente? Pela firmeza dos passos, julgou que fosse o famigerado *Herr Doktor*.

Então escutou algo que quase a fez despencar do alto da cama de ferro. Encolheu-se, apoiada na parede. Não podia chamar a atenção. Desceu devagar, sem poder controlar o tremor.

Tornou a sentar-se no chão, abraçou as próprias pernas, escondeu o rosto e chorou. O som que ouvira continuou a soar, mais alto. E a cada segundo ela se sentia mais desesperada.

Era o choro de um bebê.

»»»»»

O bercinho abrigava a criança, que parou de chorar quando o homem a pegou no colo e embalou. Os olhos já estavam abertos e ela movia a cabeça, provavelmente procurando a mãe.

Ele abriu uma bolsa térmica preparada previamente e alcançou uma entre várias mamadeiras. Testou a temperatura do leite e começou a alimentar a menina, que sugou instintivamente, acalmando-se. Ele ficou a observá-la, enlevado, enquanto ela tomava metade da fórmula e adormecia.

Deixou-a no bercinho e guardou a mamadeira na bolsa. Olhou ao redor: tudo parecia a contento. Maletas com roupas e fraldas, um cestinho próprio para veículos. Havia ainda a mochila que ele trouxera da sala de parto, com seus próprios apetrechos.

De lá, pegou uma lanceta esterilizada, um tubo de ensaio e uma ficha de papel. Como se fosse um médico de verdade, colocou as luvas de novo e foi recolher um pouco de sangue do pé da menina. Ela sentiu a picada, mas não acordou; e ele depositou um pouco de sangue no tubo, apressando-se para marcar algumas gotas na ficha oficial de coleta do teste do pezinho. O ideal seria esperar quarenta e oito horas do nascimento, mas ele não tinha tanto tempo. Enviaria para um posto de triagem do Ministério da Saúde usando nomes falsos, já pensando no futuro.

Alguém bateu à porta; era o cúmplice, que entrou sem esperar permissão.

– Tudo pronto? – perguntou o chefe. – Desovou a *encomenda*?

O rapaz fez que sim com a cabeça, escancarou a porta e mostrou algumas caixas empilhadas no corredor.

– Ótimo. Pode colocar no carro. E leve a bagagem da criança também. Assim que eu terminar aqui, poderemos partir.

Heinz obedeceu, levando as sacolas. Da porta, indagou:

– E a outra *hóspede?*

Ainda manipulando o tubo de ensaio, o sequestrador decidiu:

– Não temos tempo a perder com ela. Seu sangue era promissor, mas ainda faltam quatro dias para a lua cheia e não conseguiremos fazer os testes de costume. Está trancada, não está? Deixe aí. Ela nunca viu nosso rosto mesmo.

Heinz assentiu ao sair. Após olhar a bebê adormecida, o homem fez um corte no próprio antebraço e deixou que um pouco do sangue recolhido fosse absorvido por seu organismo. O que viu o maravilhou: não apenas sua pele absorveu avidamente o líquido, como o corte se fechou imediatamente e a epiderme ao redor começou a clarear, como se rejuvenescesse.

– Extraordinário! – murmurou. – Tanto tempo em busca do sangue dos lobisomens... tantas experiências frustradas... e é um bebê que me dá o que tanto procurei.

Guardou o material e foi colocar a criança adormecida no cestinho. Ansiava por consultar seus registros; os mais antigos estavam guardados na chácara, e logo ele os teria à mão. Havia gráficos sobre a evolução do Fator L no plasma dos diversos indivíduos que havia usado como cobaias no decorrer dos anos; naturalmente, cada amostra que testara indicava a mutação do vírus em cada organismo, que sempre era diferente. Aquela, porém, era pura... e poderosa. A filha do lobo inglês seria uma fonte inesgotável de força e rejuvenescimento para ele.

– Vamos, meu tesouro – disse, ao apagar e luz e deixar a sala carregando a cestinha. – Vamos para casa.

»»»»»»

Munique, dias atuais

A recepcionista da noite viu o oftalmologista entrar na clínica pouco depois da troca de turno. Cumprimentou-o e foi logo lhe entregando a correspondência que chegara em seu nome, trazida pelo carteiro da tarde.

Lazlo Mólnar parecia extenuado. Alegrou-se ao pegar os envelopes e sentou-se ali mesmo para examinar seu conteúdo. Enquanto os abria, indagou sobre a paciente que sumira.

– A polícia foi avisada – respondeu ela –, mas ainda não nos disseram nada.

"Como eu imaginava", o médico suspirou, após ler alguns dos resultados de exames. "É mesmo um vírus artificial. Se ela não tivesse fugido, agora eu poderia fazer testes conclusivos... Só Deus sabe onde pode estar agora!"

O conteúdo de um segundo envelope teve o condão de deixá-lo mais satisfeito. Pegou o caderninho no bolso e começou a fazer anotações, comparando o que via ali com notas mais antigas. Estava nisso quando Otto apareceu na entrada da clínica.

– Aí está você! – disse o amigo. – Liguei para o hotel à sua procura. Onde esteve?

– Fui andar – foi a resposta, vaga. – Como está a situação? Alguma notícia de *Frau* Mann?

– Nenhuma. O alerta foi dado, mas não me deram muita esperança de que apareça logo.

– O diretor avisou à família?

Otto respondeu com um suspiro.

– Nem se deu ao trabalho. Diz que a mulher será encontrada e não quer alarmar as pessoas sem necessidade. Amanhã eu cobrarei isso dele. Claro que a polícia tem outros problemas além de procurar doentes fugitivos. Houve um crime em Sendling, não viu o noticiário? Mataram uma mulher no Westpark. Quando fui à *Polizeistation*, um comissário encarregado da investigação me mostrou uma fotografia da vítima, pensando que pudesse ser nossa paciente; mas não era.

– Como... como foi esse crime? – indagou Lazlo, alarmado.

– Coisa de algum louco, certamente. A pobre criatura foi estripada. Bem, isso não nos diz respeito. Eu ia sair para jantar... Quer me acompanhar?

O húngaro levantou-se, reuniu seus papéis. Parecia desanimado.

– Não, obrigado. Vou para o hotel descansar. Boa noite.

Otto acompanhou o amigo até a porta da clínica e o viu seguir com passos incertos pela rua. O aspecto de Mólnar era péssimo; estava claramente escondendo algo. Por que não dissera onde havia estado naquela tarde? Teria culpa no caso da paciente desaparecida?

“Melhor mesmo ir jantar”, resolveu.

No dia seguinte, pressionaria o outro e descobriria o que estava lhe escondendo.

»»»»»

Porto Alegre, dias atuais

O furgão estava cheio e pronto para partir. A mando do patrão, Heinz conferira várias vezes o cinto de segurança que mantinha a cestinha da bebê presa ao banco traseiro.

Então o celular do sequestrador soou, e ele fechou a cara ao reconhecer o número.

– O que você quer? – disparou, ríspido.

– O que acha? – foi a resposta, também seca. – Quero a segunda dose do antídoto.

– Por que eu o atenderia? Você falhou comigo. Duas vezes.

– Porque temos um acordo.

O homem pensou um pouco; pegou um caderno no bolso e leu em voz alta um nome e um endereço.

– Anotou? Isso mesmo, fica num bairro central chamado Menino Deus. Há uma praça em frente à casa. Vá para lá esta noite e aguarde mais instruções... Leve a arma que Heinz lhe entregou. É preciso que ele morra até o amanhecer. Se não falhar desta vez, eu lhe direi onde está o antídoto.

Desligou o celular, sem esperar pela resposta. E sorriu ao entrar no furgão.

– Vamos – ordenou. – Temos um bom caminho à frente, e amanhã já estaremos livres de mais um linguarudo.

O carro deixou o terreno que cercava o galpão, enquanto a chuva finalmente caía sobre Porto Alegre. A noite, embuçada pelas nuvens escuras, seria mais sombria que de costume.

CAPÍTULO 7

ALERTA

Quando Natália foi com Laura para a delegacia, havia anoitecido. Até então, o escritório do Cidesi fora isolado e a situação se acalmara; apenas a imprensa mais sensacionalista daria trabalho, querendo detalhes sobre a alcateia de lobos que atacava Porto Alegre...

O que preocupava agora era o desaparecimento de Rodrigo. Ninguém sabia do investigador. Seu celular estava com a delegada, seria encaminhado à perícia para análise.

Assim que entraram, o secretário de Laura passou o recado de Erich à agente federal. Ela arregalou os olhos ao ler o que estava escrito no papel que lhe entregaram. Ana Cristina fora raptada e descartada, num só dia? E Liam... Erich... dizia que era o mesmo criminoso.

– A que horas isto chegou? – quis saber.

– Eram quase seis, eu acho – o rapaz calculou. – Tentei teu celular, mas...

– Ele não está funcionando. – Ela sacudiu o aparelhinho. – Verifique para mim se alguma delegacia foi acionada, se a vítima foi resgatada. E você conhece alguém que entenda de celulares pifados?

Ela aguardou, enquanto Laura se entendia com o secretário de Segurança e o rapaz ia atrás das informações. Um dos técnicos de informática se prontificou a olhar o celular. Mas foi Aluísio quem lhe trouxe notícias.

– Boa noite, Natália. Que dia! Nenhum indício no ataque ao taxista, e agora soube que a passageira raptada era tua conhecida...

– Sim – ela confirmou. – Esposa do meu colega, o agente Daniel Wolfstein Lucas. E filha do doutor Irineu Sanchez de Navarra, da OAB. Sabe onde ela está?

– Segundo me disseram, o resgate a levou para a Santa Casa. O marido foi junto. Está mal, mas viva. E o pior – o subdelegado suspirou – é que agora temos um alerta para o rapto do bebê...

A policial ficou horrorizada. Então ela dera à luz, e a criança sumira! Pobre Daniel.

– Sabe se alguém avisou o pai da Ana Cristina? O doutor Irineu?

Aluísio não sabia. E Natália decidiu falar com ele na mesma hora. Se já estivesse informado, melhor. Mas se não estivesse... Lembrou-se de toda a saga que a esposa de Hector vivera antes de se casarem. E começou a ensaiar uma forma de contar o que ocorrera. Como se diz a um pai que sua filha está mal no hospital e que seu neto, ou neta, desapareceu?

»»»»»»

Meia hora depois ela encontrou Daniel, a quem ainda não se acostumara a chamar de Hector, na sala de espera próxima à Emergência da Santa Casa. Ele olhava para o chão, com um ar sombrio.

– Oi – disse, indo sentar-se a seu lado. – Como ela está?

– Ainda não sabem – murmurou ele. – Estão lá dentro... tentando fazer milagres.

A agente o abraçou. Que situação!

– Tudo vai ficar bem, Daniel. Você vai ver.

Nenhuma resposta. Ela não sabia que, com todo aquele estresse, seu amigo precisava usar todas as reservas de energia para não se transformar em lobo. Ficar parado, esperando para saber se a esposa viveria ou morreria, não estava ajudando em nada a manter o Fator L sob controle.

– Avisei o doutor Irineu – Natália continuou falando. – Ele e dona Ludmila já devem estar a caminho de Porto Alegre. Também mandei mensagem para o Damasceno, fazia dias que não falava com ele. Respondeu em seguida, disse que virá assim que conseguir uma passagem. Não haveria tempo de vir no jatinho com o pai de Ana...

O silêncio de Hector continuou, por mais que ela tentasse fazê-lo sair daquele estado depressivo. Foi até o balcão da emergência, mostrou suas credenciais da Polícia Federal e pediu para usar um telefone do hospital. Precisava falar com o *outro* lobo.

"Liam, William, Erich, atenda esse telefone, por favor!"

»»»»»»

Ele bem que ouviu os toques do celular, mas não atendeu.

Saindo do banho, Erich jogou-se na cama do quarto, no hotel. Quando a ambulância levara Ana Cristina, Hector fora atrás com o carro alugado, mas ele decidira afastar-se. Pegara a moto e seguira para o centro. Havia uma grande probabilidade de que ela morresse, apesar de sua tentativa de salvá-la; e o jornalista não queria estar perto do marido se isso acontecesse naquele dia...

Além do mais, sentia-se péssimo, sem forças. Talvez fosse a falta de sono, o cansaço da luta com o lobo negro ou a tensão que toda aquela confusão lhe causara.

"Não. Tem alguma coisa estranha acontecendo comigo", decidiu, intrigado. Sua cabeça doía demais para que pudesse raciocinar direito. Precisava dormir.

Antes, porém, pegou o celular e, ignorando as ligações de Natália e de outros que tentavam contatá-lo, buscou o registro do telefonema que recebera de Munique naquela manhã. Surpreso, viu que havia vários outros. O húngaro tentara contatá-lo diversas vezes.

Selecionou o número e apertou o botão para discar. Quando uma voz feminina atendeu, ele pediu, em alemão, que dessem um recado ao doutor Lazlo Mólnar.

Mal conseguiu terminar de ditar o recado. Seus olhos se fechavam involuntariamente...

Deixou o celular cair no chão e mais desmaiou que adormeceu.

»»»»»

Natália e Hector levantaram-se quando o médico da Emergência veio dar notícias, por volta de nove da noite. Para alegria de ambos, o quadro de Ana Cristina se estabilizara.

– Ela perdeu muito sangue no parto e a facada foi profunda – disse o doutor. – Felizmente não atingiu o coração. Nós a sedamos, vai receber uma transfusão de sangue e mais tarde irá para a UTI. Seu estado é gravíssimo, mas ela é jovem. Acreditamos que possa reagir.

A policial sentiu que seu amigo esforçava-se para escapar à depressão que o atingia.

– Quando posso vê-la? – perguntou.

– Assim que estiver na terapia intensiva – retrucou o médico.

Com muito custo, Natália conseguiu levá-lo para uma lanchonete. Pediu café puro para ambos.

– Vai me contar agora o que aconteceu *de verdade*? – pressionou-o.

Com um suspiro, Hector revelou parte dos acontecimentos do dia. Incluiu o fato de que o lobisomem, que ele ainda chamava de William, mordera Ana e dissera que era uma tentativa de fazer com que o fator de cura dos licantropos a ajudasse a sobreviver.

A agente começou a ligar os pontos. Ele não sabia detalhes sobre o ataque do lobo negro; Erich seguira a fera ao sair do Cidesi e fora parar no tal lugar ermo em que Ana havia sido encontrada... Tudo estava conectado. Começou a lhe contar sobre aquilo. E os dois ainda conversavam quando o subdelegado, que viera à Santa Casa, os encontrou.

– Aluísio, este é Daniel Lucas – apresentou Natália.

O recém-chegado cumprimentou o escritor, balbuciou alguma frase convencional sobre a melhora da esposa, pediu licença e puxou a agente federal para um canto.

– Olha o que trouxe pra ti – disse, pegando um celular no bolso.

– Está funcionando! – ela sorriu. – Devo mais uma a você e ao rapaz da informática.

Ela acessou os registros, conferindo todas as ligações que perdera naquele intervalo. Enquanto isso, Aluísio contava sobre os novos alertas que a polícia emitira a respeito do rapto do recém-nascido: todo o estado, agora, estava à procura da criança. E mencionou o sumiço de Rodrigo.

– Ele não está no apartamento nem na casa das tias que moram na cidade; tudo indica que está mesmo se escondendo.

Natália não comentou nada sobre a suspeita de que Rodrigo fosse um lobisomem. Se Laura não revelara aquilo a seu subordinado, não cabia a ela fazê-lo. Continuou olhando os registros até dar com uma mensagem que a surpreendeu.

“Mas ele frisou tanto que não tinha celular...”, refletiu, ao ler o recado.

Prezada Agente Sorrent, o zelador me contou sobre o acontecido no escritório. Não pude entrar quando cheguei da farmácia, tudo estava isolado. Espero que a senhorita esteja bem. Atenciosamente, T. Farkas

Havia um número de celular registrado, para o qual ela estava considerando ligar quando um sinal de alerta soou na Emergência. Aluísio foi ver o que era e Hector estremeceu.

– Ana... – disse ele baixinho, pressentindo que ela deveria ter piorado.

Tiveram de esperar mais um tempo até que um médico desse novas notícias. E Natália só podia observar o amigo, que parecia sentir em si mesmo tudo que ocorria com a esposa. Suspirou, lembrando que, assim que a situação se acalmasse, ela precisava avisar Monteiro sobre os últimos acontecimentos.

»»»»»

Brasília, 10 de maio, sábado

Brasília sempre era quente, mas naquele mês de maio estava sufocante. Não chovia havia semanas, o que tornava a atmosfera mais seca e fazia o delegado Monteiro resmungar sem parar sobre o congresso a que fora obrigado a comparecer.

Era sábado à noite e ele passara o dia num dos salões de convenções ouvindo assessores de políticos discursarem sobre assuntos burocráticos da polícia.

– Ora, mas é o Montanha! – uma voz o despertou quando saía, feito um sonâmbulo, do restaurante do hotel.

Reconheceu Paiva, um velho amigo da Escola de Polícia de Belo Horizonte. Cumprimentou-o com um sorriso incomum; estava na cidade havia três dias e Paiva era a primeira pessoa realmente simpática com quem topara até então.

– Você está no hotel também? – indagou Monteiro; lembrava-se vagamente de que o amigo se mudara para Brasília e não fazia mais trabalho de campo.

– Não, moro nas Superquadras Norte. Uns amigos da polícia do Rio vieram para o congresso e combinamos de jantar aqui. Não quer nos acompanhar?

– Acabei de jantar, ia me jogar na cama agora.

Conversaram por alguns instantes no corredor mesmo. E, antes que os amigos de Paiva chegassem, ele aproveitou para perguntar, parecendo um tanto embaraçado:

– Você está noivo da agente Sorrent, não é? Lembro-me de que eram membros de uma força-tarefa interestadual da PF... Ela também veio para o evento?

Evitando que seu rosto denunciasse os problemas com a noiva, ele confirmou.

– Sim, mas eu vim sozinho. Natália foi trabalhar em um caso no Sul do país.

Paiva hesitou antes de prosseguir.

– Eu queria falar com vocês dois sobre um assunto um tanto esquisito.

– De que se trata? Alguma coisa em que eu possa ajudar?

– Na verdade, seria o contrário. Como você sabe, trabalho na Corregedoria Geral e tenho de lidar com uma infinidade de coisas aborrecidas. Outro dia...

Um burburinho na entrada do restaurante indicou que os amigos de Paiva haviam chegado. Já o tinham visto e se aproximavam.

– Vá jantar, podemos conversar outra hora – disse Monteiro.

– Amanhã – confidenciou o outro. – Virei tomar café da manhã com você aqui, lá pelas oito e meia. Tudo bem?

Com um aceno de cabeça, Montanha concordou e se despediu.

No elevador, subindo para o quarto, sentiu a cabeça começar a doer. Era o resultado de três dias aborrecidos e da preocupação com Natália – evitara lhe telefonar naquele dia para não irritá-la mais do que já andava irritada. Agora, uma nova cisma vinha perturbá-lo.

Então o ex-colega ocupava um cargo importante na Corregedoria – órgão que lidava com irregularidades em várias instâncias da Polícia Federal. Paiva era o sujeito mais honesto que conhecia: se havia encontrado algo *esquisito* relacionado à força-tarefa, devia ser coisa séria.

"Só espero que ele não me pergunte sobre lobisomens", suspirou, já no quarto.

»»»»»»

Porto Alegre, dias atuais

As mãos de Anette doíam de tanto cutucar e escavar o vão entre o batente e a porta que a prendia. Mas ela se recusava a parar. Tinha de fugir; tentar abrir a porta com a faca que recebera da garota grávida era sua única esperança. Fazia horas que ouvira os sequestradores saírem após apagarem a luz da sala ao lado. Suspeitava de que Ana estivesse morta.

"Não posso pensar assim", disse a si mesma. "Preciso ter esperança!"

Apenas uma luz difusa entrava pela janelinha agora, mas ela havia se acostumado à penumbra. Pôs a faquinha no chão e esfregou as mãos machucadas. Abrira um vão, porém não conseguira atingir a lingueta da fechadura. Se houvesse algo mais com que trabalhar...

Tateou a velha cama de ferro. Parecia sólida, mas ao passar a mão por uma quina ela encontrou um parafuso meio solto; prendia uma das molas que haviam servido para sustentar o colchão. Seu ânimo se renovou e ela puxou aquilo com cuidado.

– Bah! – sorriu, observando o que conseguira. – Com isto eu saio daqui!

Era um parafuso comprido, de ferro. Voltou à porta e, apesar da semiobscuridade, encaixou-o no vão que havia cavado. Aos poucos a parede e o batente cediam...

Então um leve brilho ali no meio a fez adivinhar que chegara à trava da fechadura. Introduziu a lâmina da faca naquele ponto e jogou todo o seu peso sobre ela, até que um *clique* a fez gritar. A lingueta deslizou, a fechadura destravou e a porta se abriu com um rangido. Estava livre!

Anette saiu no corredor cheio de portas por onde ela e Ana haviam sido arrastadas. Havia uma luz amarelada ao fundo; talvez a saída estivesse livre.

A fuga anterior e a recaptura tinham sido traumáticas demais para que ela gravasse bem os detalhes do caminho. Mas não aguentava mais ficar ali... E desatou a correr em direção à luz.

»»»»»»»»

Algum ponto do Vale do Rio dos Sinos, dias atuais

O furgão preto havia percorrido várias vias de terra depois de deixar um congestionamento na região entre Canoas e Esteio e enveredar por estradas estaduais. Tudo isso prolongara desnecessariamente o trajeto, que deveria ser bem mais rápido.

A recém-nascida dormira todo o tempo. Do banco de trás, *Herr Doktor* instruía seu assistente a dirigir com vagar e a pegar as estradinhas mais desertas e distantes de postos policiais. Não queria chamar a atenção de ninguém para o veículo.

A noite estava fria quando entraram na estrada próxima à propriedade. Heinz parou o carro numa curva e perguntou, em alemão:

– Vamos jantar em algum lugar? A chácara está vazia desde que nos livramos do velho...

– Não – foi a resposta do outro. – Melhor você me deixar na casa e depois ir comprar provisões na cidade. Não podemos arriscar que nos vejam com *ela*.

– *Ja wohl* – concordou o rapaz, prosseguindo pelo caminho estreito e deserto.

Ali havia apenas sítios, casas modestas e plantações de morangos. No banco de trás, o chefe pegou a criança no colo para evitar que os solavancos a acordassem. Logo estariam em casa.

Ele sorriu ao passarem por uma placa com o nome da estrada: *Vale do Lobo*.

Sabia apreciar uma ironia.

»»»»»

Porto Alegre, dias atuais

As luzes da rua iluminaram a figura patética que se esgueirava além da linha do trem.

O motoqueiro que vinha pela avenida Mauá bem que tentou ignorar a criatura, imaginando que fosse algum sem-teto ou drogado. Não queria encrenca, muito menos ser assaltado.

No entanto, o farol da moto incidiu sobre o vulto e o rapaz viu que era uma moça, e jovem; não parecia uma mendiga, apesar de estar suja e descalça. Ela o fazia lembrar-se de uma de suas primas. Reduziu a marcha e parou junto à guia bem no momento em que ela estava prestes a cair de joelhos.

– Por favor... – foi só o que a garota disse.

E desabou no chão.

"Ai meu Deus!", pensou ele, freando.

Se tivesse de ser assaltado, que fosse; a moça precisava de socorro.

Um carro que vinha logo atrás diminuiu a velocidade ao ver a cena. O rapaz apeara da moto e fora para junto da vítima, que piscava como se tentasse se manter desperta.

– Tu foi atropelada? – ele indagou.

Ela não tinha forças para responder. O motoqueiro não viu ferimentos e acenou para o carro, que parara a alguns metros da moto.

– Ajuda, aqui! Ela precisa de uma ambulância!

Duas moças desceram do carro, uma já com o celular em mãos. E a última coisa que Anette viu antes de realmente desmaiar foi o brilho das luzes da rua refletido naquele telefone.

»»»»»»

– É aqui – murmurou de si para si o sujeito de roupas escuras, assim que dobrou a esquina.

Adentrou a pracinha e foi sentar-se num banco de cimento. Atrás dele, tapumes fechavam a parte da praça que estava em reforma, isolada por cones alaranjados. Tinha perfeita visão dos sobrados no outro lado da via. Era uma rua residencial e tranquila.

O recém-chegado ajeitou o casaco e guardou as mãos nos bolsos após consultar a hora no celular.

Meia-noite. Amanheceria em aproximadamente cinco horas. E ele parecia preparado para passar a noite ali.

CAPÍTULO 8

REVELAÇÕES

O senhor idoso andava vagarosamente pela rua naquele domingo. Pouco dormia àquela altura da vida; sempre saía ao clarear do dia para andar pelo bairro.

Atravessou a rua e percorreu a calçada da praça. Estava contornando os tapumes, colocados ali para uma reforma que a prefeitura fazia, quando viu o homem parado a alguma distância. Cumprimentou-o com a cabeça e seguiu adiante.

Porém estacou ao ouvir a voz do desconhecido.

– Tenho um recado para o senhor. De um amigo comum: *Herr Doktor.*

O velhinho o fitou, pálido, as mãos trêmulas. Sabia o que aconteceria a seguir...

»»»»»»

A atendente de plantão acorreu à enfermaria assim que a paciente emitiu o primeiro grito. Encontrou a moça tentando arrancar o soro do braço, trêmula, os olhos arregalados e uma expressão de pavor. Acionou o alarme do andar e correu para o leito.

– Está tudo bem. Aqui é a Santa Casa.

Custou um pouco até que a paciente entendesse.

– Hos... hospital? – ela murmurou, olhando ao redor. – Como...?

Ajudando-a a deitar-se outra vez, a atendente explicou:

– O Samu te trouxe ontem à noite. Estava inconsciente, bastante desidratada. Mas já melhorou bem. Fica calma.

Em resposta ao alarme, a enfermeira-chefe do andar e uma assistente social apareceram.

A moça se deixou cair sobre o travesseiro e começou a chorar de alívio. Estava salva!

– Pode nos dizer seu nome? – pediu a assistente.

Ela respirou fundo. Precisava avisar à mãe que estava viva!

– Por favor, chame a polícia, tenho informações pra eles. Fui sequestrada e escapei. Meu nome é Anette, quero ligar pra minha mãe, ela deve estar desesperada. O número é...

Enquanto a enfermagem da Santa Casa se agitava e a polícia era convocada, a moça falava sem parar, mesmo entre lágrimas. Não queria esquecer nenhum detalhe do que lhe acontecera. Não deixaria que os bandidos que a tinham torturado e que haviam matado Ana e roubado o bebê saíssem impunes.

»»»»»

11 de maio, domingo

Natália acordou cedo no domingo, embora tivesse ficado até tarde com Daniel no hospital. Doutor Irineu e dona Ludmila chegaram pouco depois que os médicos haviam, mais uma vez, conseguido salvar a vida de Ana Cristina. Tinham vindo diretamente do aeroporto. A policial tinha muito a contar ao advogado, porém naquele momento ele e a esposa só queriam saber da filha. Estavam dispostos a passar a noite na Santa Casa, e os relatórios teriam de esperar.

Tomou café no hotel ainda pensando em Rodrigo. Não conseguia esquecer o olhar brilhante do lobo negro que a atacara pela segunda vez. Seria mesmo ele? Tudo dizia que sim...

Aluísio lhe prometera enviar uma lista dos últimos contatos telefônicos do celular do investigador, por isso ela baixou a xícara de café ao ouvir o primeiro toque do celular. Não era o número do subdelegado, nem o do noivo, nem o do amigo escritor. Atendeu ressabiada.

– Alô?

– Agente Sorrent? Sou eu, Farkas, do Cidesi. Desculpe-me por telefonar tão cedo. Espero não incomodar. A senhorita está bem?

– Sim, estou. – Ela sorriu ao reconhecer a voz do velhinho. – E com o senhor? Recebi sua mensagem ontem. Só estranhei vir de um celular, achei que não tivesse um.

– E não tenho, detesto essas coisas modernas. Estou usando o do meu sobrinho-neto. Ainda bem que nada grave aconteceu com a senhorita! Olhe, precisei viajar ontem à noite. Vou ficar uns dias no interior para uma reunião de família... Mas, se precisar falar comigo, fique à vontade para ligar para este número, sim? Meu sobrinho me passará qualquer recado.

– O senhor não foi ver o estado do seu escritório depois daquela confusão? – ela estranhou.

– Não pude entrar ontem, porque a polícia isolou a área. Então pedi ao zelador para trancar a sala e cuidar de tudo. Na semana que vem estarei de volta, aí decido o que fazer.

Ele se despediu e ela ficou cismada. Talvez desse uma passada no Cidesi para ver se estava mesmo tudo trancado e em segurança. Havia muitos documentos raros por lá.

Um novo toque no aparelho a fez franzir a testa. Desta vez era Aluísio.

– Natália, que bom que já acordou. Olha, tu precisa vir agora pra Santa Casa.

– Ana Cristina piorou? – ela indagou, com medo do que ia ouvir.

– Não que eu saiba. É uma das vítimas do sequestrador, ela escapou e foi trazida pra cá! O nome dela é Anette. Acho que é tua conhecida, não é?

Os olhos da investigadora se arregalaram. Enfim, uma notícia boa!

– Chego aí o mais depressa que puder – respondeu, levantando-se.

Se a moça estivesse bem, um peso seria tirado de suas costas.

»»»»»»

A madrugada havia sido tensa para a família, mas afinal Ana Cristina foi considerada fora de perigo imediato. Um médico mais experiente, que assumiu o turno da madrugada, tranquilizou a mãe, dizendo que a moça logo iria para o quarto. Segundo ele, em poucos dias a sedação seria retirada e ela poderia depor sobre os bandidos que a tinham sequestrado.

Decidiram revezar-se; Hector se prontificara a continuar lá, no sofazinho próximo à UTI, enquanto os Sanchez de Navarra iam dormir no hotel. Irineu conseguira um apartamento no mesmo lugar em que o genro e Natália se hospedavam.

Pela manhã, após uma médica assegurar que a esposa estava bem, Hector decidiu sair. Seu instinto detectava o Fator L se multiplicando para manter Ana viva. Enquanto isso, precisava agir.

Encontrou doutor Irineu entrando no saguão do hospital com dona Ludmila, que falava sobre a necessidade de comprar roupas para a filha. A mala de Ana estava na perícia, não fora liberada, e ela se animava um pouco pensando em fazer compras. Ao ver o genro, foi abraçá-lo.

– Ela vai ficar boa, filho – disse.

Apesar de saber sobre o Fator L, Hector não se sentia tão confiante. Com o ar perdido, olhou para Irineu.

– O que o senhor acha que devemos fazer agora? A polícia do estado está em alerta na busca do bebê, mas o Rio Grande do Sul é enorme... Quero investigar e não sei por onde começar.

O advogado parecia ter envelhecido alguns anos naquela noite, porém falou com voz firme:

– Vamos começar tomando um café reforçado. Depois, veremos. A superintendência da PF concordou que a força-tarefa coordene a operação, desde que comunique tudo que descobrir à Secretaria de Segurança. A doutora Laura será nossa ligação. Sei que eu e você estamos vulneráveis e Monteiro está num congresso, mas Natália continua afiada e Damasceno está vindo. Além disso...

Ele continuou falando enquanto empurrava a esposa e o genro para a lanchonete, ignorando os protestos de que não tinham fome.

»»»»»»

Assim que entrou na recepção principal da Santa Casa, Natália encontrou doutor Irineu e dona Ludmila. Hector vinha logo atrás deles; tinham acabado de tomar café.

– Como está Ana Cristina? – perguntou ela.

– Na mesma – foi a resposta da mãe. – Vamos agora à UTI para vê-la.

Respirando fundo, a agente soltou a informação mais recente.

– Tenho notícias. Uma das vítimas dos sequestradores, a recepcionista do hotel, escapou com vida! Foi trazida para a Santa Casa. O subdelegado Aluísio está com ela. Tem informações para nós, inclusive sobre o local do cativeiro.

– Quero falar com a moça – declarou Hector, sem admitir negativas.

– Também vou – disse o pai de Ana; e, para a esposa: – Encontro você mais tarde na UTI.

»»»»»»

Natália notou que a garota estava magra, abatida e com curativos espalhados pelo corpo, mas que seu olhar era decidido.

– Anette! Que bom que está a salvo.

O leito da enfermaria fora isolado por biombos; ali estavam também a mãe da moça, Aluísio e um outro policial, que havia anotado o depoimento da jovem.

Hector e Irineu aguardaram, enquanto o subdelegado repassava à agente o que Anette havia declarado: descrevera o cativeiro e a fuga com detalhes. Ele havia acabado de telefonar para Laura pedindo que viaturas fossem ao local. Depois voltou-se para Hector.

– Ela disse que sua esposa entrou em trabalho de parto. As duas tentaram fugir, mas foram recapturadas. Depois os sequestradores sumiram. Quando conseguiu escapar, nem Ana nem o bebê estavam mais no cativeiro.

Hector franziu as sobrancelhas, furioso. O advogado, mais controlado, revelou à garota:

– Encontramos minha filha... O quadro de Ana Cristina não é dos melhores, mas agora se encontra estável aqui mesmo na Santa Casa. A senhorita disse que os bandidos levaram a criança?

Anette fez que sim com a cabeça.

– Ouvi um chorinho de recém-nascido e escutei o tal *Doktor*, o mandante, falar. Ele tinha a voz de um homem maduro. Seu ajudante era um rapaz com um sotaque estranho. Falaram em colocar "tudo no carro" e logo depois foram embora... com o bebê.

Aluísio conversou rapidamente com Natália antes de sair. Ia para o possível cativeiro com a Polícia Científica. Anette, ajudada pela mãe, sentou-se na cama e fitou Hector; ele nada dissera.

– Nunca conheci uma pessoa tão corajosa quanto Ana – disse-lhe, emocionada. – Ela conversava com o bebê na barriga o tempo todo... Foi ela que conseguiu se livrar das amarras e me soltar. É uma guerreira. Vai ficar boa, eu tenho fé.

O escritor se aproximou dela com gratidão no olhar.

– Por favor, conte tudo – pediu ele. – Desde o começo. Sei que já deu o depoimento para a polícia, mas quem sabe algum detalhe a mais possa ajudar a encontrar esses criminosos.

A mãe olhou para Anette com preocupação, porém a moça simplesmente sorriu. E começou a falar, enquanto Irineu ligava o gravador do celular e Natália tomava notas.

»»»»»»»

A delegacia, naquele momento, era o que se poderia chamar de pandemônio. Laura havia madrugado lá. Muita coisa estava acontecendo, investigadores espalhados pela cidade telefonavam ao mesmo tempo e membros da imprensa cercavam o prédio; por mais que a polícia se esforçasse para não deixar informações vazarem, a cidade inteira já sabia que duas vítimas do assassino serial haviam escapado. E o secretário de Segurança Pública esperava a delegada para uma reunião.

No intervalo entre os muitos telefonemas, ela se trancou no escritório para repassar os tópicos que discutiria na Secretaria de Segurança.

– Vejamos – murmurou. – O detetive Rodrigo é suspeito do ataque à agente Sorrent. Pode ser cúmplice ou mandante das outras mortes e do rapto da filha do doutor Irineu. Mas pode ter sido incriminado... ou morto.

Parou por um momento, pensando em tudo que a agente federal lhe dissera e nas roupas que a perícia estava analisando. Não queria levar a sério a hipótese da licantropia. Nem para Aluísio ela contara aquilo; preferia fazer de conta que não tinha ouvido tal história fantástica.

– O que mais? – continuou. – Sim, o assassinato do taxista. Tanto ele quanto sua passageira, a esposa do escritor, foram esfaqueados. O legista crê que pode ter sido a mesma arma. Outra vítima, a recepcionista do hotel, confirmou ter sido presa com a gestante e indicou o local do cativeiro. Teremos novidades assim que a Polícia Científica analisar o tal galpão. Com um pouco de sorte, encontraremos a pista do bebê raptado...

Franziu o nariz ao lembrar que a moça que dera à luz nas mãos dos sequestradores era filha do famoso advogado. A chegada dele à cidade disparara um alerta na mídia e na PF gaúcha. Cada vez mais agentes federais interfeririam nas investigações. O secretário não ia gostar disso.

Ela estava atrasada para a reunião e teria que despistar os repórteres. Ia deixando seu escritório quando um detetive júnior a alcançou.

– Doutora Laura, acabamos de saber que houve mais um assassinato esta manhã.

– Outro corpo desovado? – perguntou, cansada.

– Foi um tiro na nuca, pode estar ligado aos crimes em série. Encontraram o corpo de um senhor idoso, agora mesmo, numa praça do Menino Deus. Um morador saiu para passear com seu cachorro e o animal farejou o corpo atrás de uns tapumes. Segundo a frequência da polícia, uma viatura da delegacia daquele distrito está indo para o local. Vamos mandar alguém?

Ela parou, pensou um pouco.

– Se esta morte estiver relacionada às outras, o certo é informar a Polícia Federal. Ligue para a agente Natália e peça que vá até lá. E avise ao Aluísio. Ele já está na rua; depois que isolar o local dos cativeiros poderá conferir a situação. Agora preciso sair, estou atrasadíssima...

Seguiu para a saída lateral de serviço, querendo evitar a imprensa.

»»»»»

Munique, dias atuais
11 de maio, domingo, 12h40

Os vizinhos bem que tentaram falar com a estranha senhora.

Do nada, ela havia aparecido no apartamento que costumava ficar vazio por longos períodos de tempo. Bertha os despistara e dissera à vizinha do andar que fora contratada para fazer a faxina, não ficaria lá por muito tempo e não sabia quando o dono voltaria. Depois disso ninguém a viu mais; saíra a circular pela cidade usando um capuz puído e agarrada a uma sacola velha.

– Gente intrometida – ela resmungara naquela manhã após falar com a vizinha.

Resolvera visitar alguns pontos de Munique, como se fosse sua primeira vez na cidade. De certa forma, era, pois observava com espanto tudo que pertencia ao século XXI. Aos poucos ia se ambientando e percebia que certas facilidades da vida moderna a agradavam.

Mesmo sendo domingo, havia lojas abertas. O povo, antigamente tão religioso, não parecia importar-se nem um pouco em guardar o dia do Senhor... As igrejas eram meros cenários para as fotos dos turistas, que andavam por toda parte e conversavam em todas as línguas do mundo.

Bertha conhecia algumas casas de penhores, que um século atrás já existiam e cujos serviços usara várias vezes. Duas estavam fechadas, mas uma terceira ainda funcionava, e ela experimentou penhorar uma corrente de ouro. Já se acostumara a usar euros em vez de marcos, e nem se importou com o fato de o homem ter lhe oferecido metade do valor da joia. Sabia que, com suas forças restauradas, conseguiria arrebentar aquela vitrine e retomar o que quisesse.

Encontrou várias agências de turismo abertas. Entrou em algumas fingindo estar interessada em viagens para a América do Sul. Numa das lojas viu folhetos oferecendo excursões para grupos da terceira idade; ia pedir informações à atendente quando notou que uma senhora ruiva pegava uma papelada com a moça. Afastou-se e manteve os ouvidos atentos.

A mulher tinha a sua altura, embora estivesse um pouco acima do peso. Faria uma excursão naquela semana para a Argentina, o Chile e o Brasil. Revia os últimos detalhes da viagem.

Quando a freguesa deixou a agência, Bertha a seguiu. Nem precisava aproximar-se; o faro estava de volta e ela não perderia a pista. A certa altura, achou que a mulher entraria numa estação de metrô, mas o dia estava ensolarado e, aparentemente, ela gostava de andar. Sem notar que era seguida, atravessou a ponte sobre o rio Isar e seguiu para o bairro residencial de Bogenhausen. Lá, virou numa rua em que havia poucas casas entre os tradicionais prédios de quatro andares.

Da esquina, Bertha viu-a abrir a porta de uma casa. Satisfeitíssima, deu meia-volta e retornou ao centro para almoçar. A loba já marcara sua nova presa.

»»»»»»

Porto Alegre, dias atuais

As ordens contidas no e-mail que recebera eram claras.

Fechou o *notebook* e foi escolher uma camisa na mochila, desta vez com bastante cuidado. Ao conferir, no espelho do banheirinho, como a roupa lhe caía, viu os próprios olhos brilharem no reflexo... Foi natural abrir todas as suas percepções à mente *dela*.

Assaltou-o, com força, a imagem das árvores, dos telhados, das floreiras coloridas no mercado. Era primavera na Alemanha, uma tarde agradável. Ao mesmo tempo que tinha um vislumbre dos arredores, ouviu a voz inconfundível da irmã. Perguntava-lhe onde estava: "*Wo bist du, Bruder?*". Sem hesitar, sua mente respondeu: "Porto Alegre, Rio Grande do Sul, Brasil".

Quando saiu do pequeno quarto, uma estranha euforia o tomava. Após tanto tempo sozinho, tinha companhia. A irmã estava a seu lado – em pensamento, por enquanto; logo estaria ali em pessoa.

»»»»»»

Natália deixara a enfermaria da Santa Casa. Uma ligação da delegacia a informara sobre o novo crime, e ela já descobrira que o bairro em questão ficava próximo ao hospital. Irineu fora avisado e decidira ir com ela, enquanto Hector deveria encontrar-se com Aluísio no local do cativeiro descrito por Anette.

Na rua, já aguardando o chefe junto a um ponto de táxi, a agente viu Daniel saindo.

– Vai para o cais, não é? Quer um táxi? – ela perguntou.

– Não, ainda estou com o carro alugado – foi a resposta dele. – E antes de ir para lá tenho de passar em outro lugar.

Sem dizer mais, foi para o estacionamento do hospital. Natália pensou em ir atrás dele e descobrir que *outro lugar* seria esse, mas desistiu. Ele era sensato. Não faria nenhuma loucura.

Pelo menos era o que ela esperava...

»»»»»»

Brasília, dias atuais
11 de maio, domingo

Monteiro já havia tomado dois cafés, impaciente, quando Paiva entrou no restaurante do hotel. Esperou que ele se servisse e aproveitou para pegar o terceiro café. Então indagou:

– Ontem você perguntou sobre minha noiva e disse que queria comentar um assunto esquisito. De que se trata, afinal?

O outro engoliu um pedaço de cuca com geleia e iniciou.

– Foi por acaso que a papelada de sua força-tarefa veio parar nas minhas mãos. O trabalho de vocês foi citado num seminário da PF sobre casos especiais que pedem a atuação de agentes com formações variadas. Vocês têm na força um escritor e um advogado, e isso foi citado como um bom exemplo de iniciativa que pode ajudar a solucionar crimes.

– Não tem nada esquisito nisso – comentou Monteiro, pensando numa quarta xícara de café.

– O problema surgiu quando fui arquivar a papelada junto com a documentação dos agentes. E encontrei incongruências nos documentos. Você e sua noiva são policiais condecorados, com anos de serviço prestado em Minas e em outros estados. Mas nem todos têm essa ficha corrida. Nos documentos de seu superior, por exemplo, há datas que não podem estar corretas. Fui olhar registros na internet, para ver se se tratava de erros de digitação... e meu espanto aumentou.

O noivo de Natália cravou os olhos no amigo.

– Paiva, o doutor Irineu Sanchez de Navarra é um advogado famoso. Um dos esteios da Ordem dos Advogados. Não pode haver nada errado em seus documentos.

– Espere só até ouvir o que descobri – foi a resposta do outro.

Baixando a voz, o policial da Corregedoria começou a contar sua história. Monteiro se dispôs a ouvir com paciência. E quando, bem mais tarde, os funcionários do hotel começaram a retirar tudo do salão do café, ambos ainda estavam lá, falando e com um ar bastante intrigado.

»»»»»»»»

Munique, dias atuais
11 de maio, domingo

Lazlo Mólnar pegou o cartão de crédito que o funcionário do hotel lhe devolvia. Enquanto aguardava o táxi que pedira, viu Otto entrar na recepção.

O amigo não parecia feliz. Havia desconfiança no tom de voz em que lhe disse:

– Você está mesmo indo embora. Não pretendia se despedir de mim?

– Eu ia passar na clínica antes de ir para o aeroporto – o húngaro respondeu, com calma. – Não há motivos para ficar em Munique. A paciente que vim consultar desapareceu. E devo comparar os resultados dos exames que pedi com as anotações sobre casos similares que tenho em Budapeste. Logo enviarei um laudo sobre a estranha doença nos olhos de *Frau* Mann.

Fazia sentido, mas o outro ainda parecia cheio de suspeitas.

– Imagine, agora nossa paciente é suspeita de ter matado a mulher no parque! Encontraram chinelos e uma camisola de nossa clínica por lá. Descobriram que ela estava na ala de doentes mentais.

Lazlo não pareceu surpreso. Assegurou ao amigo que, mais dia, menos dia, a pobre senhora seria encontrada. Pediu que o mantivessem informado das novidades ligando para seu celular.

– Acabo de me render à tecnologia. – Sorriu, exibindo um aparelho novo. – O número é...

Tinham trocado mais algumas palavras quando o táxi pedido estacionou na frente do hotel. Mólnar apertou a mão do médico alemão e saiu, com sua valise bem mais recheada que antes. Talvez por isso nem tivesse cogitado tomar o metrô, como fizera ao chegar.

Otto correspondeu ao cumprimento, mas, depois que o táxi partiu, ainda ficou na calçada, olhando para a esquina, bastante cismado.

»»»»»»

Porto Alegre, dias atuais

Os primeiros policiais que chegaram à pracinha viram um suspeito junto aos tapumes, próximo ao corpo de um homem caído e de uma pistola semiautomática largada ao lado. Um deles avançou; o outro retornou à viatura para pedir reforços. O alerta só falava sobre uma vítima, não mencionava gente armada no local...

De comum acordo, os homens da brigada apontaram suas armas; um deles deu voz de prisão e o outro cercou o suspeito por trás.

Não precisavam temer um tiroteio, contudo. O homem ajoelhado no chão, junto ao cadáver, parecia perturbado. Olhou-os com o ar insano, alheio, parecendo nem se lembrar da arma caída.

– De pé! – ordenou o primeiro policial.

Ele não obedeceu. Balbuciou alguma coisa que não entenderam e não reagiu quando um homem o afastou da pistola e outro prendeu seus braços para trás, já sacando as algemas.

»»»»»»

Natália saltou do carro e não esperou por doutor Irineu, que estava pagando o taxista. Já havia duas viaturas no local e policiais da brigada isolavam a praça com fitas pretas e amarelas.

– Agente Sorrent, Polícia Federal – disse, mostrando a credencial ao sujeito que parecia no comando da situação.

– Delegado Gianni, da delegacia local – retrucou ele, com má vontade.

A investigadora concluiu que ele já fora avisado, pela Secretaria de Segurança, de que a PF teria livre acesso a tudo que pudesse estar ligado aos crimes em série e ao rapto do bebê. Sem perder tempo, perguntou detalhes do caso e logo viu o homem que fora preso em flagrante na cena.

– Rodrigo... – murmurou, ao reconhecer o colega algemado dentro de uma das viaturas.

Foi até lá, o coração apertado ao ver o aspecto do policial. Descabelado, barba por fazer, roupas sujas de sangue. Olhava para o chão e murmurava alguma coisa...

– Minha culpa, é minha culpa, tudo minha culpa. – Ela ouviu, ao chegar mais perto.

– Rodrigo – disse, ignorando os policiais que o vigiavam. – O que aconteceu? Foi você que fez isso?

Ele não a fitou nem respondeu. Tinha os olhos vermelhos e confusos.

– Este é o suspeito dos crimes? – perguntou Irineu, que se aproximara após falar com o delegado. – Não faz sentido ele matar o homem, largar a arma no chão, deixar que o corpo fosse encontrado e depois voltar aqui para ser preso em flagrante...

– Muita coisa por aqui não faz sentido – concordou a agente.

Afastou-se da viatura e foi ver o corpo.

A pessoa caída de lado no matagal da praça, atrás dos tapumes, era um senhor de bastante idade. Calvo, olhos azuis arregalados; não parecia ter lutado contra o agressor. Tinha a calça suja de terra na altura dos joelhos, o que podia significar que se ajoelhara antes de morrer. Uma execução?

Com alívio, viu que o carro do Instituto Geral de Perícias chegava, e o perito criminal vinha nele. Cumprimentou-o e deu espaço para que fizesse o exame perinecroscópico. Um fotógrafo técnico tirava fotos, Irineu fazia o mesmo com o celular e ela andou pela praça, tomando cuidado para não pisar nos canteiros que pudessem conter pegadas. Algo não estava certo ali... e a vítima a fazia se lembrar de alguém. Mas quem?

A viatura com o suspeito se preparava para deixar o local. O delegado Gianni despediu-se do advogado, acenou para ela e foi para seu carro; provavelmente iriam para a cadeia do distrito.

Recordou as revelações que Rodrigo lhe fizera na tarde anterior. Falara sobre um médico nazista que fazia experiências com prisioneiros...

– Onde estão os pertences do suspeito? – perguntou a um dos policiais.

O rapaz indicou os sacos das evidências que os peritos haviam recolhido para análise. Um continha a pistola encontrada no chão. Outro, a arma que Rodrigo usava sempre, registrada na polícia. A agente franziu a testa; por que ele portaria duas armas? Havia em outro saquinho uma carteira e um papel com nomes impressos. Sobrenomes alemães... No rodapé, lia-se "Casa de Cultura Mario Quintana". Então ela encontrou uma fotografia em branco e preto, que olhou de perto.

Soltou uma exclamação de espanto ao ver que era o antigo retrato de um oficial com uniforme da SS, cercado por soldados nazistas com braçadeiras contendo suásticas e por mais alguns que pareciam civis. Um dos soldados lhe pareceu familiar; e a visão de um dos civis a fez gelar.

Pegou o celular e enquadrou a imagem, refotografando-a.

Podia jurar que era o mesmo homem das fotos dos cemitérios.

CAPÍTULO 9

DECISÕES

Ludmila havia obtido todas as informações possíveis sobre o estado da filha com o médico de plantão e as enfermeiras. Agora pretendia fazer as compras mais urgentes e levar o que comprasse para o hotel. Ao deixar a UTI, viu alguém conhecido entrar no corredor do hospital.

– Dona Ludmila – cumprimentou-a Damasceno, com o ar aflito. – Como está sua filha?

Ela fez um relatório de tudo o que sabia, até aquele momento. O agente assentia com a cabeça.

– Acabei de chegar à cidade e achei que encontraria doutor Irineu aqui – disse ele, quando a mulher terminou de falar.

– Ele e Natália foram dar andamento às investigações. Ouvi qualquer coisa sobre um novo crime. E Daniel... não sei aonde foi. Coitado, está bem perturbado com o rapto do filho.

Vendo que as lágrimas surgiam nos olhos dela, Damasceno tratou de mudar de assunto. Falou sobre o tempo doido que fazia no Rio Grande do Sul, comentou que estivera bem gripado e terminou assegurando que a força-tarefa encontraria a bebê, sem dúvida.

Deixou a Santa Casa apressadamente, enquanto ela ia com mais vagar, pensando nas compras que faria para não ter um acesso de choro. Tudo ia melhorar. Logo Ana estaria no hotel com o marido e a filha. Quando ela chegou à rua e entrou num táxi, olhou para o celular em dúvida.

“Preciso ligar para o Irineu. Tem alguma coisa que eu tenho de dizer para ele... só não consigo lembrar o que era!”

»»»»»»

– Hora de acordar – disse alguém, perto demais de seus ouvidos.

Erich abriu os olhos brilhantes e rosnou, pronto para atacar. Só não deixou o processo completar-se porque reconheceu o rosto de Hector, sentado próximo à cama do hotel.

– Você... – murmurou, com um bocejo enorme. – Como entrou aqui?

O rosto sombrio do escritor permitiu um leve sorriso.

– Sério que essa é a única pergunta que te ocorre agora?

Levantando-se, o jornalista esfregou os olhos, que deixaram de brilhar. Suspirou.

– Tenho mais umas mil. Mas você vai me contar tudo de qualquer jeito... Fale, Wolfstein.

E ele falou sem parar durante o tempo que Erich levou para ir ao banheiro e vestir-se.

Contou sobre as flutuações no estado da esposa. Sobre a fuga de Anette do cativeiro. Sobre as manipulações de Irineu para que a força-tarefa logo assumisse o comando das investigações.

– Vou agora para o quartel-general dos sequestradores – completou. – E você também! Já que se diz um caçador, vai caçar comigo. Ter dois lobos farejando é melhor que um só.

Erich ia retrucar com alguma ironia, quando ambos viram o celular na mesa de cabeceira vibrar. Ao pegá-lo, contudo, a ligação foi encerrada. Fosse quem fosse, devia estar impaciente.

– Prefixo da Alemanha – constatou, vendo o registro da ligação. – Deve ser Lazlo.

Nem precisou ligar de volta: o celular de Hector tocou, com uma ligação do mesmo número.

– Lazlo? – O escritor atendeu, ansioso. – Eu sei que tentou falar com o Will... Erich. Ele está aqui, comigo. O que foi que... Entendo.

Ele escutou enquanto o médico dava conta dos últimos acontecimentos de Munique. Aparentava mais preocupação a cada palavra que ouvia. Afinal, revelou:

– Eu estou melhor, mas a situação é a pior possível. Minha esposa foi sequestrada. Ela deu à luz no cativeiro e depois foi descartada para morrer... Lazlo, os bandidos levaram o bebê.

Seu interlocutor falou por mais um tempo, enquanto ele ouvia atentamente. Como se respondesse a uma pergunta, revelou o endereço do hotel em que ele e Erich se hospedavam.

– O que ele falou? – o jornalista indagou, a boca cheia de castanhas que pegara no frigobar.

O outro desligou o celular, os olhos perdidos na parede. Pensava furiosamente.

– Ahn... muita coisa. Para começar, Lazlo comprou um celular na Alemanha. Registrei o número.

– Verdade? Nunca pensei que esse dia chegaria. – Erich riu.

Hector ignorou a interrupção.

– Ele está voltando a Budapeste. Disse que... temos de ficar unidos. E que a paciente que ele acha que é Bertha Hundmann fugiu. Está matando de novo. Um documento que encontrou indica que o filho dela, que a internou na clínica, mora no Brasil: bem aqui, no Rio Grande do Sul.

– Maus... – o rapaz rosnou. – Eu desconfiava disso desde o começo e tive certeza quando vi o lobo negro. Se a velha Bertha não estava controlando aquele lobisomem, tinha de ser *ele*.

– Ele também disse que o bebê... – engoliu em seco, hesitante – deve ter herdado o Fator L e estar vivo. Mas teremos de correr contra o tempo para encontrar o criminoso, porque ele acredita que a loba vai se reunir ao filho. Tem certeza de que virá para cá.

Ouviu-se um novo rosnado do rapaz, que arremessou a embalagem de castanhas para o cesto de lixo.

– O que faremos, então?

– O que eu disse antes, *caçador* – foi a resposta, num tom que misturava raiva e ironia. – Vamos caçar juntos. Eu não vou deixar você longe das minhas vistas.

Ao descerem no elevador, Hector estava tão silencioso e concentrado em planejar os próximos passos que não notou que Erich tinha tonturas e precisava escorar-se às paredes. Quando saíram e se encaminharam ao carro alugado, contudo, ele parecia ter retomado o controle.

– Fique com isto – o jornalista disse, entregando-lhe a arma que pegara antes de deixar o quarto. – Está carregada com balas revestidas de prata. Hoje sua mira pode ser melhor que a minha.

Hector estranhou, mas aceitou; colocou a pistola num bolso e deu a partida.

E eles seguiram pelo trânsito tranquilo do domingo, rumo à região do cais.

»»»»»»

O delegado Gianni, titular da delegacia do bairro, não parecia nem um pouco feliz com a interferência da Polícia Federal em sua investigação. Ele havia prendido o criminoso em flagrante, e, embora por enquanto tudo estivesse sendo mantido em sigilo, assim que possível pretendia dar entrevista à imprensa. Esse era exatamente o tipo de fato capaz de impulsionar sua carreira. Mas então os agentes da tal força-tarefa especial apareciam, querendo mandar e desmandar em seu distrito!

– A senhora pode acompanhar as diligências, se quiser – ele dissera à agente Sorrent, com um sorriso gelado. – Estamos sempre à disposição da PF.

Porém já fazia quase meia hora que o suspeito fora levado à cela e ela continuava sentada na sala de espera, sem ter acesso a nada. Precisava falar com Rodrigo; por mais que desconfiasse de que ele lhe escondia muita coisa, e até de que fosse um lobisomem, não conseguia acreditar que era culpado da morte daquele senhor ou mesmo dos crimes seriais. Irineu tentaria contornar o delegado local, mas por enquanto nenhuma notícia viera da Polícia Federal. Ela estava ficando nervosa e fazendo questão de ignorar todas as ligações e mensagens que não fossem relacionadas ao caso.

Por sorte, um dos detetives do distrito simpatizara com ela e lhe passara certas informações.

– A vítima foi identificada, é um senhor aposentado que morava com duas filhas na própria rua da praça – dissera ele, mostrando-lhe um papel contendo um endereço e um telefone. – Elas serão levadas ao Departamento Médico-Legal para identificar o corpo, depois virão aqui depor.

– E o suspeito? Declarou alguma coisa? Deu algum telefonema?

O rapaz a olhara de um jeito estranho.

– Aposto que vai alegar insanidade – respondeu ele. – Não pediu advogado nem nada. Só fica resmungando "minha culpa, minha culpa", sem parar.

Tentando lidar com a frustração de ficar parada, Natália lembrou que Aluísio combinara de mandar os registros do celular de Rodrigo. Foi olhar suas mensagens e viu que ele cumprira o prometido. Abriu as imagens que mostravam os últimos números.

– Ligações não atendidas – murmurou.

Podia jurar que um dos telefones era o que vira no papel que o detetive lhe mostrara minutos antes: o da casa da vítima! Outro aparecia em várias entradas, como se alguém estivesse aflito para contatar o investigador. Num impulso, resolveu tentar esse último.

Digitou o número e ouviu uma voz do outro lado atender, dizendo:

– Casa de Cultura Mario Quintana, Biblioteca Pública. Em que posso ajudar?

Bastante surpresa, a agente declarou:

– Ahn... Bom dia, meu nome é Natália. Trabalho na Polícia Federal e preciso falar com alguém a respeito do detetive Rodrigo. É muito importante.

Após alguns segundos de silêncio, a mesma voz respondeu:

– Aconteceu alguma coisa com o Rodrigo? Tenho tentado falar com ele e não consigo, já estava aflita. Sou Fabiana, trabalho aqui na biblioteca.

Natália respirou fundo. Precisava ter cautela com o que dizia.

– Rodrigo está bem, por enquanto. Sou colega dele e posso te dar notícias. Mas prefiro falar pessoalmente. Importa-se de marcarmos um encontro?

»»»»»

Brasília, dias atuais

Monteiro desligou o celular antes de entrar no auditório para a próxima palestra do congresso. Decididamente, não adiantava tentar ligar para a noiva de novo. Natália o estava ignorando. Só não sabia se ela continuava zangada com ele ou se a investigação em que se envolvera tomara rumos perigosos. Estava preocupadíssimo e não queria falar com doutor Irineu; tentara até comunicar-se com Daniel Lucas, e nada.

Cogitava a ideia de desistir do bendito congresso e ligar para a companhia aérea. Se trocasse sua passagem, em algumas horas poderia deixar Brasília rumo ao Rio Grande do Sul...

– Doutor Monteiro, que coincidência encontrá-lo! Estávamos justamente falando do senhor.

Ele fez força para sorrir e ser amigável com a mulher que se aproximava. Sabia que ela pertencia a um dos comitês encarregados do evento.

Infelizmente, ela não esperava dele apenas um sorriso e simpatia. Queria que substituísse, naquela noite, um supervisor que não pudera comparecer; falaria numa mesa-redonda para policiais de todo o país sobre crimes em série. Bem que ele tentou livrar-se da responsabilidade, mas a coordenadora disparou a falar sobre sua atuação na prisão de terríveis assassinos seriais em Minas, havia alguns anos, assegurando como sua fala seria importante para ajudar a prevenir esse tipo de crime no Brasil...

Para escapar ao blá-blá-blá, Monteiro concordou. Porém, escapuliu do auditório e foi para o quarto; ligaria para a companhia aérea e tentaria um voo para o dia seguinte, segunda-feira.

"Afinal, um dia a mais em Brasília não deve fazer diferença", decidiu.

Estava errado, mas não havia como saber o que acontecia no Sul do país.

»»»»»»

Porto Alegre, dias atuais

A operação policial foi eficaz.

Aluísio chegou com a primeira viatura e concluiu que era ali mesmo. O galpão abandonado, com mato alto em volta, muros deteriorados e cercado por partes enferrujadas de velhos guindastes, como Anette descrevera.

Logo chegaram os reforços: mais uma viatura da Delegacia Criminal, uma do GATE e o carro da Polícia Científica. O pessoal de Táticas

Especiais entrou primeiro; conforme iam liberando as salas, o subdelegado os seguia com alguns membros da brigada e os peritos.

Logo que ficou evidente que a quadrilha havia mesmo escapado, mapearam o complexo. O interior do galpão parecia ter sido reformado havia alguns anos, com a criação de quartos de alvenaria de um lado e dezenas de salas separadas por divisórias de madeira e alumínio do outro.

Os especialistas começaram a trabalhar nos cômodos que continham vestígios de ocupação recente. Aluísio ficou horrorizado ao ver os quartos escuros e com portas pesadas; pelo menos em meia dúzia deles viam-se roupas jogadas nos cantos, macas ainda úmidas com manchas de sangue e suportes para soro com todo o equipamento necessário. Uma das portas estava escancarada, e ele encontrou uma faquinha no chão, provavelmente a que Anette usara.

– Isto estava acontecendo debaixo do nosso nariz! – indignou-se, enojado.

– Doutor, dá uma olhada aqui – chamou um sargento do GATE.

Ele foi para um cômodo maior e mais claro, no fundo do galpão, que se assemelhava a uma sala de cirurgia. Lá havia uma cama de maternidade, sob uma grande luminária.

– O lugar foi higienizado, mas há indícios de que houve um parto aqui, recentemente – uma perita do Departamento de Criminalística expressou o óbvio ao recolher resíduos para análise. Uma seringa, uma ampola de medicamento específico...

Não havia pistas visíveis que levassem à identidade dos sequestradores. Teriam de aguardar que a Polícia Científica recolhesse impressões digitais e material que pudesse conter traços de DNA. Aluísio desanimou ao pensar no bebê desaparecido e na demora para se obterem os resultados.

Já havia corroborado todos os pontos do depoimento da garota que escapara, quando ouviu som de veículos lá fora; um carro e uma moto. O policial que ficara de guarda o chamou, e ele saiu pelo pátio traseiro – o mesmo por onde Ana e Anette haviam tentado escapar. O pessoal do GATE abrira uma passagem entre o ferro-velho e, por ali, Daniel Lucas passava, apressado, seguido por um rapaz.

– Descobriram algo? – o marido de Ana Cristina perguntou.

– Tudo bate com o que Anette nos disse – contou o subdelegado, olhando com desconfiança para o acompanhante do escritor. – Encontramos a sala em que foi feito o parto, mas nem uma pista do bebê. Do outro lado há marcas de pneus de carro e moto, os especialistas estão analisando.

– Podemos entrar? – quis saber o rapaz que carregava um capacete de moto.

– O agente Lucas pode, mas quem seria o senhor?

– Este é Wil... Liam Jaeger. Está comigo – disse Hector, já entrando no galpão.

Aluísio fechou a cara e se postou diante do jornalista.

– Eu me lembro de ti. Teus artigos no *Zero Hora* sempre enfatizaram a incompetência da Polícia Civil. Por que acha que vamos permitir que entre numa cena de crime?

– Porque – respondeu Erich, cínico – talvez eu possa identificar o mandante dos sequestros. Vocês precisam da minha ajuda, gostem ou não.

– Ande logo, Jaeger! – chamou Hector, lá de dentro.

O subdelegado bufou, mas permitiu que Erich o seguisse.

Os dois rapazes percorreram os cômodos, utilizando o faro lupino. Os peritos não prestaram atenção a eles; um homem da brigada foi encarregado de vigiá-los para que não mexessem em nada.

Ao dar com as celas, Erich empalideceu. Apoiou-se numa parede.

– O que foi? – Hector o segurou; parecia que ele ia desmaiar.

Os olhos brilhantes do caçador o fitaram, angustiados.

– Já estive num lugar quase igual a este... Dachau. *Ele* fez aqui a mesma coisa que fez no campo de concentração. Usou as pessoas como cobaias.

A raiva transpareceu nos olhos de Hector ao imaginar Ana presa ali, também servindo de cobaia. E seu filho... seu bebê estava nas mãos daquele criminoso.

– Vamos continuar – disse, sombrio, deixando o outro e entrando na próxima sala.

A presença de ambos foi providencial, apesar da relutância de Aluísio. Com o faro, descobriram mais peças de roupa, fios de cabelos e outros sinais de que ali tinham estado presas mais de trinta pessoas, ao longo de anos.

Os peritos iam, metodicamente, fotografando as salas e recolhendo material. Teriam meses de trabalho à frente, no departamento de Patologia Forense, para identificar cada vítima.

Foi quando deixava um cômodo em que havia um velho e alto arquivo de ferro que Hector voltou a prestar atenção a Erich. Estava mais pálido ainda, parado no meio da sala vazia. E fitava, com o cenho franzido, o tal armário enferrujado.

– O que foi agora?

O jornalista olhou para ele sem parecer vê-lo. Balbuciou:

– A injeção... Maus, no campo... Acho que sei o que ele fez comigo... O cheiro. Está lá.

Indicou o móvel no canto da sala, mas não conseguiu dizer mais. Hector aproximou-se.

– O que você quer dizer? Não tem nada lá dentro, já olhamos, e além disso...

Não terminou a frase. Erich acabara de despencar no chão.

– Ajudem, aqui! – o escritor chamou, atraindo a atenção de Aluísio e de outro policial.

O subdelegado arregalou os olhos ao ver a palidez do rapaz caído.

– O que deu nele? – indagou.

– Não tenho ideia, mas precisamos levá-lo para o hospital – foi a resposta do outro ao erguer o corpo do jovem com a ajuda do militar.

Enquanto o carregavam para uma das viaturas, ele poderia jurar que o jornalista murmurava “Lazlo. Chame Lazlo”.

Somente ao ver o carro sair do local rumo à Santa Casa, porém, foi que ele conseguiu pegar o celular no bolso. Não sabia o que diria ao médico húngaro, mas ligaria para ele.

»»»»»

Budapeste, dias atuais

Fazia uma hora que o oftalmologista húngaro havia chegado de viagem quando seu celular tocou. Tivera tempo apenas de tomar banho e almoçar.

Preparava-se para abrir as pastas com os exames de sangue de vários pacientes e comparar com os resultados obtidos em Munique.

Fez o dedo deslizar pela tela, como a balconista da loja lhe havia ensinado; ainda estava aprendendo a lidar com o telefone. E ouviu a voz de Hector, falando em inglês.

– Lazlo? *It's Hector. We have another problem...*

Escutou, atento, a descrição dos últimos acontecimentos. Já tivera algumas ideias ao ouvir sobre o estado de Ana Cristina, quando ligara para o Brasil naquela manhã. Suspirou, cansado. Mal chegara e o destino o empurrava a outra viagem – uma bem mais cansativa que a ida à Alemanha.

– *My friend, listen carefully* – o médico pediu ao amigo para ouvi-lo com atenção e lhe deu instruções precisas.

Ele deveria providenciar hemogramas completos tanto de Ana quanto de Erich, manter as amostras do sangue de ambos em refrigeração, copiar todos os resultados de exames clínicos e conseguir um local para que o médico analisasse tudo com privacidade.

Terminou dizendo que já havia se informado, no aeroporto de Budapeste, sobre uma ida ao Brasil. Tentaria obter passagens ainda naquela tarde, mas seria uma maratona: teria de ir para Frankfurt e de lá para São Paulo. Desceria em Guarulhos e só então embarcaria para Porto Alegre. Se tudo desse certo, chegaria à cidade no dia seguinte, pela hora do almoço ou mais tarde.

– *Stay calm. I think the whole thing was a trap...* – disse, antes de desligar.

»»»»

Porto Alegre, dias atuais

E, ao mesmo tempo que o húngaro telefonava para um agente de viagem, para agilizar as coisas, o marido de Ana guardava seu celular no bolso com mais uma pulga atrás da orelha.

O que Lazlo quisera dizer com "*a coisa toda foi uma armadilha*"?

Uma armadilha de quem? E para quem? De repente, arregalou os olhos ao lembrar da afirmação de Erich de que só mordera Ana, contaminando-a com o Fator L, para salvá-la da morte.

Com o ar ainda mais sombrio, voltou para dentro do galpão. Quando Lazlo chegasse, explicaria tudo. Agora queria investigar outra coisa. No cômodo sinistro em que Erich Grimm desmaiara.

»»»»»»

A Casa de Cultura Mario Quintana foi, na verdade, um antigo hotel, o Majestic, marco da vida cultural de Porto Alegre a partir dos anos 1920. Natália já havia escutado várias referências ao local como sendo de grande importância histórica e turística. No entanto, apesar de estar hospedada a poucos quarteirões dele, não tivera a oportunidade de ir lá a passeio.

Agora pisava, extasiada sob os arcos e as passarelas cor-de-rosa da fachada, o calçadão que ia da rua dos Andradas à Sete de Setembro. Aquele lugar merecia uma visita demorada. Ouvira dizer que ali se podia visitar, além do quarto do hotel em que o poeta Mario Quintana havia morado, um museu dedicado à cantora gaúcha Elis Regina.

À sua esquerda viu um café e logo percebeu a moça sentada numa mesa próxima à janela. Foi para lá sabendo que não se enganava; aquela era Fabiana.

Após as rápidas apresentações, a bibliotecária admitiu ser ex-namorada do detetive e foi logo perguntando:

– Afinal de contas, o que aconteceu com Rodrigo?

A agente tomou fôlego antes de começar a falar, baixinho.

– Por enquanto isto é confidencial, mas logo estará na imprensa... Esta manhã Rodrigo foi preso em flagrante, acusado pelo assassinato de um senhor idoso no bairro Menino Deus.

– O quê?! – A moça empalideceu e o espanto quase lhe tirou a voz.

Um garçom se aproximara e a detetive pediu dois cafés em xícaras grandes. Ela mal tomara o café da manhã naquele dia, e a ex-namorada de Rodrigo ia precisar de um estimulante.

– Também acho estranho, mas ele foi encontrado no local, junto à arma e bastante transtornado. Tentei interrogá-lo e ainda não consegui, meu superior na Polícia Federal está tentando um acesso. Rodrigo pode ser um tanto egocêntrico, mas o tempo que trabalhei com ele não me levou a considerá-lo um assassino.

O café chegou e Fabiana tomou um gole grande, parecendo mais segura.

– Esse senhor que foi morto... por acaso... é um homem mais alto que a média, calvo, óculos de aro dourado e olhos azuis bem claros?

– Você o conhece? – Foi a vez de Natália espantar-se; com exceção dos óculos, a descrição batia com o corpo que vira na cena do crime, havia pouco.

– Tu disse que o idoso morava no Menino Deus, e eu liguei as coisas. O avô do Rô mora lá. Meus sogros... ex-sogros... já faleceram. O velho tem uns noventa anos e vive com duas filhas. Não, ele nunca mataria o próprio avô!

A agente tornou a lembrar a conversa que tivera com o colega na tarde anterior. *Uma fonte* revelara que o homem das fotos dos cemitérios parecia ser um médico nazista. A Segunda Guerra terminara havia sete décadas... Um homem de noventa anos poderia ter participado do conflito.

– Esse avô do Rodrigo também é imigrante? Você sabe se ele lutou na Segunda Guerra?

A bibliotecária engoliu o resto do café.

– Isso eu não sei. Só sei que o Rô adora o avô. E ele me procurou, esta semana, pedindo ajuda com uma pesquisa. Tinha a ver com descendentes de imigrantes alemães, gente do tempo das antigas cooperativas no Vale do Rio dos Sinos. Encontrei umas coisas e tive a ajuda de um senhor muito simpático de uma organização aqui no centro...

– O senhor Farkas, do Cidesi? – Aquela tarde estava trazendo uma surpresa atrás da outra.

– Ele mesmo. Me ajudou a encontrar papéis com nomes de antigos imigrantes e seus descendentes. Rodrigo ficou com uma cópia. Parece que pessoas ligadas a uma das cooperativas desapareceram, uns cem anos lá pra trás. Ele queria saber mais sobre isso.

– Posso ver? – a agente pediu, e a outra lhe passou a papelada que trouxera.

– Pode ficar com isso. – Depois, séria, perguntou: – Tem alguma coisa que eu possa fazer pelo Rodrigo? Ele não é um assassino. Muito menos se o homem morto for o avô dele!

Natália concluiu o óbvio: a *ex* ainda era apaixonada pelo investigador.

– Também acho que tudo é um engano – sossegou-a. – Vou voltar à delegacia e ver se consigo falar com ele. Ficaremos em contato. Se houver algo, eu te aviso.

A bibliotecária fez questão de pagar pelos dois cafés e seguiu para a outra ala da casa de cultura, depois de despedir-se. A caminho, enxugava os olhos úmidos.

A agente ainda ficou ali um tempo, analisando os documentos que acabara de receber. Farkas deixara cópias de alguns deles para que ela visse, no dia anterior. Porém a chegada do lobo atrapalhara. Aquilo tudo a fazia pensar...

»»»»

Damasceno foi recebido por um policial e encaminhado a uma sala nos fundos assim que entrou na sede da PF em Porto Alegre. Lá, o doutor Irineu já parecia estar em casa. Tinha à sua disposição um computador, uma estagiária e esperava logo obter tudo mais que requisitasse.

– Que bom que está aqui – Irineu disse ao seu mais antigo colaborador. – Tenho uma reunião com o superintendente local agora. Há setores relutando em nos passar o controle completo da situação. O fato de uma das vítimas ser um vereador também complica bastante nosso trabalho.

– Sinto muito pela sua filha – respondeu o taciturno agente. – O que quer que eu faça?

– A prioridade é localizar o bebê. Vá encontrar Hector, ele deve estar no suposto local do cativeiro. É a única pista que temos, por enquanto... Qualquer novidade, avise-me pelo celular.

Concordando com a cabeça, Damasceno tornou a sair. Sabia que Irineu sempre conseguia o que desejava; logo eles teriam acesso a todos os recursos policiais da cidade – quem sabe do estado.

»»»»

Custou um pouco para que Hector conseguisse ficar sozinho naquele canto. Aluísio o levara para conferir os materiais ensacados pelos membros da Polícia Científica e que atestavam a grande quantidade de vítimas que a quadrilha – por enquanto descrita apenas como *um homem mais velho e seu jovem ajudante* – havia mantido lá.

Um telefonema para o hospital revelara que Liam Jaeger fora admitido inconsciente e que apresentava algum tipo de infecção generalizada. Ana Cristina continuava na mesma. Ele só não conseguira falar com Natália; segundo Aluísio, ela fora verificar uma nova vítima. O subdelegado deveria ter ido para lá, a pedido de Laura, mas não conseguira ainda deixar o local do cativeiro.

O escritor deixou para pensar naquilo depois. Desejava acionar os poderes lupinos para farejar melhor o cômodo em que Erich passara mal, porém relutava. Não queria perder o controle e transformar-se no meio dos policiais! Então um novo telefonema da doutora Laura fez Aluísio afastar-se para uma conversa privada.

"Até que enfim", pensou o rapaz, aproveitando para voltar à tal sala. Como não haviam encontrado nada ali, nem impressões digitais no arquivo de ferro, nenhum perito permanecera.

Tentou usar as técnicas de autocontrole que aprendera para acessar o faro sem disparar a ebulição do Fator L em seu sangue. Após o acontecido no morro, tudo estava mais difícil...

Seus sentidos se aguçaram e ele conseguiu identificar os cheiros dos que haviam passado por perto. Lutou contra a ânsia de sair na pista do sangue de Ana, que impregnava a sala de parto, próxima dali. E afinal um alarme disparou em seu cérebro.

Havia algo atrás daquele armário. Algo importante, que provavelmente Erich percebera.

Convocou dois homens e pediu que afastassem o móvel. O peso era tamanho que precisaram chamar mais gente. Quando o arquivo foi deslocado, todos viram uma portinha de ferro oculta. Um chute e aquilo se abriu, revelando um escuro cubículo.

Para o lobo que habitava a mente de Hector, os aromas lá dentro eram reveladores. Já ia entrar quando um dos sargentos do GATE o impediu.

– Melhor irmos na frente – disse o homem, acendendo uma lanterna.

– A Polícia Científica vai antes, para não haver contaminação – contestou um dos peritos.

Aluísio apareceu naquele momento com o ar bastante contrariado e percebeu a descoberta.

– Ninguém entra, por enquanto. A doutora Laura acaba de me avisar que a Polícia Federal está mesmo à frente do caso. Oficialmente. Agentes federais terão prioridade para entrar antes de nós.

– Eu sou agente especial da PF – Hector adiantou-se.

– Sabemos disso – desconversou o subdelegado –, mas a SSP quer tudo feito conforme o figurino, então vamos proceder da maneira correta. E tu não tens as tuas credenciais aqui, não é?

O escritor mordeu o lábio, frustrado.

– Mas eu tenho – disse alguém atrás deles, na porta.

Era Damasceno, que chegara lá em tempo recorde. Hector sorriu. Teria preferido que fosse Natália, mas ao menos ele era um membro da força-tarefa e sabia sobre a licantropia.

Após conferir a identificação do agente, Aluísio não pôde mais se opor. Damasceno entrou, com Hector logo atrás de si, além dos fachos das lanternas dos homens de Táticas Especiais.

»»»»»

Tudo agora mudara de figura. Assim que voltara à delegacia do bairro, após conversar com a bibliotecária, Natália foi informada de que a PF assumira de vez o comando. O delegado Gianni não gostara nada daquilo, porém um telefonema do próprio secretário de Segurança o fizera enfiar o rabo entre as pernas.

Fora confirmado, agora, que a vítima era o avô do suspeito. As tias, que haviam reconhecido o corpo e não paravam de pedir que localizassem o "sobrinho policial", acabavam de ser informadas de sua prisão... Aguardava-se a qualquer momento a chegada do doutor Irineu e de mais agentes federais. E Natália foi, finalmente, levada à cela em que Rodrigo havia sido trancafiado.

Ele estava deitado no catre, com um ar tão deprimido quanto o que mostrava ao chegar. Não dissera uma palavra, não telefonara a ninguém e nem mesmo aceitara alimentos.

– Rodrigo – ela chamou –, sou eu, Natália.

O detetive virou o rosto para a parede e não respondeu.

– Acabo de conversar com a Fabiana – ela revelou. – Nenhuma de nós imagina que você possa ter matado seu avô. Por favor, fale comigo. Quero buscar o verdadeiro culpado, e você pode ajudar.

Aquilo o tirou do mutismo. Ele a fitou, surpreso.

– Ninguém... ninguém vai acreditar no que eu vi. No que eu tenho a dizer.

Ela sorriu.

– Se se refere à licantropia, saiba que eu não só acredito, como sei, de fonte segura, que é real.

O rapaz sentou-se na cama, ainda inseguro.

– Muito bem – declarou, após hesitar mais um pouco. – Vou te contar tudo.

»»»»»

Munique, dias atuais

No bairro, sabia-se que a mulher tinha filhos que estudavam fora; no momento, morava sozinha. Bertha não teve a menor dificuldade em invadir sua casa pela entrada dos fundos. Viu fotografias dos filhos no console sobre a lareira, notou a papelada da agência de turismo, as passagens e o passaporte sobre a mesinha de centro.

Ouviu a dona da casa no andar de cima, cantarolando. Provavelmente acabava de arrumar as malas, ansiosa pela viagem à América do Sul.

A invasora não estava com pressa. Foi à cozinha, abriu a geladeira e encontrou uma travessa cheia de carne assada. Apesar de ter almoçado bem no *Viktualienmarkt*, sentou-se e comeu com gosto. Depois foi a um lavabo, lavou as mãos e olhou-se no espelho. Teria de tingir os cabelos, que durante a estadia na clínica haviam descorado; isso seria fácil. Depois de almoçar, fora a uma loja de cosméticos e uma moça lhe ensinara como fazer isso com um simples xampu. Teria ainda de mudar o contorno das sobrancelhas com maquiagem e vestir roupas grossas para simular ser mais gorda. De qualquer forma, fotografias de passaportes nunca se pareciam muito com os retratados...

Ainda ouvia o canto da *presa* no andar superior quando voltou para a sala. Tirou todos os telefones que encontrou dos respectivos plugues. Somente então concentrou-se, buscando as energias que tinham ficado por tanto tempo adormecidas.

Estendeu a mão à sua frente e observou, feliz, quando as unhas começaram a se tornar garras e a pele foi sendo invadida por pelos cinzentos.

A loba estava de volta.

»»»»»»

Porto Alegre, dias atuais

Apesar de ter de aceitar que os federais estavam no comando, o delegado Gianni ainda podia fazer as coisas do seu jeito. Ao saber que a agente Sorrent conseguira tirar o suspeito do mutismo, exigiu que fizessem um interrogatório e que fosse gravado. Natália preferiria uma conversa informal, mas, como Rodrigo consentiu, ela concordou.

Levado ao local, ele ainda se mostrava deprimido apesar de ter decidido falar.

– Conte sobre seu avô – pediu a policial.

– Ele está morto por minha culpa – começou ele. – Mas não o matei. Estava a caminho da casa das minhas tias, porque estava preocupado com ele. Cheguei na praça e vi o vizinho, com um cachorro, sair correndo de lá. Havia um corpo... Foi horrível encontrar meu avô morto. Uma execução. E tudo por minha culpa. – Fitou-a, agoniado. – Quando nossa investigação começou a sugerir ligações com a Segunda Guerra, fiquei cismado e fui procurá-lo. Ele nunca revelou a ninguém, mas eu desconfiava... por certas palavras que minha avó disse antes de morrer.

– Ele foi um oficial nazista – Natália murmurou.

– Nada tão importante – suspirou Rodrigo. – Foi um simples soldado. Segundo me contou, teve de alistar-se, como acontecia com muitos rapazes na época. Se você morasse na Baviera e não fosse ao menos membro da Juventude Hitlerista, sua família poderia ficar sob suspeita. O fato é que ele se alistou e o mandaram para Dachau, onde havia um campo de treinamento da SS. Isso foi em 1943, ele tinha dezenove anos. Nunca entrou em batalha. Ficou lá até o fim da guerra.

– Foi quando tiraram esta foto? – ela mostrou, em seu celular, a imagem que capturara.

– Não sei a data. Encontrei este retrato na gaveta de uma escrivaninha, no quarto de despejo da casa das minhas tias. Ele foi morar lá depois da morte da minha avó, suas coisas estavam todas guardadas. Eu cismava com aquele móvel desde que era criança... Encontrei a foto e uns documentos dele, de antes de emigrar. Pelo que me contou, os Aliados tomaram as cidades da Baviera em abril de 1945. Ele foi aprisionado na rendição do campo. Como era só um soldado, foi liberado após algum tempo de prisão. Veio para a América do Sul e começou vida nova.

– Ninguém da sua família desconfiava?

– Minha avó sabia. E ele só me contou quando o confrontei.

– No campo de Dachau seu avô conheceu nosso suspeito. É ele mesmo, só que na época tinha bigode... o homem das fotos dos cemitérios.

– O próprio – confirmou Rodrigo. – A foto mostra meu avô com mais soldados junto ao vice-comandante do campo. Pesquisei e descobri que era o *Untersturmführer* da SS, Heinrich Wicker, e ao lado dele está o tal *Doktor*. Ele era um dos médicos que faziam experiências com prisioneiros. O vice-comandante foi morto na tomada do campo, mas o sujeito fugiu antes. Os soldados tinham medo dele, apesar de receberem pouca informação sobre o que se passava lá. As torturas só eram conhecidas por oficiais graduados da SS.

– Então você pediu ajuda à sua ex-namorada, a Fabiana, para descobrir sobre a época anterior, quando achou que o tal médico esteve no Brasil.

Assentindo com a cabeça, o detetive continuou.

– Tudo que te disse ontem era verdade. Aquele homem andou metido com as cooperativas antigas e deve ter sumido com muita gente antes de virar torturador nazista. E os agricultores desaparecidos na época devem ser avôs dos desaparecidos de hoje! Por algum motivo, alguém está continuando o que aquele criminoso fazia há mais de setenta anos. Um filho, um neto, quem sabe?

– Você acredita que seu avô foi assassinado por ter revelado essas coisas a você?

Ele fechou a cara, furioso.

– Seja quem for o maldito assassino, provavelmente vigiava meu avô. E sabia que eu era policial. Tenho o mesmo sobrenome dele... Eu devia ter tomado cuidado, devia ter previsto isso.

– O que você estava fazendo no prédio do centro da cidade, ontem à tarde? – ela disparou.

Desta vez ele custou a responder.

– Eu ia pegar meu carro no estacionamento, ali perto, depois de encontrar a Fabi e falar com você. Achei que... – Rodrigo calou-se e olhou o vidro que cobria uma das paredes da sala, como se apenas naquele momento tivesse reparado nele; e perguntou: – Quem está por trás daquele vidro?

– Policiais e agentes da PF. Por quê? – A agente ergueu uma sobrancelha, intrigada.

O investigador olhou para o chão, indeciso. Parecia escolher muito bem o que diria em seguida. Natália aguardou pacientemente, até que, afinal, ele retomou o depoimento.

– Eu vi aquele jornalista metido na mesma rua, estacionando a moto, antes de entrar num prédio. Sempre desconfiei dele. Resolvi improvisar: peguei o localizador do meu chaveiro e encaixei debaixo do banco da moto. Aí fui para o prédio e fiquei de olho no elevador. Deduzi que ele tinha ido para o décimo terceiro andar, por isso fui para o décimo segundo e subi um lance a pé.

Tudo começava a fazer sentido para Natália. Se Rodrigo não estivesse mentindo, sua intuição estava correta. Ele vira a luta...

– Continue – disse, estimulando-o. – O que você viu no prédio?

– Eu estava na virada da escada, no corredor... Primeiro, ouvi você gritar. Ia até lá, mas pela porta aberta vi dois lobos, um de pelo negro e outro branco. Eles lutavam, mordiam-se, rosnavam! Lobisomens! Aquilo era impossível. Achei que estava delirando, comecei a passar mal e esqueci da investigação, de tudo. Desci as escadas não sei como e só parei no térreo! Corri para o bar em frente e pedi um café. Minha cabeça rodava, pensei até que estava ficando louco... Ouvi pessoas gritarem, gente saiu correndo do prédio. Então eu me senti melhor, e lembrei do localizador que pus na moto. Saí do bar bem quando um carro da polícia chegou. Fui para o estacionamento e acionei o GPS. Saí pela cidade seguindo o motoqueiro.

– E o celular que você perdeu...

– Deve ter caído quando fugi. – Fitou Natália com sinceridade. – Olha, eu ri do menino que viu um lobo na cena do terceiro crime, o da garota, bem aqui na cidade. Tenho quarenta anos de idade e quinze de polícia. Vi coisas horrorosas nesta vida. Mas aquilo... me tirou do sério. A única coisa que me ocorreu foi seguir o jornalista e descobrir se ele era mesmo um lobisomem!

Natália podia imaginar a comoção causada por tal depoimento nos policiais atrás do vidro.

– Aonde a perseguição o levou? – continuou.

– Para um morro perto do Belém Velho. Não era só a moto que estava parada lá, tinha outro carro. Vi um corpo no meio do mato e mais lobos! Um era o mesmo, o branco. O outro não era o negro, mas ia atacar... então achei que tinha mesmo ficado doido. Porque os dois se transformaram em gente! Ventava muito e, de onde eu estava escondido, não conseguia ouvir o que diziam. Mas percebi quando um deles pegou um celular e pediu ajuda. Ia chamar a polícia ou o resgate. Resolvi sair de lá. Já tinha visto coisas malucas demais num dia só...

– E depois disso? – a agente pressionou.

– Não fui pra casa. Rodei pela cidade, parei numa farmácia, comprei água e remédio para dor de cabeça. Passei a noite no carro, numa praça da zona sul, pensando. Digerindo tudo aquilo. Quando era quase manhã, liguei o rádio na frequência da polícia e descobri que *eu* é que estava sendo procurado! Foi então que me toquei de que tudo estava ainda mais errado do que achava, e tive medo pelo meu avô... Fui para o bairro deles, mas nem cheguei perto da casa. Vi o homem com o cachorro na praça. O resto tu sabe. Se eu não tivesse forçado o vô a me contar tudo... Alguém deve ter descoberto que ele me falou sobre a guerra. E o matou. Por minha causa!

A investigadora não o deixou mergulhar de novo na depressão. Rápida, indagou:

– Havia duas armas no local do crime. Uma no chão, outra com você. Por quê?

– Sempre ando com minha arma – ele protestou. – A que estava lá só pode ser do assassino! Nem encostei nela.

Era o que a agente imaginava.

– Rodrigo, você é um detetive. Pense. Se não foi você que o matou, então quem foi?

E tanto Natália quanto os que os observavam por trás do vidro o ouviram dizer, sem hesitar:

– Um dos lobisomens. Só não sei qual.

»»»»»»

– Isso é uma piada! – dizia o delegado Gianni quando Natália entrou em sua sala. – Lobisomens? Ele está se fazendo de maluco para escapar à justiça. Vai alegar insanidade...

A agente viu que a doutora Laura e Irineu também estavam lá. Nenhum deles respondeu às invectivas do homem. Em vez disso, o advogado declarou:

– Agradeço por ter nos permitido assistir ao depoimento, delegado. Acredito que vamos trabalhar bem em conjunto.

– Claro, claro. – Gianni sorriu, abrindo caminho para a porta. – Sempre colaboro com a Polícia Federal. Pode contar comigo, afinal de contas nós todos...

Laura, sem paciência para salamaleques, interrompeu-o.

– Ótimo. Temos de evitar, a todo custo, que qualquer coisa vaze para a imprensa. Enquanto não encontrarmos a criança raptada e prendermos os sequestradores, é sigilo total. Se algo vazar, pode significar a morte do bebê.

Ainda em silêncio, Natália viu Irineu empalidecer antes de sair e o delegado franzir as sobrancelhas, contrariado. Saiu com eles e despediu-se do chefe, que a incumbiu de cuidar de vários trâmites. Ele voltaria para a superintendência da PF. Desejava mandar mais agentes para dar apoio a Damasceno. Porém, antes que a moça saísse para começar a tomar as providências pedidas, Laura a chamou.

– Desculpe, quase me esqueci de um recado que Aluísio mandou para você. Ele disse que o rapaz que ajudou a resgatar Ana Cristina acompanhou o agente Hector na investigação do cativeiro, mas ele passou mal e foi levado inconsciente para o hospital.

– Erich? – perguntou, empalidecendo.

– Não sei o nome. Só sei o que Aluísio pediu para te dizer. Ele telefonou pouco antes do depoimento do Rodrigo... que, aliás, eu quero comentar com você. Pode vir comigo agora?

A agente respirou fundo, tentando colocar ordem nos pensamentos.

– A senhora viu que meu chefe me incumbiu de várias tarefas. E antes de tudo vou ao hospital. Se o subdelegado estava mesmo falando de Erich, coisas estranhas podem ter acontecido...

A delegada ia dizer algo, mas desistiu. Suspirou.

– Entendo. Se puder passar na delegacia depois... Sua papelada ainda está lá. Caso não tenha tempo hoje, apareça amanhã. Estarei à sua espera.

As duas se despediram e Natália entrou no primeiro táxi que conseguiu. Seu celular tocou, mas ela o desligou quando viu que era o número de Monteiro. Ele era a última pessoa do mundo com quem ela queria conversar naquela hora.

»»»»»»»

Era uma sala mínima, que não teria sido descoberta se não fosse pelo faro dos lobos. Uma das paredes dava para o pátio nos fundos do terreno, justamente a parte recoberta por caixas velhas. Devia haver uma saída por lá, mas encontrá-la não era prioridade agora.

– Este lugar era um depósito secreto – comentou Damasceno, enquanto Hector farejava os cantos e os peritos ensacavam mais objetos para a análise forense.

Ambos usavam luvas estéreis fornecidas pelos peritos. Encontraram instrumentos cirúrgicos, inclusive duas pequenas facas revestidas de prata. Cadeados sem uso numa caixa. E embalagens descartadas de coisas de bebês: mamadeiras, fraldas.

Hector endureceu o coração para não se deixar afetar por aquilo. Precisava ter a mente clara e objetiva. Num canto do chão encontrou um cesto de lixo vazio e, atrás dele, dois objetos descartados que deviam ter caído fora do cesto: ampolas de vidro. Estavam vazias, sem tampa.

– Peguem isto aqui – ele pediu a uma perita, acrescentando: – A PF vai trazer um especialista da Hungria, ele precisará testar os recipientes para saber que substância continham.

Damasceno ouviu isso e puxou o escritor de lado.

– Lazlo Mólnar virá ao Brasil? – indagou.

O rapaz assentiu com a cabeça, sem ter certeza de quanto devia revelar ao colega.

– Não sei o que o doutor Irineu e Natália lhe contaram, mas há suspeitos de licantropia neste caso. E o doutor Mólnar poderá ajudar muito.

– Sim, Natália me falou do lobo que foi visto na cena de um dos crimes – ele assegurou. – O que acha que havia naquelas ampolas?

Ele não chegou a responder, pois naquele momento Aluísio apareceu na porta da salinha acompanhado de mais dois agentes federais.

– Doutor Damasceno? Estes senhores vieram da parte do doutor Irineu pra falar contigo.

O agente saiu, e apenas Hector e a moça da perícia permaneceram no cubículo por um tempo. Foi o suficiente para que o faro do lobo ressurgisse e detectasse algo novo. Era o cheiro que o atraíra antes... De onde vinha?

Na parede dos fundos havia pedaços de caixotes empilhados. Afastou um deles com o pé e viu luz. Chamou a moça.

– Veja aqui, acho que há mesmo uma passagem para fora...

Ela foi retirando os fragmentos com cuidado, enquanto ele se afastava. Era uma abertura regular, de meio metro de altura, oculta pelos caixotes. E dava naquele mesmo pátio por onde, segundo o relato de Anette, ela e Ana haviam tentado fugir.

Enquanto a policial abria caminho, Hector pegou uma das lanternas do pessoal do GATE e iluminou o pedaço de madeira que atraíra seu faro. Virou-o, ainda com o pé. Do outro lado havia um pedaço de papel grudado; era de lá que vinha o cheiro. Suor humano. Sangue.

A perita saíra pela abertura no pátio, e ele pegou o papel. Era parte de um documento legal, um certificado de registro e licenciamento de veículo! Não conseguia ver nomes, mas o pedaço que restara mostrava que era relativo a uma motocicleta. Fora emitido pelo município de Feliz, Rio Grande do Sul.

“Já estive lá, visitando escolas da região”, ele recordou, franzindo as sobrancelhas. Feliz era uma cidade conhecida pela qualidade da alfabetização no ensino público; ficava nas redondezas do rio Caí, a caminho da Serra Gaúcha. Guardou o pedaço de papel num saco plástico e pôs no bolso.

– Encontraram duas vítimas do mesmo assassino por aqueles lados – murmurou.

Desejou de novo que Natália estivesse ali. Não sabia por quê, mas algo lhe dizia para não revelar aquela descoberta aos outros.

»»»»»»

Munique, dias atuais

Todos os telefones da casa continuavam desconectados. A falecida *Frau* possuía também um celular, que Bertha logo descobriu como funcionava. Nenhum parente ou conhecido conseguiria falar com ela naquela noite.

No dia seguinte, pelo que investigara nos papéis encontrados, um transporte da agência de turismo a buscaria em casa para o traslado ao aeroporto.

Haveria riscos, é claro. Não podia saber se a mulher tinha amigos no grupo da viagem; teria de contar com a sorte para não ser desmascarada.

Após um banho reconfortante, que eliminou todos os traços de sangue de suas unhas, experimentou algumas das roupas da *anfitriã*. Os cabelos, agora ruivos pela ação do xampu, não eram do exato tom dos da outra, mas, ao desenhar as sobrancelhas, passar batom e vestir um conjunto de calça e casaco quase iguais aos da foto do passaporte, ficava bem parecida. Um colar de pérolas e um par de óculos escuros deram o toque final.

Jogou o celular e os documentos da mulher numa bolsa grande, onde já havia objetos de higiene pessoal e uma carteira recheada de dinheiro. Nem precisaria comprar reais, a moeda do Brasil; sua vítima providenciara o câmbio com antecedência. Desceu para a sala com a mala, que deixara mais leve retirando metade das roupas. Não iria para a Argentina nem para o Chile.

Foi conferir a entrada da pequena adega que descobrira embaixo da cozinha. Chegava-se lá descendo alguns degraus sob um alçapão. Arrastou um tapete para cima da portinha e posicionou uma cadeira sobre ele. Seu faro de lobo detectava o corpo, mas certamente levaria um bom tempo até que alguém o encontrasse.

Anoitecera. Ela ainda se deu ao trabalho de apagar todas as luzes da casa. Depois, no escuro mesmo, foi mexer de novo na geladeira. Faria um bom jantar antes de ir dormir.

Para todos os efeitos, a dona da casa já viajara.

E em menos de um dia chegaria ao Rio de Janeiro.

CAPÍTULO 10

LUA CRESCENTE

Porto Alegre, dias atuais

– Mas o que acham que ele tem, afinal? – Hector perguntou ao médico na emergência.

O homem suspirou. Perguntara a mesma coisa ao que o precedera no plantão da noite, sem resposta conclusiva. O paciente chegara inconsciente, com febre alta e alterações na pressão arterial, que ora subia aos píncaros, ora caía assustadoramente. Haviam colhido seu sangue e encontrado sinais de uma infecção generalizada; porém não haviam ainda detectado o agente infeccioso.

– Saberemos quando tivermos o resultado da cultura de urina – respondeu apressadamente o doutor. – Com licença, preciso voltar ao pronto-socorro.

Era impossível, para o escritor, não recordar as palavras de Lazlo sobre a infecção que estava matando a paciente da clínica em Munique. O médico chegara a suspeitar que o próprio Hector sofria da mesma coisa; mas nada confirmara essa hipótese até aquele momento.

Já o estado de Ana Cristina se estabilizara; ela continuava sob o efeito dos fortes sedativos. Porém Hector desejava informações mais recentes. Deixando a emergência, o rapaz pegou o elevador para o andar da UTI. No bolso da jaqueta ainda levava o papel que descobrira no cubículo do galpão. Pretendia falar sobre aquilo com Natália e ainda não conseguira encontrá-la; Aluísio dissera que estava envolvida com trâmites da Polícia Federal, além da prisão de um suspeito.

“Não adianta esperar que William... que Erich melhore de repente”, pensava, ao subir. “Seu faro me ajudaria a seguir esta nova pista, mas terei de dar um jeito sem ele.”

Era irônico que, havia pouco mais de vinte e quatro horas, estivesse perseguindo o detestável lobo com a intenção de acabar com ele. Erich não apenas admitira ter infectado Leonor, na Hungria, mas zombara dele nos anos todos em que o caçara; para cúmulo da situação, transmitira o Fator L a Ana Cristina. E agora ele não só não cogitava matá-lo, como esperava ansiosamente que não morresse!

Parou na salinha que antecedia a terapia intensiva. Tinha consciência de que a esposa sobrevivera graças àquilo... Podia sentir que, do lado de lá daquela porta, o sangue de Ana, contendo o que poderia torná-la uma loba, a mantinha viva. Contudo, captava algo mais... O que seria?

Ludmila o viu e foi abraçá-lo. Fora fazer compras, passara no hotel, mas continuava abatida.

– A senhora precisa ir descansar – propôs ele. – Quer que eu a leve?

– Irineu acabou de ligar, está a caminho para irmos ao hotel – suspirou ela. E, ao conferir as roupas amarrotadas e as olheiras do genro: – Você está pior que eu. Vá dormir.

– Houve alguma alteração? – perguntou o rapaz.

– Nada significativo. O último médico com que falei disse que ela tem febre. E a pressão arterial está instável. Mudaram a medicação por conta disso.

Febre, flutuações na pressão. Os mesmos sintomas de Erich...

– A agente Natália veio aqui esta tarde para ver um amigo que foi internado – Ludmila prosseguiu. – Nem pudemos conversar, ela mal chegou e teve de sair. Irineu a encheu de serviços burocráticos.

Ele suspirou. Decididamente, precisava falar com Natália. Porém, concordou com a sogra.

– A senhora tem razão, preciso descansar um pouco. Se houver qualquer mudança, qualquer problema, por favor, me ligue.

A caminho do hotel foi pensando em tudo o que tinha de fazer. Precisava da mente clara se pretendia decifrar a nova pista. Falaria com Natália pela manhã. Também não adiantava inquietar-se com as infecções misteriosas que atacavam os pacientes na Santa Casa. Deveria fazer os exercícios de autocontrole para evitar que a mutação o tomasse de assalto. Isso o fez lembrar que, no dia seguinte, se tudo desse certo, Lazlo chegaria ao país.

E em três dias haveria lua cheia. Não queria nem imaginar o que poderia acontecer.

»»»»»

A agente não descobrira nada no hospital à tarde. Só lhe diziam que o paciente Liam Jaeger estava fazendo exames. Conversara rapidamente com dona Ludmila e passara o resto do dia correndo atrás dos trâmites legais de que o doutor Irineu a incumbira. Após resolvida a questão das competências na investigação, ficara decidido que Rodrigo deveria ser transferido para uma cela mais segura, na própria Polícia Federal. Ela podia imaginar que Laura e o outro delegado não ficariam nem um pouco satisfeitos com isso; contudo, a ordem viera "de cima" e cumpria-lhes obedecer.

Numa conversa particular com seu superior, à noite, comentaram o polêmico depoimento do investigador, que continuava sem pedir um advogado. Ela contou os detalhes que o pai de Ana desconhecia, sobre as aparições do lobo negro e os indícios de que Rodrigo fosse um lobisomem – coisa que o detetive negara. Irineu concordou que seu sangue deveria ser testado; Hector poderia dizer se havia o tal fator da licantropia nele. Sobre Liam, contudo, a agente não conseguiu revelar nada.

E, assim que a viatura da PF trouxe o suspeito à superintendência, um dos médicos assistentes do doutor Tales, da Medicina Legal, estava à sua espera.

– Pediram para virmos recolher material para análise – disse o rapaz aos policiais que levavam Rodrigo.

Natália, que coordenava a transferência, apressou-se a cuidar da situação.

– Aguardem só uns minutos – pediu. – Assim que o suspeito estiver na cela venho chamar você para uma coleta de sangue.

O jovem doutor assentiu; estava intrigado por ter sido enviado para lá, em vez de terem mandado um enfermeiro. Para confirmação de uso de drogas, era comum que se recolhesse urina; para exames de DNA, saliva. De qualquer forma, estava ganhando hora extra...

»»»»»

A cela era mais confortável que a da delegacia. Rodrigo esfregou os pulsos, agora livres das algemas com que o haviam transportado. Sentou-se na cama e viu Natália aproximar-se das grades.

– Alguma novidade? – indagou.

Havia o fato de que Liam fora hospitalizado e de que o cativeiro continuava sob investigação da PF. Mas a agente não partilharia tais informações com ele.

– Pouca coisa, por enquanto – respondeu. – Agora precisamos da sua autorização para realizar um hemograma. Temos um médico do Instituto de Perícias para recolher uma amostra...

– Não sou muito chegado em agulhas. – O detetive sorriu tristemente. – Mas, se isso provar que não sou um assassino, meu sangue está à sua disposição.

Ela fez sinal para um guarda, que foi buscar o médico para escoltá-lo até a cela.

»»»»»»

Irineu Sanchez de Navarra estava a caminho do hospital, indo buscar a esposa, numa viatura federal. Pedira a Damasceno que fosse para a Superintendência. Natália acabara de informá-lo, por mensagem, que o detido aceitara submeter-se ao exame de sangue. Podia ser crucial, naquele momento, saber se aquele homem era, ou não, um licantropo.

»»»»»»

– Boa noite. – A agente sorriu para Damasceno; ainda não o vira desde a manhã daquele dia.

– Está tudo pronto? – ele quis saber, sério como sempre. – O doutor Irineu pediu que eu acompanhasse o pessoal da Perícia até o Departamento Médico-Legal.

– Sim, o médico está acondicionando o material para transporte. Mas eu posso fazer isso, se quiser. Assim aproveito e falo com o legista. O doutor Tales deve estar de plantão hoje.

O colega a analisou da cabeça aos pés.

– Desculpe, Natália, mas parece que você não come há tempos. E nunca te vi tão cansada. Deixe que eu faço o que o chefe mandou. Vá jantar e descansar.

Ela ajeitou os cabelos desalinhados e sorriu, sem jeito. Era verdade. A última coisa que colocara no estômago fora o café na casa de cultura, à tarde.

– Certo. Vou pegar um táxi para o hotel.

Ela acompanhou a saída do jovem médico e do colega com a maleta de transporte para o carro do Instituto de Perícias. Um policial militar já estava providenciando o táxi.

"Amanhã cedo", prometeu a si mesma, já no carro, "falo com Daniel. Digo, Hector."

Nem ela nem ninguém percebeu o motoqueiro parado diante de uma pizzaria, na quadra seguinte, que falava ao celular e deu partida na moto assim que a viatura dobrou a esquina.

»»»»»»»

Damasceno não pôde segurar um bocejo. O carro estava parado numa sinaleira, e o médico, a seu lado no banco traseiro, comentou:

– Bah, eu detesto pegar o plantão da noite. Se não fossem as horas extras...

Partiram, mas frearam bruscamente logo em seguida; o motorista da viatura deixou escapar um palavrão. Todos ouviram gritos e um som de motor acelerando.

– Vocês viram? Atropelaram uma mulher bem ali, em cima da faixa!

A sinaleira estava verde, alguns carros lá atrás buzinavam e o médico orientou:

– Estacione aqui! Vou prestar socorro.

Já havia um ajuntamento de gente para acudir uma senhora caída na calçada.

– O que aconteceu? – perguntou Damasceno, que saltara do carro logo após o doutor correr e se debruçar sobre a vítima.

– Ela estava na travessia de pedestres! – exclamou um homem, indignado. – E a moto acelerou com o sinal vermelho, parece até que fez de propósito!

– Alguém anotou a placa? – uma adolescente perguntava para um e outro.

– Não tente se mexer – dizia o médico à acidentada. E, para os transeuntes: – Chamaram o Samu? Ela está machucada, mas não parece grave. É melhor não removê-la até o resgate chegar.

– Não foi minha culpa – choramingou a atropelada. – Atravessei no verde...

– Claro que não, fique calma – reforçou o doutor, enquanto Damasceno afastava os curiosos.

Custou para que o resgate chegasse e a mulher fosse transportada. Quando, finalmente, eles conseguiram voltar para a viatura, viram que o motorista os aguardava fumando na calçada.

O médico da perícia entrou resmungando sobre a quantidade de motoqueiros imprudentes que havia na cidade nestes dias. E Damasceno notou que a maleta de transporte estava virada.

– Foi a freada. Mas não tem problema, a amostra está segura no suporte – garantiu o outro, checando a trava.

– Ah, mas o motoqueiro não vai escapar – foi o comentário do motorista, ao dar a partida. – Ouvi um guri dizer que alguém anotou a chapa da moto. Pelo menos esse irresponsável vai ter de responder pelo que fez!

Os três ouviram a sirene da ambulância do resgate ao prosseguirem pela avenida Ipiranga.

»»»»»»

Algum ponto sobre o Oceano Atlântico, dias atuais
Madrugada de 12 de maio, segunda-feira

Não tinha sido fácil obter as passagens, porém Lazlo conseguira.

A troca de aeronave em Frankfurt fora corrida e ele quase não embarcara a tempo. Só havia relaxado após o jantar a bordo. Não estava acostumado a tanta correria... muito menos a cruzar o Atlântico em aviões. Entretanto, tinha mais de uma razão para ir ao Brasil. Era o que devia ser feito.

Não conseguiria dormir, disso tinha certeza. O jeito seria reler os resultados e laudos dos últimos exames. Pelo menos, tendo ido a Budapeste, conseguira pegar também a papelada relativa a seus dois pacientes mais problemáticos... Uma análise comparativa seria útil àquela altura.

Espalhou alguns papéis sobre a mesinha e direcionou melhor a luz de leitura.

Suspirou ao olhar pela janela e ver a lua crescente espalhando um brilho prateado sobre as nuvens. A cheia se aproximava... e ele esperava que, até lá, algo de positivo acontecesse.

»»»»»»

Linha Nova, dias atuais

Ele se sentia renovado. Começara a preservar e utilizar o material coletado do cordão umbilical: a cada teste percebia o potencial do sangue partilhado por mãe e filha. E nem tocara ainda na placenta! Imaginava que aquilo o manteria não apenas jovem, mas, quem sabe, imortal.

Ouviu o chorinho no fim do corredor e deixou o laboratório. Era uma pena ter perdido o espaço que tanto lhe custara ajeitar, no galpão. Suas instalações na chácara eram bem menores.

"Por outro lado, aqui não preciso prender ninguém", conformou-se, ao entrar no quarto da bebê e pegá-la no colo. Após décadas de pesquisas, havia chegado ao auge: nada mais de drenar o sangue daquelas criaturas fracas, degeneradas, ou de fazer testes nas fases da lua. O fator da licantropia atingira o máximo com a filha do lobo inglês. Talvez fosse algum efeito do ritual a que ele se submetera, talvez fosse apenas uma questão de genética. De qualquer forma, agora ele possuía um precioso bichinho de estimação.

– Você vai me amar – murmurou para a criança, ao dar-lhe a mamadeira que deixara preparada. – Vai me chamar de pai. Vamos viajar muito, minha pequena. Para todos os lugares...

Depois de alimentá-la, trocou-lhe a fralda e a devolveu ao berço. O cômodo que Heinz preparara para o bebê era claro e agradável. Tudo corria bem; a criança era tranquila, só chorava quando tinha fome. Dormia a maior parte do tempo.

Deixando-a no quarto, foi para a cozinha lavar a mamadeira e preparar outra. Havia exigido que a despensa fosse bem abastecida pelo assistente antes de mandá-lo de volta à capital, na noite anterior. Havia uma imensa quantidade de leite em pó para recém-nascidos e mantimentos em geral. Serviu-se de café de uma garrafa térmica; no entanto, percebeu que faltava algo.

– Ele se esqueceu do açúcar – resmungou.

Heinz era fanático por alimentação natural, não colocava açúcar refinado em nada do que consumia; nem pensara que seria necessário para seu chefe.

Ele detestava café sem açúcar. Xingou o assistente em diferentes línguas, porém não o chamaria. Heinz fora incumbido de várias tarefas e só retornaria em alguns dias.

A criança dormia placidamente. Acordaria em três horas, quando tivesse fome outra vez. O *Doktor* decidiu sair; uma ida à zona urbana levaria meia hora, quarenta minutos. Lembrava-se de uma mercearia numa das ruas principais da cidadezinha.

O furgão preto fora estacionado nos fundos da chácara, pronto para uma escapada estratégica, se necessário. Pegou as chaves, o dinheiro, uma sacola de pano e trancou a casa.

»»»»»

Demorou menos tempo do que previra. E nem precisou dizer nada; sua cara fechada desestimulou a mulher no mercadinho, que parecia muito falante. Colocou os quilos de açúcar no balcão, estendeu uma nota de cinquenta reais, recebeu o troco e acondicionou a compra na sacola.

Quando saiu, quase trombou com dois rapazes que iam fazer compras também. Ignorou-os e deu rapidamente a partida no carro, após fechar os vidros fumê.

Tanta era sua pressa que não viu o rosto espantado de um dos rapazes, o mais novo.

– Que é que tu tem? – cutucou-o o amigo.

Entraram na mercearia e o jovem foi direto falar com a dona.

– A senhora conhece aquele homem? – perguntou. – Quem é ele? Onde mora?

Ela olhou de um para outro, distraída.

– O do carro preto? Foi a primeira vez que vi as fuças dele. Mas de vez em quando vejo o carro ir e voltar pela avenida. Deve ser dono de uma das chácaras perto do Caí, pros lados de Feliz.

O amigo que estava com ele já pegava nas prateleiras as compras que tinham ido buscar. Não entendia a preocupação do outro, que, sem dizer nada, saíra da mercearia e escrutinava a rua.

A senhora conferiu as compras, marcou a quantia num pedaço de papel.

– Quer que ponha na conta?

– É melhor – disse o outro. – Ele não vai lembrar de vir pagar agora.

– Certo – concordou a mulher. E, com uma expressão risonha, comentou: – O Murianinho parece que viu um fantasma!

»»»»»

Porto Alegre, dias atuais

O secretário de Laura abriu a porta do gabinete da delegada para Natália, que entrou muito sem jeito. Carregava uma pasta: o dossiê que começara a montar assim que chegara à cidade.

– Bom dia, doutora – cumprimentou. – Vim buscar a papelada que estava aqui. Meu chefe quer que eu trabalhe na PF agora. E podemos ter a conversa que combinamos, se estiver livre.

Laura estava terminando de passar uma requisição a um dos detetives mais jovens e sorriu, embora um tanto friamente. O rapaz saiu e ela comentou:

– Entendo. Bem, só espero que *seu chefe* não faça objeções a que continuemos colaborando.

– De forma alguma. Nossa investigação é conjunta. E eu só tenho a agradecer pela sua acolhida e pelo espaço que a senhora me cedeu na delegacia. Sempre que alguma novidade surgir farei questão de contatar o Aluísio e o Ro... Desculpe, os investigadores.

A delegada suspirou, inconformada.

– O depoimento do Rodrigo, ontem, não fez nenhum sentido para mim. Mas parece que fez para vocês, não é? Já tiveram de lidar com esses acontecimentos estranhos.

– Sim, senhora – foi a resposta da moça. – Se meu superior concordar, terei prazer em contar sobre o caso em que encontramos certos... fatos inexplicáveis.

– Doutora, telefone. É da Secretaria de Segurança – avisou o assistente, surgindo na porta.

– Tenho de atender – disse a mulher, parecendo contrariada. – Nossa conversa será adiada de novo... Mas espero que possamos falar nesse assunto, sim. E logo.

"Bem, acho que peguei tudo", Natália conferiu a mesa que havia usado, agora vazia. O mesmo detetive júnior que ela vira na sala de Laura, e de cujo nome não se lembrava, foi oferecendo:

– Precisa de transporte? Vou ao Detran pra investigar uma chapa e posso te dar uma carona.

– Obrigada, tem um carro da PF me esperando. Não dá pra descobrir o que você quer pela internet? O site do Detran costuma ser bem eficaz.

– Bah, se fosse uma situação normal até daria. Mas não consegui nada, então um amigo que trabalha lá vai ajudar. É que uma moto atropelou uma mulher ontem e fugiu. Pegaram a chapa, mas não é deste município. Parece que tem alguma encrenca no licenciamento e no registro.

– Desejo boa sorte, então. – Ela sorriu para o rapaz. – Essas coisas dão trabalho.

– E tinha de sobrar pra mim ir atrás disso! – Ele riu. – A moto é registrada em Feliz! Não é o tipo de lugar pra esconder um atropelador.

Feliz? Natália tentou recordar uma notícia que lera sobre aquele município. O que era mesmo? Saiu da delegacia e estava aguardando que o motorista da Polícia Federal fizesse a manobra para pegá-la quando seu celular tocou.

Já havia ignorado tantas ligações do noivo que desta vez resolveu atender.

– Oi, Monteiro. Desculpe não ter te atendido ontem, foi uma complicação aqui...

– Eu sei – foi a resposta dele. – O Doutor Irineu me ligou ontem, bem tarde. Ele resumiu o que está havendo aí. Vou-me embora de Brasília hoje, vou ver se consigo passagem para Porto Alegre.

Ela sentiu a irritação com o noivo retornar.

– Olha, as coisas estão difíceis, mas sob controle. Eu sou perfeitamente capaz de fazer uma investigação sem você...

– Eu sei, não tem nada a ver com isso – ele a interrompeu. – É que descobri uns fatos bem estranhos e não quero comentar com o doutor Irineu. Precisamos conversar.

– De que se trata, Monteiro?

Ele hesitou.

– Você se lembra do Paiva?

– Claro. Um sujeito sério, lá de Belo Horizonte. O que tem ele?

– Tem que ele está em Brasília, trabalhando na Corregedoria. E me contou umas coisas... Mas não dá para falar por telefone. Pessoalmente é mais seguro. Olha, mais tarde te ligo. Se puder, avisa no hotel que eu vou chegar ainda hoje.

Ela entrou no carro que a aguardava, cismada. O que seria? O que o Paiva tinha a ver com a história? E por que Monteiro não queria falar ao doutor Irineu o que descobrira?

No meio do caminho, outro telefonema. Atendeu sem olhar, certa de que seria ele de novo, mas era Damasceno. Ele comentou que somente agora lera a transcrição do depoimento do suspeito, Rodrigo.

– Para mim, esse detetive está mentindo descaradamente – disse ele. – Ficou sabendo daquele nosso caso em Passa Quatro e quer confundir a gente para se livrar da culpa.

– É possível – a moça argumentou. – Mas o que ele descreveu, no prédio do centro, foi bem desse jeito. E o que contou sobre o morro onde acharam a Ana Cristina bate com o relato do Daniel.

– Por outro lado – insistiu o agente –, ele pode, sim, ser o lobisomem que atacou você e o jornalista. Se a amostra do sangue confirmar que possui sangue de lobo...

– Claro, aí tudo muda de figura – concordou ela, despedindo-se. – Tenho que desligar, Damasceno. Já estou no carro, indo para a PF. Nos vemos lá.

Ela sabia que tudo continuava implicando Rodrigo. Ainda não tinham resultados da balística para confirmar se a arma encontrada na praça era a mesma usada nas outras execuções. No entanto, seus instintos gritavam que ele era inocente. E nada o ligara ao rapto do bebê, por enquanto. Com um suspiro, abriu o dossiê e começou a acrescentar os papéis que Fabiana lhe dera.

"Preciso de mais informações sobre esses desaparecimentos do passado", refletiu.

Talvez devesse retornar ao Cidesi. Se ligasse para o celular do sobrinho-neto do senhor Farkas, o velhinho lhe daria autorização para voltar a mexer nos arquivos da organização. Havia uma cópia da chave na portaria, e os porteiros já a conheciam. Infelizmente tudo ali estava em arquivos de papel... e o ataque do lobo misturara as pastas. Contudo, ela estava decidida a prosseguir, apesar do trabalhão que teria. Telefonaria para o homem assim que chegasse à Polícia Federal.

»»»»»»»»

Guarulhos, São Paulo, dias atuais

O Aeroporto Internacional de São Paulo não era imenso como o de Frankfurt. Mesmo assim, Lazlo se sentiu perdido ao descer pela ponte de desembarque. Esperava que os funcionários da companhia aérea local falassem inglês, pois não tinha a menor ideia de como chegar ao terminal em que embarcaria para Porto Alegre.

Estava na fila da Imigração, ainda na dúvida se havia preenchido corretamente o papel entregue pelos comissários de bordo, quando viu dois brutamontes vindo em sua direção.

– Doutor Lazlo? – perguntou um deles. – Da Hungria?

– *Yes*... – ele respondeu, timidamente, mostrando o passaporte.

– O senhor precisa vir com a gente – disse o segundo sujeito, pegando o documento.

Ele foi solenemente retirado da fila e os seguiu por meandros insuspeitos do Terminal 3, até uma porta que dava numa sala privativa. Um deles carregou sua valise, única bagagem que levara.

Os homens saíram sem dizer mais nada, e ele não sabia o que fazer. Não haviam lhe devolvido o passaporte. Por que estava sendo detido?

»»»»»»»»

Porto Alegre, dias atuais

Apesar de ser segunda-feira de manhã, inexplicavelmente o trânsito não causou atrasos nas idas e vindas de Natália. Pouco tempo depois de sair da delegacia e deixar seu dossiê na PF, ela chegou ao prédio no centro da cidade.

O movimento parecia completamente normal. Era como se nada de sobrenatural tivesse acontecido havia apenas dois dias...

A agente se identificou na portaria e pegou a chave da sala. Não havia conseguido falar com o tal sobrinho de Farkas, então mandara uma mensagem de texto. Esperava que ele a contatasse ao receber o recado.

A confusão era grande na salinha do décimo terceiro andar. Não bastasse a luta dos lobos, o pessoal da polícia havia mexido em tudo. A agente suspirou e começou a arrumar. Como era observadora, sabia mais ou menos onde o velhinho guardava as pastas e os álbuns de fotografias.

Havia quase terminado uma arrumação básica quando encontrou a pasta que, acreditava, continha os papéis que lhe interessavam. Sentou-se, querendo retomar a pesquisa de onde parara no sábado. E então seu celular tocou.

– Agente Sorrent? Sou eu, Farkas. Recebi seu recado. Claro que pode pesquisar no Cidesi.

– Que bom, porque estou fazendo exatamente isso. O senhor está bem?

– Sim, o reumatismo tem atacado, mas não muito. Bem, se precisar de algo, eu estou...

Alguns sons ao fundo impediram que ela ouvisse o restante. Parecia o barulho de algo caindo, seguido de um choro. Ou seria um gato miando?

– Senhor Farkas? Alô? Tem uma criança chorando aí?

– Ahn... desculpe... a ligação está ruim – disse ele, afinal. – Deve ter sido um dos filhos do meu sobrinho-neto, no quarto. O mais novo será batizado esta semana, por isso vim para esta reunião. Toda a família está chegando para a festa. Se precisar de mim, é só...

Desta vez o som parecia uma trovoada, e então a ligação caiu de uma vez. Natália guardou o celular no bolso e voltou à papelada, pensativa.

"Nem consegui perguntar em que cidade ele está. Bom, em cidades pequenas e na zona rural às vezes o sinal de celular é ruim mesmo. O engraçado é que antes ele nunca mencionou ter família."

Demorou um pouco para encontrar as listas de nomes que desejava naquela pasta. Separou tudo aquilo para tirar cópias, mas estava agindo de forma mecânica. Havia algo preocupando-a, algo de que deveria se lembrar, porém lhe escapava.

"Ah, acho que estou ficando velha", riu de si mesma. "Melhor ir para a Superintendência."

E saiu, ainda com a sensação de que havia esquecido algo importante.

»»»»»»»

Guarulhos, São Paulo, dias atuais

Já fazia meia hora que Lazlo estava sozinho na abafada sala, em algum lugar no coração do Terminal 3 do Aeroporto de Guarulhos. Sabia que ainda era cedo para o voo que o levaria a Porto Alegre, mas não queria perdê-lo. E ali, esquecido, poderia ficar o dia todo...

Pensou em telefonar para o celular de Hector, porém teve medo. Haveria câmeras naquela sala? Estariam monitorando seus movimentos, julgando-o um terrorista ou coisa parecida?

Afinal apareceu na sala um rapaz mais jovem, usando o colete típico de alguma força policial. Ele se dirigiu ao médico em inglês, desculpando-se.

– *I am very sorry, doctor Mólnar...*

Explicou que a Superintendência da Polícia Federal avisara que um importante médico da Hungria ia chegar, e o próprio doutor Irineu Sanchez de Navarra havia reservado um jatinho para ele. Estava sendo esperado com ansiedade pelas autoridades do Rio Grande do Sul. Infelizmente houvera um atraso no hangar, por isso a demora.

O húngaro agradeceu, ainda ressabiado, e seguiu o rapaz por mais corredores ocultos até saírem num *lounge* que dava para a pista. Devia ser algum tipo de embarque VIP. Lá, recebeu o passaporte de volta e colocou-o no bolso do paletó. Aproveitou, enquanto seu acompanhante falava com o pessoal do aeroporto, para colocar também no bolso os papéis que julgava mais importantes.

Sabia perfeitamente que o tal Irineu, citado pelo policial, era sogro de Hector. Mesmo assim, perguntava-se se ele seria de confiança...

»»»»»

Porto Alegre, dias atuais

Naquela manhã, Hector fora recebido com *status* de celebridade na Superintendência da PF em Porto Alegre. Vários agentes gaúchos vieram conversar com ele, alguns para manifestar sua solidariedade, e outros, leitores contumazes, para conhecer o famoso escritor Daniel Lucas.

Tivera uma rara noite de sono decente, levantara-se ao nascer do sol e passara na Santa Casa para ver Ana. Então fora à PF e instalara-se na sala que doutor Irineu obtivera para a força-tarefa. Como fora o único a aparecer tão cedo, aproveitou o tempo para analisar a papelada organizada pelo chefe. Mais tarde Natália passara brevemente por lá e deixara o dossiê que reunira, mas não tiveram muito tempo para conversar. Ela estava apressada, queria ir ao tal Cidesi para seguir uma das pistas relacionadas às famílias dos sequestrados.

Combinaram de se falar depois, e o escritor mergulhou no dossiê. O material era muito extenso, mas ele não se importou: enquanto lia não pensava no estado da esposa, que continuava com febre e flutuações na pressão, ou no desaparecimento do filho, que, aliás, estava causando comoção na cidade e no estado, talvez no país.

Já haviam surgido informações e denúncias sobre possíveis bebês raptados, porém até aquele momento todas tinham sido alarmes falsos. Ele até desejaria que o sequestro não tivesse se tornado público, pois achava que a divulgação causaria mais mal que bem, porém não fora possível evitar.

Fechou a pasta do dossiê, tirou os óculos e esfregou os olhos cansados.

"Preciso sair daqui", pensou. Um pouco de ação física impediria que se sentisse deprimido e deixasse o estresse voltar.

Ia saindo quando deu com Damasceno.

– Ah, aí está você – disse o agente. – Acabo de falar com doutor Irineu. Ele tirou a manhã para ficar com dona Ludmila, mas pediu para avisar que o médico húngaro deve estar chegando ao Aeroporto Salgado Filho. Pensei em requisitar uma viatura para recebê-lo.

Hector suspirou. Seria bom ter o apoio de Lazlo, e agora havia uma boa desculpa para sair.

– Não precisa, eu vou recebê-lo. O carro que aluguei está aí fora, num instante chego lá. Seria bom avisar a meu sogro e ver se alguém pensou em reservar hotel para ele.

– Deixe comigo – assegurou Damasceno.

Assim que o outro saiu, ele acionou o celular e avisou:

– Wolfstein foi para o aeroporto buscar o médico...

»»»»»»

Ludmila acordara cedo e queria voltar logo para o hospital, mas o marido, preocupado que ela também acabasse adoecendo, a fez descansar, embora sob protesto. Havia uma pequena academia no hotel, aonde ele fez questão de levá-la na tentativa de relaxarem de toda aquela tensão.

Ambos fizeram esteira por um tempo, mas ela ainda estava com a cabeça no estado da filha; as notícias da manhã tinham sido que Ana continuava na mesma. Mesmo assim, queria ir vê-la. Irineu concordou, então, em pedir ao restaurante do hotel um almoço leve antes de saírem.

Estavam no quarto aproveitando a refeição quando o celular dele tocou.

– É da Santa Casa? – ela se inquietou.

– Não, é coisa do trabalho – ele resmungou, sem atender.

Apenas digitou uma mensagem, que a esposa não conseguiu distinguir.

– Quanto mistério, Irineu... – comentou Ludmila – Você nem quis atender o telefone na minha frente. Deve ser mesmo algo muito importante e secreto!

O advogado suspirou.

– Não é nada disso, Ludmila, é só que...

A esposa não esperou para ouvir suas justificativas. Levantou-se, pegou a bolsa e saiu. Estava impaciente, queria chegar logo ao hospital para ver a filha. Já passara muito tempo longe dela.

Irineu demorou-se um pouco analisando com frieza as informações que havia recebido. Estava difícil se concentrar, dada a situação bizarra que estava vivendo.

Enfim, pegou sua pasta e saiu também. Na recepção do andar térreo, perguntou pela esposa.

– A senhora Ludmila pediu um táxi e saiu – disse o recepcionista. – O senhor quer um táxi também?

Com uma negativa, ele fechou a cara e deixou o hotel.

»»»»»»»

Munique, dias atuais

Ela estava na janela, à tarde, quando a van com o logotipo da agência de viagens estacionou em frente à casa. Não perdeu tempo; já foi abrindo a porta e puxando a mala para a entrada.

– *Hallo*! – saudou-a um rapaz forte, que veio pegar a bagagem e ajudá-la a descer a escada.

Bertha cumprimentou-o com um aceno de cabeça e analisou, por trás dos óculos escuros, os demais ocupantes do veículo. Havia um casal idoso, um outro casal mais jovem e três senhoras que pareciam futricar. Mantendo um ar de dignidade e fingindo ter dificuldade em andar, ela foi se instalar num assento ao fundo.

Todos analisaram a mulher de chapéu vermelho-escuro e roupas discretas que entrara agarrada à bolsa. Não parecia particularmente interessante; retomaram as conversas e a ignoraram.

O mesmo rapaz que a saudou era o motorista. Assim que ele guardou a mala da nova passageira e retornou à van, uma mulher sentada junto a ele se voltou para o grupo e começou a falar, com voz estridente. Explicou que seria a guia do grupo pelos lugares maravilhosos que visitariam, iria acompanhá-los como tradutora no raio X, na imigração, nas casas de câmbio, em tudo de que precisassem.

Um dos maridos fez algumas perguntas tolas, que a guia respondeu com animação.

Bertha decidiu fingir que dormitava até que chegassem ao aeroporto de Munique. Por dentro, sorria. Nunca viajara de avião, mas estava certa de que toleraria bem a situação. Por toda a sua vida soubera adaptar-se às circunstâncias.

E sempre havia apreciado a lua crescente, que prometia tantas possibilidades...

Sorriu, baixando a cabeça. A sombra do chapéu lhe disfarçava os dentes afiados.

E seus olhos brilharam por trás das lentes escuras.

CAPÍTULO II

BOAS E MÁS NOTÍCIAS

Porto Alegre, dias atuais

Lazlo Mólnar estava pensativo ao sentar-se no carro de Hector. Desde que o encontrara, no desembarque do aeroporto, ouvira o relato dos últimos acontecimentos sem comentar nada. Sua cabeça funcionava em alta velocidade, processando informações e recordando fatos antigos.

Afinal, quando já estavam a caminho da Santa Casa, parados em um semáforo, o escritor respirou fundo. O desabafo havia ajudado mais do que ele esperava... E cravou os olhos no médico.

– *What do I do, Lazlo?* – perguntou. – O que eu faço? Desde que as malditas mutações me atacaram de novo, estou me sentindo inútil. Parece que só tomo decisões erradas, perco tempo com autocomiseração e burocracia, quando deveria estar nas ruas tentando farejar o rastro do bebê.

As luzes ficaram verdes e ele arrancou com o carro. O húngaro suspirou.

– *Don't do this.* Não faça isso. Cada informação que você conseguir vai ajudar a encontrar a criança. O fato de ter permanecido Fator L em seu organismo após o ritual foi uma bênção, não uma maldição. Ana e o bebê estão vivos graças a isso! E há boas notícias. Os últimos exames que fizemos na Alemanha mostram que seu sangue não tem o vírus artificial que atacava aquela mulher.

– Pelo menos isso... – o rapaz suspirou. – O que foi feito dela, afinal?

– Como lhe disse pelo telefone, ela fugiu. Algo a fez recuperar as forças, e não tenho ideia do que pode ter sido.

– Acha mesmo que ela virá ao Brasil?

– Tudo indica que o filho dela está no país, segundo a papelada que vi.

Hector franziu as sobrancelhas, lembrando o que Erich e Natália haviam contado sobre o lobo negro. A história da menina do capuz vermelho voltava à sua mente. A mulher, o filho, o irmão gêmeo. Aquele podia realmente ser o lobisomem visto na cidade...

Mólnar tinha razão. Não devia ficar se martirizando. Ainda havia muito que descobrir, e com a ajuda do médico talvez tudo se esclarecesse.

»»»»»

Rio de Janeiro, dias atuais

O maior impacto que os turistas sentiram no Aeroporto do Galeão certamente foi o calor intenso. Na Alemanha vivia-se uma primavera agradável; no Brasil o outono transmitia a sensação de que se estava entrando em um forno, apesar dos equipamentos de ar-condicionado. A área da Imigração, com suas grandes filas, foi quase insuportável.

A guia cuidou bem dos trâmites, acompanhando os membros do grupo. Bertha nem chegou a sentir apreensão; seu passaporte foi devidamente carimbado e sua mala resgatada na esteira de bagagens. Enquanto os demais turistas se reuniam para acompanhar a cicerone, que erguera uma plaquinha com as cores da bandeira alemã, ela afastou-se deles sem nem olhar para trás.

Saiu no desembarque, procurou uma funcionária e perguntou, numa frase ensaiada: *"Buy tickets, please?"*. Indicaram-lhe os balcões das companhias aéreas e, numa delas, com um sorriso inocente, mostrou um maço de reais. Repetiu, em mau português, o que o irmão dissera dias atrás:

– Porto Alegre, Rio Grande do Sul, Brasil.

As diferenças linguísticas não foram empecilhos para que, em menos de uma hora, enquanto a guia se descabelava à procura da turista desaparecida de seu grupo, ela se visse atravessando uma nova ponte de embarque e adentrando uma aeronave menor.

Sentia-se cansada, mas feliz, ao ouvir a comissária de bordo dizer, em inglês:

– Ladies and gentlemen, welcome to this flight to Porto Alegre...

»»»»»

Linha Nova, dias atuais

– Durma bem, *meine kleine*... minha pequena. – disse o homem, ao fechar a porta do quarto da criança.

Enquanto ia para o laboratório, no final do corredor, pensava em como fora esperto ao mandar o lobo atrair a esposa do escritor para a cidade. Isso fora obtido com um simples e-mail e alguma vigia ao aeroporto... Já ele gastara anos em pesquisas e experiências com prisioneiros, inoculando em si mesmo o sangue dos lobisomens que capturava, o que só não fora uma perda de tempo porque pudera observar as reações das vítimas nas diversas fases da lua. Vê-las sangrar e morrer envenenadas pela prata fora diversão, um bônus. Não, Maus nem desejava mais obter a mutação; superara a mágoa de ser rejeitado pela mãe. Só queria continuar vivendo... Se possível, para sempre.

Sentia-se cada vez mais bem-disposto, rejuvenescido, e mal havia começado a utilizar o tesouro que obtivera. Agora poderia aprofundar-se no estudo do sangue da bebê; dependendo do que encontrasse, poderia isolar não apenas o Fator L, mas até o necessário para fabricar um soro.

"O elixir da juventude eterna", riu, ao sentar-se em sua mesa de trabalho.

E pensar que ele quase não escolhera o Brasil como destino, no início do século XX! Havia pensado em fixar-se na América do Norte. O que o fizera decidir fora a suspeita de que o tio, Jörg, tivesse fugido para o Hemisfério Sul. Sorriu, lembrando como havia sido bom estar longe da mãe autoritária naquela primeira viagem. E, vivendo em cidadezinhas afastadas, em meio aos imigrantes na zona rural do Rio Grande, encontrara terreno fértil para suas primeiras experiências com as ingênuas cobaias.

Na época, ainda acreditava que, se encontrasse lobisomens fortes o bastante, conseguiria usar seu sangue para transformar-se. Queria entender por que alguns recebiam a mutação, outros, apenas a longevidade. Estudou muita gente, descendentes de licantropos que ele, a mãe e o tio haviam exterminado na Europa. Era só procurar pelos sobrenomes certos...

Contudo, as descobertas importantes não aconteceram no Brasil; somente quando retornou à Alemanha, durante a ascensão do Terceiro Reich, foi que ele pôde ampliar as pesquisas. Com seu falso diploma de médico, filiou-se ao Partido Nazista e foi subindo na hierarquia. Fora feliz na época da Segunda Guerra: obtinha os recursos que desejava e as vítimas de que necessitava.

Inoculara muitos prisioneiros de guerra com o vírus que conseguira desenvolver. Os primeiros morreram logo, porém ele queria algo que mantivesse as cobaias sob seu domínio: doentes, mas vivas – e dependentes dele. Sonhara até em ter um exército de lobos sob suas ordens...

Mas o final da guerra havia atrapalhado seus planos. Tivera de fugir para a Suíça. Por sorte, já havia conseguido infectar a mãe e o tio. Livrara-se de dois incômodos de uma vez só.

O tio, que não descobrira em sua primeira vinda para o Brasil, sumira no mundo por bastante tempo. Só agora o reencontrara. Quanto a Bertha, estivera bem mal no período pós-guerra. Ao estabelecer sua nova identidade, Maus a internara como doente mental em várias instituições. Mantinha-a sob medicação. Ele havia amealhado ouro, joias e propriedades nos anos de conflito, e, na segunda metade do século XX, não havia o que o dinheiro não pudesse comprar...

Acabara retornando à América do Sul. Ainda tinha muito que pesquisar e, para isso, usaria os registros de seus ex-pacientes... tanto os descendentes dos antigos agricultores quanto os atuais filhos e netos dos refugiados de guerra. Mantinha muitos deles sob vigilância. E, após um curto período na Argentina, as terras do Sul do Brasil tornaram-se seu lar.

Trabalhou mais um pouco com as células do cordão umbilical recolhido durante o parto. Preparava lâminas para exames ao microscópio. E montava um banco de dados sobre os pais da criança, que, àquela altura, já deviam estar totalmente neutralizados.

O toque do celular o despertou das elucubrações. Era Heinz.

Escutou, com o ar satisfeito, enquanto o assistente fazia o relatório de suas últimas atividades. Tudo ia bem. O rapaz tinha apenas algumas preocupações a respeito do lobo negro.

– Ele tem me telefonado para saber do seu paradeiro. Quer a segunda dose do antídoto...

– Não deixe que descubra onde estou. Se continuar fazendo o que quero, direi onde estão estocadas as doses... na hora certa. Por enquanto, continue com o plano. Tem alguma dúvida?

A voz do rapaz parecia um tanto hesitante. Respondeu:

– Se o senhor acha mesmo que devemos recrutar o outro... farei o que deseja.

Foi com autoridade que o filho de Bertha encerrou a conversa.

– É bom que o faça. Não permitirei falhas em meus planos. Bom dia, Heinz.

Fitou o microscópio sobre a mesa e decidiu que já trabalhara demais. Logo seria hora de alimentar a criança. Guardou as lâminas já preparadas e saiu do laboratório resmungando:

– Sim, eu preciso do *outro*. Não sei por quanto tempo terei a lealdade *dele*...

»»»»»»

Porto Alegre, dias atuais

Ao retornar para a Polícia Federal, Natália esperava encontrar Hector. Queria mostrar a ele o material que trouxera do Cidesi. Não havia nada de muito diferente, porém ela estava cansada de olhar para aquelas listas e achava que o olhar do parceiro poderia encontrar indícios que não vira.

No entanto, ele não estava na sala da força-tarefa. Fora receber o médico húngaro no aeroporto. E essa era mais uma coisa que a deixava cismada.

"Será que podemos mesmo confiar em Lazlo Mólnar? Erich falou qualquer coisa sobre 'pensar que o conhecia', deu a entender que havia algo errado com ele."

Ainda estava remoendo essa ideia quando um telefonema a surpreendeu.

– Anette? – estranhou. – Algum problema?

Mas a recepcionista parecia estar bem.

– Acabo de ter alta – revelou. – Vou sair do hospital esta tarde e queria agradecer à senhora por tudo o que fez.

Feliz por ao menos uma pessoa estar a salvo, Natália decidiu ir à Santa Casa e despedir-se pessoalmente da garota. Afinal, fora a coragem dela que lhes dera a pista do cativeiro.

– Estou a caminho, vou te abraçar ao vivo – disse, antes de desligar.

Assim aproveitaria para conferir o estado de Ana e de Erich.

Aquele lobo dissimulado a preocupava mais do que desejava admitir.

»»»»»»

Doutor Irineu e seu agente de confiança, Damasceno, adentraram a Delegacia Criminal para uma reunião com Laura e Aluísio. Estava na hora de concatenar algumas ações entre os federais e a Polícia Civil. Infelizmente, o encontro marcado para a hora do almoço sofreria um atraso...

O secretário de Laura avisou que a esposa do vereador assassinado aparecera de surpresa, com o advogado a tiracolo e alguns repórteres em seu encalço. Aparentemente, como fazia algum tempo que a imprensa não se ocupava da morte de Kleber Manuelino, Silvielena decidira dar *um jeitinho* de aparecer. Em toda a delegacia era possível ouvir a voz da viúva choramingante.

– ... pois então, dona delegada, eu não entendo *na-da* de leis, mas acho que a polícia tem a *o-bri-ga-ção* de comunicar aos parentes das vítimas *tu-do-que-a-con-te-ce*... – dizia ela.

O pai de Ana bufou. Não tinha tempo para perder. Damasceno fechou a cara.

– A prisão do detetive Rodrigo deve ter vazado. Tem gente dizendo que ele é o sequestrador. E a mulher do falecido quer voltar aos noticiários.

De qualquer forma, não demorou para que Silvielena e seu acompanhante deixassem a sala de Laura. Aluísio saiu também e lhes fez sinal para que entrassem em seu escritório, enquanto ele se livrava do incômodo. Os dois se retiraram bem depressa, mas não escaparam do olhar da viúva, que cutucou o advogado.

– Engraçado – disse. – Poderia *ju-rar* que conheço aquele homem...

– Venha por aqui, senhora Manuelino – foi a única resposta que teve. – Os repórteres lá fora querem uma declaração sua...

E deixaram a delegacia, caindo nos braços dos membros da imprensa local.

»»»»»»

Na Santa Casa, após ter sido apresentado como médico da família, Lazlo Mólnar passou em revista todos os exames possíveis dos dois internados. Ana Cristina continuava na mesma, em sedação; apenas os remédios podiam manter a febre sob controle. E Erich ainda apresentava níveis alarmantes de pressão alta, que em seguida despencava para níveis baixíssimos.

O médico húngaro também conversara por telefone com o doutor Tales, que falava um inglês passável e mostrava-se entusiasmado por receber um especialista em hematologia vindo da Hungria. Até cederia sua sala no DML para que ele pudesse fazer análises a partir daquela tarde.

Hector e o médico estavam deixando o hospital, a caminho da rua. Um carro enviado pelo entusiasmado Tales levaria Lazlo a seu encontro para almoçarem juntos antes de começarem o trabalho. Mólnar já havia tirado algumas conclusões após olhar os exames dos pacientes.

– Preciso de testes específicos para confirmar isso – disse ao escritor, sempre em inglês. – Mas acredito que tanto sua esposa quanto Erich Grimm foram infectados com o mesmo vírus artificial que atacava o organismo de Bertha Hundmann. Só que parece uma versão mais forte...

– Faz sentido – murmurou o rapaz, sombrio. – O lobo negro nos levou diretamente a ela. Ana foi abandonada à morte para que eu ou William tentássemos salvá-la, mordendo-a... Com isso, ela receberia o Fator L e um de nós absorveria o vírus. Por isso você disse que foi uma armadilha.

Estavam já na calçada, e o carro do Instituto de Perícias se aproximava.

– *My friend*, não se deixe abater. O Fator L os manterá vivos até que encontremos o antídoto.

Hector o fitou, sério.

– Acredita mesmo que existe um antídoto?

– Tenho certeza – foi a resposta do médico. – Maus Hundmann é um monstro, mas é muito meticuloso. Não teria testado o vírus na própria mãe se não houvesse uma forma de revertê-lo.

– As ampolas... – lembrou o rapaz. – Encontramos ampolas vazias na sala secreta do galpão. Foram para a perícia... Quem sabe contenham resíduos do vírus ou do antídoto?

– É uma possibilidade. E você disse que uma das vítimas escapou?

– Sim. Soube que a moça terá alta hoje. Posso falar com ela de novo e ver se mais alguma lembrança lhe ocorreu. Qualquer frase ouvida do sequestrador pode nos ajudar nessa busca.

Assim que o húngaro partiu com o carro, ele retornou ao hospital. Iria em busca de Anette.

»»»»»»

Laura entrou em sua sala desculpando-se pelo atraso.

– Mil perdões. A viúva do vereador não parava de falar. Fui obrigada a contemporizar, ainda mais com a imprensa aí na frente. Bem, agora que me livrei dela, vamos ao que interessa.

O primeiro a tomar a palavra foi Irineu, na linha de frente das investigações em nome da força-tarefa. Narrou tudo sobre o crime que envolvia Rodrigo. Fora confirmado que a vítima era seu avô. As tias haviam encaminhado o advogado da família para defendê-lo: o sujeito estava entrando com um pedido de *habeas corpus*.

– Mas não creio que o juiz conceda – intrometeu-se Damasceno. – Foi prisão em flagrante.

Estavam discutindo se haveria evidências que o implicassem nos crimes seriais, o que dependia ainda de confirmação da balística, quando Aluísio entrou na sala apressadamente.

– Desculpem, é que a perícia já analisou alguns materiais recolhidos no galpão. Os laudos preliminares acabaram de vir em PDF, estão sendo impressos do meu computador.

Laura e Irineu foram para a sala do subdelegado. Como era pequena, Damasceno ficou na porta, aguardando.

Numa das paredes próximas havia um aparelho de tevê, sempre ligado num canal de notícias. Ele não estava prestando muita atenção àquilo, porém, de súbito, uma imagem chamou sua atenção. Parecendo desesperada, uma mulher falava uma mistura de português e alemão.

Ele se aproximou e acompanhou a notícia do misterioso desaparecimento de uma pessoa no Aeroporto do Galeão, no Rio de Janeiro. O locutor dizia:

– A passageira desaparecida fazia parte de um grupo de turistas vindo de Munique, na Alemanha. A polícia suspeita de quadrilhas que atuam na área com roubo de bagagens e latrocínio...

Franzindo as sobrancelhas, o agente se afastou do aparelho. Violência contra turistas era algo sempre presente nos noticiários, mas aquele caso chamava sua atenção. Se não estivesse tão cheio de preocupações, iria investigar.

Então doutor Irineu o chamou e ele não pensou mais naquilo.

»»»»»»»

Natália foi conferir o estado de Erich Grimm antes de qualquer coisa. E, para aumentar suas preocupações, encontrou-o sendo transferido do centro de cardiologia para a UTI.

– O que aconteceu? – perguntou para um e outro, até que uma enfermeira informou.

– Ele teve uma parada cardíaca. Conseguiram reanimá-lo, mas seu estado ainda é crítico. Fizeram exames de emergência para avaliar os riscos. Agora é esperar.

“Esperar”, pensou ela, revoltada. “Esperar o quê? O que é que pode estar matando um homem tão cheio de vida? E um que tem sangue de lobo e capacidade de autocura?”

Ele parecia apenas dormir, apesar dos aparelhos que haviam ligado a seu corpo. A detetive o observou por trás do vidro durante um tempo; afinal, com um suspiro, deixou a UTI. Pediu desculpas ao esbarrar em um enfermeiro de avental branco e máscara cirúrgica que vinha em direção contrária à sua. Reparou que ele carregava uma seringa sem a ponta de proteção, e no fundo de sua mente algo disparou. Fazer isso não era contra as regras atuais para segurança no descarte de materiais hospitalares? A enfermagem ali deveria tomar mais cuidado e...

– Natália! – a voz de Hector a chamou, fazendo-a perder o fio do pensamento.

Ele estava ali, no mesmo corredor; devia ter vindo ver Ana Cristina. Então percebeu que o escritor estava conversando com Anette.

Foi para junto deles, satisfeita por encontrar a moça antes de sua alta, quando tudo mudou.

O ar de alegria de Anette se transformou em pavor e ela gritou, apontando para a porta da UTI. Natália voltou-se e deu com o mesmo enfermeiro, que saía – agora com a máscara abaixada e guardando a seringa no bolso do jaleco.

Ao perceber o que se passava, o rapaz disparou a correr e sumiu numa escadaria lateral.

– É ele! – berrou a recepcionista do hotel. – É o ajudante do sequestrador!

Ela parecia que ia desfalecer de medo. Natália a amparou e procurou por Hector, mas ele já descia as escadas, correndo atrás do fugitivo.

Pessoas iam aparecendo, atraídas pela confusão.

A agente arregalou os olhos ao perceber o óbvio.

O falso enfermeiro entrara exatamente no ponto da UTI em que ficava o leito de Erich.

"Meu Deus!", desesperou-se. "O que havia naquela seringa?!"

»»»»»»»

A mala da senhora ruiva foi uma das últimas a aparecer na esteira de bagagens número dois do Aeroporto Salgado Filho. Para alegria da mulher, em Porto Alegre fazia bem menos calor que no Rio de Janeiro; ainda usava o conjunto de calça e terninho, mas livrara-se do chapéu, embora ainda portasse os óculos escuros. Ao vê-la tentando tirar a mala da esteira, uma moça a ajudou. Ela sorriu em agradecimento e foi para o desembarque.

A luz do dia indicava a saída. Antes de deixar o saguão, ela viu um balcão cheio de folhetos: havia vários indicando hotéis e passeios pela capital gaúcha. Pegou um, notando o mapinha que situava o hotel no que parecia ser o centro histórico local, com igrejas, teatros, museus e praças.

Assim que ela assomou sob a marquise, um funcionário a abordou, perguntando:

– Táxi, senhora?

Tudo que ela teve de fazer foi assentir com a cabeça e mostrar o folheto ao motorista.

Não falava português e não tinha reserva no hotel; mas conhecia números e tinha dinheiro. Bertha sabia muito bem que este último era o fator que abria portas, em qualquer lugar do mundo.

»»»»»»

O uniforme do pseudoenfermeiro o tornava um alvo fácil de seguir, mesmo nas ruas apinhadas de gente do centro da cidade. Ele foi veloz ao disparar pela avenida Independência, mas Hector não deixaria escapar o único suspeito do caso.

Além de tudo, seu faro de lobo distinguia, além do odor peculiar do sujeito, um toque muito sutil que o ligava a Ana Cristina.

Rosnou ao ver que o rapaz tentava despistá-lo atravessando a avenida em meio aos carros que passavam. Quase se transformou em lobo ali mesmo, porém conseguiu se controlar. Continuou correndo e enveredou por uma travessa.

Não viu o suspeito, embora detectasse seu cheiro. Havia várias casas antigas naquela rua, e ele pulara o muro baixo de uma delas, que parecia abandonada.

Hector fez o mesmo e viu-se no que parecia ser um velho cortiço, um corredor cheio de portas arrebentadas e paredes descascadas.

– Te peguei – murmurou, ao ver a *presa* adentrar um quintalzinho lá no fundo.

O rapaz tentava escalar um muro meio despencado, que devia dar na rua de trás. Porém a parede era alta e, apesar de sua agilidade, ele não tinha onde se segurar. Quando alguns tijolos velhos se deslocaram, acabou caindo de costas no chão.

O escritor nem precisou se transformar em lobo para que o rapaz percebesse que escolhera mal a rota de fuga. Estava perdido. Viu Hector correr para ele e o fitou friamente, enquanto mordia a pedra mínima de um anel que levava na mão esquerda.

– Não!!! – gritou seu perseguidor, ao perceber o gesto.

No instante seguinte, o escritor estava sobre o homem caído, mas era tarde demais. O veneno agiu tão rapidamente que a única ação de Heinz antes de morrer foi puxar a manga do jaleco e apontar para a tatuagem que usara com orgulho por anos.

A suástica.

CAPÍTULO 12

IDAS E VINDAS

Para um húngaro, as temperaturas brasileiras estavam quentes demais. No entanto, após doutor Tales contar como era o clima no Norte e no Nordeste, Lazlo se resignou ao outono porto-alegrense – mesmo porque o escritório que o legista lhe cedera tinha ar-condicionado.

No mais, estava em seu ambiente: havia microscópios, lâminas, tubos e um refrigerador para guardar amostras. Sem mencionar a papelada espalhada por toda parte.

O dono da sala fora trabalhar em outro setor naquela tarde. Deixara o espaço para o visitante, que acabava de analisar uma amostra do sangue entregue no dia anterior. Estava perplexo diante do que via, e foi procurar em seu caderninho a lista de telefones que Hector lhe dera.

Tentou contatar o escritor, mas ele não atendeu. Resolveu então falar com a detetive, Natália. Tudo que havia ouvido sobre ela era elogioso, e a agente falava inglês.

A policial estava no hospital e parecia um tanto distraída a princípio; havia acabado de ver Hector sair em perseguição a um suspeito e ficara ali para acudir Anette, assustadíssima com o ocorrido. Mas a moça estava em segurança agora, e ela pôde ouvir o doutor com atenção, especialmente quando ele contou que a análise do sangue do rapaz preso transbordava de Fator L.

Não apenas isso: a forma dos corpúsculos era incomum, parecia-se mais com o aspecto antigo do agente da licantropia, que ele isolara havia muito, muito tempo.

– *What does it mean?* – ela perguntou o que aquilo queria dizer.

A resposta não podia ser outra: o doador daquela amostra de sangue era um lobisomem dos mais antigos e poderosos que ele já vira na vida! E havia mais um detalhe: Lazlo encontrara, no plasma, traços do mesmo vírus que atacava Bertha Hundmann, Ana Cristina e Erich Grimm.

Porém, ali o vírus parecia enfraquecido, incapaz de atacar o organismo de quem o possuísse.

– *It might be the antidote...* – Mólnar explicou, antes que a policial fizesse mais perguntas.

O antídoto! Aquilo indicava que a substância necessária para curar os outros pacientes fora inoculada em Rodrigo. Natália precisou se sentar num banco do corredor para processar a ideia.

Rodrigo *era* um lobisomem. E também fora infectado pelo vírus que matava os licantropos. Porém recebera o antídoto, o que fizera o vírus regredir.

Será que o húngaro tinha certeza do que estava lhe dizendo?

– *Are you sure, doctor Mólnar?*

O médico ponderou que seria mais seguro investigar melhor. Obter outra amostra de sangue e comparar as duas; mas ele mesmo gostaria de fazer a coleta. Concordando com a proposta, ela lhe disse que tomasse um táxi e a encontrasse na Santa Casa; então iriam à Polícia Federal.

»»»»»»

Desligando o celular, ela se certificou de que a recepcionista do hotel estava mesmo bem antes de seguir para a saída do hospital. Algo a incomodava: pensava que, se Rodrigo era um desses lobisomens que não se sujeitavam aos poderes da lua, poderia transformar-se a qualquer momento.

– Por que, então, ele não fugiu? – murmurou. – Hector não era tão poderoso assim e escapou de uma cela, em Minas, arrebentando as paredes. Por que Rodrigo continua preso?

Antes que saísse à rua, viu pessoas correndo para fora e dois enfermeiros conduzindo uma maca vazia. Fazia pouco tempo que Hector saíra perseguindo o homem acusado por Anette.

O que teria acontecido agora?

»»»»»»

Deu com a avenida conturbada: seguranças do hospital tentavam afastar curiosos na entrada do pronto-socorro adulto. Natália viu quando levaram para lá um corpo na maca; correu para se certificar de que não era Hector e, aliviada, notou que era o pseudoenfermeiro. Seus olhos estavam esbugalhados e havia uma substância escorrendo pelos cantos da boca. Um dos braços, caído ao lado da maca, tinha a manga erguida e exibia uma pequena tatuagem no pulso.

Logo atrás o escritor se aproximava, sem fôlego. Ao mesmo tempo, uma viatura policial parou na entrada das ambulâncias e dela saiu Aluísio, que veio reunir-se a eles no vestíbulo do PS.

– Alguém pode me explicar o que está acontecendo?! – pediu ele.

Natália contou que seu colega havia seguido um dos suspeitos do sequestro, que acabava de ser trazido à Santa Casa. O subdelegado resmungou e foi atrás dos enfermeiros que levavam a maca.

– Daniel... Hector – disse a agente –, precisamos conversar.

Ele suspirou e afastou-se dela. Com tristeza, disse apenas, ainda ofegante:

– Depois. Preciso ir ver Ana... enquanto há tempo.

Seguiu, cambaleante, pelo corredor do hospital. Natália deixou-o ir; o doutor Lazlo logo chegaria. Havia providências a serem tomadas na Superintendência da PF.

Saiu em meio ao corredor de curiosos que os seguranças ainda tentavam dispersar e foi aguardar o táxi que viria do Instituto.

»»»»»»»»

A senhora ruiva entregou ao taxista uma nota que, sabia, correspondia a quase o dobro do preço da corrida. Não se importava. Gostava de gastar dinheiro.

Viu o carro afastar-se e andou pela rua, observando a placa que dizia “Floresta”. Conhecia pouco das línguas latinas, mas o suficiente para perceber o que aquilo queria dizer.

– *Wald* – disse, com um sorriso estranho: a floresta, seu habitat.

Encontrou uma pracinha e sentou-se num banco, colocando a grande bolsa no colo.

Sentia que ele andava por perto. Captava sua mente, seu cheiro. Estava um tanto diferente, mas ela não se deixaria enganar por qualquer substância química no corpo do irmão gêmeo.

Tirou os óculos e deixou que o brilho transparecesse em seus olhos. E disse, baixinho:

– *Ich bin hier. Komm.* Estou aqui. Vem...

»»»»»»

O telefonema alcançou Natália assim que o táxi com o médico húngaro chegou à Santa Casa. Como identificou o número de Daniel Lucas, ela atendeu, pensando o pior.

– Hector? O que houve? É a Ana Cristina?

– Não – respondeu ele, a voz apressada. – Ela está na mesma. É o Erich. Você ainda está no hospital? Se estiver, venha até a UTI. Já.

E desligou. Intrigada, a agente pediu a Lazlo que descesse com ela e pagou o táxi, dispensando-o.

– Venha comigo, doutor. Mais tarde vamos à superintendência. Hector precisa de nós.

»»»»»»

Chegaram ao andar da terapia intensiva e deram com vários enfermeiros no corredor. Atrás do vidro, Hector conversava com um muito vivo e acordado Erich Grimm.

– O que aconteceu? – perguntou ela, após abrir caminho com seu crachá da PF.

– *My dear boy!* – exclamou Mólnar para o rapaz. – *How are you?*

O paciente identificado como Liam Jaeger passou o olhar de um para outro. Estava pálido e suado, os olhos denotando confusão. Mas sorriu com a ironia costumeira.

– Eu me sinto cansado, mas inteiro. Wolfstein acabou de dizer que eu quase morri!

Lazlo não perdeu tempo e foi conferir os batimentos cardíacos do rapaz, sua temperatura, o branco de seus olhos. Natália encarou Hector, que abriu os braços como quem não entende nada.

– Eu estive na ala ao lado, para ver Ana, e resolvi checar este aqui. Encontrei as enfermeiras com ele, espantadas. Disseram que em questão de meia hora ele passou de moribundo a acordado, e ainda reclamando que quer almoçar...

Ainda sendo examinado por Lazlo, Erich resmungou:

– Estou morto de fome! Sinto uma enorme tontura, mas só. Quero mais é sair daqui! – E, vendo o olhar sério de Natália sobre si, completou: – Agora, podem me contar o que eu perdi?

Nos minutos seguintes, a agente relatou brevemente o que havia acontecido desde que ele desfalecera no galpão dos sequestradores. Para encerrar, Hector falou sobre a perseguição ao falso enfermeiro, que terminara com sua morte ao ingerir veneno. Desconfiava que ele tivesse a cápsula de cianureto no anel havia tempos, para a eventualidade de ser capturado. Erich suspirou.

– Estratégia típica de nosso velho amigo Maus Hundmann – deduziu. – Esse suspeito aparenta ter uns vinte anos, olhos azuis, cabelo à escovinha, uma tatuagem no pulso?

– O próprio.

Vendo que Mólnar terminara seu exame superficial, o jornalista tornou a deitar-se no leito hospitalar. Parecia zonzo. E havia fúria em seu semblante.

– O nome dele é Heinz. Não sei o sobrenome. Era assistente do infame *Herr Doktor,* o médico nazista que fazia experiências com prisioneiros no campo de concentração de Dachau. No mínimo Maus o infectou com o Fator L, para manter o ajudante vivo e atuante todo esse tempo.

Natália arregalou os olhos. Aquela história de nazismo condizia com o depoimento de Rodrigo. Ia pedir mais informações, porém a chegada do médico de plantão fez todos se calarem. O homem não estava nada feliz de ver toda aquela gente na UTI, e nem ligava se eram policiais.

– Afastem-se, por favor. Preciso avaliar o estado do paciente.

Os três saíram do cubículo assim que o húngaro explicou ao plantonista ser o médico pessoal de Liam e pediu um exame de sangue urgente. Foram conversar do outro lado do vidro.

– Segundo os exames anteriores, Erich estava bem mal por causa do vírus. O mesmo que atacava Bertha Hundmann, só que mais forte. Será possível que agora ele tenha recebido o antídoto? – perguntou Natália.

– *It makes no sense* – comentou Lazlo, esforçando-se para encontrar algum sentido naquilo.

– Concordo – suspirou a agente, olhando para o paciente que, por trás do vidro, discutia com o médico. – Não vejo nenhuma explicação, mas a esta altura só nos resta aceitar o fato e continuar. Pelo menos parece que ele está fora de perigo...

Hector rosnou. Estava furioso consigo mesmo.

– Eu tive o cúmplice dos sequestros nas mãos... e o deixei escapar. Para a morte.

Natália respirou fundo e recapitulou.

– Ele entrou aqui com a seringa preparada. Injetou o antídoto em Erich em segundos. Quando saiu, deu conosco ali, no fim do corredor, e teria escapado se não fosse Anette. Quando ela o reconheceu, ele fugiu. – Voltou-se para o escritor. – Você não tinha como saber que ele andava por aí com uma cápsula de veneno. Além disso, ele pode ter morrido, mas seu corpo será examinado pela perícia. Os legistas poderão descobrir muitas coisas sobre o tal Heinz e seu chefe!

Aluísio apareceu no corredor e foi reunir-se a eles.

– Vi o corpo. Está no necrotério do hospital, já convoquei a Polícia Científica. Também dei com Anette na entrada da Santa Casa, ela me contou quem acha que ele era...

Natália colocou o subdelegado a par das conclusões que haviam tirado, tendo o cuidado de deixar de fora a questão do Fator L. A versão oficial seria de que o cúmplice tentara matar Liam Jaeger, provavelmente a mando do sequestrador-chefe.

Ao ouvir falar na seringa, Aluísio esclareceu:

– Pelo que vi no necrotério, ele não estava de posse dessa seringa. Não parece haver nada em seus bolsos ou mãos. Talvez a tenha descartado durante a fuga... Saberemos mais assim que a perícia chegar. Mas isso me lembra de outra coisa, agente Wolfstein: aquelas ampolas que tu e o agente Damasceno encontraram no quarto secreto do galpão foram analisadas. Doutor Irineu já está com uma cópia dos laudos. Parece que nelas havia traços de uma substância desconhecida.

Lazlo animou-se. Podia ser o antídoto ou o vírus.

– *I need to see that!* – declarou.

Foi Natália que decidiu o rumo que cada um devia seguir.

– Hector, é melhor você ficar aqui com Erich. Eu e o doutor Mólnar temos de ir à Polícia Federal agora, e depois iremos para o DML. Aluísio, por favor, peça para o legista me ligar logo que examinar o corpo. Assim que puder, eu pego os laudos com o doutor Irineu; vou ligar para ele agora e avisar sobre os últimos acontecimentos. Meu celular voltou a funcionar, então, se qualquer um de vocês quiser falar comigo, estarei atenta. Até depois.

Logo que a agente e o médico deixaram a UTI, o subdelegado voltou-se para o escritor.

– Ela sempre é assim, mandona? – indagou, erguendo as sobrancelhas.

Apesar da situação, Hector sorriu ao responder.

– Você não faz ideia...

»»»»»»

Linha Nova, dias atuais

Pouca coisa surpreendia Maus Hundmann nos dias atuais. Mas o e-mail que via piscando em seu computador teve o condão de fazer isso. Era *dele*... e exigia que ligasse o aplicativo de comunicação naquele momento.

"Algo não está certo", intuiu, ao acionar o programa. E, ao ter diante de si os olhos brilhantes do tio, soube que sua dedução era correta.

– Boa tarde – disse Jörg, com um sorriso cínico. – Acho que não teve notícias de seu assistente nas últimas horas, não é? Infelizmente, devo comunicar sua morte. Heinz foi perseguido por Hector Wolfstein nas imediações da Santa Casa. Acuado, matou-se com veneno.

Se seu interlocutor se abalou com a revelação, não deixou transparecer. Perguntou, sereno:

– Foi só por isso que me contatou?

O sorriso do outro se ampliou.

– Não, há mais duas coisas. Primeiro: fique tranquilo, cumprirei a última missão de que me encarregou, ainda hoje. E, em segundo lugar... tem alguém aqui que quer falar com você.

Afastou-se da tela, dando espaço para que uma pessoa se aproximasse. E Maus divisou diante de si, pela câmera do *notebook*, o rosto da mãe. Dando-lhe um bom-dia irônico:

– *Guten Tag, mein lieber Sohn*... meu querido filho.

Quando desligou o computador, suas mãos tremiam. Não apenas perdera o colaborador de tantas décadas, mas ainda teria de lidar com a família que imaginara ter neutralizado.

Bertha estava no Brasil! Devia ter imaginado. Ao dar a primeira dose do antídoto ao irmão gêmeo, ela receberia um eco da recuperação dele. Era a primeira falha que cometia na operação.

Mas seria a última; daria um jeito. Ela exigira saber o esconderijo das doses do vírus e do antídoto que ele mantinha na capital gaúcha, ameaçando revelar anonimamente a identidade dele para a polícia. Os irmãos recuperariam as forças de outrora assim que as tomassem...

Precisava ganhar tempo. Foi mexer numa pasta e pescou uma fotografia antiga, idêntica à que Rodrigo encontrara na gaveta da escrivaninha do avô. Uma velha lembrança de Dachau...

– Adeus, amigo – murmurou, fitando o retrato em branco e preto. – Você me serviu bem. Agora terei de conseguir outro assistente. E outro lobo.

»»»»»»»

Porto Alegre

– Por que isso, agora? – questionou Rodrigo, quando Natália e o médico entraram na cela.

A agente hesitou.

– A análise anterior foi... inconclusiva.

O detetive não era tolo. Havia algo mais naquele pedido por um novo exame de sangue. A ideia o atingiu, então. Talvez eles o julgassem... Não, aquilo era ridículo.

– Estão suspeitando de que eu seja um lobisomem? – Riu com nervosismo. – Podem tirar todo o sangue que quiserem, se isso provar minha inocência!

Lazlo não disse nada. Observado por Natália e por dois homens da brigada, coletou um tubo cheio de sangue, passou álcool no braço do rapaz e fechou o recipiente com a tampa plástica, acondicionando-o em uma pequena embalagem de isopor.

Depois fez sinal à agente de que precisavam ir embora. Ela fitou o ex-colega.

– Você está bem?

Segurando o braço que fora picado pela segunda vez em dois dias, ele resmungou.

– Considerando que não me deixam ver minhas tias nem a Fabiana, que me acusam de matar a pessoa que eu mais amava na vida e que tem um criminoso nazista à solta... estou ótimo.

– Nós vamos pegar o sujeito, Rodrigo. Eu prometo.

Dizendo isso, ela saiu com Mólnar.

Enquanto iam para a viatura da PF que ela requisitara, a policial não conseguia parar de pensar em certos pontos que a incomodavam. Erich dizendo-lhe que "Farkas" queria dizer *lobo* em húngaro. Um choro de bebê ao fundo daquele telefonema do senhor do Cidesi. Seria possível?

"Aluísio pode ajudar", pensou. Ligaria em seguida para o subdelegado e pediria que investigasse o velhinho. Também poderia voltar lá, pois o porteiro tinha permissão de entregar-lhe as chaves. E agora ela tinha a seu lado um nativo da Hungria. Ele seria capaz de traduzir escritos incompreensíveis para ela.

– Doutor Mólnar, vamos fazer um pequeno desvio. *A little detour*. Vamos ao Cidesi.

Lazlo não tinha a menor ideia do que seria aquilo, mas já se apegara a Natália. Ela era ativa, direta, inteligente e, para completar, bonita. Com aquela agente, iria a qualquer lugar.

»»»»»»

Fazia horas que a doutora Laura e Irineu haviam dispensado Aluísio e Damasceno. Apenas o secretário da delegada os ajudou a colocar em ordem os primeiros relatórios recebidos do Instituto de Criminalística. Entre uma conclusão e outra a respeito do que liam, cada um devia prestar contas. Ela, ao secretário de Segurança. Ele, ao superintendente da Polícia Federal.

Quando decidiram encerrar o trabalho, ainda discutiam a possível culpa do investigador Rodrigo. Ele tinha motivos para matar o avô, pois era seu único herdeiro e havia dinheiro e propriedades envolvidas; as tias tinham apenas o usufruto da casa. Já no caso dos sequestros, tudo se complicava. O pessoal da balística acreditava que a arma da pracinha, a que matara o idoso, era a mesma dos outros crimes; a análise das estrias estava em andamento. Porém não havia nenhuma impressão digital na pistola, e não tinham sido encontradas luvas com o suspeito.

Já as impressões encontradas no galpão eram muitas, e não apenas correspondiam às vítimas conhecidas – o vereador, a estudante da capital, o agricultor e o senhor de Arroio dos Ratos –, mas indicavam que, como o famigerado jornalista dissera em seus artigos nos jornais, o assassino matava impunemente fazia anos.

– E não há um único indício da presença de Rodrigo no cativeiro – resumiu a delegada.

– Com tantas digitais desconhecidas, não sabemos quais podem ser as do sequestrador – suspirou o coordenador da força-tarefa. – Já as do comparsa foram identificadas: tudo indica que ele é mesmo o rapaz no necrotério da Santa Casa. Basta esperarmos a análise da Polícia Científica.

– E ainda tem a história dos lobos... lobisomens – Laura comentou, fitando Irineu nos olhos. – A agente Natália acredita nisso e prometeu me contar sobre casos passados. O senhor vai me dizer que também acredita?

Irineu Sanchez de Navarra suspirou pela segunda vez.

– Não faço objeções a que minha agente lhe conte tudo, com a ressalva de que precisamos manter tudo na esfera confidencial. Por ora, posso lhe dizer que sim: acredito e vi acontecer.

A delegada se recostou na cadeira, intrigada.

– Nesse caso – declarou, após alguns minutos –, não posso duvidar. E acho que precisamos ter uma conversa particular com o detetive Rodrigo. Alguns pontos ficaram na minha cabeça após o depoimento dele... Percebi que ocultou alguns fatos quando depôs. Irineu... eu o conheço há vários anos. Acompanhei a carreira dele e quase o promovi a subdelegado.

O pai de Ana Cristina considerou aquilo com seriedade.

– Sem problemas. Vamos à Polícia Federal, teremos uma entrevista sem registros com nosso suspeito. Mas antes...

– Antes, vamos almoçar – ela completou, levantando-se.

Ele não contestou; havia feito uma refeição muito cedo. Enquanto Laura pedia ao secretário que encomendasse almoço para dois, aproveitou para ligar para Ludmila. Não se falavam desde que ela o deixara no hotel. Esperava que não estivesse zangada.

»»»»

O telefonema, porém, em vez de sossegá-lo, trouxe mais preocupações. A esposa contou que na última hora Ana Cristina havia piorado.

– Você tem de vir para cá, Irineu – pediu Ludmila, chorosa. – A febre subiu demais, não há antitérmico que funcione, os médicos parecem perdidos!

– Estou a caminho – ele assegurou, sombrio.

Ao saber das notícias, a delegada concordou com o advogado.

– Já pedi uma viatura. Iremos juntos à Santa Casa. Assim que sua filha melhorar, seguiremos para a PF... Temos tempo, nosso suspeito não vai a lugar nenhum.

»»»»

Erich acordou de súbito. Após a saída de Lazlo e Natália de seu cubículo, tinham-no transferido para uma enfermaria, do outro lado do andar. Numa cama mais macia, ele não resistira ao sono que os remédios no soro lhe causavam.

Estava sozinho ali, ouvia apenas o zum-zum do ambiente hospitalar.

Levantou-se, com a estranha sensação de que havia algo errado. E riu de si mesmo.

"Claro que tudo está errado! Primeiro, fui infectado com o vírus que mata lobisomens. Cortesia de Maus Hundmann. Depois, ele manda seu ajudante nazista me dar o antídoto. Por quê? Natália acha que isso não faz o menor sentido, mas deve haver uma explicação lógica."

O cateter no braço o incomodava. Hesitava entre a ideia de arrancá-lo e a de chamar uma enfermeira quando ouviu um som familiar.

Vinha da gaveta de uma mesinha de cabeceira ao lado do leito. Abriu-a e viu seus pertences: a carteira, os documentos, a chave da moto – e o celular. Ele vibrava.

Pegou o aparelho e leu: "número privado". Alguém queria se manter incógnito...

Atendeu, com a certeza de que iria ouvir uma voz conhecida. E não se enganou.

– Boa tarde, Jaeger. Imagino que ainda se lembre de mim...

Dezenas de perguntas acorreram à mente de Erich, mas tudo que ele conseguiu dizer foi:

– O que você quer?

O outro riu, como se ele tivesse dito algo muito engraçado.

– Ainda não adivinhou, jovem Grimm? A esta altura, já sabe que caiu na minha armadilha e absorveu o vírus através da minha cobaia. – Falou, zombeteiro. – Vamos, pense um pouco. Por que acha que lhe dei a primeira dose do antídoto?

– Pela magnífica bondade do seu coração? – ironizou o jornalista.

– Fico feliz ao notar que está tão afiado, caçador. Como sabe, perdi meu fiel assistente. E você servirá perfeitamente para o cargo.

O rapaz sentou-se na cama, a tontura quase derrubando-o. Esforçou-se para não deixar transparecer a fraqueza e respondeu, com suavidade.

– Que oferta tentadora. O que o faz pensar que eu a aceitaria?

A mesma risada tornou a soar, ao longe.

– Porque você vai desejar a segunda dose do antídoto. Sem ela, morrerá, e bem depressa. Se duvida de mim, pergunte a seu amigo húngaro. Eu ficarei feliz em entregar-lhe a dose em troca de sua lealdade. Logo lhe direi o que fazer, meu caro Grimm. *Auf Wiedersehen.*

Ele ficou olhando para a telinha do celular. Seria a polícia capaz de rastrear a ligação? Talvez se estivessem conectados a seu telefone enquanto ela acontecia. Agora... Não, isso não funcionaria. Precisava fazer algo.

Levantou-se mais uma vez, e a tontura o tomou de tal forma que quase desmaiou.

Um enfermeiro apareceu e o amparou.

– O senhor não pode sair da cama! Ainda está em observação.

Ele sabia que era verdade: estava fora de perigo por ora, mas podia sentir o antídoto ainda instalando-se em seu organismo. Precisava ter paciência e melhorar, se quisesse agir.

Deixou que o rapaz o acomodasse e fechou os olhos. O rosto odiado de Maus Hundmann insistia em aparecer em suas lembranças.

Rindo. Rindo dele.

»»»»»»»

Os copos eram os únicos objetos sobre a mesinha do pequeno quarto de hotel. Bertha os olhava fixamente, e o brilho de seus olhos reluzia nas superfícies de vidro.

Jörg entrou, fechou a porta e colocou várias ampolas ao lado dos copos. Separou uma, identificada com o número 1, e outra, com o 2.

– Estava lá, então – ela comentou, em alemão.

– Ele não mentiria, não nesta situação – respondeu o outro, sentando-se diante dela.

– Faça as honras – ordenou a loba, sorrindo.

Ele abriu duas das ampolas; despejou o líquido da que fora marcada com o número 1 no copo diante dela, e o da outra no que estava próximo de si. Ambas continham um líquido semitransparente que emitia laivos prateados.

Pegaram os copos e brindaram, dizendo a uma só voz:

– *Prost!*

O efeito foi quase imediato. Ele se levantou e andou pelo quarto, cheio de energia.

Ela rosnou ao perceber as forças ampliando-se. A sensação de poder era indescritível.

– Excelente – murmurou a mulher, também levantando-se. – Interessante como o mundo dá voltas, irmão. Agora poderemos nos vingar de todos. Tem certeza de que o Grimm está morrendo?

– Até onde sei, tomou a primeira dose do antídoto, mas sem a segunda morrerá. Assim como a esposa de Wolfstein. Ela está condenada.

Bertha não respondeu. Fazia novos planos, pensando, pensando. O irmão foi para a porta.

– Vou sair, tenho um trabalho extra a fazer. Se não quiser ir para o outro hotel, pode esperar aqui mesmo, ninguém faz perguntas nesta espelunca. Antes que nossa vingança se complete, preciso tomar precauções para me proteger.

– Proteger-se de quem, meu querido? Não seria de mim, não é?

Sua ironia ficou sem resposta. O irmão saiu e Bertha se deitou na cama, murmurando:

– Também tenho um trabalho extra a fazer... mas é melhor esperar. Logo vai escurecer, e a noite sempre foi minha amiga. Esperemos.

»»»»»»

Laura fora à lanchonete e tomara um café forte. Agora, voltava à UTI; a filha do advogado tivera uma parada cardíaca, porém os médicos haviam conseguido ressuscitá-la. Para alívio de Irineu, da esposa e do marido, Ana agora parecia fora de perigo.

"Até a próxima crise", pensou a delegada, com um gosto amargo na boca. E não era do café.

Encontrou a mãe de Ana Cristina desanimada, amparada pelo genro. Irineu andava de um lado a outro do corredor da UTI, irritado. Resmungava que não aguentava ficar ali parado, com o quase assassino de sua filha, e sequestrador de seu neto, à solta pelo Rio Grande do Sul. Talvez tivesse até cruzado a fronteira. Podia estar em qualquer lugar do mundo àquela altura.

– A médica garantiu que ela está melhor – assegurou Laura. – Acalme-se, Irineu. É importante continuarmos trabalhando se quisermos ajudá-la. E o seu neto também....

Embora não quisesse deixar a filha fora de suas vistas, Laura tinha razão. A médica acabara de dar um prognóstico otimista. Ana Cristina dormia, ainda sedada, sem vestígios de febre ou pressão alterada.

Irineu falou com Ludmila. Precisava prosseguir nas investigações para encontrar o bebê. Hector concordou com ele; podia ir, ele mesmo ficaria mais um tempo com a sogra no hospital.

Anoitecia quando, junto a Laura, o advogado embarcou na viatura policial rumo à Superintendência da PF. Havia se deixado contaminar pelo otimismo da médica. Tudo daria certo. E o interrogatório do detetive preso traria novas pistas para encontrar o bebê, tinha certeza.

»»»»

– O que aconteceu aqui?! Isto não é normal... – comentou a delegada, ao descer com Irineu no estacionamento e perceber policiais federais em atividade frenética no prédio. Havia também um número enorme de homens e mulheres da brigada circulando.

O pai de Ana deixou escapar um palavrão e correu para a entrada.

Fazia cinco minutos que os policiais haviam escutado um estrondo. Quando chegaram à ala das celas, viram um imenso rombo na parede. Havia tijolos, cimento e entulho por toda parte.

E Rodrigo tinha desaparecido.

»»»»

Monteiro nem despachara a bagagem. Deixara a mala maior com um colega de Minas, em Brasília, para que a levasse de volta; viajara só com uma mochila que comprara na loja do hotel.

Finalmente estava no Rio Grande do Sul! Apesar de toda a pressa, só conseguira trocar a passagem de volta por um voo a Porto Alegre com escala no Rio, o que o fizera perder horas mudando de aeronave e aguardando o reembarque.

Saiu na marquise e entrou no primeiro táxi que conseguiu, pedindo:

– O hotel da rua Riachuelo, aquele sobre o shopping.

Pretendia ficar no quarto com Natália. Esperava que ela ainda o tivesse como noivo...

Anoitecera e o trânsito estava complicado, para variar. Ele ligou o celular, viu que entrara em *roaming*, mas estava sem serviço. Conferiu os telefones que possuía na memória do chip.

"Não adianta", pensou. "Melhor não falar com ninguém antes de contatar Natália. Só mesmo nela é que posso confiar."

As luzes se acendiam nas avenidas da capital gaúcha, enquanto o táxi seguia para o centro.

»»»»»»

Natália fingiu não perceber que Lazlo xingava baixinho, em sua língua nativa. Sabia que ele se ressentia por terem passado tempo demais fuçando na papelada do Cidesi; haviam recolhido papéis para levar, pois, até então, nada do que estava escrito em húngaro se mostrara relevante.

Ao anoitecer, voltaram para a sala cedida no departamento. Doutor Tales estava de saída; só teve tempo de entregar ao colega estrangeiro mais laudos, que ele pegou com ansiedade.

– *This is important* – disse Mólnar à agente, sentando-se e abrindo uma pasta.

Desejando agilizar as coisas para o médico, ela propôs:

– Eu leio para o senhor, vou traduzindo os termos para o inglês. Enquanto isso, acho que o mais urgente é analisar a nova amostra de sangue de Liam, digo, Erich. E a de Rodrigo.

– *Yes, yes* – ele suspirou, entregando-lhe a papelada.

Assim fizeram. Enquanto ela lia a lista de nomes cujas impressões digitais e traços de DNA haviam sido identificadas, ele preparou uma lâmina e a observou ao microscópio. Não demorou a concluir que os corpúsculos no plasma de Erich, indicativos do vírus, haviam se enfraquecido.

– *Look at this* – ele pediu à moça, mostrando-lhe a lâmina e uma fotografia.

Era uma imagem da primeira amostra de sangue do investigador preso.

Ao comparar os materiais, Natália compreendeu o que ele ressaltava. Na primeira amostra recolhida de Rodrigo e na que acabavam de trazer, de Erich, o agente viral existia, mas fora neutralizado. Isso proporcionava novo aumento do fator da licantropia.

– E a que recolhemos do suspeito hoje? – ela perguntou.

Lazlo explicou que seria a próxima análise a fazer. Mas mal havia começado a preparar uma lâmina quando um dos assistentes de Tales bateu à porta e veio lhes entregar uma nova pasta.

– Isto veio do pessoal da química – explicou. – Tem a ver com uns vidros que encontraram.

O húngaro se lembrou de que Hector mencionara as ampolas de vidro recuperadas no cativeiro dos sequestros. Largou o que estava fazendo e foi olhar aquilo, curioso. Não demorou a sorrir, mostrando algumas imagens à agente federal.

– *The antidote!* – exclamou.

Pelo que Natália entendeu das explicações dele, os peritos haviam isolado, no fundo de um daqueles vidros, restos de um líquido peculiar. Ao ser feita a comparação com fotos dos corpúsculos obtidas pelo próprio Mólnar, via-se que a constituição dos elementos era parecida.

– Ainda temos amostras de sangue com o vírus enfraquecido – concluiu a agente. – Se o senhor isolar delas esta substância específica, teremos a pista para o antídoto que combate o vírus!

Ele sorriu. Ela era mesmo inteligente. E o ajudaria no trabalho intenso que teria pela frente.

– *We need coffee* – disse, arregaçando as mangas e trocando as luvas estéreis por novas.

– Vou buscar na copa – concordou Natália animando-se. Depois de tantos reveses, obtinham algum progresso.

Teriam de adiar a análise da nova amostra do sangue de Rodrigo, e ignorar os laudos sobre DNA e impressões digitais. Ela também responderia depois as muitas mensagens de Irineu e Monteiro. Afinal, descobrir a composição do antídoto era mais urgente.

»»»»»»

Ele havia feito *check-in*. Havia jantado. Havia se instalado no quarto de Natália. Como sempre, ela era a organização em pessoa. Nada fora do lugar, a mala impecável, a papelada numa pasta dentro da gaveta da mesinha de cabeceira.

Só não respondera às suas mensagens, embora o celular comunicasse que haviam sido lidas.

"Bem, uma hora ela vai ter de vir pra cá para dormir e trocar de roupa", pensou. "E, se não vier esta noite, amanhã cedo procuro por ela na Delegacia de Homicídios ou na PF."

Decidiu que aproveitaria a noite para ler o material da investigação que estava guardado ali; mais tarde, mandaria uma mensagem a doutor Irineu, avisando que chegara à cidade. Não queria falar com ele naquele momento, mas devia informar ao superior onde estava.

"E aí...", suspirou, "seja o que Deus quiser!"

Reclinou-se na cama, abriu a gaveta e pegou a papelada para começar a leitura.

»»»»»»

Andando pelos corredores da Santa Casa feito um sonâmbulo, Hector bocejava.

"Preciso descansar", concluiu.

Ao menos tinha a consciência tranquila ao deixar Ana Cristina. A sedação fora reduzida e, aparentemente, ela reagira bem. Dormia sem febre alguma, o rosto estava menos pálido e a respiração, normal. Talvez, no dia seguinte, ela simplesmente acordasse.

Franziu as sobrancelhas ao imaginar o que lhe diria. Ela perguntaria pelo bebê...

Irineu chegara havia alguns minutos, conversara com os responsáveis pela UTI e sossegara também. Com ele, tinham ido agentes da PF e membros da Brigada, para montar guarda; após o episódio do falso enfermeiro, não seria negligente. O pai de Ana levaria Ludmila para jantar e iria com ela para o hotel.

"E amanhã", decidiu o rapaz, "vou atrás dos malditos sequestradores. Nem que tenha de virar lobo e percorrer todo o estado farejando!"

No estacionamento de visitantes, cheio de carros e vazio de gente, uma lâmpada amarelada iluminava o amplo espaço. O manobrista cochilava na guarita e Hector nem o acordou; deixou o dinheiro do pagamento sobre a mesinha, junto ao recibo, e pegou as chaves do carro alugado.

Estava a ponto de acionar a trava do veículo quando ouviu a risada feminina.

Voltou-se.

No muro dos fundos do terreno, postava-se uma mulher. Seus olhos brilhavam em vermelho.

– *Guten Abend, Jüngling* – ela lhe deu boa-noite com uma voz gutural, cruel.

Ele a reconheceu.

– Bertha Hundmann.

CAPÍTULO 13

ANTÍDOTO

Desta vez ele se levantou com mais cautela. A tontura havia passado e Erich retirou a agulha do cateter do braço num gesto rápido. O Fator L em seu organismo fez o furinho cicatrizar na hora.

Encontrou as roupas numa sacola do hospital, numa prateleira. Vestiu-se e recolheu seus pertences rapidamente. Passava da meia-noite e devia haver poucos enfermeiros circulando, mas ele não queria chamar a atenção de ninguém ao escapulir sem ter recebido alta.

Deixou a enfermaria discretamente e saiu para o saguão ignorando os seguranças. Sabia que agir naturalmente e com autoridade impediria que o considerassem suspeito.

Na rua, o ar frio da noite o revigorou. Sorriu ao pensar que o tal antídoto não só devolvera suas forças, mas parecia tê-las ampliado... Virou a esquina e deixou a avenida; encostado no muro do estacionamento, pegou o celular e teclou um número.

– Alô? – disse, assim que alguém atendeu. – Sou eu. Sabia que estaria de pé, apesar do horário. Onde você está? Precisamos conversar.

»»»»»

Os ouvidos zuniam e as têmporas doíam. Muito.

Rodrigo respirou fundo e a dor deu uma trégua, mas permaneceu no fundo de sua cabeça. Ainda estava confuso com o que acontecera. Sabia apenas que estava livre e que não havia um teto sobre sua cabeça. No céu de Porto Alegre, escuro, nuvens moviam-se impelidas pelo vento.

Alguém o observava, encostado numa árvore.

"Um parque? Uma praça?", refletiu o detetive, esfregando os olhos, que ardiam.

– Está melhor? – a voz veio abafada pelo zunido que atrapalhava sua audição. – Tenho um remédio para você aqui.

A mão exibia um frasquinho de vidro que brilhou sob as luzes da rua.

Rodrigo sentiu as pontadas nas têmporas voltarem. Imagens confusas tomavam conta de sua memória. Não tinha certeza de nada; apenas de que precisava daquele remédio.

»»»»»»»

– O que você quer? – perguntou Hector enfurecido, em alemão.

A mulher se aproximou dele. Não era mais a frágil senhora que vira no leito da clínica na Baviera. Além dos cabelos tingidos e das roupas alinhadas, ela exibia força. Arrogância.

– Quero ajudar, *Jüngling*. Você sabe que o vírus que está matando sua jovem esposa pode ser neutralizado? Sabe que há um antídoto?

Ele não respondeu. Sua intuição dizia que estava diante de mais uma armadilha. Tateou o bolso da jaqueta à procura da arma carregada com balas de prata de Erich. Ainda estava com ela. Apontou-a para a mulher, que não se abalou.

– Entendo que não acredite em mim – continuou ela. – Contaram-lhe muitas mentiras, lobo. Aquele caçador está enganando você desde o começo. Ele e o médico de Budapeste. Eu nunca faria mal ao filho de Leonor...

Sentiu o ódio brotar ao ouvi-la mencionar a mãe; um rosnado escapou dos lábios do rapaz.

E a loba ainda falava.

– Eu estava lá, naquela noite. Vi quando Erich Grimm a atacou e fugiu. Os soldados o perseguiram, e o maldito húngaro o ajudou a escapar. Os dois estão juntos nisso, desde o começo!

– Não – retrucou ele. – Seu filho é culpado pelas mortes, pelo vírus. Maus Hundmann.

Agora foi ela que rugiu de ódio.

– É verdade. Meu filho me traiu, me manteve internada, sedada, todos esses anos depois de me infectar com o vírus. Ele deve ser punido, e logo farei isso. Agora você precisa decidir de que lado está: se escolher o lado certo, poderá salvar sua esposa. Eu lhe darei o antídoto. Mas se preferir continuar acreditando naquele caçador...

– Você não a ajudaria. Está mentindo – ele vociferou. – Por que acha que eu acreditaria em você?

O brilho nos olhos dela suavizou e um sorriso quase maternal tomou conta de seu rosto.

– Pense, *mein Sohn*. Se o Grimm é um caçador tão poderoso, tão sedento por justiça, por que não farejou e seguiu os rastros de Maus e do lobo negro? Ele tem seus próprios motivos.

O veneno que ela destilava era eficaz. As dúvidas que Hector abrigava voltaram com tudo, assim como a raiva que cultivara contra William por décadas.

– E então? – a loba insistiu. – Vai aceitar minha proposta? Posso salvar sua mulher.

Antes que respondesse qualquer coisa, escutou outra voz atrás de si.

– Não acredite nela, Wolfstein.

Erich se aproximava, andando lentamente. Seus olhos brilhavam em amarelo.

Bertha arreganhou os dentes brancos e afiados. Durante meio segundo, pareceu que ela ia transformar-se; o jovem também se pôs na defensiva, e Hector achou que a madrugada terminaria com mais um confronto entre lobos.

No entanto, o jornalista apenas tomou a pistola das mãos de Hector, mirando nela. A mulher ficou séria e deixou que os olhos vermelhos parassem de reluzir. Agora parecia uma senhora inofensiva, até frágil. Ergueu as mãos na atitude de quem pede paz.

– Quanta agressividade. Este mundo moderno é violento demais – murmurou. – Boa noite, meus filhos. Já passou da hora de alguém da minha idade dormir... *Auf Wiedersehen*.

E, com toda a calma do mundo, foi saindo do estacionamento. Erich rosnou e guardou a arma na cintura. Hector o fitou, sem poder tirar a desconfiança do olhar.

– Vamos detê-la! – instou o escritor, fazendo menção de segui-la. – Por que não atirou? Ela é...

– Eu sei muito bem quem é Bertha Hundmann – murmurou o jornalista, com um olhar de ódio.

Hector ainda correu para a entrada do estacionamento, mas, como imaginava, não viu nem sinal da mulher. Poderia acionar o faro de lobo e segui-la, é claro, porém sua vontade de esganar o outro o fez retornar.

– De que lado você está? Poderíamos ter capturado aquela mulher...

– Ela teria se transformado, e perderíamos um tempo precioso – argumentou o rapaz, impaciente. – Não acreditou nas mentiras dela, não é?

– Tudo que Bertha me disse realmente aconteceu – retrucou o escritor. – Condiz com o que você, Lazlo e Natália me contaram. E o que faz aqui? Deve ser uma hora da madrugada, não vai me dizer que recebeu alta.

O outro fez um gesto de desprezo com as mãos.

– Estou bem, dei alta para mim mesmo... Ia para o Departamento Médico-Legal encontrar Natália e Lazlo quando senti o cheiro da velha loba e segui o rastro. E foi bom encontrar você: eles precisam muito de nós dois agora. Vem comigo?

Foi impossível para Hector não lembrar o veneno destilado pela loba: *se o Grimm é um caçador tão poderoso, tão sedento por justiça, por que não farejou e seguiu os rastros de Maus e do lobo negro? Ele tem seus próprios motivos.*

Não disse nada, porém. Bertha escapara, suas suspeitas haviam aumentado, e o melhor que poderia fazer era manter aquele lobo sob vigilância. Destrancou o carro e indicou o assento do carona para ele.

– Vamos lá. Qual o endereço?

»»»»»

Rodrigo não estava certo do que devia fazer agora. Sua cabeça continuava doendo, e ele se preocupava com os lapsos de tempo na mente. O tal *remédio* o deixara mais grogue do que já estava.

Tocou o chão: grama úmida. Olhou para o alto e viu a torre, escura, alta, ao lado do prédio iluminado. As luzes refletiam na água, incidiam em seus olhos e pioravam a dor.

"Gasômetro", concluiu, afinal. A vegetação cercava a antiga usina, agora um centro cultural às margens do rio. Ouviu a voz a chamá-lo, não muito distante de onde se encontrava. Levantou-se com dificuldade. Escutava o que a pessoa dizia e mal podia compreender.

– Eu não consigo... me controlar! – gemeu.

E disparou numa corrida vertiginosa para longe daquele que o chamava.

»»»»

Aluísio bocejou. Acabava de entrar na Delegacia de Homicídios. Fora acordado às quatro e meia da manhã por Laura, que lhe contara por alto a loucura toda acontecida naquela noite. Até mencionara o fato de a Polícia Federal acreditar em lobisomens... e avisara que ia para casa descansar. Resignado, ele não voltara a dormir: tomara um café e fora para o trabalho.

Mas nem teve tempo de se sentar em sua sala, pois um detetive de plantão o chamou.

– Tem um agente federal ligando com urgência, pedindo reforços!

– Por que não pede pra superintendência deles, então? – resmungou o subdelegado, irritado, pegando o telefone. – Já que estão assumindo nossos casos, eles que se virem...

Porém, assim que ouviu o que a pessoa do outro lado tinha a dizer, mudou de tom.

– Certo. Vou imediatamente! Pode deixar, eu aviso à doutora Laura e à PF.

Irrompeu junto ao pessoal do plantão, disparando ordens.

Em instantes, uma viatura saía a toda a pressa e ele corria para o pátio, checando a arma no coldre e falando ao telefone celular antes de entrar em outra.

– Olha, desculpa por acordar a senhora, mas o agente Damasceno acabou de ligar. Disse que localizou Rodrigo lá pros lados da Usina do Gasômetro e pediu reforços. Não quis incomodar o doutor Irineu, já que a filha dele está internada na Santa Casa. Estou indo para o local...

»»»»

Quando desceu do carro, o subdelegado viu Damasceno caído na grama. Um policial cuidava dele. Dois outros vasculhavam, com uma lanterna, a terra junto às margens do Jacuí.

– Está ferido – constatou, ao chegar perto do agente, que se levantava. – E Rodrigo?

– No rio – disse o rapaz da brigada. – Já acionamos as autoridades do porto...

O agente tinha arranhões no rosto, rasgos nas roupas. Sua arma estava caída na grama. Andou com dificuldade e puxou Aluísio para alguma distância dos policiais que olhavam o rio.

– Era mais de meia-noite – explicou. – Doutor Irineu me dispensou, ele ia para o hotel com a esposa. Eu passei na avenida, num táxi, indo para a PF. E vi o vulto escondido naquelas árvores. Podia jurar que era Rodrigo... Mandei o táxi me deixar e vim conferir.

– Por que tu não pediu reforços na mesma hora?

– Eu ainda tinha dúvidas – retrucou o outro. – Podia ser um sem-teto, vai saber. Mas era mesmo o investigador. Chamei, disse que devia se entregar. Você sabe... A doutora Laura contou...

– A questão da licantropia – confirmou o subdelegado, franzindo a testa. – Sim, ela me falou dessa história. Mas não imaginava que...

– É tudo verdade, pode crer. Quando tentei argumentar com ele, no começo parecia que ia se entregar. De repente, gritou que não podia se controlar, saiu correndo e se transformou num lobo.

Aluísio ergueu uma sobrancelha.

– Um lobo. Tá. E tu foi atrás dele.

– Sim. Ali, perto das margens, ele rosnou e saltou sobre mim. Veja as pegadas do animal... Tentei me desviar, rolei no chão. Ele tornou a avançar. Tive de atirar.

O subdelegado recordou os relatórios da perícia sobre os projéteis utilizados nos crimes seriais.

– Nas histórias, pra matar um lobisomem, eles usam a prata... – disse, hesitante.

– Minha munição é normal, mas acho que acertei o coração dele. Rolou pela ribanceira e caiu no rio. Duvido que sobreviva.

Um carro da Superintendência de Portos e Hidrovias parou junto às viaturas policiais. Aluísio tinha de ir falar com eles sobre a busca ao corpo. Além disso, devia avisar à PF e pedir, de novo, a presença da perícia. Na grama havia fragmentos de roupas que precisavam ser analisados.

– Melhor tu ir tratar desses ferimentos – disse a Damasceno, que fez uma careta.

– São só arranhões. O lobo não chegou a me morder, se é isso que o preocupa. Caso não precise de mim, vou ao hotel tomar um banho. Depois presto depoimento formal na delegacia.

E, enquanto o subdelegado se ocupava com a encrenca toda, ele foi para a avenida em busca de um táxi. Aquele seria um longo dia...

»»»»»

– Estamos indo bem – declarou Lazlo, mostrando um tubo de ensaio em que brilhavam pontos prateados. – Como podem ver, a cada etapa conseguimos isolar um espécime mais puro do Fator L modificado pelo vírus. Logo terei a amostra perfeita para analisar. Depois, o mesmo deve ser feito com o Fator L pós-antídoto. Da comparação entre as duas cepas, teremos o caminho a seguir...

Erich bocejou alto, interrompendo a explicação científica que viria. Estava entediado. Ao fugir do hospital esperava entrar em ação, não servir de assistente em pesquisas científicas. Natália fez força para que os bocejos dele não a contagiassem. Hector, encolhido numa cadeira, dormira profundamente por mais de uma hora e agora acordava, espreguiçando-se.

A terça-feira amanhecia ensolarada após uma noite insone, em que os três assessoraram o trabalho do médico. Além de ajudar na tediosa preparação e manipulação das amostras para análise, haviam repassado toda a papelada em húngaro que a agente trouxera.

No entanto, com a tradução de Mólnar e os conhecimentos básicos que o jornalista possuía daquela língua, concluíram que o Cidesi era uma organização legítima. Até ali, tudo indicava que Farkas não tinha mentido, em nenhum momento.

Hector contara a todos sobre o diálogo que tivera com Bertha no estacionamento, o que gerou uma longa discussão sobre ela estar, ou não, de posse do antídoto. Mólnar achava que sim, pois a mulher ousada que o escritor descrevera não lembrava em nada a senhorinha doente de Munique.

Já Erich parecia mais sombrio que de costume. Ele nada dissera aos outros sobre o telefonema de Maus e opinava que tudo que a loba falara não passava de um amontoado de mentiras; achava que, se ela tivesse mesmo obtido o antídoto, teria sido contra a vontade do filho.

– Quando tentou me infectar com o vírus, no campo de concentração, Maus deixou claro que havia se livrado dos dois. Disse que tinha dado "um jeito nela e naquele inútil do irmão". Ela desprezava o filho por não ter herdado a mutação, e ele sempre a odiou por isso.

Ao ouvir aquilo, Natália fitou-o, cheia de curiosidade.

– Pare por aí, caçador. Sei pouco sobre essa história de campo de concentração. Só o que você mencionou de passagem e o que o Rodrigo me disse. Segundo ele, o avô foi soldado da SS num campo e o homem das fotos dos cemitérios seria o tal médico nazista que andou sumindo com gente aqui no Brasil, nos anos 1920. Como você se encaixa aí?

Com um suspiro longo, o rapaz contara a ela a versão curta de sua perseguição aos lobos na Europa, a passagem pela Resistência Francesa e a captura em Dachau.

– Então... – Ela arregalou os olhos, concluindo algo que já lhe deveria ter sido óbvio. – Diferentemente do Rodrigo, vocês não acham que o sujeito misterioso era um pai ou avô do assassino atual, continuando o que o bandido fez. Vocês acham que é a mesma pessoa! Só que ele, esse Maus de que tanto falam, teria mais de cem anos!

– Qual a idade do seu amigo Hector? – argumentou o rapaz.

"O Fator L...", refletiu a policial, mordendo o lábio.

– Quantos anos *você* tem, Erich?

Ele voltou a exibir o sorriso cínico que tanto a irritava.

– Sou parente dos irmãos Grimm. Faça as contas.

»»»»

O sol começava a iluminar a sala, entrando por um vitrô que dava para o leste. Lazlo afastou-se da mesa de trabalho, esfregou os olhos. Terminara uma das etapas e já planejava a próxima. Hector levantou-se e massageou o pescoço dolorido.

– Qual o próximo passo? – inquietou-se Erich, ansioso por alguma ação física.

– Café – resmungou o escritor. – Vou ver se tem algum lugar aberto e comprar litros de café para nós. Depois devo ir ao hospital. E aí... não sei. Alguma sugestão?

– Preciso de ajuda para preparar mais lâminas e tubos de ensaio – solicitou Lazlo.

Natália e Erich suspiraram e foram buscar material num armário. E Hector, ao pegar a carteira no bolso, pescou algo que havia negligenciado. Ali, acondicionado num plástico, estava o pedaço de documento que ele encontrara no esconderijo do cativeiro.

– Com toda a comoção desses dias na Santa Casa, quase me esqueci disto. Achei grudado num pedaço de madeira, no quarto secreto que havia no galpão dos sequestradores...

A agente e o jornalista examinaram o papel, pouco maior que um selo. Ela o repreendeu.

– Devia ter entregado para os peritos! Se for uma evidência importante e um juiz descobrir que você escamoteou do local dos crimes, teremos problemas para usar como prova e...

– Deixe o sermão para outra hora – Erich cortou-a. – É o pedaço de um certificado de veículo. Uma moto! O ajudante do assassino, Heinz, usava moto. Havia rastros na zona do cais.

– Sim – o escritor concordou. – Mas pelo fragmento não dá para sabermos o nome do proprietário ou o número do registro. Só que foi emitido pelo município de Feliz, neste estado.

Natália franziu a testa. Alguém lhe dissera algo sobre aquela cidade recentemente. O que tinha sido mesmo?

»»»»»»»

Irritada, Bertha cravou os olhos de loba no irmão, que acabara de entrar no quarto do hotel em que ela o aguardava.

– Onde esteve? O que andou fazendo?

– Nada com que deva se preocupar – rosnou ele, entrando no banheirinho e pondo-se a remover as roupas molhadas.

A mulher fechou a carranca e respirou fundo. Buscou, dentro de si, as forças de manipulação que não utilizava havia muito tempo.

– Olhe para mim, irmãozinho – ordenou.

Malgrado seu, ele teve de voltar-se e fitá-la.

– Pensa que pode me manter desinformada? Não admito isso. Vim aqui para exterminar meus inimigos e não vou deixar que me atrapalhe!

– Bertha, eu... – ele tentou falar, mas um gesto dela fez a voz morrer-lhe na garganta.

– Uma coisa precisa ficar clara entre nós. Sou grata por você ter me despertado, e foi graças às suas informações que falei com meu filho. Mas não é porque você se livrou do jugo dele que vai se livrar do meu. Você fará tudo o que eu disser, meu querido. Sempre estive no comando e continuarei assim! Estamos entendidos?

Ele nem tentou responder. Conhecia sua gêmea.

– Você tem um carro? – continuou ela.

– Não nesta cidade – ele admitiu.

– Arrume um. Vou ao outro hotel buscar minha bagagem e vamos pegar a estrada.

– Agora?

– Já.

Ele só teve tempo de trocar de roupa e sair. Havia se esquecido de como era deprimente ser tratado daquela forma. Infelizmente, não tinha alternativa. Ela sempre conseguia o que queria.

»»»»»»

Na sala de análises do doutor Tales, no Departamento Médico-Legal do instituto, Lazlo continuava mergulhado na nova etapa das análises do Fator L, com a ajuda de Hector. Natália tomava um copo de café atrás do outro. Erich matutava num canto, e ela nem imaginava o que ele estava escondendo agora. Percebia que havia algo importante que ele não lhes contara...

– Seu celular tocou – avisou ele, indicando o aparelho que ela largara numa cadeira.

– Pelo menos voltou a funcionar – suspirou a agente, atendendo; naquela manhã ele desligara sozinho várias vezes, o que era frustrante. – Assim que der, vou comprar outro...

A ligação vinha da Delegacia Criminal. Um dos detetives, a pedido de Aluísio, avisou ter repassado ao e-mail dela arquivos contendo a investigação que fora solicitada, sobre um certo senhor Farkas. E disse ainda:

– O subdelegado pediu também que a senhora entrasse em contato urgente com ele. Tentou te ligar e não conseguiu.

"Uma coisa de cada vez", decidiu ela.

Aproveitou o funcionamento do celular e acessou os arquivos recebidos.

– Ouçam isto, são informações sobre o senhor Farkas do Cidesi.

Leu para os outros o que recebera do policial. Thomas Farkas nascera em Montenegro, filho de imigrantes. Sua família sobrevivente contava hoje com dois sobrinhos-netos, alguns primos e seus descendentes, nos arredores daquela cidade. Fora professor até aposentar-se e então passara a pesquisar o histórico da imigração no estado. Era empregado de uma organização internacional que existia na Europa havia décadas. A filial brasileira funcionava em Porto Alegre havia vários anos.

– Estamos perdendo tempo com isso – bocejou Hector. – Não parece haver nada relacionado aos crimes na vida desse homem.

– A não ser o fato de que fomos atacados no escritório dele e que seu nome significa *lobo* em húngaro. – Erich sorriu. – Eu fui o primeiro a desconfiar dele, e ainda acho que merece ter sua história confirmada. Mas, neste momento, concordo com vocês: temos mais a fazer.

– Certo – concordou a agente. – Descartamos o senhor Farkas como suspeito, por enquanto. Agora, se me desculpam, preciso ligar para Aluísio.

Desta vez ela usou a extensão do telefone que havia na sala para conversar com o subdelegado. E sua expressão mostrou preocupação extrema quando ela desligou.

– Imaginem só! – exclamou. – Rodrigo fugiu da Polícia Federal e foi perseguido pelo Damasceno lá no Gasômetro. Ele... ele se transformou em lobo e o atacou. Damasceno atirou e o lobo foi atingido, caiu no rio.

Os três homens na sala a fitaram, perplexos.

– Eu preciso *mesmo* analisar a segunda amostra do sangue dele – resmungou Lazlo.

– Estranho... Achei seu amigo antipático, mas não senti cheiro de lobo quando nos conhecemos – Hector.

– O agente usou balas de prata? – quis saber Erich.

– Acredito que não – ela respondeu, com um suspiro. – Ainda não sei os detalhes. Vou para lá agora, estão procurando o corpo dele no rio.

Ia colocar o celular no bolso, rezando para que não pifasse, quando ele tocou de novo.

– Aqui é a agente Sorrent – atendeu. – Sim?... Claro que me lembro. Nos vimos em Nova Petrópolis quando tomei o depoimento sobre a morte de seu pai... Não, não é cedo demais, já estou trabalhando. Pode falar.

Ela escutou por um tempo o que Muriano Filho, o herdeiro do agricultor assassinado em Linha Nova, tinha para contar. Dizendo que custara a encontrar o cartão com o número dela, o rapaz narrou uma história que fez a investigadora franzir a testa, intrigada.

– Obrigada pela informação, vou cuidar disso imediatamente. Se o vir de novo ou se lembrar de mais alguma coisa, por favor, me avise!

– O que foi desta vez? – gemeu Erich.

Ela olhou de lado para ele e para Hector. O que disse a seguir não fez sentido para eles.

– Onde fica o rio Caí?

– Ahn... a norte de Porto Alegre, eu acho – disse o jornalista. – Por quê?

– Porque o filho do agricultor de Linha Nova, uma das vítimas do assassino serial, disse que viu um fantasma numa mercearia: ele jura que era o sujeito das fotos dos cemitérios. O homem dirigia um furgão, na estrada que vai de Linha Nova para as chácaras que há junto às margens do rio Caí...

Hector fora ágil e já pesquisara num aplicativo em seu celular.

– É um rio grande e domina o Vale do Caí. Passa por muitas cidades, inclusive Linha Nova. – Ergueu uma sobrancelha. – E ali faz divisa com o município de Feliz.

– Feliz! – Natália exclamou, arregalando os olhos. – Agora me lembro. Na noite em que uma viatura trouxe a primeira amostra de sangue do Rodrigo para cá, um motoqueiro atropelou uma senhora numa avenida da cidade. Pegaram a chapa da moto e descobriram que foi registrada em Feliz, mas havia problemas no registro e estava difícil identificar o nome do proprietário.

As conclusões eram óbvias.

– O atropelador pode ter sido o ajudante de Maus, Heinz – resumiu Erich. – Como ele trabalhava para o sequestrador, tudo aponta para essa região. A morte do agricultor, o pedaço de papel que Wolfstein achou... e o fantasma. – Sorriu. – Vamos fazer um passeio pelo Vale do Caí!

A policial respirou fundo e apertou as têmporas. Havia tomado café demais.

– Calma aí. Primeiro preciso checar sobre o Rodrigo. Depois, posso falar com o investigador que estava apurando a moto do atropelamento. – Fitou os dois rapazes e comandou: – Vocês ficam aqui e ajudam Lazlo. Eu vou encontrar Aluísio no Gasômetro e logo dou notícias. Então decidimos como agir, o que fazer primeiro. Certo?

Lazlo resmungou algo em húngaro e voltou ao microscópio. Hector bufou, insatisfeito, e Erich disparou mais uma vez seu sorriso cínico.

– Sim, *milady*. Mais alguma ordem, *milady*?

Ela pegou a bolsa e o agasalho e saiu, irritada. Quando voltasse, pressionaria aquele jornalista abusado e descobriria o que ele lhe escondia desta vez.

Mal havia saído, e o *abusado* foi pegar seu blusão de couro. Hector o viu conferir as cápsulas prateadas da pistola, que recuperara após o sucedido no estacionamento do hospital.

– Para onde vai agora? – perguntou.

– Caçar – foi a resposta do outro, que já saía no corredor do departamento.

– Nós voltamos logo, Lazlo – avisou o escritor, apressado, indo atrás do outro.

Sentiu a insatisfação de Erich Grimm por ser seguido. Como Natália, percebia que o rapaz estava escondendo algo... e não pretendia deixá-lo longe de suas vistas.

– Vamos no meu carro – decidiu.

O outro não gostou, mas aceitou a alternativa. Mais tarde resolveria o que fazer se tivesse de livrar-se do filho de Leonor.

»»»»

Algum ponto ao longo da BR-116

– A região é bonita – comentou Bertha, olhando a paisagem rural pela janela do carro. – Posso entender por que tantos imigrantes escolheram morar neste canto do mundo. Tem um jeito de Europa, mas sem a neve.

Jörg respondeu com um grunhido. O tráfego da BR-116, àquela hora, era intenso e, com tantas curvas, mesmo depois de se afastarem das cidades maiores, era preciso ficar atento à estrada. Ela sorriu com desprezo e olhou de lado para ele.

– Resmungue quanto quiser, *Bruder*. Nada pode quebrar o elo que há entre nós.

"Talvez a morte", pensou ele, lançando um olhar assassino e silencioso para a irmã.

»»»»

Porto Alegre

– Foi rápido, não? – comentou Natália, ao ver o sinal que o agente portuário fazia do barco.

Aluísio concordou. Tinham dado sorte. Quanto mais tempo passasse, mais árdua seria a tarefa da Superintendência de Portos e Hidrovias de resgatar um cadáver nos meandros que envolviam o delta do Jacuí e as ilhas do arquipélago na bacia do Guaíba. No entanto, haviam encontrado o corpo de Rodrigo em poucas horas.

– Vamos ver. – O subdelegado franziu a testa e foi falar com a autoridade encarregada. Conversara com Laura, e a delegada o instruíra a remover o falecido para o necrotério da Santa Casa em vez de mandá-lo diretamente para o DML. Como doutor Tales teria de voltar lá naquela manhã para liberar o corpo do sequestrador suicida, já faria um exame preliminar.

Demorou um pouco até que o barco aportasse, o veículo de transporte chegasse e a transferência fosse efetuada. Natália e Aluísio só conseguiram vê-lo quando já estava prestes a ser ensacado e colocado no carro.

– É mesmo Rodrigo – suspirou o policial, abatido. – Quarenta anos, um ótimo detetive. Quem podia imaginar que ele... Sei lá, ainda não consigo acreditar.

A agente reprimiu qualquer sentimentalismo. Até gostava de Rodrigo, apesar de ele a irritar a maior parte do tempo. Conferiu os olhos baços, o orifício de entrada do projétil em seu peito. Havia arranhões nas mãos e no rosto.

"Por que o fator de cura não fez essas marcas desaparecerem?", matutou. "Se ele era um lobisomem tão poderoso... E se não havia prata na munição..."

– Acho que tem alguém te procurando ali – disse Aluísio, olhando para a calçada.

De fato, um homem vinha andando, desajeitadamente, dos lados da Usina do Gasômetro; atravessara a interdição da polícia mostrando um crachá e não tirara os olhos dela. E, apesar de todos os problemas, Natália teve de sorrir.

– É meu noivo, o delegado Monteiro. Não sei como me achou...

– Se ele ligou para a delegacia, alguém avisou que você estava aqui – concluiu Aluísio.

A policial foi encontrá-lo. Ignorava suas ligações e se irritava com ele o tempo todo, mas não conseguiu esconder a alegria em vê-lo naquela hora.

Sob os olhares dos policiais presentes, das autoridades portuárias e dos curiosos do outro lado da rua, eles não se deram ao luxo de serem efusivos ou de se abraçarem.

– Você está bem? – ele indagou. E, vendo o sorriso no rosto dela, acrescentou: – Sei que não quer falar comigo, não atendeu minhas dezenas de ligações, mas preciso mesmo falar com você.

– Não tem nada a ver com você, Montanha. Não estou atendendo ninguém no meio desta loucura toda... Ultimamente, a cada dia tem uma nova morte.

Fez um resumo do que estava acontecendo ali. Ele bufou.

– E eu que andava com ciúme do seu novo parceiro! Pobre sujeito.

– Era jovem demais para morrer assim – comentou ela. – Mas era suspeito de assassinato... Olha, tenho de comunicar os trâmites ao doutor Irineu, mas logo vou me livrar e então podemos comer alguma coisa e conversar. Tem uma cafeteria na praça da Alfândega...

E, para surpresa do noivo, tomou sua mão e a apertou, num gesto de cumplicidade. Também ansiava por uma conversa mais longa com ele.

»»»»»»»

Algum ponto próximo ao município de Dois Irmãos

Hector só relaxou um pouco na direção do carro alugado após a entrada de Novo Hamburgo. Não gostava de trafegar pela BR-116, que o fazia lembrar demais do trânsito complicado de São Paulo. Ia com a cara fechada e, mesmo quando a quantidade de veículos diminuiu, ele não correspondeu às tentativas de Erich de iniciar uma conversa. Percebia, ainda, que o jornalista recebia mensagens no celular, mas disfarçava as olhadas à telinha e não respondia a nenhuma.

Num pequeno trevo, pouco antes de alcançarem a entrada principal de Dois Irmãos, Hector desacelerou e parou no acostamento. Tinham de optar por um caminho.

– Podemos continuar pela estrada federal e entrar à esquerda depois de Picada Café – explicou. – Talvez seja mais rápido. Mas estou inclinado a pegar uma alternativa que sai deste trevo e depois tocar via Ivoti e Presidente Lucena. Já fiz este trajeto para visitar colégios nessas cidades.

O jornalista abriu a janela e farejou o ar.

– Não sinto nenhum lobo por perto, e meu instinto me diz que você está certo. Vamos lá.

Hector entrou no trevo e tomou a rodovia RS-239, que o levou a uma zona urbana. Logo virou numa avenida à direita e atravessou a cidadezinha; a avenida continuava como uma estrada secundária, na direção que desejavam.

Depois de rodarem mais alguns minutos, Erich suspirou.

– Fale de uma vez o que está engasgado na sua garganta, Wolfstein.

Aquilo pegou o escritor de surpresa. Havia, sim, muitas coisas para as quais ele queria respostas. Por onde começar?

– Muito bem. Você é o superlobo farejador *et cetera* e tal. Então, como é que até agora, com todas essas mortes aqui no Sul, ficou só publicando uns artigos em jornais e não foi atrás dos rastros de Hundmann e do lobo negro? Seu faro captou a mulher ontem à noite. E não percebeu os dois?

– Ah. – O jornalista exibiu seu melhor sorriso irônico. – A pergunta que não quer calar, instigada pela velha Bertha. Não tenho uma resposta precisa. Desde o fim da Segunda Guerra ando caçando Maus. Quando eu e você nos encontramos em Buenos Aires, era o que eu estava fazendo... O problema é que o cheiro dele e do lobo, que eu conhecia bem, desapareceu da face da Terra. Minha conclusão foi de que, como aquele nazista teve tempo para fazer suas pesquisas hematológicas e bioquímicas, poderia ter desenvolvido alguma substância para mascarar, mudar o próprio cheiro. Deve ter feito o mesmo com o Jörg, que na forma de lobo era mais ou menos seu bicho de estimação, até conseguir escapar do *dono* e sumir no mundo. Por isso meu faro falhou.

Hector lançou-lhe um olhar desconfiado.

– Você podia arrumar uma explicação melhor, não? Essa não convence muito.

O outro reclinou-se no banco do carro e sacudiu os ombros.

– É a única que tenho. Se quer acreditar ou não, é problema seu. Mas tem uma coisa que você sentiu na pele... ou no focinho. Outro dia, no hotel, você me contou que farejou sua mulher perto do aeroporto e foi seguindo seus traços pelas ruas, não teve um momento em que seu faro perdeu a pista?

– Sim – ele teve de admitir. – O perfume dela foi enfraquecendo, até sumir.

– Isso deve ter acontecido porque os sequestradores a drogaram. Enquanto Ana tinha alguma consciência, você podia detectar seu aroma. Conforme a substância anestesiante ia tomando conta de seu organismo, tudo nela ia mudando, inclusive o cheiro. Isso confundiu seu faro.

Por alguns momentos, ficaram em silêncio, enquanto Hector ponderava sobre a lógica daquela ideia, que ele mesmo já havia formulado no dia do rapto da esposa.

Após algumas curvas, numa quase reta cercada por plantações e chácaras, Erich sugeriu:

– Veja adiante, aquele ponto mais ermo, cheio de árvores. Pare lá. Precisamos conversar.

O escritor olhou-o pelo canto do olho, cismado.

– E não estamos conversando? Não vou parar, William. Cada minuto perdido é um minuto sem o bebê e sem o antídoto para Ana.

Os olhos de Erich brilharam.

– Prometo que não se arrependerá. O que vamos fazer pode significar a vida ou a morte para sua mulher e seu filho.

Mais cismado ainda, Hector decidiu estacionar. Na pior das hipóteses, aliviaria um pouco a tensão de dirigir. Parou num espaço que já devia ter abrigado barracas de frutas, sob alguns bambus.

– E agora? Sobre o que você quer falar? – perguntou.

Erich saiu do carro já arrancando a camisa e os sapatos. Andou resolutamente para o meio da mata, e o outro percebeu, atônito, o que ele ia fazer. Conferiu a paisagem deserta e saiu atrás dele.

– Você enlouqueceu? Esqueceu que estamos perseguindo uma pista tênue demais de um sequestrador, um assassino? Por que acha que podemos perder tempo com... *isso*?

Já sem o resto das roupas, o jornalista se voltou para ele, sério.

– Você passou a vida tentando não ser o que é: um lobo. Todas as vezes que nos confrontamos, tentei mostrar algumas técnicas. Mas você estava cheio de ódio, só pensava em me matar. Agora, se quiser sobreviver ao confronto que nos espera, precisa de treino.

O queixo de Hector caiu.

– Espera que eu me transforme e lute com você? – indagou. – Pelo que sei, o tal Maus Hundmann não faz a mutação. É um *homem* que vamos combater, não um lobo.

– Ele tem lobos que o ajudam, não se esqueça. O lobo negro tem um jeito de atacar; Bertha, como loba, tem outro. Posso mostrar em detalhes os movimentos que observei em cada um deles... Você precisa fazer isso, Wolfstein. Por Ana, pelo bebê. E por si mesmo. *Você é um lobo,* e o ritual não o livrou disso. Assuma o que é, de uma vez por todas!

A raiva era tanta que a razão de Hector cedeu lugar à vontade de dar uma lição naquele presunçoso. Arrancou a camisa, chutou longe os sapatos, desafivelou o cinto.

No instante seguinte, dois lobos se confrontavam numa pequena clareira, bem oculta da estrada por árvores e arbustos.

»»»»»»

Lazlo repassou, inúmeras vezes, os resultados. Não havia se enganado. As análises mostravam que nem tudo era o que parecia ser...

Afastou a cadeira da mesa do microscópio, olhou o relógio na parede. Esfregou os olhos cansados; já era manhã alta e viu-se sozinho. Onde estavam os outros mesmo?

Recordou vagamente a despedida da agente federal e a saída dos dois rapazes. Tinham ido atrás de suas investigações. Considerava a possibilidade de telefonar para cada um dos três e contar o que concluíra, quando um toque o fez dar atenção ao celular.

Ainda acostumando-se a lidar com aquela tecnologia, ele apertou uma tecla. Havia um recado para ele ali. Em inglês, assinado por Natália:

"*Go now to the Santa Casa morgue. Dr. Tales is there. The wolf is really dead*".

Ele ergueu as sobrancelhas, surpreso. O lobo estava realmente morto? Qual lobo? Ah, sim, ela dissera algo sobre o policial, Rodrigo, ter sido baleado. De fato, precisava ir para lá. Tales era um legista muito capaz, gostara dele e seria interessante trocar informações.

Guardou o material em que trabalhava, colocando as lâminas na refrigeração, reuniu os laudos em que acabara de mexer, pegou o paletó e saiu. Seguiu para a portaria do instituto.

Rezava para que alguém ali falasse inglês e o ajudasse a pegar um táxi para a Santa Casa.

»»»»»»

Linha Nova, dias atuais

Bertha sentiu algo na atmosfera e mandou que o irmão estacionasse o carro. Encontravam-se numa estrada cercada por fazendas e pastos. Havia plantações de morango também.

Ela saiu do veículo e encheu os pulmões com o ar da zona rural. Seus olhos brilharam quando percebeu uma das variadas estradinhas de terra que saíam da principal.

– *Hier* – disse a Jörg. – Aqui.

Ele olhou ao redor. Seu faro era ótimo, mas nada indicava ser aquele o local onde Maus se escondia. Seu olhar de dúvida disparou um riso da irmã. Sem a menor paciência, ela disse que seu filho estava próximo, ela sabia exatamente para onde devia seguir. Ele deveria retornar à capital.

Jörg não gostou nem um pouco daquelas ordens. Apenas mudara de um *dono* para outro... Entretanto, não possuía energia suficiente para contradizer a irmã. Escutou atentamente enquanto ela enumerava o que queria que ele fizesse e descrevia os *intrusos* que deveria matar.

O carro disparou pela estrada em alta velocidade, levantando nuvens de poeira.

»»»»

Porto Alegre, dias atuais

Custou um pouco, mas afinal Monteiro teve um tempo a sós com a noiva. Natália o levara à cafeteria da praça e, mesmo após pedir um chá de ervas em vez do *cappuccino* de sempre, estava tensa. Narrou detalhes de toda a saga que vivera desde que chegara a Porto Alegre, havia duas semanas; a investigação com Rodrigo, as suspeitas de Erich, a chegada de Hector Wolfstein e o ataque a Ana Cristina. Parecia coisa demais para ter acontecido em meros catorze dias.

– E o que é que você tinha de tão importante para me dizer? – ela pressionou.

O noivo comeu o biscoitinho que viera com o café. O assunto era complicado.

– Tudo bem – começou. – Como contei pelo telefone, encontrei o Paiva em Brasília há três dias. Você deve lembrar que ele agora trabalha na Corregedoria da PF. Ele me contou que esteve com as fichas de todos os membros de nossa força-tarefa recentemente...

Conforme Monteiro falava, os olhos de Natália iam se arregalando. Por aquilo ela não esperava. Claro, o policial de Minas podia ter se enganado, e era possível haver erros na digitação da papelada federal. Isso acontecia. Mesmo assim...

O que deveriam fazer a respeito?

– Preciso falar sobre isso com Hector – resolveu ela, pegando o celular.

O noivo não deixou de notar que ela agora o chamava pelo nome verdadeiro em vez de pelo pseudônimo de escritor que sempre usara; sentiu uma pontada de ciúme. Ela sempre tivera uma queda pelo ex-lobisomem.

– Não está atendendo – Natália parecia frustrada; teclou outro número. – E Erich também não... Onde aqueles dois se meteram?

O ciúme do policial mineiro aumentou à menção do jornalista.

– Você disse que eles estavam ajudando o tal médico húngaro no DML. Tente ligar lá.

Concordando, ela tentou o novo celular de Lazlo, que logo atendeu.

– Doutor Mólnar? – Ela relaxou, passando a falar em inglês. – *Where are you?*

Ele contou que estava na Santa Casa, com o doutor Tales. Analisavam os estranhos laudos do exame feito no cadáver de Heinz, o cúmplice do sequestrador. Agora, estava no necrotério, onde examinariam o corpo de Rodrigo.

– O senhor teve tempo de analisar a segunda amostra do sangue de Rodrigo antes de sair? – ela indagou, aflita.

– *Yes* – disse o húngaro, assegurando que depois lhe contaria os resultados; no momento, tinha os restos mortais do detetive diante de si.

E desligou, sem nem dar à agente chance de perguntar sobre o escritor e o jornalista. Ela suspirou profundamente. Olhou para seu chá de ervas, desanimada, e Monteiro nem hesitou:

– Moça, traz dois *cappuccinos* pra gente – pediu.

A garçonete assentiu e foi para a máquina de café. Grata, Natália sorriu para o noivo. Ele a conhecia bem demais.

– Depois desse café, vamos para o hotel. Vou tomar um banho, trocar de roupa, e aí a gente decide como agir.

»»»»»»

Linha Nova, dias atuais

Ele havia acabado de trocar a fralda, achando incrível como aquela criança era tranquila. Só chorava na hora da fome, não tinha dores de barriga e dormia placidamente nos intervalos das mamadas. Após conferir mais duas mamadeiras prontas no frigobar que dispusera no quarto, Maus fechou a porta e foi para a sala.

– *Guten Tag* – alguém lhe deu bom-dia.

Parada diante da porta de entrada, que abrira em silêncio e sem o menor problema, sua mãe o olhava com o ar sério.

– *Muti!* – exclamou. – Eu...

Não sabia o que dizer. Como Bertha encontrara seu esconderijo? Apenas Heinz sabia sobre a chácara. Seus veículos haviam sido registrados com nomes falsos e um endereço fictício, em Feliz.

Parecendo seguir a linha dos pensamentos dele, ela sentou-se num sofá e sorriu, irônica.

– Ah, *mein Sohn,* você me subestima. Anos atrás conseguiu me enganar e infectar com o maldito vírus, porque me pegou num momento de fraqueza. Enganou toda essa gente com suas novas identidades. Mas acha que vai conseguir me neutralizar de novo? Não, Maus. Você deu sorte uma vez, a única. Agora eu e Jörg temos nossas forças de volta, graças ao seu antídoto. Aliás, nem agradeci por ele, não é? *Vielen Dank.* Funcionou com perfeição.

Ele lançou um olhar de esguelha ao corredor que levava aos quartos.

– O que você quer? – perguntou, falando baixo.

Bertha chutou longe os sapatos que usava e colocou os pés sobre a mesinha de centro.

– Não percebeu ainda? – Rosnou com desprezo. – Você é mesmo incompetente. De que adiantou tomar o sangue de tantos lobisomens se nem o meu pôde fazer você se transformar? E ainda achou que disfarçando seu cheiro com essas químicas iria me enganar... Posso ter ficado muitos anos sedada, vegetando, mas sobrevivi. A ligação com meu irmão me salvou. E assim que escapei fui para nossa casa em Munique.

Eles não o avisaram, não é? Aquela gente da clínica. Eles ainda têm esperanças de me encontrar e continuar recebendo a fortuna que você lhes pagava...

– Não é bem assim, *Muti* – ele tentou explicar, intimidado.

– Cale-se! Eu sei das suas transações depois que pensou ter se livrado de mim. Encontrei no apartamento os seus documentos, certidões e endereços, todas as informações de que precisava. Quando restabeleci a comunicação mental com Jörg e soube que ele estava em Porto Alegre, lembrei que havia um título de propriedade nesta região. Meu faro fez o resto.

Maus Hundmann deixou-se cair sentado numa poltrona. Não havia nada que pudesse fazer.

– Vou lhe dizer o que vai acontecer daqui para a frente, *mein lieber Sohn* – ela vociferou, encarando-o. – Você vai pagar pelo que me fez passar. Não vai mais fugir de mim ou de seu tio. Ele agora obedece apenas a mim, como antes. E quanto ao precioso bebê que você roubou...

Ele se levantou, em pânico, de novo olhando para o corredor.

– Não se preocupe. Eu estava decidida a matar a criança, mas mudei de ideia. Imagino que você esteja testando o sangue dela, não é? Da filha de Wolfstein. O que descobriu? Rejuvenescimento? Imortalidade? – Riu alto. – Vou permitir que continue as pesquisas, porque elas podem me beneficiar. E se pensa que vai ficar no comando das experiências, desista. Fará só o que eu mandar, entendeu?

Sem esperar por resposta e levantando-se também, a mulher passou os olhos, que começavam a brilhar, pela sala. Farejou o ar.

– Agora, se me dá licença, eu vou caçar. Volto logo. *Auf Wiedersehen!*

»»»»»»

Porto Alegre, dias atuais

No necrotério do hospital, uma médica residente havia preparado tudo para receber o conhecido doutor Tales, o legista mais conceituado da cidade. Estava animada para trabalhar com ele e com seu convidado, que tinham dito ser um especialista da Hungria.

Assim que os dois homens adentraram a sala, já paramentados para o exame, ela levantou o lençol que cobria o corpo do policial morto. E gritou ao ver os olhos do cadáver piscarem para ela.

O corpo branco-esverdeado estremeceu de súbito, e as mãos, crispadas como as presas de uma fera, agarraram a primeira coisa que encontraram pela frente: o braço do médico húngaro.

»»»»»»

Linha Nova, dias atuais

"Tenho de ganhar tempo", pensou Maus, após fechar a porta da casa da chácara.

Chaves e trancas não deteriam Bertha, ainda mais após recuperar o elo com o lobo negro. Sua única esperança era conseguir alguém que a distraísse enquanto ele fugia com a criança.

O furgão, estacionado nos fundos da propriedade, fora preparado por Heinz para uma fuga rápida. E havia outras propriedades, outros fundos bancários de que ele não deixara rastros no apartamento da Baviera.

"A esta altura, só quem pode eliminar a loba é o caçador. E, caso ele seja morto, ótimo; terá me proporcionado o tempo de que preciso."

Foi ao laboratório e abriu um cofre, oculto por trás de uma prateleira. Pegou uma pistola semiautomática, conferiu a munição, colocou-a na cintura. Depois recolheu tudo que havia ali – papéis, dinheiro, um celular novo. Já salvara nele a lista de contatos e os registros de ligações do antigo. Tirou o chip e o cartão de memória do aparelho que usara nos últimos tempos e esmigalhou-os com raiva.

Então localizou um número e discou.

»»»»»»

Porto Alegre, dias atuais

Alguma coisa incomum estava acontecendo na Santa Casa de Misericórdia. Ecos de gritos, chamados urgentes nos alto-falantes.

Tanto Ludmila quanto Irineu estavam exaustos. Haviam sido acordados no hotel pelo médico responsável por Ana, que lhes comunicara uma piora no estado da filha. Ninguém conseguira contatar Hector naquela manhã, e os pais desolados estavam, havia algum tempo, sentados em poltronas que tinham sido colocadas no cubículo em que Ana Cristina fora isolada. Os profissionais haviam feito o possível, só lhes restava aguardar. Para os plantonistas, ela morreria em poucas horas.

A mãe não prestou atenção quando os ecos soaram naquela ala. Irineu percebeu seus sentidos entrarem em alerta e saiu para o corredor.

Os agentes da lei estavam a postos, mas não viu ninguém do corpo médico ali; nem mesmo as enfermeiras pareciam estar no posto do andar, o que era estranho para uma UTI. O cenho franzido, ele voltou à porta de vidro. Sua esposa cochilava e a filha respirava com os aparelhos, agora muito pálida. Pegou o celular, pensando em ligar para alguém, quando o telefone vibrou; alguém o estava contatando.

Respirou fundo e atendeu a ligação.

»»»»

A paisagem não era tão diferente de muitas que Bertha vira na Europa. As montanhas eram mais baixas, claro; não havia neve, e o calor na América Latina era absurdo. Mas ventava, e o vento trazia até ela os cheiros que buscava. Seu faro nunca fora tão acurado, tão poderoso.

Arreganhou os dentes, ansiosa por se transformar. Logo sua fome – de carne e de vingança – seria saciada.

CAPÍTULO 14

QUEM TEM MEDO DO LOBO MAU?

Porto Alegre, dias atuais

A médica residente saíra aos gritos do necrotério, pensando em filmes de zumbis, e doutor Tales a seguira após ver o brilho assassino nos olhos do cadáver: acionaria a segurança.

Lazlo Mólnar, contudo, não teria um ataque histérico. Em sua longa vida, já testemunhara fatos que a maioria das pessoas consideraria assustadores, sobrenaturais ou diabólicos.

– *What do you want?* – perguntou, sereno, sem tentar escapar às garras do ex-falecido.

Rodrigo tentava raciocinar. Sabia que estava em um hospital, pelas luzes e mesas metálicas. E o homem a seu lado não parecia ter medo. Ele lhe falara... em inglês? Tentou responder.

– A... ajuda... *Help.*

»»»»»

Linha Nova, dias atuais

O telefonema de Irineu soou quando os dois lobos já haviam voltado à forma humana e retomado a estrada, que agora era de terra.

Seguiam em silêncio; Hector constrangido após ter sido derrubado várias vezes. Tivera de engolir a verdadeira aula de luta lupina que o outro lhe ministrara. Seu orgulho ferido hesitava em admitir que o jornalista estava certo: cada movimento, salto e ataque exemplificado pelo lobo que tanto odiara podia significar uma vitória sobre os inimigos.

Assim, sem soltar a direção do carro, acionou o viva-voz e atendeu, aliviado por ter outro interlocutor que não Erich. E retraiu-se ao ouvir o que o sogro dizia.

– Ela está piorando, Hector. Os médicos fazem tudo o que podem, mas não nos dão muita esperança... Acho melhor você voltar, caso ela retome a consciência.

– Eu... – o rapaz murmurou. – Estou longe, mas voltarei o mais depressa que conseguir.

O outro o encarou, com um ar de compreensão que não combinava com seu costumeiro ar de cinismo. Seu próprio celular ainda vibrava no bolso, como fizera durante todo o trajeto, porém ele não atendeu. Sabia de quem eram as mensagens e não revelaria ao companheiro de viagem.

– Acho que temos de virar ali – disse o escritor, afinal, indicando uma estrada mais larga que se aproximava na transversal. – Temos que nos apressar. Ana precisa do antídoto!

Foi com um olhar estranho que Erich o fitou desta vez.

– E o bebê? Você não está preocupado com ele também?

Essa pergunta, porém, não teve resposta. Hector apenas pisou no acelerador e virou à direita.

»»»»»»

Porto Alegre, dias atuais

Rodrigo estava vivo, era simples assim. Isso indicava que possuía Fator L; porém ali havia mais mistérios... e cabia a ele, Lazlo, desvendar.

O húngaro agiu rapidamente. Viu no canto um armário com objetos da enfermagem; encontrou uma calça e uma camiseta e ajudou o rapaz a vestir-se. Para disfarçá-lo mais ainda, colocou nele seu paletó. Sapatos seriam um problema, mas num saco etiquetado viu roupas que deviam ter sido removidas de algum corpo e pegou um par de tênis. Ficaram largos, mas serviriam.

– Não entendo... O que... o que aconteceu? – o investigador murmurava enquanto ele o vestia.

– *Come!* – disse o médico, com urgência, tentando recordar as poucas palavras em português que sabia. – Vem! *We need* Natália.

Perigo. Rodrigo podia estar grogue ainda, mas sabia que estava em perigo. Não tinha outra escolha, teria de confiar no médico ao seu lado. E ele mencionara Natália.

»»»»»

Quando finalmente doutor Tales irrompeu no necrotério com médicos, enfermeiros e seguranças, não havia o menor sinal do defunto que, segundo o legista, acordara.

Ali só havia mesmo gente morta.

»»»»»

O táxi parou diante do hotel na rua Riachuelo e Lazlo Mólnar nem esperou pelo troco. De qualquer forma, o valor dos reais que Hector lhe dera ao chegar, no aeroporto, era difícil de entender. Ajudou Rodrigo, já bem acordado, a sair do carro e a subir as escadinhas, ignorou os olhares do pessoal da recepção e o levou para o elevador.

O cartão para abrir o quarto estava no bolso do paletó que ele vestira no detetive. Pegou-o, abriu a porta, entrou e trancou-a. Rodrigo deixou-se cair na cama. Respirava com mais facilidade.

– Por que fez isso? – indagou. – Por que me trouxe aqui? Onde está Natália?

Lazlo não respondeu de imediato. Teria de arrumar uma forma de se comunicar com o outro.

– *English*? – insinuou.

– *I... speak a little* – Rodrigo respondeu, combatendo a vontade de dormir.

E arregalou os olhos quando o médico pegou uma seringa, um tubo de ensaio e começou a explicar o que estava acontecendo.

Alguns minutos depois, o investigador olhava atentamente para um vidrinho com sangue que o doutor húngaro lhe mostrava. Com o pouco inglês que sabia, haviam conseguido conversar o suficiente para que ele entendesse várias coisas.

Rodrigo não tinha sangue de lobo até ser retirado da cela na Polícia Federal. Fora considerado um lobisomem porque alguém trocara a primeira amostra de sangue que cedera para análise. Isso ocorrera durante o transporte para a perícia: haviam criado uma distração, um atropelamento, para permitir a troca do sangue. A segunda amostra, recolhida pelo próprio Lazlo, mostrava que não havia, no sangue de Rodrigo, nenhum sinal de Fator L, o indicador que, segundo o médico, denunciava a licantropia. Já o tubo com a porção que acabara de ser recolhida mostrava, mesmo a olho nu, corpúsculos prateados dançando no líquido vermelho.

A conclusão era simples: o lobo negro que o tirara da cela, arrebentando as paredes, o dopara e contaminara com o sangue de lobo, para que, ao ter seu corpo retirado do rio, ele fosse considerado um licantropo. E alguém queria incriminá-lo não só pela morte do avô, como pelos crimes seriais, já que a mesma arma fora usada em todas as mortes.

O investigador recordava-se vagamente de ter recebido duas agulhadas; uma devia tê-lo dopado e a outra seria a da infecção. No entanto, não encontrava no próprio corpo sinal de picadas. Nem o tiro recebido durante a fuga deixara vestígios.

– O que isso significa? – perguntou a Lazlo, desesperado. – *What does it mean*?

Mólnar sorriu. Ia explicar sobre a capacidade de cura e tudo o mais, e que estava certo de que o Fator L no organismo do policial nunca ocasionaria a mutação, embora aumentasse sua longevidade. Também diria que desconfiava que ele recebera o antídoto, o que faria a Polícia Federal acreditar, mais ainda, que ele era o responsável pelos crimes. A morte aparente do detetive fora um bônus para os criminosos... porém a presença de Lazlo no necrotério mudara a situação.

Então Rodrigo lembrou-se de algo e pediu:

– Tem um celular? Preciso ligar para *ela*. Imediatamente.

O médico recordou que já deveria ter avisado a Natália. Disse ao outro que esperasse um minuto e pressionou as teclas até aparecer o número da agente. Pediria que ela viesse ao hotel.

– *Hello*? – disse, quando a moça atendeu. – *I must see you now. It's very, very important! Yes, I am at the hotel and...*

Rodrigo ia dizer que não era exatamente com Natália que desejava falar, quando um estrondo soou e a porta do apartamento se abriu, de súbito.

Lazlo deixou cair o celular no chão.

Havia um enorme lobo negro vindo em sua direção.

»»»»»»»»

Linha Nova

– Esta é a estrada que vai de Linha Nova a Feliz – Hector informou, diminuindo a velocidade. – Se o suspeito tem mesmo uma chácara perto do rio Caí, teremos de parar e...

– É ela! – disse Erich, de súbito, inflando as narinas. – Está aqui!

O escritor pisou no freio ao mesmo tempo que algo saltou sobre o veículo, causando um tremendo baque. Erich e Hector tiveram um vislumbre do animal cinzento no para-brisa, com os olhos vermelhos e os dentes arreganhados. Meio segundo antes que o carro capotasse.

O *airbag* inflou e impediu maiores danos aos passageiros. Por uma das janelas, semiaberta, ouviram o rosnar da fera lá fora. Hector esmurrou o *airbag* e tentou, sem sucesso, livrar-se do cinto de segurança, que o mantinha preso de cabeça para baixo. Olhou para o assento ao lado.

O jornalista, ágil como um gato, já se livrara e estava prestes a chutar a porta para sair.

– Vou ganhar tempo aqui, Wolfstein – disse ele, seus olhos já começando a brilhar. – Procure Maus e a criança. Use o faro e os instintos de lobo.

Com um toque, ele liberou a trava de segurança que prendia Hector. Depois deu um tranco na porta e saiu. Livre do cinto, o rapaz arrastou-se pela porta oposta em direção ao chão de terra

Ouviu os rosnados. Num instante, Erich havia-se transformado. E caminhava lentamente na direção da loba.

»»»»»»»»

Porto Alegre, dias atuais

Natália jogou o celular no bolso e ergueu-se de um salto. Olhou para a garçonete e disse:

– Guarda a nossa conta? Mais tarde passo aqui para pagar. É uma emergência policial!

A moça, assustada, assentiu com a cabeça, enquanto a agente disparava para fora da cafeteria. Monteiro a seguiu, atarantado.

– Precisamos correr para o hotel! – foi a única explicação que ela deu, já atravessando a rua. – Tem alguma coisa errada acontecendo!

Contornaram o quarteirão e em minutos subiam a escadinha que dava na portaria. O recepcionista arregalou os olhos.

– Em que quarto está o médico húngaro? – perguntou ela, com urgência na voz.

– Eu... hum... não sei se...

– É uma emergência! – reforçou Monteiro, mesmo sem saber direito o que estava havendo.

Para surpresa da agente, Anette apareceu na recepção naquele momento.

– Natália! O que foi?

– Tem algum problema com o doutor Lazlo Mólnar. Qual é o quarto dele?

A garota não retornara ainda ao trabalho, fora lá apenas para rever os colegas. Mas assumiu o computador da recepção imediatamente e obteve a informação.

– Quarto 65, sexto andar! Vamos pelo elevador de serviço.

As duas contornaram o balcão e chegaram ao elevador tão depressa que Monteiro ficou para trás. Sem se importar, ele viu a escadaria e começou a galgar rapidamente os degraus, dois a dois. Não era à toa que seu apelido era Montanha; sua prática em escalar morros em Minas Gerais o deixara com um desempenho físico impressionante.

»»»»»»»

Linha Nova, dias atuais

Hector tentou ignorar os sons da luta renhida que se travava entre os lobos. Sentia no ar o cheiro do bebê, que tinha muito de Ana Cristina. Sabia exatamente qual direção devia seguir para encontrar o sequestrador. Porém, ao olhar para trás viu que Erich estava levando a pior.

Os lobos recuavam e atacavam, um tentando surpreender o outro. Mas era o pelo de Erich que mostrava os vestígios de sangue que a loba cinzenta tirava dele, a cada bote. Ele podia ser ágil e conhecer seus métodos, e mesmo assim perdia em experiência.

Voltaram à sua mente trechos da história que Lazlo lhe contara, na Alemanha.

A partir daquele dia, muita gente contaria a história assustadora da garota que usava um capuz vermelho e cuja avó foi morta por um lobo.

A garota agora era uma mulher de grande poder; vivera por séculos, matara e contaminara muita gente com o sangue de lobo. Já tentara eliminar Erich Grimm antes; agora ia conseguir.

O vento trouxe até ele o aroma mais forte do bebê e do homem que o aprisionara. Tinha de encontrá-los. O jornalista, transformado em lobo, ainda demoraria a cair. Isso lhe daria o tempo necessário para sair dali em segurança. E, apesar de tudo, hesitou.

Tinha de admitir, estava começando a se afeiçoar àquele sujeito cínico. Sabia, no íntimo, que jamais deixaria alguém para trás, para a morte certa. Felizmente ou não, a afeição pelas pessoas, a honestidade e o amor sempre teriam poder de decisão na vida de Hector Wolfstein.

E um segundo lobo saltou para cima da fera cinzenta.

»»»»»

Porto Alegre, dias atuais

Rodrigo sentia falta de sua arma. Recuou para um canto do apartamento enquanto o médico parecia tentar, tolamente, enxotar o animal... Desta vez o detetive teria de agir, não se acovardar e fugir assustado, como fizera no edifício quando esse mesmo lobo atacara Natália.

– *Go away!* – dizia o húngaro. Então, baixou o tom da voz. – Jörg, *please, go away...*

O investigador quase engasgou ao ver que o médico chamava o bicho pelo nome. Jörg? Isso o fazia recordar algo.

– Bah! Será? – exclamou, lembrando-se do que vira na rua antes de entrar no prédio do centro.

A fera saltou sobre Lazlo, derrubando-o com uma patada. Rodrigo pegou a luminária sobre a mesa e a arremessou, tentando distraí-lo. Imaginava o que mais ali poderia servir de arma. Abriu a mala de Mólnar, que estava perto dele sobre um suporte; mas não viu nada além de roupas, papelada, um estojo de couro que devia conter um estetoscópio, instrumentos médicos...

O lobo negro não gostou nada de ser atingido por um abajur. Seus olhos reluziram e, com um único salto, ele foi parar diante de Rodrigo.

O investigador percebeu, tarde demais, que sabia quem era o homem por trás do lobo.

»»»»»»

Linha Nova, dias atuais

Bertha recuou para o mato alto, sem perder de vista os inimigos. Não parecia preocupada por ter de enfrentar dois lobos de uma vez; o primeiro já estava bem ferido, e o segundo era pouco mais que uma criança, de seu ponto de vista.

Saltou sobre o novo adversário, pronta a cravar os dentes em seu pescoço.

Mas Hector aprendera as lições de Erich e já sabia que aquela era uma das manobras preferidas da loba. Esquivou-se e aproveitou o impulso para impelir seu próprio corpo sobre ela. Com uma patada poderosa, rasgou o pelo de seu flanco esquerdo.

Bertha rosnou de ódio. Era o primeiro ferimento que sofria, em muito tempo. Girou o corpo com agilidade e atingiu o atacante do lado do focinho, arremessando-o contra uma pedra alta.

Ele bateu a cabeça na rocha. Tonteou, mas usou mais uma das técnicas ensinadas pelo outro e instintivamente rolou feito um cachorro treinado para o lado oposto, evitando um novo ataque.

Quando se ergueu sobre as quatro patas, a cabeça ainda doendo, ouviu o uivo cheio de raiva da loba. O som ecoou pela estrada e devia ter chegado até a cidade, bem distante dali.

Soube que estava perdido: ela corria para ele e não pararia enquanto não o matasse.

Então algo a tirou da trajetória. Erich jogara-se contra Bertha, e mais uma vez os dois lobos engalfinharam-se sobre o mato crescido. Hector ganhara mais um minuto para recuperar as forças.

»»»»»»

Porto Alegre, dias atuais

– Pare aí! – Natália gritou, postada na porta e empunhando sua pistola.

Anette encolheu-se no corredor e Monteiro também sacou a arma.

O lobo negro, que já derrubara Lazlo e parecia prestes a acabar com Rodrigo, voltou os olhos para a agente, com raiva, antes de desferir uma patada fortíssima contra o investigador, que, porém, esperava por aquilo e se jogou no chão, recebendo apenas parte do golpe.

Ao mesmo tempo, a agente atirou e Monteiro esgueirou-se para dentro, puxando o médico caído para a porta. Anette o acudiu.

– *I am fine* – murmurou Mólnar, que, apesar de estar ferido, não parecia muito abalado e ainda gritou para Rodrigo: – *There! Silver!*

O policial entendeu: precisava de prata para atingir o lobisomem, mas não compreendia onde Lazlo dizia que a encontraria. Olhou para todos os lados, atarantado.

O disparo da agente atingira uma pata do lobo, que caíra de lado, mas ela sabia que aquilo só o distrairia por um instante. Era um projétil comum. Monteiro, de volta a seu lado, disparou também. E errou, pois o animal se recuperou mais depressa do que esperavam e saltou sobre ambos.

Nesse momento, Rodrigo viu algo brilhar na mala revirada de Lazlo. Era uma pequena faca, e não parecia de aço. Alcançou-a no desespero; vendo que as garras do monstro atingiriam Natália, arremessou-a com toda a força nas costas da fera.

Em meio ao salto, o animal caiu no chão laminado, ao mesmo tempo que Monteiro puxava sua noiva para o corredor. Rodrigo recuou de volta à parede, com um suspiro de alívio. E Anette gritou de novo ao ver que, de repente, não havia mais um lobo no quarto do hotel.

Havia um homem nu, de bruços, com uma faca prateada cravada nas costas. E dela pareciam sair veios escuros que iam se espalhando por seu corpo, enquanto ele desfalecia.

Lazlo Mólnar foi o primeiro a recobrar o fôlego. Correu para o corpo caído e arrancou a lâmina que comprara em Munique, no dia em que Bertha havia fugido da clínica. Tocou as veias no pescoço do licantropo e fitou os outros; o agressor estava vivo, por conta do Fator L, porém a prata o deixaria fraco por algum tempo.

– *He won't die now…* – concluiu. – *But he will get better.*

– Eu chamo a Brigada – disse Monteiro, sacando o celular.

– E eu aviso a PF – murmurou Natália, ainda abalada.

Foi Rodrigo quem se encaminhou para o homem e virou seu rosto, para que todos vissem. Quanto a ele, já havia somado dois mais dois.

– *Do you know him?* – perguntou Lazlo, que nunca vira o lobo negro em forma humana, mas percebia que todos ali pareciam conhecê-lo.

E Natália respondeu, tão baixinho que quase não foi ouvida.

– *Yes*. Nós o conhecemos...

»»»»»»

Linha Nova, dias atuais

Algo não estava certo. A loba tinha acabado de tirar mais sangue de Grimm e ia saltar sobre Wolfstein, a sanha da matança mudando a cor de seus olhos de vermelho para um branco cegante. E, de repente, algo falhou dentro dela. Ela caiu e rolou no chão, perdendo as forças. Uma intensa pontada de dor acometera suas costas, espalhando-se rapidamente para o resto do corpo.

Com um ganido, a fera ergueu-se, arrastou-se para longe deles. E sumiu no mato alto.

– O que foi que deu nela? – murmurou Erich, já voltando à forma humana.

O outro lobo se aproximou, também se transformando. Intrigado, olhava o ponto da mata em que Bertha desaparecera.

– Não tenho ideia. Ela era mais forte que nós dois... Sem mais nem menos, parece ter perdido as forças?

– Se está vulnerável – rosnou o jornalista –, é uma boa hora para caçá-la.

Hector nem se dignou a responder. Voltou para junto do carro capotado, tentando recuperar as roupas enquanto farejava o ar.

O rastro estava ali, e mais forte. A mutação em lobo apurara seu faro.

– Vou buscar meu filho – disse ao outro, já embrenhando-se pelo terreno.

Erich o viu sumir atrás de algumas árvores. Olhou para o lado contrário, detectando com o faro o caminho feito pela loba. Suspirou. Wolfstein já poderia ter encontrado Maus se não tivesse decidido vir em seu auxílio. Com raiva de si mesmo, bufou:

– Espere! Eu vou com você.

E saiu correndo atrás do outro.

»»»»»»

Porto Alegre, dias atuais

O celular de Irineu deu sinal de vida exatamente ao meio-dia, e uma enfermeira que estava trocando o soro junto ao leito de Ana Cristina olhou para ele com ar de reprovação. Ninguém podia manter telefones ligados na área da UTI, nem mesmo uma autoridade da Polícia Federal.

Ele se levantou para evitar a bronca. Atenderia no corredor, fora daquele perímetro.

Sentiu Ludmila segurar seu braço.

– Quem está chamando?

– Natália – disse ele, mostrando a tela à esposa, na tentativa de animá-la. – Podem ser boas notícias.

– Deus queira que tenham encontrado nossa neta – sussurrou ela.

E o advogado se lembrou de algo.

– Afinal, como sabe que Ana teve uma filha? Nem Hector tinha ideia se era menino ou menina.

– Oras – ela retrucou, surpresa. – Achei que todos vocês soubessem. Quem disse que era uma neta foi Damasceno...

CAPÍTULO 15

ACERTO DE CONTAS

– Agora eu me lembro – disse Rodrigo, voltando o olhar para os outros. – Ele era um lobo quando arrebentou a parede da cela e me tirou de lá... mas era um homem quando me dopou. Como pode um agente federal ser um lobisomem? Vocês não sabiam?

Foi Monteiro quem respondeu; Natália ainda estava ao celular falando com Irineu.

– Descobrimos recentemente. Um amigo em Brasília viu a documentação dele, estranhou algumas datas e encontrou registros estranhos. Segundo o Paiva, havia duas matrículas de um Jorge Damasceno. O que nós conhecemos está na PF há quase vinte anos... mas houve outro, que trabalhou no antigo Departamento Federal de Segurança Pública lá pelos anos 1950. Poderia ter sido um pai ou tio de nosso colega, só que as digitais eram iguais. Não parecidas: idênticas.

A agente desligara o celular; aproximou-se do homem desacordado e corroborou a história.

– Monteiro desconfiou de que ele era um lobisomem pela longevidade que tinha. Mas não sabia se era *ele* o lobo avistado em Porto Alegre, nem se doutor Irineu conhecia essa faceta de seu agente e o acobertava. Quando finalmente pudemos conversar e analisar os fatos, concluímos que nosso chefe foi enganado, assim como todos nós.

– E por que – o detetive insistiu – Damasceno chamaria você a Porto Alegre para investigar, se ele mesmo era culpado?

Cansada, Natália se sentou na cama do hotel. Viu que Lazlo conversava com Anette no corredor, acalmando-a. E percebeu que os ferimentos do húngaro, feitos pelas garras do lobo, já cicatrizavam. Mais um portador de Fator L que ela desconhecia... Recordou a história dos dois irmãos, da loba que controlava o gêmeo, Jörg, e o fazia matar por ela. E voltou-se para Rodrigo.

– Porque *ele não era culpado* – revelou. – Jorge Damasceno foi um agente federal confiável por anos e estava empenhado em achar o assassino do vereador! Achamos que, no meio da investigação, foi cooptado pelo mandante dos crimes. Houve um dia em que ele me telefonou e eu desconfiei de algo: ele deveria estar em São Paulo, e o celular acusava um DDD do Rio Grande do Sul! Só que eu estava tão enrolada com o excesso de informações que deixei passar isso. Ele tinha voltado para a cidade e agia duplamente, tentando eliminar quem incomodava o assassino serial.

– Meu avô – suspirou o outro. – Você, o jornalista, eu mesmo e agora o médico húngaro. Mas então, Natália, quem é o mandante? Quem é o sequestrador?

Sentindo-se perdida, ela olhou para o noivo, que tomou sua mão com carinho.

– Sabemos quem ele *foi*: um nazista chamado Maus Hundmann. Sua identidade atual ainda temos que descobrir – disse Monteiro.

»»»»»»»

Linha Nova, dias atuais

Os dois nem precisaram tomar a forma lupina para encontrar a chácara. Farejavam com facilidade o bebê de Ana Cristina. Percebiam a pista de Bertha, que viera de lá para atacá-los na estrada. E detectavam algo mais: um foco de Fator L, uma espécie de fonte de sangue dos lobos.

– Ali – indicou Hector, ao ver a casa sede da chácara, por trás da cerca viva.

Erich rosnou e correu para a porta, pronto para arrebentá-la. Maus estava lá.

Porém, antes que o jornalista chegasse, a porta se escancarou e o próprio filho da loba saiu, apontando-lhes uma pistola. Seu ar de confiança indicava que estava carregada com prata.

– Está atrasado, lobo – disse o criminoso. – E não respondeu às últimas mensagens que mandei. Bem, sempre é tempo; fico feliz por ter aceitado minha proposta!

Hector, que estacara a certa distância da casa, reconheceu o homem sinistro não só das fotos dos cemitérios que Natália lhe mostrara, mas também da fotografia no campo de concentração. Depois olhou o jornalista com suspeita. Eram do assassino as mensagens que ele recebia enquanto viajavam.

– É isso mesmo, jovem Wolfstein – riu-se o dono da casa, adivinhando seus pensamentos. – Erich Grimm estará a meu serviço agora. Veio receber a segunda dose do antídoto, não é? Se não a tomar, em pouco tempo estará morto... Quer provas? Veja minhas mensagens no celular dele.

Fosse verdade ou não, o tempo era curto para desconfianças. Seu faro lhe dizia que o bebê estava nos fundos da casa. Deu um passo adiante e Maus mudou a mira da pistola para seu peito.

Mas Hector continuou andando, e a arma disparou. Ele se jogou no chão com destreza, e a bala atingiu seu braço esquerdo apenas de raspão. Antes de poder disparar uma segunda vez, o bandido foi derrubado. Erich, como lobo, saltara sobre ele!

O escritor levantou-se e viu que Maus lutava com o lobisomem, tentando livrar o braço direito; ainda empunhava a pistola e atiraria à queima-roupa na fera. Para piorar, viu com o canto do olho que alguém se aproximava da entrada da chácara. Uma mulher...

"Bertha", concluiu. Ela voltara à forma humana e, mesmo que continuasse enfraquecida, era perigosa. A situação se complicaria rapidamente. Ele precisava definir sua prioridade.

Teria de confiar em Erich, por mais suspeitas que tivesse. E correu para dentro da casa.

»»»»»»»

Seu faro o levou primeiro ao quarto do bebê: vazio. Depois, a uma espécie de laboratório. Um armário chaveado atraiu sua atenção, e, com toda a adrenalina que o invadira, ele nem precisou se transformar em lobo para arrebentar o cadeado. Lá dentro havia frascos contendo um líquido prateado, iguais aos que encontrara no cativeiro.

Havia etiquetas diferenciando-os, mas, para não perder tempo, pegou tudo que pôde e enfiou em um dos bolsos da jaqueta. Então seguiu pelo corredor e saiu nos fundos da casa.

Lá adiante havia um furgão com as janelas abertas, e ele viu a cestinha com a criança presa ao banco traseiro. Sentiu a respiração tranquila do bebê, que dormia. O sequestrador estava pronto para fugir com seu filho, mais uma vez!

»»»»»»

Com uma forte patada Erich arremessara a pistola para longe. Desarmado, Maus encolheu-se diante dos dentes do lobo. A fera parecia mais fraca; ainda assim, sem a arma, ele não tinha como lutar contra ela.

Foi então que ambos ouviram a voz da mulher.

– Você deveria brigar com alguém do seu tamanho, lobo, não com o Thomas – provocou ela.

O lobo deixou de lado o filho e concentrou sua fúria na mãe. Maus, mesmo atônito – Bertha *nunca* o chamara por seu nome de batismo –, arrastou-se para longe do lobisomem.

Era nítido que Erich precisava logo da segunda dose do antídoto, mas estava pronto para lutar com aquela que o infectara com o Mal da Lua.

Embora Bertha parecesse fraca também, disparou a mutação.

E a fera cinzenta uivou ao saltar sobre o lobo branco.

»»»»»»

Hector seguia para o veículo no momento em que ouviu o uivo de triunfo da loba. Ela estava vencendo a luta? E se fosse verdade a história da segunda dose do antídoto...

O bebê dormia placidamente na cestinha. Seguindo um impulso, o rapaz revirou os bolsos. Leu as etiquetas dos frascos. Encontrou um que dizia A-2.

Rezando para que fosse a dose certa de que Erich necessitava, correu para a entrada da casa.

»»»»»»

Ela se sentia triunfante. Mesmo sem a ligação com o irmão gêmeo, que alguma coisa cortara, sabia que podia matar aquele filhote estúpido. O

Grimm estava cada vez mais fraco: o fator de cura minguava e seus ferimentos custavam a fechar-se.

Acabara de jogá-lo contra a escadinha da entrada e afastara-se alguns passos para admirar o lobo ferido. Ele a atacaria, inutilmente, assim que conseguisse erguer-se; enquanto isso, ela apreciava seu sofrimento e antegozava o golpe final.

Viu o filho de Leonor surgir na porta. Arreganhou os dentes, pronta para atacá-lo. Entretanto, Hector não se transformou. Em vez disso, correu rapidamente para o outro lado, agachou-se perto do lobo caído e despejou em sua boca o líquido prateado de um vidrinho.

Bertha rosnou de ódio ao perceber o que Wolfstein estava fazendo. Ela mesma tomara aquilo e o efeito fora imediato! Seus olhos brilhantes viram os ferimentos da fera caída começarem a desaparecer. E, em um segundo, Erich Grimm recuperava as forças. Lançou-se contra ela, que mal teve tempo de reagir, e, com uma patada fatal, a derrubou no chão de terra.

Aos poucos, a loba retomou a forma humana. Hector aproveitou para retornar para dentro da casa. Erich se manteve como lobo e observou o corpo caído. Viu a senhora ruiva, envolta em farrapos de roupa e fragmentos de pele lupina, começar a envelhecer. Seus cabelos iam embranquecendo, sua pele enrugava-se.

Aquela que um dia fora a menina do capuz vermelho ia morrer na véspera da lua cheia.

»»»»»»

Hector retornara ao furgão e ia abrir a porta do veículo quando ouviu o tiro e deixou o instinto lupino tomar conta de si. Desviou-se no último segundo: a bala atingiu a lataria.

Maus devia ter aproveitado a luta entre Bertha e Erich para recuperar a arma e tornar a atacar. O escritor voltou-se para ele, pronto a transformar-se num lobo e a defender o bebê com a própria vida.

»»»»»»

Porto Alegre, dias atuais

– O que está acontecendo com ele? – perguntou a delegada Laura.

Monteiro e Natália se entreolharam.

Encontravam-se no estacionamento diante do hotel e haviam testemunhado o estado lastimável de Damasceno, que vestira roupas do médico húngaro antes de ser levado para a viatura.

Ele acordara ainda no quarto do hotel quando os policiais haviam chegado para prendê-lo e não dissera uma única palavra, mantendo os olhos no chão. A cada minuto que passava, parecia mais alquebrado e doente. Era óbvio que o Fator L estava em luta com a prata em seu organismo.

– Eu e o doutor Mólnar temos uma hipótese – a agente aventurou-se a dizer. – Se ele é mesmo o irmão de Bertha Hundmann, a mãe do sequestrador, só voltou a se transformar em lobo depois que tomou o antídoto para o vírus e ela escapou de uma clínica de Munique. Agora, é possível que a mulher tenha sido capturada pelo agente Wolfstein, no interior. Não conseguimos falar com ele, mas...

Seu noivo terminou a narrativa.

– Achamos que a faca de prata que o detetive Rodrigo cravou nas costas do lobo pode ter cortado a ligação mental entre os dois irmãos e diminuído o poder do fator transformador. Por isso o Damasceno perdeu as forças e fraquejou, apesar de ainda possuir Fator L.

Laura inspirou profundamente. Sentia-se aliviada porque seu investigador, Rodrigo, seria eximido de toda a culpa. Porém estava sendo difícil engolir toda aquela história de licantropia, telepatia e assassinos que viviam por séculos.

– Vamos para a delegacia. Preciso conhecer todos os precedentes do caso. Suponho que agora vocês não se negarão a contar *tudo*, ao menos para mim e Aluísio, não é?

– Sim, está na hora de conhecerem a história inteira – assegurou Natália. – Monteiro irá e começará a explicar. Eu tenho de ir à Polícia Federal para agilizar a papelada da soltura de Rodrigo. Depois vou encontrar vocês.

– E o doutor Irineu? – a mulher ainda perguntou.

– Nós o informamos sobre tudo que aconteceu, mas ele não quis se afastar da Santa Casa. A filha dele... A senhora sabe.

Laura assentiu, com ar tristonho. Aluísio lhe contara, havia pouco, que a moça tinha piorado; talvez não passasse daquele dia.

»»»»»»

Linha Nova, dias atuais

Quando percebeu que o rapaz se transformaria em lobo para atacá-lo, Maus virou a pistola para a janela do carro. Agora era a criança que estava em sua mira. E o pai estacou, aterrado.

– Você não teria coragem... – murmurou, apertando os olhos.

– Ah, teria, sim – retrucou o outro. – Eu criaria a menina como meu bichinho de estimação, mas não preciso dela, realmente. Tenho a placenta e o cordão que cortei no parto, eles contêm Fator L potencializado para me manter vivo e jovem por séculos... talvez para sempre.

Ouvir o filho da loba falar daquele jeito de sua filha deixou Hector ainda mais enfurecido. Aquela criatura era mesmo repugnante, pretendia usar o bebê como sua cobaia enquanto pudesse.

O criminoso riu, e o ódio invadiu os olhos de Hector. Ele só não saltou sobre o homem para esganá-lo porque a pistola ainda se mantinha firme em direção à cestinha, no carro.

O riso se tornou uma careta, no entanto, quando um golpe tomou Maus de surpresa pelas costas. A patada de um animal furioso.

Ele caiu de bruços e um uivo marcou o triunfo do lobo branco.

A arma foi parar vários metros à frente; o assassino encolheu-se no chão. Erich vencera.

O escritor se esqueceu de tudo e voltou ao carro. Na cestinha, o bebê havia acordado e encarava serenamente o homem que a pegava no colo.

Era uma menina. Podia jurar que ela o conhecia e que estava tentando sorrir. A boca era delicada e o narizinho, arrebitado como o da mãe. Os olhos, muito azuis, brilhavam sutilmente. Olhos de lobo.

Uma lágrima escorreu por seu rosto ao perceber que amava aquela coisinha com toda a sua alma e que não sabia como tinha vivido sem ela até então.

Voltou-se para o outro, querendo mostrar sua filha. E gelou ao ver que o lobo estava prestes a cravar os dentes no pescoço do homem caído. Tinha de impedi-lo.

– William... Liam... Erich! Não!

O animal voltou-se para ele, dentes arreganhados.

– Você é um caçador – exclamou, ainda com a filha nos braços. – Alcançou sua presa, o criminoso nazista está derrotado! Matá-lo não vale a pena.

Com um rosnado de impaciência, o lobo afastou-se do homem caído. Mas suas íris reluzentes ainda denunciavam a ânsia de matar.

– Recuperei minha filha, graças a você – continuou o escritor. – Achei o antídoto que precisamos levar para Ana o mais depressa possível. Não estrague nossa vitória. Você disse que eu devia aceitar que sou um lobisomem, e estava certo. Mas somos humanos, acima de tudo! E você também tem de aceitar isso. Deixe que ele viva e que pague por seus crimes, todos eles.

Para seu alívio, notou que os pelos brancos desapareciam e que Erich voltava à forma humana. Ofegava, ainda com raiva. Mas não mataria; não naquela hora.

Em um passo, estava de novo junto ao sequestrador.

– Por favor... – balbuciou o vencido. – Eu tenho posses... posso deixá-lo milionário! Posso...

– Ah, cale a boca! – ordenou Erich. – E eu ainda não respondi ao seu recente pedido, *Herr* Thomas Hundmann. Sinto dizer que *não serei seu lobo de estimação!*

Com um soco, nocauteou o inimigo. Somente então foi olhar a criança no colo de Hector. Ela adormecera de novo, sem se importar com a comoção que a cercava.

– É uma menina, então – disse. – É linda! Sorte sua que saiu parecida com a mãe.

E foi mexer nos bolsos do homem inconsciente. A primeira coisa que encontrou foi um celular. Acionou-o e viu os últimos registros. Havia as mensagens que lhe mandara e também telefonemas para um número que ele conhecia.

– Ele ligou para Natália? – resmungou. E sorriu. – Daniel Hector Wolfstein Lucas, não creio que tive tempo de apresentá-lo a um velho conhecido. Este é Thomas Hundmann, nascido em Marburg, na Westphalia, no século XVII. Também conhecido como *Doktor* Mann, médico e torturador no campo de Dachau, no Terceiro Reich, e mais recentemente como Thomas Farkas.

– O amigo de Natália? – estranhou o escritor. – Pensei que ele fosse um velhinho reumático. Este homem não tem mais de sessenta anos.

– Graças a você e à sua esposa – riu-se o jornalista, retornando ao costumeiro cinismo. – Ele remoçou nos últimos dias... Bem, vou avisar a Natália, e ela deve acionar a polícia. E, se eu fosse você, voltaria à capital no carro dele mesmo. O seu ainda está capotado na estrada!

Sem dizer mais nada, Hector tornou a colocar a filha na cestinha do furgão.

E, enquanto teclava o número da agente federal no celular de Maus, Erich murmurou:

– Quem diria... Esta história vai ter um final feliz, bem ao gosto dos meus primos.

»»»»»»»»

Porto Alegre, dias atuais

Todos viram o líquido prateado misturar-se com o soro que Ana Cristina recebia por via endovenosa. No apartamento do hospital, Lazlo Mólnar a monitorava. E apenas quando a paciente abriu os olhos e o fitou foi que ele se afastou.

– Hector – murmurou ela.

Tivera uns poucos momentos de lucidez nos últimos dias e sabia que fora hospitalizada, mas somente agora sentia-se bem de fato. De súbito, a lembrança do parto retornou e ela começou a chorar.

O rosto que amava apareceu em seu campo de visão e ela procurou as mãos dele.

– Calma, está tudo bem – disse ele. – Não tente se levantar. A segunda dose do antídoto ainda está sendo absorvida pelo seu corpo. Nesse meio-tempo, tem alguém que precisa de você...

Ana ouviu um som estranho ao seu lado e virou a cabeça. Havia um berço junto à cama. Dele, Hector tirou a menininha mais linda que ela já vira e depositou-a com cuidado em seus braços.

– Vocês duas estão saudáveis. Logo iremos para casa.

A bebê começou a resmungar no colo da mãe. Instintivamente, Ana sabia que era hora de amamentá-la.

Enquanto via a bebê mamar com vontade e agarrar a roupa de Ana Cristina com as mãozinhas, Hector ouviu a voz da esposa, mais suave do que ele se lembrava de alguma vez ter ouvido:

– Leonor está com fome.

Ludmila e Irineu, que viam a cena do outro lado do quarto, foram sutilmente conduzidos para fora por doutor Lazlo. Hector não notou. Mais uma vez, Ana tomava uma decisão sem consultá-lo; mas ele não se importou nem um pouco por ela ter escolhido sozinha o nome da filha.

»»»»»

Natália tomou um gole de seu suco, deixando o olhar vagar pela decoração do restaurante. Era mesmo um lugar muito agradável, e ela só lamentava que o tivesse conhecido graças ao impiedoso assassino que a enganara tão bem.

Quatro dias haviam se passado após a prisão do sequestrador. Ao vê-lo na cadeia, ela mal acreditara: o velhinho do Cidesi, que a cativara com seu cavalheirismo, rejuvenescera uns trinta anos em poucos dias. Porém isso passaria rapidamente, segundo o doutor Mólnar. O rejuvenescimento era efeito do sangue da filhinha de Hector, que ele andava inoculando em si próprio, e sem isso seu Fator L voltaria ao nível em que estava antes do sequestro.

– Desejam o cardápio de sobremesas?

Era o garçom. A agente retornou à realidade daquela noite e recusou com a cabeça. A seu lado, Monteiro afagou-lhe o braço e pediu:

– Traga só um *cappuccino* para a senhorita e outro para mim.

– Também não quero doces – recusou a delegada Laura, com um sorriso. – Os elogios do secretário de Segurança foram tão melosos que adoçaram toda a minha semana...

No dia seguinte ao desfecho do caso, um comunicado das autoridades do estado para a imprensa dera conta de que o DEIC do Rio Grande do Sul, em conjunto com a força-tarefa especial da Polícia Federal, fizera a prisão do assassino serial e de um de seus cúmplices, sendo que outro havia morrido em consequência de suicídio. A delegada Laura e seus comandados, inclusive os detetives Aluísio e Rodrigo – este falsamente incriminado pela quadrilha –, receberiam menções honrosas por bravura... E artigos do jornalista investigativo Liam Jaeger, publicados em jornais de todo o país, explicavam que os assassinos eram psicopatas com ligações neonazistas, que escolhiam as vítimas por serem descendentes de imigrantes alemães.

Na mesa do restaurante, encontravam-se ainda Aluísio e Lazlo, que aceitaram os cardápios oferecidos. O húngaro deliciava-se com a culinária gaúcha, e o subdelegado justificou a gulodice:

– Ah, eu preciso de doces se tenho que digerir toda aquela história que vocês, da força-tarefa, me contaram. É coisa demais pra assimilar sem um pouco mais de açúcar no organismo...

Após fazerem o pedido e o garçom afastar-se, a delegada comentou:

– Ainda tenho algumas dúvidas. Apesar de tudo o que me contaram sobre esse tal ritual, o agente Wolfstein voltou a ser um lobisomem?

Natália se voltou para o médico, que aguardava ansiosamente o doce que pedira.

– Doutor Mólnar diz que sim. Só que não está mais sujeito às fases da lua: da mesma forma que o lobo negro e a falecida mãe do sequestrador, ele agora consegue lidar com sua condição. Só se transformará se quiser. Como os outros, durante a mutação mantém totalmente a consciência.

Monteiro completou as informações.

– E os que foram contaminados com o Fator L pelo bandido, como Rodrigo e a esposa de Hector, possuem o fator em baixa concentração, tanto que provavelmente nunca sofrerão a mutação. No máximo, terão mais resistência a ferimentos e doenças.

Lazlo, que já estava acostumando o ouvido à sonoridade do português, percebeu do que estavam falando. Sorriu, enigmático.

– *Who knows?* – E sorriu mais uma vez ao ver a bandeja de sobremesas que se aproximava deles.

No que dizia respeito ao misterioso Fator L, não se podia ter certeza de nada...

»»»»»

O enterro do falecido vereador foi a sensação do mês em Novo Hamburgo. Seu partido trouxe ônibus repletos de correligionários de todos os cantos da cidade; a viúva deu trinta e duas entrevistas, usando um vestido original de *griffe* francesa que custou o dobro do orçamento municipal para aquele biênio. As más-línguas comentavam, nos cantos do cemitério, que ela andava de caso com o presidente do partido e planejava candidatar-se a deputada nas próximas eleições.

Já o sepultamento da jovem Eduarda, em Porto Alegre, foi comovente. Centenas de estudantes foram prestar respeitos à família e fizeram uma manifestação na cidade, com cartazes pedindo mais segurança nas proximidades das escolas e faculdades. Doutora Laura esteve presente, representando o secretário de Segurança Pública, e fez um discurso comovente sobre a campa.

Quando o corpo do agricultor de Linha Nova foi liberado, a família veio de vários pontos do Brasil para o velório. Muitos representantes de cooperativas estiveram presentes, e até membros de governos estrangeiros vieram para demonstrar repúdio ao neonazismo. Estes aproveitaram ainda para comparecer à cremação do avô de Rodrigo, que ocorreu numa cerimônia discreta, em que o detetive e Fabiana, a bibliotecária, foram convidados a integrar um comitê internacional de busca a criminosos de guerra. O convite foi divulgado, mas não se sabe se foi aceito.

Já em Arroio dos Ratos, muito pouca gente foi acompanhar a despedida do senhor Gunther no cemitério local. Apenas a filha, alguns amigos e vizinhos estavam lá. Porém a agente Natália fez questão de ir, acompanhada pelo noivo. E, ao percorrerem as estradinhas de volta a Porto Alegre num carro alugado, ela sorria ao lembrar as assustadoras e fascinantes aventuras que ali vivera.

Monteiro, ao volante, olhava-a disfarçadamente, imaginando que, se não tomasse alguma providência logo, perderia a noiva.

»»»»»

Rodrigo ergueu a cabeça de sua mesa de trabalho, desanimado. Não aguentava mais redigir relatórios. Retornara à Delegacia de Homicídios na véspera, depois de uma semana em casa sendo paparicado por Fabiana, que se autopromovera da condição de ex-namorada para a de enfermeira. De qualquer forma, ele estava se acostumando à ideia de retomarem o namoro. Sabia que só mesmo ela acreditaria em toda aquela história sobre lobisomens...

Desde então, só o que ele fazia era preencher papelada.

Esfregou os olhos, bocejou e reclinou-se na cadeira. Estava na hora de criar vergonha e voltar a fazer exercício. Poderia correr no parque da Redenção ou jogar futebol com os amigos, como antes.

Viu um movimento na entrada da delegacia e, para sua alegria, Natália irrompeu, cumprimentando todo mundo. Levantou-se para recebê-la com um abraço.

– Como você está? – perguntou ela, olhando para a pilha de relatórios sobre a mesa.

– O que é que tu acha? Quase enlouquecendo pra explicar como pude ser raptado por um superbandido, dopado, morto e ressuscitado... sem mencionar lobisomens, vampiros ou zumbis...

Ela riu.

– Acabo de encarar uma pilha igualzinha lá na Polícia Federal. Não foi fácil driblar a imprensa e arrumar desculpas plausíveis para tudo. Especialmente para a morte de Bertha Hundmann. Ela não tinha sinais de violência no corpo e os legistas juram que morreu de velhice. Ah, e a Interpol descobriu que ela matou duas mulheres em Munique antes de fugir para o Brasil.

– Doutora Laura me contou – confirmou ele. – Aliás, estivemos ontem na penitenciária estadual e vimos o irmão dela. Teu ex-chefe, Damasceno, foi transferido para a ala hospitalar. Está definhando e seus órgãos estão falindo, um a um. Os médicos acham que não vai durar muito; todo o tempo em que está consciente, chora a morte da irmã.

– Ele foi uma vítima dela e do filho desde o começo – a agente suspirou. – Não deve ter sido fácil fingir que não sabia nada sobre a licantropia, quando investigamos os crimes em Passa Quatro!

– E o sequestrador? Continua na cela de segurança máxima da Polícia Federal?

Natália sentou-se junto à mesa do detetive.

– Sim, deve passar um bom tempo lá. Recebemos vários pedidos de extradição; em tudo que é lugar estão surgindo assassinatos imputados a ele. As organizações antinazistas estão felizes. Sem o Fator L da criança, que o rejuvenescia, assim que entrou a lua minguante ele voltou a envelhecer. Agora aparenta ter uns cem anos; e alguns sobreviventes de campos de concentração o reconheceram como o torturador de Dachau. Não sei o que será feito dele, está fora da nossa alçada.

– Provavelmente tudo vai depender de negociações do governo brasileiro com os países com os quais temos tratado de extradição.

– Alguma coisa assim – ela concordou.

Ainda estavam conversando quando Monteiro chegou e os viu. Não gostou nada de ver Natália tão íntima do detetive bonitão, mas, enfim, não podia fazer nada quanto a isso.

Cumprimentou Rodrigo e voltou-se para ela.

– Acabei de falar com doutor Irineu. Ana Cristina teve alta, irá para o hotel. Vão ficar ainda uns dias na cidade antes de voltarem para São Paulo. Quanto à força-tarefa, será mesmo desativada.

– Eu imaginava – ela comentou, resignada. – Com Damasceno preso e Hector ocupado com a família, ia ficar difícil mantermos o grupo.

– E nós dois poderemos tocar nossa vida – acrescentou ele, relutantemente pegando algo no bolso. – Aliás, eu vi isto numa loja e... Não sei... Acabei comprando... Você sabe como é.

Para desespero de Natália, a delegacia inteira o viu tirar da caixa um anel contendo um enorme diamante e tentar encaixá-lo em um dedo da mão direita da moça.

– Eu... Ahn... – ela balbuciou, sem coragem de olhar para o rosto dele.

Rodrigo arregalou os olhos, fingiu que alguém o chamava do outro lado da delegacia e sumiu discretamente. Aquele provavelmente tinha sido o pedido de casamento mais desenxabido de toda a história mundial dos pedidos de casamento, desde que a ideia de casar fora inventada.

– Você não gostou – murmurou Monteiro, com ar de cachorrinho perdido.

– Ah, o anel é lindo, eu adorei – tornou ela, levantando-se e sorrindo de leve. – Mas agora temos de nos despedir da doutora Laura e do Aluísio, podemos guardar o anel para mais tarde...

Devolvendo o diamante à caixinha, ela o guardou na bolsa e puxou seu desajeitado noivo para a sala da delegada. Ele a seguiu, desanimado. Tinha certeza de que o olhar que ela lhe lançara era um mau sinal. Suspirou. Não estava mesmo preparado para perdê-la.

»»»»»»

Porto Alegre, dias atuais
24 de maio, sábado

No sábado seguinte, o apartamento de Ana Cristina e Hector, no hotel, estava lotado de caixas contendo enxoval de bebê. A tarde mostrava-se excepcionalmente ensolarada e Ana saíra com Ludmila e a menina para um passeio na praça. Ao ouvir o celular tocar, o marido se desviou de uma pilha de caixas e sentou-se na mesa que havia no canto do quarto para atender.

Sabia que era Mólnar e preparou-se para uma conversa em inglês. O médico voltara à Hungria naquela semana e dera de ligar todo dia para saber notícias dele, da esposa e da criança.

– Eu estou ótimo, Lazlo. Sem estresse, nenhum sinal dos surtos. Ana continua na mesma, está custando para ganhar peso, mas tem bastante leite, e Leonor não para de engordar... Sim, toda vez que mama ela ainda tem aquele brilho nos olhos. Não se preocupe, está tudo bem. E com você?

O húngaro levara consigo toda a papelada de Maus e as substâncias que tinham sido recuperadas na casa da chácara. Tinha anos de pesquisa para destrinchar, e a cada descoberta informava os amigos do Brasil – mesmo porque naquele material havia a solução de muitos crimes considerados sem solução, em vários países. Teria bastante trabalho pela frente.

Conversaram por um tempo, até que Mólnar perguntou sobre Erich:

– Have you heard from him?

Nisso, o escritor não podia ajudar. Liam Jaeger, ou Erich Grimm, havia desaparecido completamente. Deixara o hotel logo após publicar os artigos sobre os crimes; provavelmente saíra da cidade. Natália o havia procurado feito doida, mas não encontrara o menor sinal do rapaz. Para sossegar o amigo, Hector disse-lhe o mesmo que assegurara à agente.

– *Let's give him time.* Vamos dar tempo a ele. Mais dia, menos dia, vai aparecer.

No entanto, ele não tinha nenhuma certeza disso.

»»»»»»

O recepcionista do hotel sorriu e desejou boa viagem ao casal. Natália agradeceu e Monteiro pegou as malas para sair; Rodrigo e Fabiana os esperavam no carro, estacionado na frente do prédio. Tinham insistido em levar o casal de agentes ao aeroporto.

A moça ia seguir o noivo quando viu Anette chegar à recepção; reassumira suas funções ali.

– Quase que não me despeço de ti! – exclamou ela, indo abraçar a policial.

Conversaram rapidamente, enquanto Monteiro e Rodrigo acomodavam a bagagem no porta-malas. Anette perguntou sobre o casamento; Natália confirmou que haviam marcado para o segundo semestre. Recentemente, ambos haviam recebido propostas de trabalho em Belo Horizonte e teriam de aguardar a nomeação sair para começar a procurar apartamento na capital mineira.

Com um sorriso maroto, a recepcionista buscou algo no bolso da calça.

– Eu não sabia se ia te encontrar, desde que voltei tenho andado com isto no bolso.

E entregou à outra um cartão-postal.

Natália olhou aquilo com estranheza. Era a fotografia de um jardim em que havia algumas lápides. No verso, nenhuma inscrição; apenas o logotipo da gráfica e um nome: Berlim.

– Eu sei que tua vida está resolvida, mas acho que tu devia fechar uma pendência antes do casamento... – foi o comentário da garota.

Então Natália entendeu. Olhando com mais atenção, viu os nomes gravados nas lápides.

Aqueles eram os túmulos dos irmãos Grimm, num cemitério da Alemanha.

Olhou a recepcionista nos olhos.

– Eu tentei falar com ele. Juro que tentei. Mas Liam sumiu sem deixar qualquer pista. Como eu poderia encontrá-lo? Você tem um endereço?

Com outro sorriso, Anette murmurou.

– Não. Isto apareceu aqui na recepção, num envelope em meu nome. Tinha um bilhete pra mim, dizendo que era para eu me cuidar. E pedindo pra te dizer que ele vai te esperar nesse lugar, numa manhã, no final do verão. Só isso.

Após um último abraço, Anette voltou para trás do balcão da recepção.

Natália ficou olhando a imagem do cartão, com uma emoção estranha.

Uma manhã, no final do verão. Verão do Brasil? Ou da Alemanha?

Pelo vidro, viu que Monteiro e Rodrigo a esperavam. Pôs o cartão no bolso do casaco e saiu.

Por coincidência, Fabiana passou o trajeto inteiro até o aeroporto contando que ela e Rodrigo estavam planejando fazer uma viagem à Alemanha nas próximas férias. Estavam ansiosos para conhecer a terra dos ancestrais de ambos e apagar os traumas dos acontecimentos recentes.

Natália sentiu a mão de Monteiro apertando a sua e correspondeu ao carinho. Talvez devesse, realmente, solucionar suas pendências. Antes que fosse tarde demais.

EPÍLOGO

Berlim, Alemanha, dias atuais
Nove horas de uma manhã no final do verão

A segunda quinzena de setembro já trazia à cidade um vento frio.

Berlim era belíssima nessa época do ano; e ficaria mais colorida conforme as folhas das árvores se tornassem douradas. Naquele dia, apenas as apressadas já se descoloriam, manchando o verde perfeito das copas com vários tons de amarelo e laranja.

O rapaz moreno, que prendia os longos cabelos num rabo de cavalo, já quase fazia parte da paisagem. Estava na cidade havia vários dias, e todas as manhãs levava uma flor àquele túmulo. Os funcionários e jardineiros o conheciam e cumprimentavam.

Pensava nos primos. Em tia Dorothea, que fora uma segunda mãe para ele. Em Lotte, quase uma irmã querida. Em Ferdinand e Karl, com quem se metera em tantas brincadeiras e encrencas. Em Wilhelm, sensível e fraterno. Em Dortchen, a filha do vizinho, que amara Wilhelm desde a infância e que lhe dera os três filhos amados. Em Jacob, que passara por tantas dificuldades para manter a família unida... e que fora o mais próximo de uma figura paterna que ele tivera.

Pensou em como era irônico que, em sua impaciência juvenil, tanto tivesse reclamado das pesquisas dos primos e de suas infindáveis reescritas dos contos folclóricos.

"É verdade que continuo aqui, vivo, depois de tanto tempo. Mas vocês não precisaram do Fator L para se tornarem imortais... apenas de ouvidos atentos, tinta e papel. Terão a imortalidade da literatura. Para sempre."

Tirou do bolso sua preciosa primeira edição das *Märchen*. Abriu o livro ao acaso e sorriu com a coincidência. Então leu em voz alta, traduzindo do alemão para o português:

– Assim que a menina do capuz vermelho entrou na floresta, encontrou o lobo. Porém a criança não sabia quanto aquele animal era maligno e não teve medo dele. "Tenha um bom dia, menina do capuz vermelho", disse ele...

– Muito obrigada, senhor lobo – alguém respondeu.

Erich se voltou e viu Natália, parada a alguns metros dele, com uma edição moderna dos *Contos de Grimm* nas mãos.

Havia esperado por ela. Apesar disso, ao vê-la em carne e osso, ficou sem palavras.

A policial caminhou para junto dele, rindo.

– Que foi? O lobo mau comeu sua língua?

Com um sorriso, ele perguntou:

– Veio sozinha?

Ela fez que sim com a cabeça.

– Precisava arejar as ideias. Fechar algumas pendências... E Monteiro insistiu que eu viesse. Marcamos a data, você sabe, para o mês que vem. Daniel... Hector e Ana Cristina serão nossos padrinhos.

Ele a olhou por algum tempo. Era uma mulher incomum. Não podia negar que se sentira muito atraído por ela... Depois, quis saber:

– Como está a menina?

– Ótima. Segundo o pai, é o retrato vivo da mãe dele. E tem o mesmo nome.

– Eu sei. – Ele olhou para o túmulo, com um sorriso triste. – É um lindo nome.

– Eles me encarregaram de lhe dar um recado: você deve ir passar o primeiro Natal da pequena Leonor com eles, em São Paulo. Não aceitarão uma recusa. Hector disse que, se não estiver lá alguns dias antes, virá te caçar. E você sabe quanto ele é teimoso.

– Ah, disso eu tenho certeza. Teimoso e cabeça-dura.

Ela hesitou um pouco antes de dizer:

– Você já pensou que não há motivo para que continue suportando a maldição? Há o ritual, e se ele deixar de funcionar, como aconteceu com

Hector, Lazlo disse que você pode controlar os surtos. Não precisa mais ser um animal.

Ele suspirou; não tinha uma resposta para aquilo. Fazia décadas que definira sua essência: era apenas um lobo. Um caçador. Pelo amor da única mulher que o entendera na vida, teria sido possível mudar. Agora... não sabia se seria capaz. Ou se queria fazê-lo.

Precisava pensar mais no assunto.

O sol subia no céu e a manhã gloriosa iluminava Berlim. Afinal, ele ofereceu:

– Quer que te mostre os pontos turísticos da cidade? E podemos almoçar juntos.

– Ficarei honrada – disse ela. – Mas cheguei esta manhã. Preciso desfazer as malas e trocar de roupa. Estou neste hotel. – Entregou-lhe um cartão.

– Passo lá ao meio-dia. Está bem assim?

– Ótimo. Até mais tarde.

Ela saiu do cemitério e ele voltou a fitar as lápides. Sorria ao abrir de novo o livro. Cada palavra ali fora traduzida para todas as línguas da Terra, atestando a imortalidade de seus primos.

Uma ideia diferente lhe ocorreu.

"Não é verdade que eu seja só um lobo, um caçador. Sou mais que isso."

– Sou um Grimm.

Seus olhos brilhavam sobre a página, que ficou tão dourada quanto as primeiras folhas de outono nas árvores de Berlim.

Olhos de lobo.

ROSANA RIOS

ARQUIVO PESSOAL

Sou um ratinho de biblioteca, apaixonada por leitura desde a infância e a adolescência; na idade adulta, trabalhei como desenhista, professora e, a partir de 1986, a paixão por contar histórias acabou me transformando em roteirista de TV e de quadrinhos. Meus primeiros livros foram lançados em 1988; hoje, após algumas décadas de carreira, cheguei ao livro de número 150: este *Olhos de Lobo* que você tem em mãos. Nunca mais parei de escrever, e passo boa parte do tempo viajando para divulgar a Literatura Fantástica e falar sobre a importância da Leitura. Já recebi vários prêmios literários, fui até finalista do prêmio Jabuti... e continuo apaixonada pelos livros. Adoro café com pão de queijo, jogar RPG e fazer maratona de seriados; tenho uma biblioteca enorme na masmorra da minha casa, em São Paulo, e uma coleção de dragões que não para de aumentar.

Quando eu e a Helena Gomes escrevemos o *Sangue de Lobo*, não imaginávamos que o livro teria tantos fãs, e que eles exigiriam uma continuação. Estimuladas pelos leitores, começamos a trabalhar nesta história, pensando em todos os detalhes e criando alguns personagens novos; porém, infelizmente, as circunstâncias nos atrapalharam e a Helena não pôde continuar a escrevê-lo. Então, terminei o livro a partir da sinopse que criamos juntas. A pesquisa para escrevê-lo foi imensa, e o livro pode ser lido independentemente por quem não leu o primeiro. Não temos aqui as assustadoras bonecas de porcelana, mas temos várias fotografias de gente morta em cemitérios, que também são tétricas e sinistras... além de muita, muita aventura!

Dedico este livro aos milhares de leitores do *Sangue de Lobo*, aos blogueiros e membros das três fanpages e à Helena Gomes, pois sem ela este livro não teria acontecido.

Para conhecer mais sobre mim, acesse meus sites e blogs:

http://rosanarios.wix.com/rosanarios

www.segredodaspedras.com

http://rosanariosliterature.blogspot.com

http://rosana-rios.blogspot.com